勵耘语言學刊

2023年第1辑

（总第38辑）

北京师范大学文学院 主办

中华书局

图书在版编目(CIP)数据

励耘语言学刊. 2023 年. 第 1 辑/北京师范大学文学院主办. —
北京:中华书局,2023. 3
ISBN 978-7-101-16378-0

Ⅰ. 励… Ⅱ. 北… Ⅲ. ①中国文学-文学研究-丛刊②汉语-语言学-丛刊 Ⅳ. ①I206-55②H1-55

中国国家版本馆 CIP 数据核字(2023)第 197066 号

书　　名 励耘语言学刊(2023 年第 1 辑)
主　　办 北京师范大学文学院
责任编辑 白爱虎
责任印制 陈丽娜
出版发行 中华书局
(北京市丰台区太平桥西里 38 号　100073)
http://www.zhbc.com.cn
E-mail:zhbc@zhbc.com.cn
印　　刷 北京新华印刷有限公司
版　　次 2023 年 3 月第 1 版
2023 年 3 月第 1 次印刷
规　　格 开本/787×1092 毫米 1/16
印张 18½ 插页 2 字数 300 千字
国际书号 ISBN 978-7-101-16378-0
定　　价 128.00 元

《励耘语言学刊》编委会

（按姓氏笔画排列）

目　　录

◎训诂和词汇研究

粤方言俗语词辨源二则 …………………………………… 禤健聪　肖兰芳 1

也说“胡墼” ………………………………………………………………… 张孟川 8

◎文字学与文字研究

瑚生三器铭文再研究 ………………………………………………… 单育辰 18

《上博九·成王为城濮之行》中两个疑难字平议 ……………………… 张　峰 29

悬泉汉简与楷书形成问题探究 ……………………………… 祖全盛　赵学清 48

敦煌变文校读札记 ……………………………… 周思敏　吴宗辉　沈秋之 60

古代字书未编码疑难字札考 ………………………………………… 柳建钰 70

清末民国初粤调南音文献方俗字考释 ……………………………… 张荣荣 83

“倭玉篇”第四类本对《玉篇》部首体系的接受与改造

——以长享本《倭玉篇》为例 ………………………………………… 王安琪 93

◎音韵与方言研究

从《说文》谐声系统看上古等第在谐声中的作用 …………………… 孟跃龙 107

不空译《佛母大孔雀明王经》咒语校读及声母对音

研究 ……………………………………………… 李建强　赵文博　郭禹彤 114

周祖谟《唐五代韵书集存》(1994)未收韵书材料辑考………… 王　栋　董大为 149

轻唇音演变中的链式音变

——由《碛砂藏》随函音义引发的思考 ……………………………… 李广宽 174

高邑方言异调分韵现象的地理分布 ………………………………… 武松静 185

江淮官话入声喉塞尾的声学表征及类型 ………………… 唐志强　宋益丹　李善鹏 200

乔中和《元韵谱》实际语音与明代河北内丘方音 …………………………… 李 军 220

◎语法研究

副词"相继"的语义提取与论元分配 ………………………………………… 陈泽群 245
复杂形容词谓语句的形成机制及其句法语义限制的认知阐释 …… 陈晓燕 刘辰诞 261
试论晚清白话翻译与现代汉语的关系
——以"N 的 V"为例 ………………………………………………………… 马永草 273

《励耘语言学刊》征稿启事 ………………………………………………………… 289

◎训诂和词汇研究

粤方言俗语词辨源二则*

禤健聪　肖兰芳

（广州大学人文学院）

提要：粤方言中表示代人办事购物时虚报价钱从中得利的常用语词“打斧头”，来源于天九牌赌博用语；早期粤方言文献常见但今已不用的“文牛”一词，来源于“举”字俗体的字形拆解，为妓女别称“老举”的进一步衍化。

关键词：粤方言；俗语词；打斧头；文牛

依据粤方言俗文学文献用例，结合方志、早期传教士所编粤语词典等材料，梳理“打斧头”“文牛”两个粤方言俗语词的源流。

一、“打斧头”溯源

粤方言有俗语词“打斧头”，白宛如《广州方言词典》注：“替人买东西时虚报价钱，从中得利。”①《广州话熟语大观》注：“揩油，干没。代人办事或购物，从中沾点小便宜。”②

---

*本文为广东省普通高校创新研究团队、广州市宣传思想文化优秀创新团队“语言服务与汉语传承”成果。

①白宛如：《广州方言词典》，南京：江苏教育出版社，1998年，第5页。

②广州市民间文艺家协会、广州市民间文学三套集成编委会：《广州话熟语大观》，北京：中国文联出版公司，1998年，第352页。

也见于客家话,许宝华等《汉语方言大词典》引罗翙云《客方言·释言》:"用人财而阴有所干没曰打斧头。"①

有关"打斧头"的语源,方言辞书未有详说。坊间主要见有两种说法。其一,铁匠受托替人锻造斧头时,将顾客作为原材料提供的好钢私自截留其半,代以普通铁料,好钢只用在斧口处,故将以次换好来打斧头喻私占便宜。② 其二,私下侵吞金钱可称为"咬金",与历史人物程咬金之名合,相传程氏善使板斧,遂以打斧头转喻咬金(私吞金钱)。③ 然前说所称的偷换之法,技术难度高且易被识破;后说以动词"打"表示舞弄兵器,不符合粤方言的表达。故皆有可疑。

在清末民国的粤方言俗文学文献中,"打斧头"也作"打虎头","斧""虎"粤方言同音。如:

(1)(生白)要几多钱呀桂姐?(旦白)要五毫半子啰!(生唱扑灯蛾)你真毒数,你真缩数,五毫半子咁零丁,分明系忽必烈你都咁做,剩埋咁多斧头钱,至怕盲符去贴到。(《春风得意》,《广州大典·曲类》42—604④)

(2)寮口妈周日打虎头,事头婆长时扯猫尾。(《三刻岭南即事·娼寮俗语》,《广州大典》504—323)

(3)第一你买老豆个副棺材真系抵死,闻得话虎头打了有几文鸡。唉!你欺生瞒死唔好咁制,几多唔做做乜把老豆难为。(《大闹烟公》,《俗文学丛刊》417—197)

(4)(旦接)唉,我嫁你之时,都系大姐身份咋,与你同居日久呢,就会生人,(生大怒白)咁你就靠唔住啰老婆……揾我做亚庚。原来你生仔都打我虎头。……个只猪乸一生都生十二只咯,点解你生得一个呀……你应要生够成群。(《大傻买猪》,《广州大典·曲类》42—602)

民国《清远县志》卷四"方言"记录了与"打斧头"意义相近的一条语料:"谓跟随纨袴从中渔利者曰板凳。"值得关注的是其下的注:"天九牌有长衫,次曰板凳,次曰斧头,又名

①许宝华、宫田一郎主编:《汉语方言大词典》,北京:中华书局,1999年,第1058页。

②《广东话百科:做人不能"打斧头",为什么?》,新华网 http://m.xinhuanet.com/gd/2017—09/08/c_1121605119.htm。

③《打斧头》,佛山电视台节目《粤讲粤过瘾》(余福智主持),https://haokan.baidu.com/v?pd=wisenatural&vid=4888045769825365428。

④此为《广州大典·曲类》册数及该册页码,"42—604"即第42册第604页,后仿此。

黑十一，言其随长衫之后，而所打者惟斧头耳，且黑暗中瞒取十一之利，故称之谓板凳。”① 天九又称牌九，是民间较为流行的赌博用具。天九共有骨牌32张，分为所谓文牌与武牌，其中文牌共22张，均为成双的骨牌，由大到小分别称作天牌、地牌、人牌、和牌、梅花、长三、板凳、斧头、红头、高脚、铜锤。又多各有异称，如“长三”又称“长衫”；“斧头”也称“虎头”或“黑十一”，后者以其点数为11点黑点得名。

长衫是富贵人家的象征，与着短衫的穷人形成对比。鲁迅笔下的孔乙己，是唯一与短衫客一样站着喝酒着长衫之人。按照《清远县志》的说法，天九牌“长衫”代指纨绔子弟，其次的“板凳”喻指跟随纨绔以从中图利的佣仆或帮闲，“板凳”可打其下的“斧头”。赌牌的“板凳”可打“斧头”，纨绔的佣仆常揩油，故可以“打斧头”专门喻指跟随纨绔从中渔利的行为。跟随纨绔所能为的渔利之事，正是“用人财而阴有所干没”，暗中侵吞纨绔的金钱。私吞行为要免被发现，打斧头的数额比例一般不大，取“十一”之利较为适宜，此又与天九牌“斧头”别名“黑十一”相合。“打斧头”文献又作“打虎头”，亦与天九牌中的别名对应。

例(2)中的“事头婆”是妓院鸨母的别称，“寮口妈”指妓院里负责打杂采购的中年妇女，其常在采购中侵占部分钱款以饱私囊。例(1)述佣人桂姐买猪肉，“五毫半”是一个零丁数额，大概是向主人报告时会报出如六毫等的整数，以便把零数私吞，所以被指积攒“斧头钱”。

例(1)的“忽必烈”一词也堪关注。忽必烈是元朝开国之君，先后灭掉了金和宋，“吞金灭宋”是其伟绩。粤方言“宋”与表示菜肴义的“餸”同音，如粤方言用“赵匡胤”讥讽吃饭时夹菜太多的人，以赵氏为大宋皇帝，谐音“大宋(餸)王”也。“吞金灭宋”与“吞金灭餸”同音，故以“忽必烈”喻指侵吞菜金之人。“忽必烈”与“打斧头”正相对照。

二、“文牛”释义

清代民国的粤方言俗文学文献中，多次出现“文牛”一词，如：

(1)龟公龟婆随处贡，文牛一队队好似铁掩鸡笼。(《火烧大沙头故事》，《俗文学丛刊》416—283)

(2)大眼银娇兼小柳，文牛大婶有大机谋。……佢心中大懵恃住身家厚，大多金

①朱汝珍:《清远县志》，广州:广州亚东印务局铅印本，1937年，第128页。

仔送过文牛。(《大快活开厅》,《俗文学丛刊》416—386)

(3)识出个的文牛心系咁样,见我荷包有货格外情长。(《重订醒世良规·残花莫采》,《俗文学丛刊》419—425)

(4)重话食斋,全系假柳,睇佢个的勾人手段,重惨过文牛。(《西关集·西关妈解心》,《广州大典》504—282)

当代粤方言已罕闻"文牛"一词,一般辞书也未见收录。《火烧大沙头故事》述宣统元年(1909年)广州大沙头江面妓船连片起火惨事,例(1)中的"龟公龟婆"指妓院里的男仆和鸨母,他们与"文牛"等妓船中人如同困在加了铁盖的鸡笼里一样无处逃生。《大快活开厅》的"开厅",是指在妓院中设席宴客,例(2)中的"银娇""小柳"皆旧时粤地妓女常用的名字,"文牛"是嫖客大撒金钱的对象。《残花莫采》述妓女虚情假意,诓骗钱财,例(3)说"文牛"只会盯着嫖客的"荷包"。综合诸例情况看,"文牛"指称的均是妓女。

《西关集》为清抄本,收录了不少描写旧时广州西关地区在富贵人家充当女佣的"妈姐"的篇什,作者对妈姐多持贬斥态度,如嘲讽妈姐自称"梳起不嫁",却又耐不住寂寞与男子勾搭偷情。书中所收《西关妈诗三十八首》有句作"话食长斋共守清,因何嫁得咁零星"等皆是。例(4)"食斋"和"食长斋""守清"等,都是独身不嫁之意,但文中认为所谓不嫁"全系假柳"(全是假的),她们勾引男人的手段,比"文牛"还要厉害。粤方言的"惨",可表示程度深(用贬义)。以妓女来解本句的"文牛",自是非常妥帖,妓女通常认为极尽勾搭男人之能事,而妈姐比妓女更甚,显然是莫大的嘲讽。

在粤方言中,妓女往往被蔑称为"老举"。《汉语大字典》①收录有"举"字如下俗体:

⿱文手:同"舉"。《直音篇·手部》:"⿱文手",同"舉"。

⿱文丰:同"舉"。《五音集韵·语韵》:"⿱文丰与舉通用,俗字。"

⿱文⿱𠂉丰:同"舉"。《宋元以来俗字谱》:"舉",《岭南逸事》作"⿱文⿱𠂉丰"。

⿱文牛:"⿱文⿱𠂉丰"的讹字。《篇海类编·文史类·文部》:"⿱文牛,与舉同。俗字。"

诸形所从的"文"旁,是"舉"字上半"與"旁的省写替代,"譽"俗写作"⿱文言",与此同例;又"覺"俗写作"⿱文見","學"俗写作"斈",亦相类似。"舉"字下半本从"手",隶变后讹省作"丰",故有"舉""⿱文丰"等简俗体;由"丰"类化为"⿱𠂉丰"("夆"字所从),则成"⿱文⿱𠂉丰";"⿱𠂉丰"

①汉语大字典编辑委员会:《汉语大字典》(第二版九卷本),武汉:崇文书局、成都:四川辞书出版社,2010年,第2326页。

进一步写讹，撇笔拉长，遂成了“牛”旁，于是就出现了上“文”下“牛”的“斈”形。在早期粤方言刊本中，不乏其例，如：

A	B	C

(5)A目四顾少人来。(《苏武牧羊》，《俗文学丛刊》127—72)

(6)叫边个老B哑？……叫六个琵琶仔陪饮，一个大老B过夜。(《大闹南溪》，《广州大典·曲类》20—180)

(7)人地话你系老C我话你系女牛，想你青楼妓女实系不知羞。(《风情雅趣·识透妓女》，《俗文学丛刊》419—261)

其中例(6)(7)“斈”字的下半，与同篇“牛”字作几乎同形。与此相应，文献中从“牛”之字的“牛”旁常常写成近于“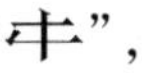”，如：

件：		(《三气宣王》，《俗文学丛刊》414—110)
牵：		(《仙姬送子》，《俗文学丛刊》414—62)
犀：		(《桃花送药》，《俗文学丛刊》414—345)

总之，将“斈”字上下部件拆解，就是“文”“牛”二字。所谓的“文牛”，应是“舉”的俗写“斈”的拆字。

将作为妓女别称的“老举”的“舉”字，按其俗写“斈”进行拆解，组合成“文牛”来指称妓女，有避讳戏谑的意味。粤方言称“妓”为“老举”，本也有此因素影响，“举”即“妓”之音变。又粤方言中“妓”被蔑称为“鸡”，俗文学作品中被称为“车货”，亦是类似的情况。[①]例(7)的所谓“女牛”，则又是“文牛”的进一步变称，“老举”“女牛”“青楼妓女”，异辞而同指。

早期传教士所编的英粤词典，居然收录了“文牛”一词。1859年出版的《英粤字典》

①禤健聪：《据俗文学资料溯源补证粤方言词语二则》，《岭南文史》，2013年第4期。

在“prostitute”词下,列“娼妇、文牛”两词对应,是“文牛”表示妓女的确证。① 而 1907 年出版的《英粤字典》在“whore”词下,不仅列出“娼妓、老举、文牛”三词,还在“文牛”后括注“because 文牛 = ⿱文牛,another form of 舉”,明确指出了“文牛”就是“舉”字俗体的拆分。②“文牛”一词既收入传教士所编词典,可见其曾使用范围较广,但随着相对应的社会现象式微,今已趋于消亡。

参考文献:

白宛如:《广州方言词典》,南京:江苏教育出版社,1998 年。

陈建华主编:《广州大典》,广州:广州出版社,2015 年。

陈建华、傅华主编:《广州大典 · 曲类》,广州:广州出版社,2019 年。

广州市民间文艺家协会、广州市民间文学三套集成编委会:《广州话熟语大观》,北京:中国文联出版公司,1998 年。

汉语大字典编辑委员会:《汉语大字典》(第二版九卷本),武汉:崇文书局、成都:四川辞书出版社,2010 年。

许宝华、宫田一郎主编:《汉语方言大词典》,北京:中华书局,1999 年。

“中研院”历史语言研究所俗文学丛刊编辑小组:《俗文学丛刊》,台北:新文丰出版股份有限公司,2016 年。

朱汝珍:《清远县志》,广州:广州亚东印务局铅印本,1937 年。

John Chalmers, *English and Cantonese Pocket-Dictionary*, Hong Kong: The London Missionary Society's Press, 1859.

John Chalmers, *English and Cantonese Dictionary*, Hong Kong: Kelly & Walsh, Ltd, 1907.

A Textual Study of Two Popular Words in Guangdong Dialect

Xuan Jiancong Xiao Lanfang

(Guangzhou University)

Abstract: In Cantonese, the commonly used phrase “dafutou(打斧头)”, which means to

①John Chalmers, *English and Cantonese Pocket-Dictionary*, Hong Kong: The London Missionary Society's Press, 1859, p112.

②John Chalmers, *English and Cantonese Dictionary*, Hong Kong: Kelly & Walsh, Ltd, 1907, p769.

falsely report prices while shopping on behalf of others, and obtain personal benefits from it, originates from the gambling language of Tianjiu gambling cards; The word “wenniu(文牛)”, which was common in early Cantonese dialect literature but is no longer used today, originated from the disassembly of the vulgar form of the word “举” and further evolved from the nickname “laoju(老举)” for prostitutes.

Keywords: Cantonese dialect; Colloquial words; dafutou(打斧头); wenniu(文牛)

也说"胡墼"*

张孟川

（盐城师范学院文学院）

提要：土坯在今北方部分地区称作"胡墼"，非外来之物，"胡"也不是"土"字匣母模韵读音的保留。"胡"当训大，"胡墼"为偏正式复合词，指大土坯或大土块。"墼"的本义为"土坯"，《汉语大字典》等大型语文辞书以"砖"为本义，未能厘清本义和引申义的关系，亦当补未收的"土块"义。

关键词：胡墼；墼；理据；《汉语大字典》

今北方方言"胡墼"（即土坯），是自古就被广泛使用的一种建筑材料。关于其来源，主要有两种观点：葛承雍《"胡墼"与西域建筑》①（以下简称"葛文"）认为"胡墼"是中外建筑文化交流、汉人接受胡人文化的产物。对此，毕谦琦《"胡墼"考》②（以下简称"毕文"）提出商榷性意见，从考古、文献、语言学等方面论证了"胡墼"是一个地道的汉语词，而非借词，甚是。但毕文又进一步指出"胡"有"土"义，仍有可商之处。

毕文依上古音论证了"土"有"胡"音的来历，指出"土"在很多藏缅语有喉牙音的读音，表土块义的北方方言"坷垃"亦反映出"土"字声母带有喉牙音，以此来强力解释"胡"与"土"的通转关系，略显迂曲。

---

*本文为国家社科基金重大招标项目"明清以来西南官话区地方志方言俗语集成"（项目编号：17ZDA313）和国家社科基金重点项目"大型语文辞书编纂与修订研究"（项目编号：17AYY018）的阶段性成果。

①葛承雍：《"胡墼"与西域建筑》，《寻根》，2000 年第 5 期。

②毕谦琦：《"胡墼"考》，《语言研究》，2013 年第 2 期。

再者,“土墼”主要见于中古及以后文献,如:

(1)彼作房,应知初安,若石,若土墼、泥团,乃至最后泥治讫是。(姚秦佛陀耶舍共竺佛念等译《四分律》卷三,T22/585c)

(2)土墼,下经历反。顾野王云:“剋土方而不烧为墼也。”(唐慧琳《一切经音义》卷二十八)①

(3)小民垒土墼为墙而架宇其上,全不施柱。(南宋周去非《岭外代答》卷四《风土门·屋室》,四库589—423b②)

(4)斿本南人,不知土墼也。《字林》:“砖未烧曰墼。”《埤③苍》:“刑土为方曰墼。”今之土墼也,以木为模,实其中,非筑而何?(明杨慎《谭苑醍醐》卷八《周纡筑墼》,四库855—748a)

(5)永平山中人筑室,不用砖瓦土墼,但横木柴,累为四壁,上覆木片,谓之苫片,与豕所居无异。(清桂馥《札朴》卷十《滇游续笔·楷》)④

(6)范土为块曰墼。《说文》:“墼,令适也。一曰未烧者。”古历切。今人范土为块以砌墙曰土墼。(民国二十五年(1936)《续修盐城县志稿》卷三《民俗志·方言》,3—1898⑤)

例(1)为“土墼”始见年代,又如《玉篇·土部》:“㲉,土墼也。”亦为较早用例。《汉语大词典》(以下简称《大词典》,2/997页⑥)“土墼”❶“砖坯”,引清纪昀《阅微草堂笔记·槐西杂志三》例,书证过晚。

而“胡墼”及其异形词更是晚出,我们只在近代方志文献找到个别用例:

(7)胡基者,土坯也。(清雍正十三年(1735)《陕西通志》卷四十五《风俗·方言》,10—6930)

---

①徐时仪校注:《一切经音义三种校本合刊》(中),上海:上海古籍出版社,2008年,第1007页。

②引自景印文渊阁《四库全书》,台北:台湾商务印书馆,1982—1986年。页码随文标注,“—”前后为册数和页码,a,b分别表示上、下栏。

③“埤”,原作“埠”,形似而讹,今校改。

④〔清〕桂馥撰,赵智海点校:《札朴》,北京:中华书局,1992年,第397页。

⑤本文所引地方志方言资料均引自华学诚主编,曹小云、曹嫄辑校:《历代方志方言文献集成》,北京:中华书局,2021年。页码随文标注,“—”前后为册数和页码。

⑥汉语大词典编辑委员会编:《汉语大词典》,上海:汉语大词典出版社,1986—1994年。页码随文标注,“/”前后为卷数和页码。

(8)土坯曰胡基。(清乾隆三十年(1765)《同官县志》卷四《风土志·方言》,10—7040)

(9)坯曰糊器。(清嘉庆十五年(1810)《渑池县志》卷七《礼俗·附方言》,7—4776)

(10)胡圮者,土坯也。(民国十一年(1922)《临潼县志》卷一《地理》,10—7110)

(11)土坯曰胡墼。(民国二十一年(1932)《盂县志》卷八《社会·方言》,7—4734)

(7)至(10)例同词异形,当作"胡墼"为是。《大词典》(6/1214页)"胡基"谓"方言。土坯",引胡国瑞《跃进歌声飘过河》:"打着胡基唱山歌,跃进歌声飘过河。"据例(7)可提前书证。亦未收"胡墼",可据补。

从文献用例看,"土墼"产生早,且用例丰富,可能属于南方方言,如清胡文英《吴下方言考》卷十二:"墼,土砖也。吴中谓土砖曰土墼。"(续四库195—104a①)清朱骏声《说文通训定声·解部》"坴":"凡令适之未烧者为墼,苏俗谓之土墼。"②"胡墼"则更倾向于北方方言,均出现在中古以后,属匣母模韵的"胡"与透母姥韵的"土"并无通转关系。

那么,"胡墼"之"胡"究竟该作何解?还有一种观点认为,"胡"当训"大",如陈守礼《陇西方言》:"建筑上用的夯实的土块叫墼(jī),也叫墼子,方言写作'基子'。一般叫土坯。《急就章》注:'墼者,抑土为之,令其坚激也。'《会要》说:'未烧砖也。'田地里自然结成的大土疙瘩叫'胡墼'(胡,大的意思),方言写作'胡基'。"③又如《关中方言词语汇释》"胡基"条:"关中地区不仅将土坯称胡基,而且将大土块也称胡基,秦岭太白山一带人把较大石块亦称胡基……胡墼,即比未烧砖坯体积大者;大土块、石块亦称胡墼者,是其引申义。"④二者均认为"胡"为"大"义,甚是。"胡墼"即大土坯或大土块。以下是我们的进一步论证,以求教于方家及前文作者。

---

①引自《续修四库全书》,上海:上海古籍出版社,2002年。页码随文标注,"—"前后为册数和页码,a,b分别表示上、下栏。

②〔清〕朱骏声:《说文通训定声》,武汉:武汉市古籍书店,1983年,第529页。

③陈宗周著,杨素宜校编:《栗荆诗文选》,平凉:甘肃省静宁印刷厂,1993年,第154页。

④景尔强:《关中方言词语汇释》,西安:陕西人民出版社,2000年,第129—130页。

一、“墼”的本义及引申义

1.1 “墼”的本义当为“土坯”

《说文·土部》:“墼,瓴适也。一曰未烧也。从土,毄声。”清王筠释例:“瓴适今谓之砖。”因此,《汉语大字典》(以下简称《大字典》)、《大词典》、《辞源》(第三版)等大型语文辞书均把“砖”列为第一个义项,即视其本义为“砖”。但也有不同观点,如曾庸认为墼的本义是指土坯,砖坯和土坯有一定的区别,前者用稀泥制成,后者则用干土夯成①。刘再聪通过考察敦煌吐鲁番出土文献,指出:“墼不仅在西汉时期的河西地区被广泛使用,东汉时期墼仍有土坯之意,墼并不完全是砖的同义语。‘墼’概念在魏晋以后并未消失。河西一带的墼也并非专门用来烧制成砖,其本身就是非常实用的建筑材料。”②

我们再看历史文献中有关“墼”的记载:《急就篇》卷三:“墼垒廥厩库东箱。”颜师古注:“墼者,抑泥土为之,令其坚激也。”(四库 223—42b)此处以“坚激”声训“墼”,《说文》言“墼”从“毄”声。《说文·殳部》:“毄,相击中也。”《集韵·锡韵》:“毄,勤苦用力曰毄。”而土坯正是用力夯土制成。因此,黄金贵也说:“许解当乙正:其本义、别义应互易之,即‘墼’本义是未烧的砖坯。”③更准确地说,“墼”的本义就是土坯,因为“砖坯”是指“没有经过烧制的砖的毛坯”(《现代汉语词典》第 7 版,以下简称《现汉》,第 1720 页④)。又(1327 页)“土坯”谓“把黏土和(huó)成泥放在模型里制成的土块,多为长方形,可以用来盘灶、盘炕、砌墙”。通常情况下,“砖坯”为半成品,需要经过烧制方可使用,而“土坯”则可直接用来当建筑材料。如《东观汉记·周纡传》:“家贫,无以自赡,身筑墼以自给。”(四库 370—196b)此处的“墼”当指土坯而非砖坯。《现汉》(605 页)“墼”谓“土坯或类似土坯的块状物”,可谓释义准确。

“墼”的“土坯”义仍保留在汉语方言中,我们以《汉语方言大词典》⑤(以下简称《汉方》)为调查对象,考察了以“墼”(及其记音字)为核心语素构成的双音词的释义及其方

---

①曾庸:《汉至六朝间砖名的演变》,《考古》,1959 年第 11 期。

②刘再聪:《说河西的墼——以敦煌吐鲁番出土材料为中心》,《华夏考古》,2009 年第 2 期。

③黄金贵:《古代文化词义集类辨考》(新一版),北京:商务印书馆,2016 年,第 766 页。

④中国社会科学院语言研究所词典编辑室编:《现代汉语词典》(第 7 版),北京:商务印书馆,2016 年。页码随文标注。

⑤许宝华、宫田一郎主编:《汉语方言大词典》,北京:中华书局,1999 年。页码随文标注。

言分区，如下：

方言词	释义	方言分区
土节（198 页）	土墼；土坯	晋语，山西五寨。
土基（200 页）	土坯；砖坯	冀鲁官话，山西广灵；西南官话，云南昆明、昭通、大理、临沧、腾冲。
土塈（201 页）	土坯	胶辽官话，山东潍县。
土墼（201 页）	土坯	胶辽官话，山东潍县；晋语，山西柳林、榆社；西南官话，云南建水、昭通；吴语，江西玉山。
胡击（3853 页）	土坯	晋语，山西大宁。
胡圾（3853 页）	土坯	兰银官话，甘肃兰州。
胡金（3855 页）	土坯；土块	中原官话，山西临猗。
胡基（3856 页）	土坯，泛指土块	中原官话，青海西宁，陕西户县、永寿、西安、宝鸡。
胡梯（3856 页）	❷土坯	中原官话，山西临汾。
胡置（3857 页）	土坯	中原官话，山西河津。
胡墐（3857 页）	土坯	晋语，山西隰县。
胡墼（3857 页）	土坯	中原官话，青海西宁，山西临汾、曲沃、定襄、芮城、新绛、运城；晋语，山西太原、忻州、沁县、阳曲、榆次。
胡器（3858 页）	土坯	中原官话，河南泌阳、孟县、宜阳、新安、渑池、洛宁、灵宝、卢氏；晋语，河南温县、济源。
涂级（5112 页）	土坯	闽语，福建仙游。
涂结（5113 页）	土砖	闽语，福建永春。
涂墼（5114 页）	土坯	闽语，福建厦门，漳平永福、长乐，广东潮阳。
糊墐（7162 页）	土坯	晋语，山西太原。
糊墼（7162 页）	筑墙用的土坯	中原官话，山西永济；晋语，山西大宁。

从方言分区看，“胡墼”一致性地分布在北方方言区，以中原官话、晋语、兰银官话为主。“土墼”南北均有分布，“涂墼”则以闽语为主。细辨之，“胡墼”更强调土坯之大（详见下文）。“土墼”则更强调其泥作，如宋陈师道《后山谈丛》卷二：“唐末，岐、梁争长，东院主者知其将乱，日以萩粟与泥为土墼，附墙而墁之，增其屋木，一院笑以为狂。”①“涂墼”的“涂”为泥土义，是闽方言特征词，“涂”构词甚广，如涂沙、涂水、涂粉、黄涂、涂炭、

①〔宋〕陈师道撰，李伟国点校：《后山谈丛》，北京：中华书局，2007 年，第 35 页。

涂骹等①。

1.2 “墼”有“土块”义

毕文指出“墼”有“块”义，古代从“毄”得声的字，有硬块的意思，如“磬”为石块，“檕”乃木块，“墼”指土块，极确。《汉方》(7217页)“墼子”谓“土块儿”，中原官话。《普通话基础方言基本词汇集》“土块儿”条，灵宝、西安、宝鸡、天水、西宁、哈密、乌鲁木齐，均谓“胡墼”②。再如：

(12)胡墼疙瘩 xu ˩˥ · tɕʻi kɯ ˥˧ · tɑ 田地的土块。(吴建生、李改样《永济方言志》,33页)

(13)胡墼 xu^{24}tɕi：①土坯；②土块。(王安泉主编《周至县志》,519页)

(14)胡墼〔xu^{53} · tɕi〕①用湿土杵成的土坯。②硬土块。(同心县地方志编纂委员会编《同心县志》,792页)

(15)胡曲/胡墼[xu^{34}tɕʻy^{21}]：田里土块。(王廷贤等《天水方言》,169页)

(16)胡墼：土圪垯。(西和县志编纂委员会编《西和县志》(1996—2013),762页)

(17)【胡基】①“胡墼”的俗写。②宁县也指土块。【糊墼】环县。‖“胡墼”的俗写，指土坷垃。(刘瑞明、周奉真编著《庆阳方言词典》,167页)

(18)男儿犁地我踩耱，一脚一个胡墼破。自注：胡墼，指田地里结下的土疙瘩。(张贵喜编著《黄土风情歌谣录》,31页)

《大字典》等大型语文辞书均未收“土块”义，当补。且看《大字典》“墼”(二/1/527页③)字释义：❶砖。❷砖坯；土砖。❸用炭屑或粪渣等压制而成的砖状物，可供取暖等用。义项❷宜参照《辞源》(第三版)及《现汉》(第7版)改作“土坯”，并调整与义项❶的顺序。义项❸其实指的就是“炭墼”、“粪墼④”，因其形制不一，宜改作“块状物”。

①李如龙：《闽方言的特征词》，载李如龙主编：《汉语方言特征词研究》，厦门：厦门大学出版社，2002年，第315页。

②陈章太、李行健主编：《普通话基础方言基本词汇集》(词汇卷上)，北京：语文出版社，1996年，第2096页。

③汉语大字典编辑委员会编：《汉语大字典》(第二版)，武汉：崇文书局/成都：四川辞书出版社，2010年。页码随文标注，“二/1”指第二版第一卷，下同。

④《大词典》(7/51页)收“炭墼”而未及“粪墼”，当补。如北宋欧阳修《归田录》卷上：“晁因迁职，以启谢丁，时丁方为群牧判官，乃戏晁曰：‘启事更不奉答，当以粪墼一车为报。’”(四库1036—533b)

综上,《大字典》“墼”字释义可补正如下:❶土坯。❷砖。❸土块。❹用炭屑或粪渣压制而成的块状物,可供取暖等用。

二、“胡墼”谓大土坯或大土块

2.1 “胡”训“大”

“胡”有“大”义,乃故训,前人多有论及。《广雅·释诂一》:“胡,大也。”清王念孙疏证:“胡者,《逸周书·谥法解》云:‘胡,大也。’僖二十二年《左传》‘虽及胡耇’,杜预注云:‘胡耇,元老之称。’《说文》:‘湖,大陂也。’《尔雅》‘壶枣’,郭璞注云:‘今江东呼枣大而锐上者为壶。’《方言》:‘蜂大而蜜者,燕赵之间谓之壶蜂。’义并与‘胡’同。《贾子·容经》篇云:‘祜,大福也。’‘祜’与‘胡’,亦声近义同。”①严修鸿在讨论“蝴蝶”命名的理据时,举“湖”(积水的大泊)、“葫”(大蒜)、“胡沙”(大型鲨鱼)、“胡蜂”(体型较大的野蜂),认为“胡蝶”是“有阔大而扁平翅膀的虫子”②。又如胡鳙、胡燕、胡蓁之“胡”均谓“大”。我们还可再举几例:

(19)今北方谓谷子之黏者为秫谷子,其米为小黄米;谓高粱之黏者为秫秫,亦曰胡秫,胡亦大也。虽皆从俗得名,其秫字要为依于《雅》训也。(清郝懿行《尔雅义疏·释草》)③

(20)蜀葵似葵而高大,戎、蜀皆大之名,非自戎、蜀来也。或名吴葵、胡葵,胡、吴亦皆谓大也。(清郝懿行《尔雅义疏·释草》)④

(21)《广雅·释诂》:“方,大也。”《晋语》“今晋国之方”,韦昭注:“方,大也。”《尔雅》:“方丘,胡丘。”方与胡皆大也。(清马瑞辰《毛诗传笺通释·大明》)⑤

(22)《广雅·释诂》:“胡,大也。”“时,善也。”胡臭谓芳臭之大,犹《士冠礼》“永受胡福”谓大福也,《载芟》诗“胡考”犹云大老也。(清马瑞辰《毛诗传笺通释·生

---

①〔清〕王念孙著,张其昀点校:《广雅疏证》(上),北京:中华书局,2019年,第5页。
②严修鸿:《也谈“蝴蝶”命名的理据》,《中国语文》,2002年第2期。
③〔清〕郝懿行:《尔雅义疏》,上海:上海古籍出版社,1983年,第944页。
④〔清〕郝懿行:《尔雅义疏》,第1012页。
⑤〔清〕马瑞辰撰,陈金生点校:《毛诗传笺通释》,北京:中华书局,1989年,第803页。

民》)①

(23)《尔雅》:戎叔谓之荏菽。郭璞曰:即胡豆也。今四月大豆通言蚕豆,广东曰马豆,四川谓之胡豆。戎、胡、马皆大也。(章太炎《新方言·释植物》)②

2.2 “胡墼”指大土坯或大土块

“胡”既有“大”义,“胡墼”当指大土坯。我们在旧志文献找到一条力证:

(24)胡墼,今谓火炕面及砌墙用之土块皆曰胡墼。《说文》:“墼,瓴适也。一曰未烧者。从土,毄声。”《韵会》作“未烧砖也”。胡者,大也。作炕面之土墼特大,故称胡墼。(民国二十五年(1936)《甘肃通志稿》卷三十《民族·方言》,10—7131)

该志由刘郁芬总修,杨思总纂,同时延聘慕少堂、邓隆、冯国瑞、廖元佶、朱秉衡等众多学者,是一部体例丰富、内容广博、考证翔实,极具史料价值的名志。其中,“方言”部分由民国时期甘肃著名学者李鼎超(1894—1931)撰写,这部分材料是在其专著《陇右方言》基础上删改而成,在考释本字、探求语源等方面有很高的学术价值③。

“作炕面之土墼特大,故称胡墼”,实则指明了“胡墼”的命名理据。何茂活讨论“胡期”本字时指出:“《兰州》:‘【胡墼】xu^{51} $tɕi^{13}$ 土坯,用木模具制出的砖形泥块,是旧时砌墙的主要材料。’用字释义非常确切。据《银川》,银川称‘炕面子’(大而方的、掺有麦秸的用以盘炕的大土坯)为‘土墼’,亦可参证。”④又如《乌鲁木齐方言词典》“炕面子”谓“用来砌炕面儿的大而薄的方形土坯”⑤。可见,炕面子即指胡墼。

今北方方言依然保留“胡墼”指大土坯的说法,如:

(25)关中人把制作胡基(土坯)的过程称之为“打胡基”……打胡基时,把模子放在青石板上,填上湿黄黏土,用杵子夯实,制成四边棱角分明,长约 30 厘米,宽约 18 厘米,厚约 6 厘米的长方体土块,也就是胡基。胡基重量约十几斤,晒干后,即可用来砌墙、泥炉灶、盖房子……(侯永禄著,侯胜天批注《农民笔记》,316 页。侯为陕

①〔清〕马瑞辰撰,陈金生点校:《毛诗传笺通释》,第 887—888 页。

②章太炎:《章太炎全集·新方言》,上海:上海人民出版社,2014 年,第 135 页。

③王志豪:《李鼎超〈陇右方言〉研究》,西北师范大学硕士学位论文,2019 年。

④何茂活:《方言词典“本字”问题献议——以西北地区方言词典为例》,《咸阳师范学院学报》,2014 年第 1 期。

⑤周磊编纂:《乌鲁木齐方言词典》,南京:江苏教育出版社,1995 年,第 294 页。

西合阳人）

（26）墙体多有单丁空斗式青砖墙、版筑夯土墙、土坯（分为小如砖块的土坯和较大尺寸的胡墼）墙。（李琰君《陕南传统民居考察》，245页）

（27）胡墼，是一种土坯，形状像未烧的砖坯，只是比砖大，一片胡墼差不多和三页砖块那么大。（黄忠龙《石刻的方言》，见侯立文主编《当代文集》，111页。黄为甘肃静宁人）

“胡墼”亦谓大土块，今北方方言多指此义，如：

（28）将已犁过之地，用耙一耙，再用耱一耱，即或到种的时候，无雨也无大害。又且省人工，地也虚活，又无大彀墼。不然地硬成甲，再用耩子一耩，耙下一地彀墼，当住耧腿，不得进地，除非教人将彀墼打碎，麦子如何得出乎？（清杨秀沅《半半山庄农言著实》，续四库 976—253b。杨为陕西三原人）翟允禔注释：“‘彀墼’，关中农民读为胡基，乃大土块之意。”（《农言著实注释》，19页）

（29）麦怕胡基秋怕草。（运城）“胡基”是指土坷垃。整地不好，耙耱不到时播种，出苗后大土块压住麦苗长不起来，形成缺苗。（张亮辑《山西农谚》，62页）

（30）胡基（$hu^{35}jin^{31}$）——①大土块；②建房的土坯。（合阳县志编纂委员会编《合阳县志》，802页）

（31）农谚说：“干打胡墼如上粪。”是说乘干打碎地里又大又僵硬的土块，就等于给地施了肥。有一年的伏天，我那块地里满是西瓜大的“胡墼”，可我就是不打。（王云奎《走在松软的土地上》，见王剑冰选编《2005中国年度散文》，273页。王为陕西宝鸡人）

（32）把在田地中自然结成的大土疙瘩叫“胡墼（基）”。（王仲保、胡国兴主编《甘肃民俗总览》，314页）

综上所述，“胡”训大，“墼”有土坯及土块义，“胡墼”为偏正式复合词，指大土坯或大土块，不仅有历史文献的强力支撑，也得到较多现代方言材料的直接印证。同时，这种抓住事物主要外在特征来命名，也更加符合人们的认知心理。此外，《大字典》等大型语文辞书应当厘清“墼”的本义和引申义之间的关系，并补未收的“土块”义。

参考文献：

〔清〕杨一臣著，翟允禔整理：《农言著实注释》，西安：陕西人民出版社，1957年。

合阳县志编纂委员会编:《合阳县志》,西安:陕西人民出版社,1996 年。
侯立文主编:《当代文集》,兰州:敦煌文艺出版社,2018 年。
侯永禄著,侯胜天批注:《农民笔记》,北京:中国青年出版社,2012 年。
李琰君:《陕南传统民居考察》,西安:陕西师范大学出版社,2016 年。
刘瑞明、周奉真编著:《庆阳方言词典》,北京:商务印书馆,2017 年。
同心县地方志编纂委员会编:《同心县志》,银川:宁夏人民出版社,1995 年。
王安泉主编:《周至县志》,西安:三秦出版社,1993 年。
王剑冰选编:《2005 中国年度散文》,桂林:漓江出版社,2006 年。
王廷贤等:《天水方言》,兰州:甘肃文化出版社,2004 年。
王仲保、胡国兴主编:《甘肃民俗总览》,北京:民族出版社,2006 年。
吴建生、李改样:《永济方言志》,太原:山西高校联合出版社,1990 年。
西和县志编纂委员会编:《西和县志》(1996—2013),兰州:甘肃文化出版社,2014 年。
张贵喜编著:《黄土风情歌谣录》,太原:山西人民出版社,2018 年。
张亮辑:《山西农谚》,太原:山西人民出版社,1974 年。

A Further Discussion on *Huji*(胡墼)

Zhang Mengchuan
(Yancheng Techers University)

Abstract: Adobe is called *Huji*(胡墼) in some parts of northern China . It is not a foreign thing, and *hu*(胡) is not the retention of the rhyme pronunciation of Xia(匣) Mu(模) Rhyme of *tu*(土). *Hu*(胡) should be interpreted as big, *Huji*(胡墼) is a partial formal compound word, which refers to large adobe or large clods. The original meaning of *ji*(墼) is adobe, the Great Chinese Dictionary and other large Chinese dictionaries take *brick* as the original meaning, but fail to clarify the relationship between the original meaning and extended meaning, it should also fill the uncollected *clod* meaning.

Keywords: *Huji*(胡墼); *ji*(墼); motivation; the Great Chinese Dictionary

◎文字学与文字研究

琱生三器铭文再研究*

单育辰

(吉林大学考古学院、“古文字与中华文明传承发展工程”协同攻关创新平台)

提要:清末出土《五年琱生簋》《六年琱生簋》,2006 年又新出土《五年琱生尊》,学术界总称它们为琱生三器。三器铭文古奥难解,人物关系复杂,至今学者仍有很不一样的解释。本文利用多种古文字材料,考释了琱生三器中的“柔”字,把铭文中的“龠”释读为“输”、“厌”释读为“寔”;梳理了铭文中“公”、“幽伯”、“君氏”、“幽姜”、“召伯虎”、“妇氏”、“召姜”、“琱生”、“伯氏”、“召公”这些错综复杂的人物关系;通解了三器铭文。本文认为过去十分流行的琱生三器与狱讼有关的论断是没有道理的,此三器的主要内容是土地的转赠。

关键词:琱生三器铭文;古文字考释;土地转赠

清末出土《五年琱生簋》(《集成》4292)、《六年琱生簋》(《集成》4293)二器,随后研究颇多,2006 年又发现《五年琱生尊》(凡二器,同铭,《考古与文物》2007 年第 4 期、《铭图》11816、11817),从铭文中的日期看,此器时代正好可放到上两器之间,《五年琱生尊》

*本文为“古文字与中华文明传承发展工程”资助项目“出土简帛所见佚《书》类文献研究”(G1935)、国家社科基金重点项目“清华简佚《书》类文献整理与研究”(21AYY017)的阶段性成果。

公布后,研究更加兴盛,各家说法甚夥,意见纷纭不定,难以统一。① 不过随着出土材料的新的公布与金文研究的深入,对琱生三器铭文中疑难的解决还是有很多新的线索出现。小文准备在时贤各种研究成果的基础上,对琱生三器铭文进行重新整理,择诸家说法有理致者从之,并对琱生三器中的难点进行新的探索,希望能为琱生三器铭文的彻底通读铺平一些道路。

《五年琱生簋》:惟五年正月己丑,琱生有事,召来合事。余献妇氏以壶,告曰:"以君氏令(命)曰:'余老,之(止)公仆(附)庸土田多諫(忧),必白(伯)氏从许。公宕(居)其参(三),女(汝)则宕(居)其贰;公宕(居)其贰,女(汝)则宕(居)其一。'"余龠(输)于君氏大章(璋),报妇氏帛束、璜。召白(伯)虎曰:"余既讯,厌(亶)我考我母令(命),余弗敢乱。余或(又)至(致)我考我母令(命)。"琱生则觐圭。

"琱生"即"琱甥",这种意义上的"生"文献中常写作"甥",即为琱族女子所生。② "余老"一词在金文中又见于《焂卣》(《集成》5428、5429):"叔趯父曰:"余考(老),不克御事。"后面的"之"学者多与前连读为"余老之",实为不辞。这里的"之"应读为"止",应从李学勤、刘桓说与下连读,是"只是"、"仅仅"的意思。③ 这种用法典籍多见,如《庄子·天运》:"仁义,先王之蘧庐也,止可以一宿,而不可久处,觏而多责。"《墨子·天志中》:"且吾所以知天之贵且知于天子者,不止此而已矣。"

"諫"亦见于《五年琱生尊》《六年琱生簋》,各作下形:

 A1 (此不加"言"旁)A2  A3

此字旧多认为从"朿"从"言",早先陈梦家、张亚初释为"諫",④近期袁金平又有所论证,⑤后来学者反驳者有之,赞成者有之,两方旗鼓相当,意见纷纭不定。不过从新出的

①金东雪:《琱生三器铭文集释》,吉林大学硕士学位论文,2009 年,把当时所能见到的有关琱生三器的研究论文基本全部收入,在其后发表的论文尚甚多,新近发表的如裘锡圭:《琱生三器铭文新解》,《中华文史论丛》,2021 年第 4 期等。

②参看张亚初:《西周铭文所见某生考》,《考古与文物》,1983 年第 5 期。

③李学勤:《青铜器与周原遗址》,《新出青铜器研究》,北京:文物出版社,1990 年,第 230 页。刘桓:《关于〈五年琱生尊〉的释读问题》,《考古与文物》,2008 年第 3 期。

④陈梦家:《西周铜器断代》,北京:中华书局,2004 年,第 231 页。张亚初:《古文字分类考释论稿》,《古文字研究》第十七辑,北京:中华书局,1989 年,第 256—257 页。

⑤袁金平:《新见西周琱生尊铭文考释》,先秦史研究室网,2006 年 12 月 9 日,http://www.xianqin.org/xr_html/articles/jwyj/436.html。

《霸伯盂》(《铭图》6229)来看,A 只能是从"柔"从"言"的"謋"字,陈梦家等学者的说法是正确的。

《霸伯盂》:王使伯考蔑尚历,归(馈)柔(茅)、郁、旁(芳)鬯,臧。

 B

茅、郁先秦时皆为与饮酒有关之物,黄锦前、张新俊二先生已指出:B 与《羌柔觚》的""(《集成》6926),望山简 2—41 的"",郭店《性自命出》简 8、简 9 的""、"",睡虎地秦简《为吏之道》简 35 的"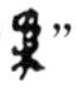",诸字一脉相承,差别甚微。① 其造字本义大概是象茅草之形。B 与 A("言"旁除外)基本没有区别,所以 A 也是"謋"字。不过 A 读为什么,还很费斟酌,本文我们试读为"忧"。② "附庸土田多忧"是说附庸土田多有可担忧之事。柔,日纽幽部,忧,影纽幽部,二字古音很近。后文所揭的《六年琱生簋》中有"狱謋"一词,"謋"也应读为"忧","狱謋(忧)"一词则直接点明了其所忧之事是因与他人产生了附庸土田的占有纠纷,从而导致狱诉发生。

"庑"字在金文中已出现过,如《彧方鼎》(《集成》2824)"则当安永宕乃子彧心",其中之"宕"与"庑"无疑是一字异体,不过这个"宕"的意思是"度",③和本铭中的"庑"用法并不相同。在近期发表的《轪伯丰鼎》(《铭图》2426)中,也出现了"宕"字,其文例作:"伯氏宕卿旋(士)嗣(辞)曰。"我们认为《施伯丰鼎》中的"宕"应读为"托"。石,禅纽铎部,托,透纽铎部,古音甚近。《彧方鼎》其中之"宕"读为"度","度"本从石,亦定纽铎部。"托"即寄托、交付的意思。④ 不过本铭的"庑"读为"托"不是很通顺,董珊先生认为"庑"从石声,清华一《金縢》简 8"周公石东三年","石"今本《金縢》作"居","石"与"居"二字音近,居是占有、据有的意思。⑤ 其说可从。

"鼁"亦见于《五年琱生尊》,各作下形:

---

①黄锦前、张新俊:《霸伯盂铭文考释》,简帛网,2011 年 6 月 15 日,http://www.bsm.org.cn/show_article.php? id=1494。

②李学勤释读该字为"扰",和本说比较接近。参李学勤:《琱生诸器铭文联读研究》,《文物》,2007 年第 8 期。

③参看王占奎:《琱生三器铭文考释》,《考古与文物》,2007 年第 5 期。

④单育辰:《轪伯丰鼎考》,《历史语言学研究》第十辑,北京:商务印书馆,2016 年,第 217—220 页。

⑤董珊:《韩伯丰方鼎铭文新论》,《源远流长:汉字国际学术研讨会暨 AEARU 第三届汉字文化研讨会论文集》,北京:北京大学出版社,2017 年,第 53—57 页。

 C1  C2

刘钊先生首先释出 C1 为“鼄”字，①甚确，C 可与甲骨文、金文诸字相比较：

（《合》19124）（《合》36417）（《合》27376，此从戈）（《合》30428，此从戈）

（《集成》6005、《铭图》11804）（《集成》2495）（《集成》10244）

C 的字形要更象形，把蜘蛛的两只眼睛也写了出来。但铭文里的“鼄”读为什么，刘钊先生没有说，袁金平先生认为读“速”。② 我们认为不如读为“输”更好，“鼄”端纽侯部，“输”书纽侯部，二字皆舌音侯部，古音至近。典籍中也有二声系字相通的例子，如《庄子·达生》“紫衣而朱冠”，《释文》：“朱冠，司马本作俞冠。”“输”有奉献、交纳的意思，如《左传·襄公九年》：“魏绛请施舍，输积聚以贷。”《汉书·卜式传》：“式上书，愿输家财半助边。”值得注意的是，此字在甲骨文中也有和琱生器一样的用法，《合集》9187 甲桥刻辞“我（鼄）五十”，《京津》264“我（鼄）”，③《邺中羽片三集》卷下第 27 页朱书残玉器“（鼄）于丁”，④这些“鼄”也应该读为“输”。新近发表的清华十《四告》有很多存古字形，其中简 23 出现“”字，整理者把它与甲骨文的“鼅（鼄）”联系起来，甚确。《四告》辞例为：“天子赐我林宝、金【22】玉庶器，鼅（鼄）赣（贡）饔饩。”“鼅（鼄）”也很明显应读作“输”，《盐铁论·本议》“郡国诸侯各以其物贡输”、“所以齐劳逸而便贡输”，正是“贡”、“输”连言。⑤

“厌”又见《六年琱生簋》，字形各如下：

 D1  D2

此字在金文中尚出现于《帅唯鼎》（《集成》2774）、《叔多父盘》（《铭图》14532、

①刘钊：《释甲骨文耤、羲、蟺、敖、栽诸字》，《古文字考释丛稿》，长沙：岳麓书社，2005 年，第 13—17 页。刘钊：《古文字构形学》，福州：福建人民出版社，2006 年，第 241—245 页。

②袁金平：《新见西周琱生尊铭文考释》，先秦史研究室网，2006 年 12 月 9 日，http://www.xianqin.org/xr_html/articles/jwyj/436.html。

③方稚松：《甲骨文字考释四则》，复旦大学出土文献与古文字研究中心网，2009 年 5 月 1 日，http://www.gwz.fudan.edu.cn/SrcShow.asp? Src_ID=778；又，方稚松：《殷墟甲骨文五种记事刻辞研究》，北京：线装书局，2009 年，第 62—64 页。

④《邺三》一例承谢明文先生示知。

⑤单育辰：《清华拾〈四告〉释文商榷》，《简帛》第二十四辑，上海：上海古籍出版社，2022 年，第 37 页。

14533)、《霸姬盘》(《铭三》41220):

《帅唯鼎》:王母[厂天]赏厥文母鲁公孙用鼎,乃雝(?)子帅唯王母唯用。

《叔多父盘》:无不喜曰:"[厂天]有父母,多父其孝子。"

《霸姬盘》:余谋弗[厂天]称公命,用虓霸姬。

 D3  D4  D5  D6

D1、D2、D3、D6 从字形上看为一字无疑,"厂"下所从应该是"天"字,①D4、D5 在人形腰部加了一横,变的有些象从"矢"之字,但从文例看,它们与 D1、D2、D3、D6 还应是一字。

D 字的旧解,林宏佳先生有过讨论,②他列出有释为"侯"、"斁"、"仄(则)"诸说,但从字形上看,诸家说都与之不似,D 应从"宀"从"天",③不过 D4、D5 在"天"形加了一横作饰笔,变得与"矢"略近而已。从文例上归纳,D 应该有强调的意思,具体在琱生器中可翻译为"确实"、"真的是"。④ 周忠兵先生认为 D 可释为"廛",并把 D1、D2 读为"展"或"亶",认为是确实、诚然的意思。⑤ 薛培武先生也有类似意见。⑥ 他们的说法是正确的,"廛"读为"展"、"亶"二字都可以,从典籍用字习惯来说,读为"亶"更好。不过周先生认为 D 字从"厂""𡗜"声,"𡗜"为"顶"或"旦",则尚未达一间。D 字"厂"下很明显即"天"字,上面的圆圈即像人头,《说文》卷一:"天,颠也。"章炳麟《小学答问》:"天即颠尔。颠为顶,亦为额。《释畜》:'駒颡,白颠。'《周南》:'麟之定。'《传》曰:'定,题也。'一本题作颠。(颠、顶、定、题,古皆双声,陆以颠为误,非也。)明题颡得称颠矣。……又,《刑法志》说秦刑有凿颠,《山海经》说兽名有刑天。刑天无首,盖被凿颠之刑。彼颠则指顶尔。"⑦此外,我们怀疑 D 也可读为"实"(或"寔"),"天"透纽真部;"实"船纽质部,二字声纽皆

①金文中的"天"字字形可参董莲池:《新金文编》,北京:作家出版社,2011 年,第 5—8 页。

②林宏佳:《读金文札记(一)》,新竹:"'出土文献的语境'国际学术研讨会暨第三届出土文献青年学者论坛"会议论文,2014 年。

③陈梦家、连劭名先生已认出 D 字从"厂"从"天",参看中国科学院考古研究所:《美帝国主义劫掠的我国殷周铜器集录》,北京:科学出版社,1962 年,第 51 页。连劭名:《周生簋铭文所见史实考述》,《考古与文物》,2000 年第 6 期。

④陈絜:《琱生诸器铭文综合研究》,《新出金文与西周历史》,上海:上海古籍出版社,2011 年,第 96 页已如此翻译。

⑤周忠兵:《释金文中的"廛"》,《出土文献》第十二辑,上海:中西书局,2018 年,第 43—52 页。

⑥薛培武:《"琱生器"中用为"寔/实"之字补论》,简帛网,2015 年 12 月 31 日,http://www.bsm.org.cn/?guwenzi/6572.html。

⑦章炳麟:《小学答问》,《章太炎全集(四)》,上海:上海人民出版社,2018 年,第 463—464 页。

舌音,韵部阳入对转,古音极为相近。在古书中与此相近的词例如《周易·既济》:“东邻杀牛,不如西邻之禴祭,实受其福。”《左传·隐公四年》:“此二人者,实弑寡君,敢即图之。”《诗经·召南·小星》:“寔命不同!”在传世典籍中,一般不用“天”通假为“实”(或“寔”),但二字仍有辗转相通之例,如“天”与“颠”古本一字(与头顶这个意义的“天”有关联者还有“定”“顶”等),而“真”系字与“是”系字又常常相通,①通过“真”的中介,我们可以比较容易看出“天”与“实”(或“寔”)关系密切的情形(真、实、寔应为一音之转)。“天”与“廛”的语音关系及“天”与“实”(或“寔”)的语音关系都比较接近,诸字在“确实”这个意义上很可能是一组有关联的同源词。诸字后世已经彻底分化,看起来是两组各不相干的表示“确实”含义的词,在典籍中也没有太多的痕迹可循,但经过以上的揭示,为我们提供了新发现的同属一组的上古同源词。

《五年琱生尊》:惟五年九月初吉,召姜以琱生五䡴(寻)、壶两,以君氏命曰:“余老,之(止)我仆(附)庸土田多柔(忧),必许勿事(使)㪔(散)亡。余宕(居)其参(三),女(汝)宕(居)其贰。其𨁟(光)公其弟(彝)。”乃余龠(输)大璋,报妇氏帛束、璜一,有司眔两屖。琱生对扬朕宗君休,用作召公尊𨯺。用祈通禄、髟(茂)屯、灵终。子孙永宝用之享。其有敢乱兹命,曰:“女(汝)事(使)召人。”公则明殛。

“”字不识,但从其后的量词为“寻”看,“”有可能是一种布匹名,“五寻”是指五寻长的。“其𨁟公其弟”,很多学者都与后文的“乃”连读而成:“其𨁟(兄)公,其弟乃。”文理不能通顺。② “乃”字有然后、于是的意思,典籍常见,在金文中亦多此用法,如《帅唯鼎》:“乃𩀍(?)子帅唯王母唯用。”《遅父钟》(《集成》103):“用昭乃穆穆丕显宠光,乃用祈匄多福。”《多友鼎》(《集成》2835):“多友又有折首、执讯,乃𩞁追至于杨冢。”铭文中的“𨁟”疑读为“光”,“𨁟”是两声字,“兄”晓纽阳部,“𡉚”(“往”之声符)匣纽阳部,“光”见纽阳部,三者古音很近。“光”在铭文里用作动词,光明的意思。“弟”疑读为“彝”,“弟”定纽脂部,“彝”喻纽脂部,二者古音也很近。“彝”是常法的意思。“公其彝”

①参“寘与寔”、“寘与禔”、“瑱与題”相通之例,高亨、董治安:《古字通假会典》,济南:齐鲁书社,1989年,第92—93页。又如《诗·周南·麟之趾》“麟之定”,毛传:“定,题也。”《释文》引“题”或作“颠”。此正是额头义之天、颠、题互用之例。

②陈英杰、辛怡华、刘栋已把“乃”连下句读,并翻译成“于是”,可惜遵从此说者甚少。参陈英杰:《新出琱生尊补释》,先秦史研究室网,2007年4月24日,http://www.xianqin.org/xr_html/articles/jwyj/497.html;辛怡华、刘栋:《五年琱生尊铭文考释》,《文物》,2007年第8期。

犹言“公之彝”,[①]“其”有“之”的用法,典籍常见,又如《六年琱生簋》“朕宗君其休”即“朕宗君之休”,此是铭文“其”用为“之”之证。“其䞨(光)公其弟(彝)”是说光明召公之平常之法度。“”字不识,从辞例“有司眔”,其与“有司”并称来看,应是人名。“两屖”之“屖”不知如何释读,但应是器物名。“两屖”者,大概有司某人得一“屖”,“”得一“屖”。“女(汝)事(使)召人”,此“事”应读为“使”,如上文“必许勿事(使)散亡”,“事”亦读为“使”。“公则明殛”辞例见于《仲𧩀父簋》(《铭图》4845):“其或贸易,则明殛。”[②]侯马盟书亦多见“吾君其明殛视之”之语。

《六年琱生簋》:惟六年四月甲子,王在萘(方)。召白(伯)虎告曰:“余告庆!”曰:“公厥禀贝,用狱諫(忧)。为白(伯)有祇有成,亦我考幽伯幽姜令(命)。余告庆!余以邑讯有司,余典勿敢封。今余既讯有司,曰:‘戻(亶)命。’今余既一名典,献白(伯)氏。”则报璧。琱生对扬朕宗君其休,用作朕烈祖召公尝簋,其万年子孙宝,用享于宗。

“公厥禀贝,用狱諫”,上文已说《五年琱生簋》的“柔”可读为“忧”,“狱諫(忧)”是说因涉及狱讼而导致的担忧之事。全句可理解为“召公拿着钱,用(它去处理)涉及狱讼而导致的担忧之事”,其进一层的含义可能是召公已经用钱满足了诉讼方的需求,所以附庸土田已经没有纠纷了,可以让召公与琱生对它们进行分配。“余典勿敢封”意思较明朗,即是“我把土地田邑书写在简策上,却不敢把它作为自己封疆”之义。后文“余既一名典”,“一”有全部的意思,[③]“典”犹登记之义,金文常见,如《倗生簋》(《集成》4264)“铸宝簋,用典格伯田”、《膳夫克盨》(《集成》4465)“王令尹氏友、史趛典膳夫克田人”,全句即“我既已全部按地名核对土地,写于简策”。

把琱生三器的疑难字处理完毕后,其铭文人物关系与内容也就开朗了。《五年琱生簋》“止公仆庸土田多諫(忧)”、“公宕(居)其参(三)”、“公宕(居)其贰”,《五年琱生尊》“公则明殛”,《六年琱生簋》“公厥禀贝”中的“公”即《六年琱生簋》中的“幽伯”,或可称“召幽伯”,是召伯虎的父亲,从《五年琱生簋》召伯虎称“我考我母”,且他从未在铭文中有所活动看,在五年正月时,他已经去世。《召伯虎盨》(《铭图》5518):“召伯虎用作朕文

①陈英杰:《新出琱生尊补释》已把“其”翻译成“之”。

②董珊:《侯马、温县盟书中“明殛视之”的句法分析》,《古文字研究》第二十七辑,北京:中华书局,2008年,第356—362页。

③参杨树达:《六年琱生𣪘跋》,《积微居金文说(增订本)》,北京:中华书局,1997年,第245—249页。

考。”此位“文考”亦即琱生三器中的“公”,召伯虎作盨时,应尚无谥号,故未称“幽伯”,而以“文考”相称。

《五年琱生簋》的“君氏”也即《六年琱生簋》的“幽姜”,与《五年琱生簋》“公(即《六年琱生簋》的幽伯)”为夫妻关系(这从《五年琱生簋》“止公附庸土田多諫(忧)”、《五年琱生尊》“止我附庸土田多柔(忧)”,“公”、“我”互换,以及《六年琱生簋》“幽伯幽姜”并称可以明显看出)。在西周铭文中作器者指称地位高的女性时,基本是用“君”来表示,如《作册睘尊》(《集成》5989)“在厈,君令余作册睘安夷伯”(参《作册睘卣》〔《集成》5407〕“唯十又九年,王在厈,王姜令作册睘安夷伯”);《季姬方尊》(《铭图》11811)“君命宰茀赐𠂔(姊)季姬畋臣于空木……其对扬王母休”;《征人鼎》(《集成》2674)“天君飨酒在斤,天君赏𠂇征人斤贝”;《遹盉》(《集成》10321)“君在潦既宫,命遹使于述土,……天君使遹使须”;《尹姞鬲》(《集成》754—755)“休天君弗忘穆公圣粦明弼事先王”;《螨鼎》(《集成》2765)“螨来遘于妊氏,妊氏令螨使保厥家,因付厥且仆二家,螨拜稽首,曰:休朕皇君弗忘厥宝臣”。[①] 又《左传·隐公三年》:“夏,君氏卒。声子也。……为公故,曰‘君氏’。”琱生器的“君氏”也不应该例外。《五年琱生簋》中尚称她为“君氏”,但在《六年琱生簋》中,则已变称“幽姜”,可见在六年四月的时候,她已经亡故。

“召伯虎”是公与君氏的儿子,如《五年琱生簋》召伯虎说“我考我母命”,《六年琱生簋》召伯虎说“我考幽伯幽姜命”,而铭文中所发命令者正为“君氏”,也就是其母。《五年琱生簋》的“妇氏”应该是召伯虎的妻子,也就《五年琱生尊》的“召姜”,只要拿《五年琱生簋》“告曰”的主语为“妇氏”、《五年琱生尊》“以君氏命曰”的主语是“召姜”;以及《五年琱生尊》“召姜”“以君氏命曰”而琱生回报的是妇氏这两处文句相比较,可以很容易得出“妇氏”即“召姜”这个结论。而称铭文称“妇氏”自应是铭文主要人物召伯虎之妻。[②] 有意思的是,召伯虎的母亲和妻子皆为姜姓,这种亲上加亲的婚姻在古代是十分常见的。

前文已言,“琱生”的母亲为琱族,但他的父亲无疑是召族。这从《五年琱生尊》“琱生对扬朕宗君休”、《六年琱生簋》“琱生对扬朕宗君其休”可以非常明显地看出来。“琱

---

①对金文中“君”字称谓的整理可参看陈英杰:《金文中“君”字之意义及其相关问题探析》,《中国文字》新三十三期,台北:艺文印书馆股份有限公司,2007 年,第 107—152 页。但其文对琱生三器中“君氏”的称谓的理解,与我们不同。又可参看陈絜:《琱生诸器铭文综合研究》,朱凤瀚主编:《新出金文与西周历史》,上海:上海古籍出版社,2011 年,第 85—86 页。

②裘锡圭先生曾释“妇氏”为“寝氏”,参看《复公促簋盖铭补释——兼说琱生器铭“寝氏”》,《裘锡圭学术文集·金文及其他古文字卷》,上海:复旦大学出版社,2012 年,第 195—204 页。无论其说是否,也不影响“召姜”即“寝氏”的结论,“召姜”大概掌管“君氏”内庭,故可以称“寝氏”。

生”把“君氏”也就是“幽姜”视为“宗君”，那么他一定不是大宗宗长，而“幽伯幽姜”的儿子“召伯虎”则是大宗宗长，也因此他有土地处置权。

要注意的是，《五年琱生簋》“妇氏”传达“君氏”对“琱生”的命令说“必伯氏从许”，把“琱生”称为“伯氏”，应该注意的是，这个“伯氏”应不是“君氏”对“琱生”的称谓，而是“妇氏”对“琱生”的称谓，铭文书写不密，对转述的称谓没太在意。参《六年琱生簋》“召伯虎”对“琱生”说“为伯有祗有成”、“献伯氏”，召伯虎对“琱生”称为“伯”、“伯氏”，同理亦知《五年琱生簋》中的“伯氏”亦为“妇氏”对“琱生”之称。由此可见“琱生”和召伯虎、妇氏（召姜）是平辈，并且要年长于二者。但即使“琱生”年岁要更大一些，且因为“琱生”不是大宗，所以他也只能尊“召伯虎”的母亲“幽姜”为“宗君”。而召伯虎则为大宗之长。

“琱生”的父亲，据《琱生鬲》（《集成》744）“琱生作文考寛仲尊䰙”，是“寛仲”。《五年琱生尊》“用作召公尊𬯀”、《六年琱生簋》“用作朕烈祖召公尝簋”，这里的“召公”与“烈祖召公”应是一人，应是“琱生”的祖父（也可能是曾祖父或更远的祖父，但可能性较低），而这个“烈祖召公”更可能同时也是“幽伯幽姜”的父亲，是召公这一大宗的直系祖先。

下面我们再把琱生三器做下翻译：

> 《五年琱生簋》：五年正月己丑那天，琱生有事情，召族大宗来会合商议事情。我（琱生）献给妇氏（召姜，召伯虎之妻）一壶，妇氏告诉说：“我带来君氏（召伯虎之母，即幽姜）的命令，她说：‘我老了，只是公（召伯虎之父，即幽伯，下同）的附庸土田多有可担忧之事，伯氏（指琱生）一定要许诺，（不让我的土田散亡。）如果分成五份的话，公占有其中三份，你占有其中两份；如果分成三份的话，公占有其中两份，你占有其中一份。’”我送给君氏大璋，报赠妇氏束帛、一璜。召伯虎说：“我已经讯问有关人员了，确实是我去世的父亲及母亲（此时仍在世）的命令，我不敢扰乱。我再来送达我父亲、母亲的命令。”琱生则以圭相报。

要注意的是，五年正月召伯虎之父已经去世，但铭文中多以“公”来称呼，这是因为“公”是对于尊位者的称呼，且不论生死都可以称“公”。铭文中“公”还要掌握土地，但这只是以“公”来指代以召伯虎之父即幽伯这一大宗而已。琱生送给君氏的礼物（大璋）明显比妇氏（束帛、一璜）贵重，这也证明君氏的地位要高于妇氏。

> 《五年琱生尊》：五年九月初吉那天，召姜（妇氏）给琱生五寻长的、两壶，带来君氏的命令说：“我老了，只是我（因君氏与召伯虎之父为夫妻，本一家，故“我”可与

> 上铭的“公”互用）的附庸土田多有可担忧之事，（你）一定要许诺不让我的土田散亡。土田分成五份，我（这里和上铭相较，也是“公”、“余”互用）占有其中三份，你占有其中两份。用来光明召公之平常法度。”于是我送给（君氏）大璋，报赠妇氏束帛、一璜。有司某人及一共两犀。琱生对扬我宗君（指君氏）的休美，因作召公尊器。因祈求生活美满长久。子孙永远保有享用。假如有敢扰乱这个命令，说：“你去使唤召族大宗的人。”在天上的幽伯会明视惩罚。

值得注意的是，在《五年琱生簋》里君氏曾提出两个田地分配方案：“公居其三，汝则居其贰；公居其贰，汝则居其一。”但在此铭里则变成一个方案了：“余居其三，汝居其贰。”并且和《五年琱生簋》相较，琱生所报赠之人除了君氏和妇氏外，还多了有司某及这两个人，可见这次是正式的田地分配方案，需要管理官员及见证人在场。这些也都证明《五年琱生尊》所述之事在《五年琱生簋》之后。“女（汝）事（使）召人”这句话具体说的是什么，已不能详明，似乎田地分配方案还有附加条件，比如不能使唤召族大宗的人等，但这些附加条件没有被刻铸于铭文里。

> 《六年琱生簋》：六年四月甲子那天，周王在方地。召伯虎告诉说：“我来告诉喜庆的事！”说：“（以前）幽伯拿着钱，用（它去处理）涉及狱讼而导致的担忧之事，（现在已经成功）。正因伯（指琱生）有谨敬有成效，也是我去世父母幽伯幽姜的命令。我来告诉喜庆的事！我拿土地田邑来讯问有关管理人员，我把土地书写在简策上，却不敢把它作为自己封疆。现在我已经讯问到有关管理人员了，他们说：‘（幽伯幽姜的）命令确实这样。’现在我既已全部按地名核对土地，写于简策，奉献给伯氏（指琱生）。”琱生则报赠一璧。琱生对扬我宗君（指君氏）的休美，因作我烈祖召公的尝簋。子孙万年永远保有，享用于宗族。

前两铭的“君氏”在此铭里已经变成“幽姜”，可见“君氏”已经去世。此铭召伯虎说：“献伯氏”，可见至少在约定上，田地已经转让到琱生手里了。以往很多学者认为琱生三器有关狱讼，按我们现今的整理，狱讼之事与琱生并无直接关系，其主要内容还是土地的转赠。琱生为此一共做了三件青铜器（仅目前所见），从刚有土地分配意向到分配确定，到获赠土地，每一阶段都铸有铭文纪事，实在是非常难得的记录，不过亦由此可见琱生获得田地应该着实不少，是非常值得庆贺的一件事情。

Study on Three Inscriptions of Brones of *Diaosheng*

Shan Yuchen

(Jilin University)

Abstract: There are three inscriptions of Brones of *Diaosheng* that are so difficult to explain, in this article, we analysised complicated figures and relationships, also researched the words of 柔, 鼀, 厌 in these inscriptions of Brones. Finally we interpretated these three inscriptions of Brones of Diaosheng and thought they were about land transfer, instead of litigation.

Keywords: inscriptions of Brones of *Diaosheng*; translate; land transfer

《上博九·成王为城濮之行》中两个疑难字平议*

张 峰

（重庆大学新闻学院）

提要：《成王为城濮之行》中有两个争议较大的疑难字，第一个字作、、，第二个字作、，如何隶定，学术界争议颇多。其中第一个字与、可能本不同字，前者释为"受"，后两个字也有可能释为"遈"，读为"治"。、可能释为"股"，读为"睽"。另外，免盘（《集成》10161）中右下所从可能为（从廾，甾声）字异体，作声符。可能读为"载"，用为量词。

关键词：成王为城濮之行；股；睽；遈

《上海博物馆藏战国楚竹书》第九册《成王为城濮之行》（下简称"《成王》"）甲、乙本简文发布后，①很多学者就编联与文字释读进行了讨论，一致认为整理者所区分的甲、乙两本并不存在，只是一本，具体编联倾向于"甲 1+甲 2+甲 3+乙 1+乙 2+甲 4+乙 3 上+乙 4+甲 5"，简文释读如下：

成王为城濮之行，王使子文教子玉。子文 A 师于 B，一日而毕，不抶一人。子【甲 1】玉 A1 师，出之蔿，三日而毕，斩三人。举邦贺子文，以其善行师。王归，客于

*本文为 2022 年度国家社科基金冷门绝学研究专项学者个人项目"出土楚文字疑难字整理、研究及数据库建设"（22VJXG058）阶段性成果。

①参马承源主编：《上海博物馆藏战国楚竹书（九）》，上海：上海古籍出版社，2012 年，第 17—28、143—153 页。

子文。子文甚喜【甲2】，合邦以饮酒。蔿伯嬴犹弱，顾持肉饮酒。子文举肞责（?）伯嬴，曰："縠菟余为【甲3】楚邦老，君王免余罪。以子玉之未惯，君王命余A2师于B2，一日而毕【乙1】，不抶一人。子玉出之蔿，三日而毕，斩三人。王为余□，举邦贺余，汝【乙2】独否。余见食是肞，而弃不思老人之心。"伯嬴曰："……"

其中的相关字形作：

A	A1	A2	B	B2

陈伟指出，简文可与《左传·僖公二十七年》下面这句话对读：①

楚子将围宋，使子文治兵于睽，终朝而毕，不戮一人。子玉复治兵于蔿，终日而毕，鞭七人，贯三人耳。国老皆贺子文。子文饮之酒。蔿贾（字伯嬴——引者注）尚幼，后至，不贺。子文问之。对曰："……"②

可以看出，简文中的A与A2一字，对应《左传》作"治"；B与B2一字，对应《左传》的"睽"。但由于简文同字异写，学者释读有很大争议。本文拟在旧说的基础上，根据《成王》篇字迹特点、安大简等新材料对诸说进行平议，以期达到正确释读的目的。

一

据李松儒对《成王》字迹的研究，甲简1—2是由抄手A抄写，同时，其也抄写了《上博六·天子建州》乙本简1—9、《上博七·君人者何必安哉》甲本简9等；而甲本简3—5以及乙本简1—4（简3下除外）是由抄手B抄写。③ 根据《成王》的编联顺序，抄手A抄完开篇甲1和甲2后，抄手B接着抄写了余下的简文。从他们抄写的简文可以发现，抄写水平都不是很高。如抄手B抄写的（甲3"远"）、（甲3"猷"）、（甲4"老"）、（甲5"老"）、（甲5"败"）、（甲5"慭"），将"远"所从的""（上博四·采风曲目3"远"所

①陈伟：《〈成王为城濮之行〉初读》，简帛网，2013年1月5日。
②杨伯峻编著：《春秋左传注（修订本）》，北京：中华书局，2012年，第444页。
③李松儒：《战国简帛字迹研究——以上博简为中心》，上海：上海古籍出版社，2015年，第464—473页。

从)写成了"![字]","獸"所从的"犬"写成了"![字]","老"(可对比其抄写的乙1![字])写成了似"正"(可对比包山131的![字])形,①"败"所从的似"目"(实为贝)形写成了"四","愁"所从的"戈"写成了"![字]"。另外,其抄写的下又误衍重文符号。诚如李松儒所说:

> 《成王为城濮之行》中的抄手B不仅书写水平一般,而且笔误也很多。该篇抄手B(抄手A所写文字较少,暂不做比较)对文字结构及偏旁、字部的书写并不十分清楚,可见其识字能力较差。并且《成王为城濮之行》的内容就是写楚国"子文"、"子玉"练兵之事,原始记载就应该是楚国本国文字,不该存在因抄写其他国别底本不识文字而造成误写的现象。我们认为抄手B的文化水平也很可能较低。②

我们再比较几个抄手A和抄手B均抄过的字:

| | 抄手A | | 抄手B | | | | | | |
	甲1	甲2	甲3	乙1	乙2	甲4	乙3上	乙4	甲5
或	![字]	![字]		![字]	![字]				
玉	![字]	![字]		![字]	![字]	![字]		![字]	![字]
而	![字]	![字]		![字]	![字]	![字]	![字]		![字]
悳		![字]③							![字]
毁		![字]			![字]				

①整理者曾将甲4和甲5的"老"释为"正"(参马承源主编:《上海博物馆藏战国楚竹书(九)》,2012年,第149—150页),宋华强也认为甲4释为"正"可从(宋华强:《上博九〈成王为城濮之行〉考释(九则)》,《简帛》第9辑,上海:上海古籍出版社,2014年,第98—99页)。实际上,"![字]"类形体"正"第二笔横画都是中间凸起,从不作中间凹陷,这是与简文省体最大的不同。

②李松儒:《战国简帛字迹研究——以上博简为中心》,2015年,第472页。宋华强认为简文有的文字与燕、中山文字接近,其推测跟竹书曾在楚地之外的区域传写过有关(参宋华强:《上博九〈成王为城濮之行〉考释(九则)》,《简帛》第9辑,2014年,第100、91页)。

③此形为摹本。

续表

	抄手 A		抄手 B						
	甲 1	甲 2	甲 3	乙 1	乙 2	甲 4	乙 3 上	乙 4	甲 5
曌									

从表中“𧖴”“玉”“而”“曌”四字可以看出，抄手 A 要比抄手 B 抄写规范些。[①] 抄手 A 抄写的“壴”作“”，按照学术界的隶定，上部从“彭”，严格来说似为讹书。但其抄写的《天子建州》乙本简 5 以及另一个书手抄写的《天子建州》甲本简 6“壴”也作，[②]此形还见于包山 211，所以抄手 A 笔下的应不是误写，可能就是他们笔下的正常写法。至于“毁”，抄手 B 抄写成（一般理解为“大”的分化字），陈伟、许可、李守奎、白显凤、高佑仁等均认为属于正体，认为抄手 A 抄写的（所从）衍增一笔，[③]其中李守奎、白显凤认为与“蔿”音近可通。实际上，并不能排除是正体。虽然其左侧所从还有很多争议，[④]但对比《清华贰 · 系年》简 79 的“吴”作后，我们倾向于整理者释从“吴”说。[⑤] “吴”（疑母

①具体来说，“𧖴”，抄手 A 虽然将左下所从的“戈”讹成了“干”，或者“或”省掉“○”，但仍能看出是“𧖴”；而抄手 B 抄写的或辨识起来相对困难些（其中下部所从的所谓二“白”形最初当跟“或”所从的“○”形有关，后来变成了“肉”形）。“玉”，抄手 A 抄写的是楚文字标准写法，而抄手 B 所抄的五个“玉”字形不全相同，尤其是有 1 例抄成了（目前此类写法的“玉”楚简极少见，天星观卜筮简有 1 例，参滕壬生：《楚系简帛文字编（增订本）》，武汉：湖北教育出版社，2008 年，第 47 页）。如果没有辞例限制，释为“王”亦无不可。“而”，虽然抄手 A 抄成了形，但最下部两笔还是弯曲的，介于“而”和“天”之间；而抄手 B 抄写的“”毫无疑问已经讹成了“天”。“曌”，抄手 B 抄写的甲 3，所从的“止”写讹。

②说明《天子建州》的底本可能就如此，跟书手抄写似无关。

③陈伟：《〈成王为城濮之行〉初读》，简帛网，2013 年 1 月 5 日。许可：《上博九〈成王为城濮之行〉“寻（从攴）”字申说》，简帛网，2015 年 1 月 9 日。李守奎、白显凤：《〈成王为城濮之行〉通释》，《中国文字研究》第 21 辑，上海：上海书店出版社，2015 年，第 81 页。又载于李守奎：《汉字学论稿》，北京：人民美术出版社，2016 年，第 62 页。季旭昇、高佑仁主编：《〈上海博物馆藏战国楚竹书（九）〉读本》，台北：万卷楼图书股份有限公司，2017 年，第 22—23 页。

④参季旭昇、高佑仁主编：《〈上海博物馆藏战国楚竹书（九）〉读本》，2017 年，第 22—23 页。其中季旭昇认为从虍声，为“虍”讹省。此前，李家浩则将它们分别释为“虔”“卞”，认为分别从攴、卜声，且攴、卜声可通（参李家浩：《战国楚简“卞”字补释》，《汉语言文字研究》第 1 辑，上海：上海古籍出版社，2014 年，第 129—133 页）。按，楚文字似未见独体的“虍”，应不会是“虍”的讹省。由于、仅是繁简不同，似也不应释为从虍。

⑤马承源主编：《上海博物馆藏战国楚竹书（九）》，2012 年，第 146 页。

鱼部)与"蔫"(匣母歌部)韵部虽不近,①但有学者认为可通,②文献中也有二者读音相近的例证。③ 抄手B抄写成 ,可以看作讹省,与其抄写的"老"省为似"正"形类似。

从上面所论可以看出,抄手A和抄手B抄写水平都不高,都有错字。相对而言,抄手A似乎比抄手B抄写相对规范些,④更接近正体,但也有小误。这提示我们,想要正确释出A、B等字,必须优先考虑抄手A,并在此基础上,综合考察抄手B进行判断,而不应单纯仅据某一形体。

二

先讨论B和B2,其最大的争议是左侧所从为何字。孟跃龙总结过往说法,指出左侧所从有释"兆""申""寻""旨"四种意见。⑤ 实际除了孟跃龙所举四说外,宋华强还有释"乖"读"睽"之说。⑥ 另外,还有学者认为B和B2是"癸"或"陈";以及"卟"之讹,读为"睽"的说法。⑦ 在这些说法当中,学者多倾向于释为从"寻",我们也曾持这一意见。⑧ 最大理由是楚简中"寻"有类似的形体,如 (包山12)、(包山157反面)、(安大一·诗经3)、(安大一·诗经4)所从,甚至里耶秦简第五层简7"□□布四寻"的"寻"作 ,⑨

① 本文上古音均来自陈复华、何九盈:《古韵通晓》,北京:中国社会科学出版社,1987年。下文不再出注说明。
② 参季师旭昇古文字读书会(金宇祥执笔):《上博九〈成王为城濮之行〉集释》,复旦大学出土文献与古文字研究中心网,2013年1月27日。
③ 传世文献中未见"为""吴"直接相通的例子,但"为"与"于""與"可通,而"于"以及"與"所从的"牙"音又与"吴"相通(参张儒、刘毓庆:《汉字通用声素研究》,太原:山西古籍出版社,2002年,第595、401、349、390—391页)。出土文献中也有类似的例子,如《诗·鄘风·定之方中》"作于楚宫""作于楚室"的"于",三家《诗》和安大简《诗经》作"为"。从文意上看,当作动词"为","于"为借字(参〔清〕马瑞辰撰,陈金生点校:《毛诗传笺通释》,北京:中华书局,1989年,第181页)。《郭店·缁衣》简39"出入自尔师于"的"于",《礼记·缁衣》作"虞"。可见,"为"与"吴"读音是比较近的。
④ 李松儒曾认为抄手B比抄手A书写水平高一些(参李松儒:《战国简帛字迹研究——以上博简为中心》,2015年,第465页)。按,由于抄手A仅抄两简,数量较少,如果其抄写较多的简,也可能存在抄手B比抄手A规范的可能性。但就目前看,抄手A比抄手B相对要规范些。
⑤ 孟跃龙:《上博简〈成王为城濮之行〉中所谓"氵攴"字新考》,《语文研究》,2019年第2期。
⑥ 宋华强:《上博九〈成王为城濮之行〉考释(九则)》,《简帛》第9辑,2014年,第92—94页。
⑦ 参季旭昇、高佑仁主编:《〈上海博物馆藏战国楚竹书(九)〉读本》,2017年,第16页。
⑧ 张峰:《〈上博(九)·成王为城濮之行〉释读》,《学术交流》,2014年第11期。
⑨ 湖南省文物考古研究所编著:《里耶秦简(壹)》,北京:文物出版社,2012年,图版第4页。此字具有楚文字风格,参许可:《上博九〈成王为城濮之行〉"寻(从攵)"字申说》,简帛网,2015年1月9日。

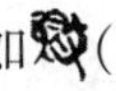

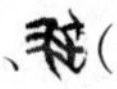

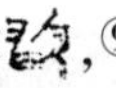

与 B2 字形完全相同。① 季旭昇认为，B 和 B2 反“S”中的“=”即“口”形省写，释为“从‘申’的可能性还是有的”，“隶作‘㝵/敒’，或可从此二形去思考此字与《左传》对应‘睽’的关系”。② 孟跃龙则认为释为“兆”“申”“寻”“旨”皆不可信，其根据“赗”作（郭店·语丛四 1），提出 B 和 B2 所从是“𠬪”（《说文》“𠳋”字或体），整字释为“𣪠”（见于《说文·殳部》），韵部语音通转之后可以读为“睽”。③

由于《清华壹·楚居》简 9—10 记载楚“成王自䣕郢徙袭湛郢，湛郢徙□□□□居𦣞（睽）郢，至穆王自𦣞（睽）郢徙袭为（蔿）郢”，这里的“睽郢”“蔿郢”应即《左传》的“睽”“蔿”，也间接证明《左传》的记载可信。也就是说，不管 B 和 B2 释为何字，其最终应与“睽”联系起来。

首先，诸家将 B 和 B2 释为“寻”，确实不一定可信。甲骨文、金文“寻”本像人伸两手臂度量簟席之形，④两手臂的方向多向左，少部分向右，上下手臂并不相连。楚文字的“寻”常作（包山 157 所从）、（新蔡乙四 66 所从），⑤如果将下部手臂形反写，就成了上举包山 12“鄩”所从的，中间也是不相连的。后来为了书写方便，中间连写，就成了包山 157 反所从这种形体。这与抄手 B 抄写的 B2 所从，表面上看是基本相同的。但上文已经说明，判断 B 和 B2 是何字，不应单考虑抄手 B，还要考察抄手 A。其抄写的（B）上部显然不从二横，而是有一竖笔，这绝不是“寻”所从，很可能是开口向左的“口”形讹误。另外，“寻”下部的二横要么平直作“=”，要么经常向斜下方倾斜，作“”或“”形。B 和 B2 下部二横，并不平直，尤其是最下一笔，都是有凹陷的，应该是楚文字“口”形的变化形体或“口”形省略为“=”。⑥ 孟跃龙曾指出：“从语音上看，‘睽’在脂部，‘寻’在

①另外，新蔡甲三 114、113 首字作，虽然残存下半，但辞例上释为“鄩”毫无问题。从残存的下半来看，应是左从邑，中间下部从口，右侧从寻。字形可对比新蔡乙四 16 和新蔡乙四 47 的“鄩”，它们是从邑从寻，右下从口，与甲三 114、113 只是“口”的位置不同。相关字形可参张新俊、张胜波：《新蔡葛陵楚简文字编》，成都：巴蜀书社，2008 年，第 125 页。

②季旭昇、高佑仁主编：《〈上海博物馆藏战国楚竹书（九）〉读本》，2017 年，第 18 页。

③孟跃龙：《上博简〈成王为城濮之行〉中所谓“汥”字新考》，《语文研究》，2019 年第 2 期。

④季旭昇：《说文新证》，台北：艺文印书馆，2014 年，第 235 页。

⑤更多字形参李守奎、贾连翔、马楠编著：《包山楚墓文字全编》，上海：上海古籍出版社，2012 年，第 272 页。张新俊、张胜波：《新蔡葛陵楚简文字编》，2008 年，第 125—126 页。

⑥B 和 B2 所从的“口”与《郭店·语丛四》简 22 的（君）所从的“口”相似。本篇书手有将“口”或“○”省写成“=”的习惯，如（乙 2），还有趋向省写的，如（乙 1）。楚简更多例子可参张峰：《楚简省形符号“=”及相关字略说》，《江汉考古》，2015 年第 6 期。

侵部,相距略远,似乎还不能算是最佳的选择。”①也就是说,从字形和语音上都不支持 B 和 B2 释为从“寻”,其反“S”形中的笔画是上下两“口”形。这与楚文字“申”“𠳋”形体都非常接近,只是楚文字“申”多作(清华贰·系年 20)形,两“口”形开口向上,偶作(郭店·忠信之道 6)、(清华拾·四告 30“神”所从),两“口”形开口相对,亦有作(清华伍·厚父 2“神”所从),一个开口方向朝外;而“𠳋”多作(包山 117)、(清华伍·殷高宗问于三寿 4)所从之形,两“口”形开口一个向左,一个向右,也有简省作(包山 26)、(包山 68)所从之形。一般而言,楚文字“𠳋”多下加甘形,如上举诸字形;但也有少部分作“𠳋”,如包山 248 的(祷)所从。

其次,既然 B 和 B2 所从与“申”“𠳋”非常接近,那到底该释为哪个字?何琳仪曾认为楚文字“申”与“𠳋”形体相同,声母亦近,疑本一字分化。② 从上举楚文字字形看,二者“口”形方向不同,还是有区别的;一字分化也不可靠。但这间接说明 B 和 B2 所从很不好判断。如果将 B 和 B2 所从的“口”复原,应该分别是“”“”形,显然就是“申”字。《安大二·曹沫之陈》9 例“戟”,有 1 例作,其余皆作(简 27),一个“口”已经省为“=”,说明将“申”所从两“口”均省为“=”也是完全可能的。而“𠳋”字两“口”开口分别向左和向右,将“口”简省可以写成(寿春鼎“寿”所从,《集成》2397)、③(郭店·语丛四 1 所从),甚至(包山 26)所从,但从未见写成“”形的。也就是说,两“口”形为了书写方便可以省作“||”,进而变为“\\”,但从未见省为“=”的。这是由两“口”的开口方向决定的。所以,B 和 B2 所从最有可能当释为“申”。

值得注意的是,抄手 A 抄写了 B,另外抄写的《天子建州》乙本简 5 有从“𠳋”的“𢦏{雠}”字,作,讹误较严重;而其他书手抄写的《天子建州》甲本简 6 对应“𢦏{雠}”的字作,④与楚文字常见写法近同。说明抄手 A 对“𠳋”字确实不熟悉,容易写错,但并没有写成类似 B 和 B2 所从形体。这似乎也能间接证明其抄写的 B 不是“𣪘”的讹误,而是“𣪠”字。

①孟跃龙:《上博简〈成王为城濮之行〉中所谓“汥”字新考》,《语文研究》,2019 年第 2 期。

②何琳仪:《战国古文字典——战国文字声系》,北京:中华书局,1998 年,第 202 页。

③三晋文字有很多这样的形体,参汤志彪编著:《三晋文字编》,北京:作家出版社,2013 年,第 1271—1273 页“寿”字所从。本文所说的“《集成》”指中国社会科学院考古研究所编:《殷周金文集成(修订增补本)》全八册,北京:中华书局,2007 年。

④该字也见于《清华壹·程寤》简 4,作。

再次，“㲋”与“㲋”的读音比“䝘”与“睽”的读音更直接相近些。“㲋”从“申”声，书母真部，“䝘”禅母幽部，“睽”溪母脂部。文献未见“申”“㲋”声符字与“癸”声符相通的直接例证，故仅能从音理上进行推测。声母书母、禅母属舌音章组字，与喉音见组的溪母关系密切，有很多谐声的例子，如“申”书母，从申声的“坤”属于溪母；①从“旨”声的“蓍”属书母，“䭫”（稽）则属溪母。“甚”属禅母，从甚声的“堪”“戡”则属溪母。从支声的“豉”属禅母，“忮”“蚑”“跂”“頍”属溪母。从臤声的“肾”属禅母，“臤”“菣”“掔”属溪母。② 据黄易青的研究，楚方言中见组和章组有相通假用例。③ 另据张洁的研究，马王堆帛书中有大量的见组和章组相通的例子，可能是楚方音的语言特点。④ 可见，“㲋”“䝘”声母均与“睽”的声母相近。

再来看韵母。孟跃龙引刘钊文指出，幽觉与微物文（脂质真）之间有相当常见的音转现象，所以幽、微（脂）可以通转。这个音理是有道理的，但诚如孟跃龙文注释 19 中提到的：“匿名审稿专家认为幽微通转现象可能是‘特殊现象’。”换句话说，审稿专家并不认同将这一现象作为普遍现象进行运用。相较于幽、微（脂）的通转现象，脂部“睽”与真部“㲋”有严格的阴阳对转关系。传世文献中可见二部相通，出土文献也有例证，如《上博一·缁衣》“晋冬耆寒”，“晋”（真部）《礼记·缁衣》作“资”（脂部）。⑤ 所以从语音上看，“㲋”也存在与“睽”相通的可能性。

总之，将 B 和 B2 所从释为“申”，符合楚简文字写法，也能从语音上与“睽”联系起来。这里还有一个问题需要交代，前文引《清华壹·楚居》简 9—10 用同声符字“𦣻”“为”表示{睽}{蔿}，而《成王》却用不常用的假借字“㲋”“毁”表示{睽}{蔿}，也许《楚居》的成篇年代要早于《成王》成篇年代，所以用字会有不同。

三

下面讨论 A、A1、A2，诸家释字和训读有很大分歧，主要观点有如下六种：

---

①“坤”从申声，为形声字，参季旭昇：《说文新证》，2014 年，第 907—908 页。

②更多章组和见组谐声例子参金理新：《上古汉语音系》，合肥：黄山书社，2002 年，第 203 页。

③黄易青：《上古章、见交替反映的齐鲁、楚、吴越、中原方言历史层次浅论》，《民俗典籍文字研究》第 6 辑，北京：商务印书馆，2009 年，第 294—295 页。

④张洁：《〈银雀山汉简〉与〈张家山汉简〉〈马王堆帛书〉通假字声母的对比研究》，《历史语言学研究》第 7 辑，北京：商务印书馆，2014 年，第 227 页。

⑤虞万里：《上博馆藏楚竹书〈缁衣〉综合研究》，武汉：武汉大学出版社，2009 年，第 57—58 页。更多出土文献二部相通可参王兆鹏：《上古出土文献韵部亲疏关系》，北京：中华书局，2021 年，第 269—270 页。

	A	A1	A2	
1	⿺辶叟	叟	⿺辶叟	(1)读为“受”,接受。① (2)读为“蒐”,检阅,阅兵。② (3)读为“搜”,检,阅。③
2	⿺辶受	受	⿺辶受	(1)读为“治”或“蒐”。④ (2)读为“讨”,治。⑤ (3)“⿺辶受”读为“授”,传授、教。“受”,接受。⑥
3	⿺辶曳	曳	⿺辶曳	读为“阅”,检阅。⑦
4	遗	遗	遗	(1)训为“置”。⑧ (2)读为“治”。⑨
5	⿺辶甹	甹	⿺辶甹	读为“辨”,“辨师”就是“治兵”。⑩
6	⿺辶曳	受	⿺辶曳	“⿺辶曳”读为“阅”。“受”,接受。⑪

从上表可以看出,前五种都将A、A1、A2看成一字,训读也相同(李守奎、白显凤除外)。但是第六种陈剑认为A1释为“受”,与A、A2不是一字,其云:

如将……“”(指A1——引者注)字看作与另两例(指的是A、A2——引者注)用法相同,则其文先说子玉治兵,再谓其出去、到地去(治兵)、三日而毕,则叙事顺

①马承源主编:《上海博物馆藏战国楚竹书(九)》,2012年,第144—147、151页。

②陈伟:《〈成王为城濮之行〉初读》,简帛网,2013年1月5日。曹方向从之,参曹方向:《上博九〈成王为城濮之行〉通释》,简帛网,2013年1月7日。曹方向:《上博九〈成王为城濮之行〉再研究》,《简牍学研究》第7辑,兰州:甘肃人民出版社,2018年,第5页。

③曹锦炎:《说上博竹书〈成王为城濮之行〉的“搜师”》,简帛网,2014年3月12日。又载于《简帛》第9辑,上海:上海古籍出版社,2014年,第79—83页。

④赖怡璇:《〈成王为城濮之行〉“受”字补说》,简帛网,2013年1月8日。金宇祥:《上博九〈成王为城濮之行〉札记四则》,《有凤初鸣年刊》第9期,2013年,第108—118页。

⑤宋华强:《上博九〈成王为城濮之行〉考释(九则)》,《简帛》第9辑,2014年,第89—91页。

⑥李守奎、白显凤:《〈成王为城濮之行〉通释》,《中国文字研究》第21辑,2015年,第80页。

⑦张新俊:《〈成王为城濮之行〉札记二则》,简帛网,2013年1月7日。又载于张新俊:《〈成王为城濮之行〉字词考释三则》,《黄河文明与可持续发展》第10辑,开封:河南大学出版社,2014年,第132—134页。

⑧孙合肥:《读上博九〈成王为城濮之行〉札记》,简帛网,2013年1月9日。

⑨王宁:《上博九〈成王为成僕之行〉释文校读》,简帛网,2013年1月10日。

⑩赵平安:《释上博简〈成王为城濮之行〉中的“甹”字》,《简帛》第9辑,上海:上海古籍出版社,2014年,第85—87页。又载于赵平安:《新出简帛与古文字古文献研究续集》,北京:商务印书馆,2018年,第73—76页。

⑪陈剑:《〈成王为城濮之行〉的“受”字和“觳莬余”》,复旦大学出土文献与古文字研究中心网,2013年10月21日。

序不合，其文完全不可通。

"子玉受师，出之"云云紧承上文子文治兵而言，谓子文治兵结束之后，将军队指挥权移交给子玉；子玉接受军队，带着出去到地治兵，文从字顺。所略异者，无非其文承上而言，遂将"/师"语省略而已（后文简乙 2 亦同）。①

上表所举李守奎、白显凤也有类似的看法，将 A1 释为"受"，训为接受。A 和 A2 虽也认为从"受"，但"当读为'授'，义为传授、教。授师，应当指交付军队并示范教导。逿师与甲篇二号简的'受师'字形有别，用法也不同"。②

我们认为，陈剑和李守奎、白显凤将 A1 与 A、A2 分开来看是对的。在上表所列诸家的释字中，释为"遗"似不可信。《安大一·诗经》简 90、91"遗"作、，与 A2 形体相近，但后者可能是"送"之讹，③正确形体应作（安大一·诗经 7）。"叟"是隶变过程中出现的字，据之释读楚文字似也不可信。④ "曳"楚文字作（包山 149 所从），释为"曳"也难信从。释为"甹"似亦不确（详下文）。至于释为"受"，从形体上看确实有据。试对比：

（A）	（A1）	（A2）
（永用休涅《集成》9607） （玺汇 3274） （玺汇 4094） （玺汇 2833）⑤	（上博七·君人者何必安哉甲 9）	（传抄古文《集篆古文韵海》）⑥ （包山 6） （郭店·唐虞之道 23）

①陈剑：《〈成王为城濮之行〉的"受"字和"縠菟余"》，复旦大学出土文献与古文字研究中心网，2013 年 10 月 21 日。

②李守奎、白显凤：《〈成王为城濮之行〉通释》，《中国文字研究》第 21 辑，2015 年，第 80 页。

③陈剑：《简谈安大简中几处攸关〈诗〉之原貌原义的文字错讹》，简帛网，2019 年 10 月 8 日。又载于《中国文字》总第 2 期（2019 年冬季号），台北：万卷楼图书股份有限公司，2019 年，第 15—17 页。

④参赵平安：《释上博简〈成王为城濮之行〉中的"甹"字》，《简帛》第 9 辑，2014 年，第 85—86 页。

⑤上列字形均是燕系文字，释为"受"或"逿"参裴大泉：《古文字考释中的"暗合"现象——以战国容量铭刻中"受"字的考释为例》，《古文字论坛》第 1 辑，广州：中山大学出版社，2015 年，第 414—423 页。相关字形也可参王爱民：《燕文字编》，吉林大学硕士学位论文，2010 年，第 62、34 页。

⑥徐在国编：《传抄古文字编》，北京：线装书局，2006 年，第 389 页。

抄写A1的书手,还抄写了《上博七·君人者何必安哉》甲9,其中的“受”作,A1与之大体相同。① 可见,将A1释为“受”应可信。至于A2,赖怡璇指出传抄古文中的(受)形体与A2所从的相同,这是可信的。稍微不同的是,A2所从下部的撇笔与竖笔不相连,而应是相连的。A所从的,赖怡璇也释为“受”,认为上部“只是臼形笔画相连,而下方的又形写成直笔”,②宋华强进而指出可与燕系文字(玺汇2833)对比。③ 按,楚文字确实有将“又”写成垂直笔画且三笔的,如(包山29),还如“廾”形(新甲三137“弊”)、(清华玖·祷辞3“與”)所从的“又”,垂直笔画明显。将“又”写成垂直笔画后,又顺势在竖笔上加点(或变成横),也是容易理解的。④ 所以与A2对比将下部释为“又”似无问题。而上部所从的是“臼”形笔画相连或者、这类写法的讹变也不能完全排除。这样看来,A和A2释为“逯”似乎问题不大。但这样的结论是完全基于抄手B将抄写正确的情况下。前文已经指出,对于A、A2等的释读要优先考虑抄手A,并综合抄手A、B所书进行判断。如果以抄手A抄写的A更接近正体,而抄手B抄写的A2可能是A的形近讹误,也是可能的。这样可能会得出不同的结论。⑤ 在具体论述之前,先要看几例西周金文中与A所从相近的字。

西周铜器伯敢畁𢊁盨有甲、乙共一对(《铭图》5613、5614),⑥其中甲乙盖、器均有铭文,以甲盖、器为例,铭文为:

(1)伯敢𢊁作宝簋,其万年子子孙孙其永宝用。(伯敢畁𢊁盨甲盖铭)

---

①如果将图版放大的话,会发现A1左右两个爪形底部相连。书手很可能最开始写成了形(左右爪形底部不相连),后又增加一笔将底部连写成。其原因很可能受其抄写的影响所致。

②赖怡璇:《〈成王为城濮之行〉“受”字补说》,简帛网,2013年1月8日。

③宋华强:《上博九〈成王为城濮之行〉考释(九则)》,《简帛》第9辑,2014年,第90页。

④“又”写成上下垂直的,三晋文字很多,其中(玺汇4710)下部也加点。参汤志彪编著:《三晋文字编》,2013年,第381—423、434—445页。

⑤A和A2即便释为“逯”,似也无法与“治”联系起来,二者读音不近。李守奎、白显凤读为“授”,理解成“传授、教”,“授师”即“交付军队并示范教导”。正常情况下,“授师”会理解成“授某人师”,或“授师某物”,如“楚武王荆尸,授师孑焉,以伐随”(《左传·庄公四年》)。若理解成前者,不合简文文意;若理解成后者,缺少直接宾语。况且“交付军队并示范教导”这种解释,与《左传》记载差距也较大。A和A2还应是一个与“治”意义相同或相近的动词。

⑥本文所说的“《铭图》”指的是吴镇烽编著:《商周青铜器铭文暨图像集成》,上海古籍出版社,2012年。“《铭续》”指的是吴镇烽编著:《商周青铜器铭文暨图像集成续编》,上海古籍出版社,2015年。

(2)伯敢[glyph]作宝簋,其万年永宝用。(伯敢畁𠓷盨甲器铭)

人名[glyph]、[glyph]在乙盖、器中作[glyph]、[glyph]。此字又出现在以下西周金文中:

(3)王呼史墙册命师酉,嗣乃祖嫡官邑人、虎臣:西门夷、𩰫夷、秦夷、京夷、[glyph]瓜夷。(师酉簋《集成》4289.1)①

(4)王呼墙册命师酉,嗣乃祖嫡官邑人、虎臣:西门夷、𩰫夷、秦夷、京夷、[glyph]瓜。(师酉盘《铭续》951)

从以上四例可以明显推断,[glyph]、[glyph]、[glyph]当同字,②上从[glyph]、[glyph]无别。[glyph]下部仅有"又"形,应该不是"廾"形阙坏或讹误,更可能是作表意偏旁时"廾""又"无别。③ 此字过去有两种释读意见,一认为是"畁"。④《说文·廾部》云:"[glyph],举也。从廾,由声。《春秋传》曰:'晋人或以广坠,楚人畁之。'黄颢说:广车陷,楚人为举之。杜林以为骐麟字。"⑤段玉裁《说文解字注》则改为:"[glyph],举也。从廾,[glyph]声。"云:"各本作由声,误。或从鬼头之由,亦非也。此从东楚名缶之[glyph],故《左传》作[glyph]。今《左》作惎。糸部綨从[glyph]声,或字作綦。[glyph]声、其声皆在一部也。"⑥二认为是"弁"字。自侯马盟书中的[glyph](1:21)、[glyph](16:26)、[glyph](1:77)⑦由李家浩释为"弁(覍)"以来,⑧赵平安指出西周金文中的[glyph]也是"覍(㝵)"字,

①师酉簋多件,见于《集成》4288、4290、4291,其中的[glyph]均作此形。

②询簋(《集成》4321)"[glyph]□夷",首字下部已经不清,但可以看见下部存留一竖笔,一般认为与师酉簋的"[glyph]瓜夷"之"[glyph]"同字。

③古文字表意偏旁廾、又有时无别,参刘钊:《古文字构形学(修订本)》,福州:福建人民出版社,2011年,第336页。

④如王世民:《白敢畁盨(一对)》,《保利藏金》编辑委员会编著:《保利藏金》,广州:岭南美术出版社,1999年,第96页。王恩田:《释䛃、畀、㝨——兼说畀、畁字形》,《古文字研究》第25辑,北京:中华书局,2004年,第30页。又载于王恩田:《商周铜器与金文辑考》,北京:文物出版社,2017年,第125—131页。

⑤〔汉〕许慎:《说文解字(附检字)》,北京:中华书局,1978年,第59页。

⑥〔汉〕许慎撰,〔清〕段玉裁注:《说文解字注》,上海:上海古籍出版社,1981年,第104页。《说文·丂部》"甹"篆文作[glyph],许慎认为"从丂从由",西周金文则从[glyph](班簋《集成》4341"甹"所从),与"畁"所从的"[glyph]"相同,非"由"。以"甹"类之,"畁"上部也不是"由",段玉裁将"畁"改为从"[glyph]"是正确的。

⑦山西省文物工作委员会:《侯马盟书》,北京:文物出版社,1976年,第328页。

⑧李家浩:《释"弁"》,《古文字研究》第1辑,北京:中华书局,1979年,第391—395页。

"甹"与"皃"一字分化。① 上引师酉簋、师酉盘的"瓜""瓜",何景成就据"弁"的读音读为"番吾",地名,在今河北平山县一带。②

西周金文中还有一个可能与相关的字:

(5)王在周,令作册内史赐免卤百,免蔑静女王休,用作盘盉。(免盘《集成》10161)

《金文编》列为附录,引李旦丘释为"畚",云:"从,从为羡文,《广雅》畚,瓶也。"③《新金文编》亦列为附录,不识。④ 苏建洲认为像"手持'甾'形物,应该盛装盐卤之容器"。⑤ 连佳鹏认为右上所从为虎字头,除去左旁,右侧应释为"盧",引《说文·甾部》"盧,𤭯也。从甾虍声",段玉裁《说文解字注》曰:"𤭯者,小口罂也。"⑥免盘铭文"赐免卤百盧",即赏赐给免盐卤一百罐。⑦ 按,与免盘"赐免卤百"相类的辞例还有如下几例:⑧

(6)唯廿年又四年,在八月既望丁巳,赐敾卤百车,用作厥文考宝簋。(簋《铭续》422)

(7)劼遣我,赐卤积千辆,⑨勿废文侯景命,俾贯通□,征繁汤。(晋姜鼎《集成》2826)

(8)劼遣卤积,俾譖征繁汤,取厥吉金,用作宝协钟。(戎生钟丁《铭图》15242)

---

①赵平安:《从语源学的角度看东周时期鼎的一类别名》,《新出简帛与古文字古文献研究》,北京:商务印书馆,2009年,第17页。

②何景成:《论师酉盘铭文中的"弁狐"族》,《中国历史文物》,2010年第5期。

③容庚编著,张振林、马国权摹补:《金文编》,北京:中华书局,1985年,第1268页。

④董莲池编著:《新金文编》,北京:作家出版社,2011年,附录第110页。

⑤苏建洲:《〈楚居〉简9"𡌾"字及相关诸字考释》,《楚文字论集》,台北:万卷楼图书股份有限公司,2011年,第330页。

⑥〔汉〕许慎撰,〔清〕段玉裁注:《说文解字注》,1981年,第638页。

⑦连佳鹏:《释免盘的"盧"字》,《第四届"古文字与出土文献语言研究"学术研讨会暨"出土文献语言文字研究"青年学者论坛论文集》,东北师范大学,2021年7月,第76—78页。另外,关于此字还有其他释法,可参连佳鹏文。

⑧相关辞例亦可参看刘洪涛:《形体特点对古文字考释重要性研究》,北京:商务印书馆,2019年,第168—169页。

⑨诸家对这句话的理解很不同,参吴毅强:《晋姜鼎补论》,《中国历史文物》,2009年第6期。亦可参吴毅强:《晋铜器铭文研究》,杭州:浙江大学出版社,2018年,第228—229页。

显然，通过辞例对比可知，“□”的含义类似于“车”“辆”之类的量词。至于其构形，应是从阜，从夕，□声。所从的“夕”应像楚文字□（清华壹·尹至 1）、□（清华叁·周公之琴舞 13）所从的“夕”一样，①不是核心构件。从字形上看，□可能是上举□、□之异体。

赵平安虽然释□为“皃”，但是董莲池已经详细论证□还应释为“畁”，上部从段玉裁说，认为是“□（甾）”。② 苏建洲亦有相同观点。③ “畁”及从糸的“綼”（篆文作□，或隶为綼）见于秦简，如□（睡·为吏之道 15）、□（睡·封诊式 78），方勇认为其来源就是金文□，④显然也是承认□乃“畁”字。例（5）免盘的□，若以“畁”（群母之部）为声符考察的话，似可读为“载”（精母之部），⑤量词，一车所载的容量为一载，如《穆天子传》卷二：“甲戌，至于赤乌。赤乌之人其献酒千斛于天子，食马九百，羊牛三千，穄麦百载，天子使郄父受之。”⑥由上举例（6）—（8）可知，赐予百车“卤”（粗盐）的可能性是存在的。这似可证西周金文中的□确实应释为从廾，甾声的“畁”，而不是“皃（弁）”。例（1）（2）人名者疑读为“斯”。《清华贰·系年》简 115、116、121 人名“魏□”之“□”，整理者认为即《说文》中的“畁”，即魏文侯斯。⑦ 实际□即“畀”字，不是“畁”，简文的“□（畀）”可能是“畁”讹，读为斯。⑧ 例（3）（4）为地名，不好遽断读为哪个词。

另外，西周晚期弭仲簠（《集成》4627），仅有摹本，铭文最后一句“弭仲 C 寿”，《集成》所录“C”字摹本作□，⑨清代的文字学著作摹本一般作□、⑩□，⑪且都看成与师酉簋□同字。由于金文中多见“某寿”的说法，如少部分作“大寿万年”（秦公钟《集成》266）、“老寿

---

①高佑仁认为□上部所从的“夕”可能有声化的作用（高佑仁：《〈上海博物馆藏战国楚竹书（四）曹沫之阵〉研究》，新北：花木兰文化出版社，2008 年，第 142 页）。按，“夕”是否表音，待考。

②董莲池：《谈谈师酉簋□字的释读》，《中国文字研究》第 14 辑，郑州：大象出版社，2011 年，第 5—7 页。

③苏建洲：《〈楚居〉简 9“□”字及相关诸字考释》，《楚文字论集》，2011 年，第 327 页。

④方勇：《读秦简札记一则》，复旦大学出土文献与古文字研究中心网，2011 年 10 月 10 日。

⑤“畁”从甾（精母之部）声，“甾”与“载”古音相近，故“畁”可读为“载”。

⑥王贻樑、陈建敏选：《穆天子传汇校集释》，上海：华东师范大学出版社，1994 年，第 117—118 页。

⑦李学勤主编：《清华大学藏战国竹简（贰）》，上海：中西书局，2011 年，第 190 页注 5。

⑧苏建洲、吴雯雯、赖怡璇：《清华二〈系年〉集解》，台北：万卷楼图书股份有限公司，2013 年，第 799—800 页。

⑨中国社会科学院考古研究所编：《殷周金文集成（修订增补本）》第四册，北京：中华书局，2007 年，第 3003 页。

⑩〔清〕王筠：《说文句读》，上海：上海古籍书店，1983 年，第 313 页。

⑪林义光：《文源》，上海：中西书局，2012 年，第 247 页。

无期”（齐侯子仲姜鬲乙《铭续》261）、“其万寿无疆”（伯国父鼎《铭续》194）等，更多则作“其眉寿无疆”“其眉寿无期”。可见，“C寿”的大致含义是确定的，但“C”具体代表哪个词有争议。过去部分学者将师酉簋看成“弁”字，所以将“C”从弁读音去理解。如李家浩将“C”读为《汉书·礼乐志》“世曼寿”之“曼”。① 高中正认为“‘曼’古音属明母，与其他帮系字通假的情况少见”，将“C”改读为“繁”，训为多。② 我们认为，弭仲簠的C可释为“畁”，“C寿”可对应“眉寿”。虽然对“眉寿”的含义历来说法不一，但沈培总结旧说，指出就是“满寿”“长寿”的意思。③ 所以“畁”可读为“载”，训为“满”。《诗·大雅·生民》“实覃实訏，厥声载路。”朱熹《诗集传》：“载，满也。”④

上述可知，西周金文、、及所从的可能均为“畁”字，那么很自然地就可以推出历史上曾存在形。又由于的中间竖笔可以穿透，那么A所从的就有可能释为“畁”。而A2可能是书手B误抄成了“遌”。陈剑曾说：

> 主张（指的是A1——引者注）字释为“受”者将另两形（指的是A、A2——引者注）也释为从“受”声，形体相差既远，其文亦难读通，结果导致之为“受”反亦不为人所信；反对释另两形为从“受”的学者，又非得将形亦跟“受”分开，实在是勉强。………今后再考虑、两形的释读时，应彻底抛开“受”字不管。⑤

陈剑说法很有道理。虽然我们认为所从也可能释为“畁”，即上从甾，但不得不正视一个事实，即古文字中从或后来演变成从的字，在楚文字中一般都变成了或

①李家浩：《释“弁”》，《古文字研究》第1辑，1979年，第395页注7。

②高中正：《弭仲簠考释》，《文史》，2021年第3辑。

③沈培：《释甲骨文、金文与传世典籍中跟“眉寿”的“眉”相关的字词》，《出土文献与传世典籍的诠释——纪念谭朴森先生逝世两周年国际学术研讨会论文集》，上海：上海古籍出版社，2010年，第19—27页。但是张世超则认为沈说并不合理，“眉寿”是无限寿的意思。参张世超：《关于金文“眉寿”之“眉”的说明》，《中国文字研究》第16辑，上海：上海人民出版社，2012年，第1—7页。

④〔宋〕朱熹集注：《诗集传》，北京：中华书局，1958年，第191页。金文又见“谌其万年眉寿”（谌鼎《集成》2680）、“逆其万年有寿”（楚公逆钟《集成》106），格式为“人名+其+万年眉/有寿”，“弭仲+C+寿”中的“C”似也可与“其”对应。也就是说，“C”可以读为“其”（参杨树达：《积微居金文说》，上海：上海古籍出版社，2013年，第196页）。但弭仲簠前文有“其”字，作等形。此处读为“其”的可能性似不大。

⑤陈剑：《〈成王为城濮之行〉的“受”字和“穀菟余”》，复旦大学出土文献与古文字研究中心网，2013年10月21日。

形，比如：①

代表字	甲骨文	两周金文	楚文字
巢	（周原甲骨 H11：110）②	（班簋《集成》4341）	（望山 1—89）
妻	（合集 22049）③	（农卣《集成》5424. 1）④	（清华壹 · 皇门 10）
䰅		（趞亥鼎《集成》2588）	（郭店 · 语丛三 9）
祇		（史墙盘《集成》10175）	（清华伍 · 殷高宗问于三寿 14）

这里需要说明的是，表中（趞亥鼎《集成》2588“宋庄公”之“庄”），以及（庚壶《集成》9733“庄公”之“庄”）与读为“将”的（毛公鼎《集成》2841）等所从的过去一般认为是“甾”字。⑤ 单育辰从刘云说认为乃“筐”的象形初文，表音，甲骨文中的相关字形和《说文 · 十二下 · 甾部》“（甾），东楚名缶曰甾。象形。侧词切。，古文”⑥中的“甾”也是“筐”之象形，《说文》注为“侧词切”是误将《说文 · 一下 · 艸部》“菑”之读音安插到了本是阳部字“（筐）”下，但是对西周金文中的上部所从是否为“筐”则不完全肯定。⑦ 我们认为，上举的等似还应看成从“甾”。赞成从“甾”的最坚实证据是（嬴霝德簋盖《集成》3585）是“𩚨”的异体，读为“𩝐”，“甾”“才”音通。而赞成从“筐”初文者如单育辰则指出，即便“”“𩚨”属于一字，“也可以理解为‘’是会意字，象从筐中取食而

①更多例子参谭生力：《楚文字形近、同形现象源流考》，北京：中国社会科学出版社，2018 年，第 297—321 页。

②刘钊、洪飏、张新俊编纂：《新甲骨文编》，福州：福建人民出版社，2009 年，第 385 页。

③刘钊、洪飏、张新俊编纂：《新甲骨文编》，2009 年，第 688 页。

④有学者认为上从“西”声，并据此认为“妻”的造字本义是“日落西山后抢来的女人”（参暴希明：《从金文“妻”的异构看甲骨文“妻”的构形理据》，《西周金文与西周史研究暨第十届中国先秦史学会年会论文集》，西安：三秦出版社，2018 年，第 111—114 页）。上部所从当是手抓头发形的讹变，变成了“甾”，表声。

⑤参苏建洲：《〈楚居〉简 9“𡨦”字及相关诸字考释》，《楚文字论集》，2011 年，第 322—341 页。

⑥〔汉〕许慎：《说文解字（附检字）》，1978 年，第 268 页。

⑦单育辰：《释甲骨文“甶”字》，《清华简〈系年〉与古史新探学术研讨会会议论文集》，清华大学，2015 年 10 月，第 208215 页。

食之义，而‘’是把‘’变为‘才’的形声字。‘’目前只有一例，大概为特例”。① 这种反驳似较难立脚。

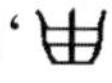

接续前文，释为“畁”的及按照类推原则，上部在楚文字中似也应变成或，那么就与楚文字中从“又”的“弁”作(清华伍·殷高宗问于三寿 11)无别，这可能是前举赵平安将释为“㝵”(认为是“弁”的分化字)的一个原因。但前文已经详细说明，及与“弁”可能无关，在楚文字中上部没有类推成或，可能是为了与同一系统中的“弁”相区别。楚简中的很可能直接来源于西周金文、与类形体，而《说文》中的“畁”应是来自、类形体。

综上，A1 当释为“受”，训为接受。A 和 A2 也不能排除释为“遈”，读为“治”。“遈”从畁声，“畁”从甾声，“治”从台声。文献中“始”与“载”可通，②“载”与“甾”声韵相同。故从语音上说，“遈”读为“治”有其可能性。但是楚文字常以“”声字读为“治”，“遈”读为“治”似与楚文字用字习惯不合，但正如裘锡圭所说“楚简用字有时确有很特别的例子”，其将《清华壹·耆夜》简 3 等的“夜爵”读为“举爵”，便是一例。另外，典籍中楚王及其先公名号中的“熊”字，楚简基本都作“酓”，但在新蔡简中也有两三例是用“熊”的。③《成王》篇地名“睽”“蔿”，用字也与习惯有所不同。所以“遈”也有读为“治”的可能性。

以上，我们对《成王》中的两个疑难字进行了平议，认为 B 和 B2 可能释为“帔”，读为“睽”。A1 释为“受”，训为接受；A 和 A2 还是较难理解，我们认为不排除释为“遈”的可能性，读为“治”。同时，西周金文中的可能还应释为从廾，甾声的“畁”，免盘字右下所从可能为字异体，用作声符，似读为量词“载”。

---

①单育辰：《释甲骨文“”字》，《清华简〈系年〉与古史新探学术研讨会会议论文集》，2015 年 10 月，第 212 页。

②参高亨纂著，董治安整理：《古字通假会典》，济南：齐鲁书社，1989 年，第 393 页。

③裘锡圭：《说“夜爵”》，《裘锡圭学术文集(简牍帛书卷)》，上海：复旦大学出版社，2012 年，第 539 页。

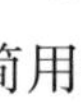

On Two difficult Words in*Shanghai Bamboo Slips No.* 9 "Chu Cheng-King and Battle of Chengpu"

Zhang Feng

(Chongqing University)

Abstract: There are two controversial difficult words in the "Chu Cheng-King and Battle of Chengpu", The first word is 、、, and the second word is 、. Scholars have many opinions on how to define them. We believe that the interpretation is different between and 、, The former () is interpreted as "shou" ("受"), The latter can be interpreted as "qi" ("遈"), and can be used as "zhi" ("治"). As well as the words of 、 can be interpreted as "shen" ("鼤"), and can be used as "kui" ("睽"). In addition, the word in bottom right-hand corner of ("Mianpan", No. 10161 in The Collection of Inscriptions on Bronzes in Yin& Zhou) can be interpreted as the variant words of "qi" ("") , and can be used as "zai" ("载"), and can be translated into measure word.

Keywords: "Chu Cheng-King and Battle of Chengpu"; shen(鼤); kui(睽); qi(遈)

参考文献:

曹锦炎:《说上博竹书〈成王为城濮之行〉的"搜师"》,简帛网,2014 年 3 月 12 日。

陈剑:《〈成王为城濮之行〉的"受"字和"縠菟余"》,复旦大学出土文献与古文字研究中心网,2013 年 10 月 21 日。

季旭昇、高佑仁主编:《〈上海博物馆藏战国楚竹书(九)〉读本》,台北:万卷楼图书股份有限公司,2017 年。

赖怡璇:《〈成王为城濮之行〉"受"字补说》,简帛网,2013 年 1 月 8 日。

李守奎、白显凤:《〈成王为城濮之行〉通释》,《中国文字研究》第 21 辑,上海:上海书店出版社,2015 年。

李松儒:《战国简帛字迹研究——以上博简为中心》,上海:上海古籍出版社,2015 年。

马承源主编:《上海博物馆藏战国楚竹书(九)》,上海:上海古籍出版社,2012 年。

孟跃龙:《上博简〈成王为城濮之行〉中所谓"弢"字新考》,《语文研究》,2019 年第 2 期。

宋华强:《上博九〈成王为城濮之行〉考释(九则)》,《简帛》第 9 辑,上海:上海古籍出版社,2014 年。
苏建洲:《〈楚居〉简 9“𡋙”字及相关诸字考释》,《楚文字论集》,台北:万卷楼图书股份有限公司,2011 年。
赵平安:《释上博简〈成王为城濮之行〉中的“𢑚”字》,《简帛》第 9 辑,上海:上海古籍出版社,2014 年。

注:小文曾提交“第七届文献语言学国际学术论坛”(2022 年 6 月 18 日—19 日),会后承孟跃龙先生指正:“申”与“睽”读音不近,似无法通假。孟跃龙先生说自有道理,但从字形上看,我们更相信释为从“申”。后来,孟跃龙先生又对小文提出多处修改意见,谨致谢忱。

补注:清华简拾贰辑《三不韦》从“申”的“神”字多见,既可作两“口”形开口向上,如(简 3);也可作两“口”形开口相对,如(简 116)。其中开口相对者还作(简 33)、(简 44)、(简 121),“口”形有向二横演变的倾向。这与我们讨论的 B 和 B2 字所从“申”两“口”形开口向上,演变成二横,可以互证。尤其是所从二横的最下一笔要么较长,要么弯曲,这与“口”字下部“”形笔画是完全吻合的。

悬泉汉简与楷书形成问题探究*

祖全盛　赵学清

（陕西师范大学文学院）

提要：对于楷书形成的研究，学界一般认为其是汉末产生，逐渐发展至唐代完备成熟，这一观点似乎已是定说。近年来，秦汉简牍的陆续发掘公布，为我们全面认识和重新理解楷书的演变脉络提供了丰富而宝贵的材料。本文通过综合运用启功先生的汉字字体学理论，对悬泉汉简中的"类楷书"①现象进行深入挖掘和细致分析，认为早在西汉时期有关楷书字体的相关要素已基本发展完备，且在日常书写中已有较为规范的楷书出现。

关键词：悬泉汉简；西汉；楷书；字体

一、引言

关于楷书的起源，学界大多将其总结为汉末产生，魏晋发展，南北朝流行，至唐代法度完备，这一说法一直以来颇为流行。无论是文字学还是书法学的理论著作中，大多因

*本文为2022年教育部人文社会科学研究基地重大项目"《说文》文本的现代阐释与海外传播研究"（22JJD740009）和陕西师范大学"中央高校基本科研业务费专项资金资助"项目"唐代墓志语言文字研究"（2020TS035）的阶段性成果。

①类楷书：笔者在文中将使用类楷书这一概念。从严格意义上讲，笔者选取的字体类别以隶书为主，即使部分字形的笔画特点或结字特征与楷书无异，但其核心内容仍多是隶书的范畴，仅是笔画中的一部分信息体现了楷书的特征而已，如果将这种含隶多而含楷少的字体断然称为楷书，实为不妥。类楷书这一概念恰好解决了这一矛盾，既明确了字体类属关系，又体现了字体中所携带的楷书要素。

循此说。究其来源,一方面是从文献材料中得出的结论,另一方面是对金石碑帖材料中文字现象进行归纳的结果。严格说来,这两方面的材料都无法提供全面准确的历史事实。特别是对于石刻材料而言,字体内容在一定程度上虽反映了当时的文字使用情况,但由于石刻文字所体现的多是规范的正体字,无法完整体现当时社会交际中字体使用的全部面貌。一般说来,一种字体经过充分发展,在书写技巧、笔画(线条)特征及字形结构等方面均较为稳定后,才逐渐被官方所接受并确定为正体字。而在此之前,不同字体之间会经历相当长一段时间的磨合和演化。关于这一问题,启功先生曾经提道:"每一个时代中,字体至少有三大部分:即当时通行的正体字;以前各时代的各种古体字;新兴的新体字或说俗体字。"①笔者对于楷书形成的追问即属于"新兴的新体字或说俗体字"这一部分内容,它更多的是在手书墨迹中较早出现,这一类字体现象由于受书写材料等因素的影响,极易被历史湮没。随着 20 世纪汉代简牍材料大量出土,我们了解两汉时期的"新体字或说俗体字"有了更为丰富的资料信息。曾有学者基于这些材料提出,楷书或应萌芽于西汉时期。如《流沙坠简》记载:"(西汉)神爵四年简与二爨碑颇相近,为今楷之滥殇。至(东汉)永和二年简,则楷七而隶三矣。"②另如郝文勉先生以马王堆汉墓出土的《老子》甲乙本中"之""宗"等字的点画和撇画为据,认为"楷体在西汉就已出现萌芽"③。但上述学者仅是对相关内容作出叙述性表达,并未就实际的文字现象展开详细论证。

基于此,笔者以中西书局出版的《悬泉汉简(壹)》和《悬泉汉简(贰)》中的西汉年号简牍为研究基础,旨在用其中的文字书写现象论证楷书在西汉时期的发展面貌。通过对《悬泉汉简》中西汉年号简的梳理,笔者共整理出有明确西汉纪年的年号简 536 支,涵盖从汉武帝的"太始"到西汉末孺子婴时期的"居摄"中的 26 个年号,历时 100 余年。根据这些年号简中体现出的字体信息,笔者认为在西汉中后期,类楷书字体就已经逐渐运用到了日常的书写活动中,并有了十分丰富的笔画样式和较为成熟的结字规律。另外,当时的书写者在不断扩大此类字体使用范围的同时,还在进一步提升书写时的技法水平,使得当时汉字的笔画特点与结字特征,均较符合后世典范楷书的字体面貌。这一类型字体发展至魏晋以后,其结构与笔画的配合关系进一步完善,隶书的笔画特征不断被改造、替代,严格意义上的楷书才最终在南北朝逐渐成为社会广泛使用的正体字。下面,笔者将从字体的笔画类型和结字特征两个方面予以讨论,针对其中所展现的细节特征与唐代

①启功:《古代字体论稿》,北京:文物出版社,1999 年,第 35 页。
②罗振玉、王国维:《流沙坠简》,北京:中华书局,1993 年,第 241 页。
③郝文勉:《略论中国楷书史的发展》,《史学月刊》,1993 年第 5 期。

经典楷书进行全面比对，进而指出悬泉汉简中的类楷书字体与唐代经典楷书之间存在的同质性特点。

二、转折和钩画：楷书笔画样式的剖析

判定悬泉汉简中的字体是否为类楷书字体，首先需要离析楷书与隶书等字体的区别性特征。由于字体的形成并非一蹴而就，在汉字漫长的发展演变过程中，常常是各类字体互融共生。因此，仅就字体的间架而言，楷书与隶书之间所呈现出的区别性特征并不明显，甚至某些笔形、笔态等还具有极高的相似性，如王力先生所言："从字式来说，楷书和隶书的分别甚微。从字体来说，区别也不大，只是把横画改为收锋，把撇捺改为斜下或趯上罢了。"①可见，如果仅从静态字体研究的角度去审视，我们很难系统概括隶楷字体之间的区别。王宁先生说："字是写成的，光研究写好的字却不关注字是怎么写出来的，不是完整的汉字学，因为静态的研究很难深入开掘汉字发展的内在规律，也无法对汉字发展中出现的诸多现象进行解释……要注意汉字书写的动态——也就是写字的过程。"②这就要求我们对于笔画中的细节特征，既要细致观察，还要对书写者的书写过程予以合理推演，体会其完整的书写状态和笔画的运动轨迹，如此方能掌握隶楷在笔画特征上的细微差别。从这一角度出发，笔者在笔画和字形分析的基础上，融合字体的动态解读，观照其行笔路径，进而得出楷书与隶书之间的区别性特征主要体现在"转折"和"钩画"两个方面。

隶书的转折主要分为三种类型，一种是曲线行笔，笔画形成一定的弧度，这主要是受篆书书写的影响（如图1的"胸"字）；二是通过肢解篆书线条，将原本连贯的线条变为笔画间的搭接，此类转折在行笔路径上来看应是由两笔完成，呈现出的笔画形态可见明显的搭接痕迹（如图1的"鱼"字）；三是在完成前一笔画的书写后迅速调整笔毫并直接铺毫向另一方向出锋，这类转折与楷书的转折在形态上较为相近，但细细看来，隶书的这类转折多是有转笔而无折角（如图1的"乾"字）。而楷书的转折，则是在前一笔画即将完成行笔后提笔顿挫并随即转变书写方向后铺毫而出，其中提按顿挫等的运笔动作使楷书的转折与隶书等字体有了明显的不同，这一书写过程的繁化，将原本不同方向的两个笔画完

---

①王力：《汉语史稿》（第三版），北京：中华书局，2015年，第41页。

②王宁：《从释读的静态文字学到当代书写的动态文字学——论启功先生文字学的特点》，《陕西师范大学学报（哲学社会科学版）》，2008年第6期。

美地塑造成“筋骨”的联结。

图 1:《曹全碑》选字—朐、鱼、乾

我们将悬泉汉简中的转折与唐代楷书中同字形的转折进行比对分析，如表 1 所示，“白”字仅就其横折笔画而言，单从笔画形态上观察，不易辨识其到底是隶书的转笔还是楷书的转折，但仔细探寻其行笔路径，转折处可见轻微提按动作，再与颜真卿《颜勤礼碑》中的“白”字相比，两者转折部分的行笔路径和所呈现的笔画形态极为相似。再如“束”“四”“尽(盡)”等字，其转折的提按动作相较于“白”字更为明显，其行笔路径也较为完整，可见，书者对于转折笔画的书写已然臻于纯熟。特别是“四”字，其写法与欧阳询《虞恭公碑》中的“四”字极为相似，转折处从形态上观察有明显因上提后顿笔而成的折角，行笔动作清晰，且此处墨色较它处浓重，可感受其顿笔之力度。另如“事”“簿”“史”“万(萬)”等字，其提笔动作虽然不甚明显，但是在书写中通过转换笔锋所形成的折笔还是比较清晰的。

表 1:转折对比表①

	白	束	事	四	簿	万(萬)	尽(盡)	史
悬泉汉简	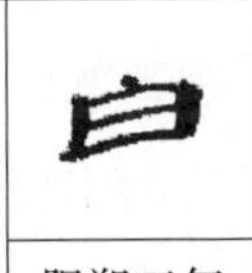							
	阳朔三年	鸿嘉四年	元康四年	建平四年	阳朔二年	绥和元年	河平三年	延和元年
	贰—343	贰—454	贰—520	壹—412	壹—599	壹—403	壹—375	壹—473
唐代楷书								
	颜真卿《颜勤礼碑》	褚遂良《孟法师碑》	颜真卿《郭虚己墓志》	欧阳询《虞恭公碑》	颜真卿《颜勤礼碑》	颜真卿《多宝塔碑》	柳公权《玄秘塔碑》	颜真卿《臧怀恪碑》

①本文图表中的“阳朔三年、鸿嘉四年”等字样，表示此字形源自悬泉汉简中某一纪年的年号简；图表中的“贰—343”类字样，其中“贰”表示此字形源自《悬泉汉简(贰)》，“343”表示字形在这一册的页码。

通过对表 1 中字例的分析，我们可以清楚看到，在悬泉汉简字体中，楷书书写方式的转折笔画已十分熟练地运用到了日常的书写之中，这一笔画形态与唐代楷书相较而言，虽不如欧柳等人的折角方直劲挺，但与唐代多位书家的楷书字体的转折形态、行笔路径等已有较多一致性。同时，我们可以看到，楷书的转折笔画相较于隶书转笔的行笔过程而言，无疑是繁复的，这一演变在某种程度上影响了书者的书写速度，同时也会对书写技法提出更多的训练要求，而其时的书者却多选择趋难避易。可以说，这一时期的书者已渐渐有了审美的自觉，他们在完成日常书写的过程中，更加注重如何创造性地完成书写，而不仅仅是遵循旧的书写方式。有些学者将这种自觉性归纳为书写美学等相关问题，亦是一种有益探索。

就楷书的“钩画”而言，其笔画形态与隶书中的同类笔画多有相似之处，这些相似之处对分析隶楷文字的差异化特征带来了一定困难。而汉字书写的动态分析可以使我们通过对钩画书写过程的剖析和解读，找到其与隶书相似内容的区别性特征。悬泉汉简中类楷书的钩画，一般多是在完成主笔画的书写即将出锋时转而回锋，再次铺毫运笔之后笔腹迅速离开纸面，只留下笔尖部分在纸面行走，既而提笔出钩。出钩后，有些钩画与主笔形的末笔常有一定的空间距离，可以较明显地看出其行笔路径的完整性，而这也正是楷书的钩画与隶书的挑笔在笔画形态上的重要区别。相较而言，隶书的挑笔多饱满圆匀，而楷书的钩画多纤细锋利。可见，楷书的钩画在书写上对于技法的要求更高。因为隶书的钩挑在行笔中铺毫较多，鲜有明显的提按，仅在接近收笔时渐行渐提；而楷书钩画中的提笔要有更强的弹性，也只有这样，才能塑造出纤细凌厉的笔画状态。

关于楷书钩画的来源问题，学者们多持其由隶书的弯画转变而来，这一观点基本可信，但还有进一步探讨的可能。从悬泉汉简中类楷书的钩画可以看出，楷书钩画主要有三个来源：一个是由篆书线条演变而来；一个是由隶书笔势演变而来；一个是由隶书燕尾演变而来。

由篆书线条演变来的钩画源自篆书线条中的一部分，在进入隶书笔画的书写后，由于受到书写效率及书写自主性等方面的影响，其不断发生笔形上的变化，并慢慢由长线条笔画转化为钩画。在这一类型的钩画演变模式中，最为典型的应是“日”“口”等字的钩画。通过表 2 的“日”字例我们可以看到，在隶书将篆书线条变为笔画的过程中，文字笔画的书写路径并未改变，仍沿袭了篆书时的书写顺序和路径，且笔画的长度均保持了一致性，但随着书写便利性和书写习惯等因素的影响，笔画之间形成了左长右短的关系，这一变化最终促成了钩画的形成。

而由隶书笔势演变来的钩画，与由篆书线条演变而来的钩画截然不同。这部分钩画是先将原本竖直的线条曲势化，并多伴有向左出锋的挑笔，其后在规范楷书书写的过程中形成了钩画，较为典型的就是楷书中的“未（见表2）”“木”等字的竖钩。

表2：由篆书线条演变来的钩画和隶书笔势演变来的钩画

<table>
<tr><td colspan="8">篆书线条演变而来的钩画</td></tr>
<tr><td rowspan="3">日</td><td></td><td></td><td></td><td></td><td></td><td></td><td></td></tr>
<tr><td>建平三年</td><td>元康五年</td><td>元延四年</td><td>鸿嘉三年</td><td>五凤四年</td><td>本始四年</td><td rowspan="2">颜真卿《多宝塔碑》</td></tr>
<tr><td>壹—420</td><td>贰—402</td><td>贰—436</td><td>壹—398</td><td>壹—553</td><td>贰—358</td></tr>
<tr><td colspan="8">隶书笔势演变而来的钩画</td></tr>
<tr><td rowspan="3">未</td><td></td><td></td><td></td><td></td><td></td><td></td><td></td></tr>
<tr><td>鸿嘉三年</td><td>阳朔元年</td><td>永始元年</td><td>地节二年</td><td>永光三年</td><td>阳朔二年</td><td rowspan="2">颜真卿《多宝塔碑》</td></tr>
<tr><td>壹—359</td><td>壹—395</td><td>壹—396</td><td>壹—601</td><td>壹—391</td><td>壹—599</td></tr>
</table>

在有关钩画演变的论述中，篆书线条演变而来的钩画和隶书笔势生成的钩画常被归属为一类，其实二者有着本质的不同，篆书线条演变的钩画原本是笔画（线条）中不可缺少的一部分，而隶书笔势生成的钩画则与笔画完整性无关，仅仅是一种笔形现象。同时，二者也有一定的相同点，那就是这两类钩画的形成，都是一方面受到“右手运笔的既定生理特征”①因素影响所致，即向左侧出锋的圆弧形弯笔的行笔运动是在右手本身特定的生理特征影响下形成的笔画书写习惯；另一方面是由于“由右向左的运笔，对书写者视线的遮挡，使书写时手、眼的配合受阻，为右手操作所不取”②，指的是在右手书写时，从右向左侧行笔易受到阻碍，故而这类笔画在隶变过程中不断被简省，使得此类笔画的书写在今文字阶段较少出现。王凤阳先生将这类文字现象总结为篆书线条改造为隶书笔画过程中的反逆性原则。从动态分析来看，从右向左的笔画在书写中为求缩短行笔路程而极易出现快速出锋的现象，如钩画等；而从左向右的书写中，因其书写的舒适性和便利性更强，所以在收笔的过程中更易出现增加行笔动作而使整个笔画形态显得浑厚庄重，其中如转折等即是如此。对此，王凤阳先生曾明确指出：“文字的演进，单纯从字形着眼，就是

①黄惇、李昌集、庄熙祖：《书法篆刻》（第二版），北京：高等教育出版社，2007年，第27页。
②平其凡：《右执笔的书写原理与笔势》，《新美术》，2000年第4期。

用手的运动生理所习惯的线条去改造绘制客观物象的线条的过程。”①

第三类是由隶书的燕尾演变而来的钩画。悬泉汉简中包含有卧钩、戈钩以及由横画、捺画等演化出的钩画。其中最典型的应该是“心”部的卧钩，这类钩画在隶书中多以燕尾的形式呈现，在隶楷交替的过程中，其燕尾的笔形逐渐被卧钩取代并固定下来，同类的还有戈钩、竖弯钩等。卧钩在悬泉汉简中已经可以看到完整精美的笔画形态，如“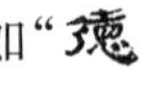（德：壹—522）②”“（忠：壹—436）”等字。另外，横画等燕尾的收笔处亦有如“（子：贰—308）”“（遮：壹—398）”“（置：贰—561）”等的钩画形态，这类钩画的书写在悬泉汉简中颇为常见，书写过程相较于直接出锋的燕尾而言多有复杂的行笔动作。但随着笔画改造、字体发展、文字规范等诸多因素的影响，这类钩画在南北朝时期已经很少见到，隋唐时期便基本看不到了。

表 3：钩画对比表

	月	己	泉	武	宪（憲）	阳（陽）	守	永
悬泉汉简								
	鸿嘉四年	河平四年	河平三年	建始二年	建平四年	阳朔元年	延和二年	永始四年
	贰—526	壹—359	壹—375	贰—514	壹—436	壹—315	壹—473	壹—510
唐代楷书								
	颜真卿《麻姑仙坛记》	颜真卿《臧怀恪碑》	颜真卿《颜勤礼碑》	欧阳询《九成宫醴泉铭》	颜真卿《郭虚己墓志》	颜真卿《李玄靖碑》	褚遂良《樊兴碑》	欧阳通《道因法师碑》

通过表 3 中的字例，我们可以清楚地看到，钩画在悬泉汉简的书写中已基本完成了大部分的技法锤炼和类别演化，其书写路径、笔画形态等均与典范的楷书几无分别，且根据前文的分析可以看出，这一时期的钩画在类型上较唐代典范楷书的钩画更为丰富。

此外，悬泉汉简中类楷书字体的其他笔画如撇画、捺画等在书写方法、行笔方向等方

①王凤阳：《汉字学》（下册），北京：中华书局，2018 年，第 751 页。

②文章中插图后所注的“（德：壹—522）”类字样为所插入图片的释文及出处，“（德：壹—522）”即“德”源自《悬泉汉简（壹）》第 522 页。

面,亦与唐代典范楷书的同类笔画多有相同之处,与隶书笔画的范式特征相去较远。启功先生与秦永龙先生合著的《书法常识》中将隶书撇画的书写方法总结为:“写时先用逆锋下笔作竖,然后向左(或左下)方作弧形拐弯,结末时笔可稍微上挑,但一般不出锋,而用回笔藏锋作收。”①而楷书撇画除个别书家使用的回锋撇以外,大多数撇画直接以尖锋撇出,这一笔形特点在悬泉汉简的类楷书字体中较易捕捉。如“(丞:壹—357)”“(者:壹—368)”“(有:壹—398)”“(佐:壹—481)”等字,其撇画都是行笔后向左侧渐走渐提,直至出锋。就悬泉汉简字例的笔画特征可以看出,书者对于撇画的行笔纯熟果断,笔力劲健。在捺画的书写中,书者渐趋接近楷书的书写技巧和笔画形态,而不类隶书的波磔用笔。就捺画和波磔的笔画形态而言,两者之间的区别细微。楷书的捺画多是顿笔后向右下方轻提,继而出锋,笔画的整体形态似覆翼之形。悬泉汉简中的类楷书字体如“(史:壹—395)”“(人:壹—315)”“(大:壹—397)”“(泉:壹—599)”等多是如此。而隶书的波磔收笔则多是“收笔处再向右下角按笔,稍驻后向右(或偏上)撩笔出锋”②,也就是说,隶书波磔一般是平出或者偏上出锋收笔。楷书捺画收笔时的“下”与隶书波磔收笔时的“右”或者“上”,使我们得以清晰地了解两种笔画的主要区别。

通过对悬泉汉简中这些符合楷书特征的笔画展开比较分析,我们可以看到,早在西汉时期的墨迹书写中,后世楷书所需的笔画要素基本发展完备,且不断在书写技巧上寻求创造和突破。由此可见,这一时期的文字书写并不是一味对篆书、隶书的字体进行简化,单从钩画、转折等的书写路径来看,其实是一种繁化的结果。我们可以看出,其时的书者在笔画和构件简化的基础上也在不断地追求笔画形态和书写路径的丰富变化,在注重各部件间连贯协调的同时,也兼顾了字体的艺术审美等内容。同时,这一现象也是书写工具不断改进后带来的必然结果。悬泉置的发掘简报中曾用“锋用狼毫,软硬相间,弹性强”③概括此地出土毛笔的锋毫特征,这类毛笔的主要特点是笔毛富有弹性,可以在一定程度上辅助书写者更好地呈现行笔、提按、出锋等书写过程中产生的笔态细节。

三、结字:楷书范式初步形成

此外,我们可以看到,除了笔画这一层面的同质性特征外,悬泉汉简中的部分字形在

①启功、秦永龙:《书法常识》,北京:中华书局,2020年,第82页。

②启功、秦永龙:《书法常识》,北京:中华书局,2020年,第82页。

③甘肃省文物考古研究所:《甘肃敦煌汉代悬泉置遗址发掘简报》,《文物》,2000年第5期。

结字上也同唐代的典范楷书有颇多相似之处，甚至有部分字形的“含楷量”已经很高了。在传统的字体结构认知中，结字方正、笔画平直是楷书的重要评判标准，但我们很难说这两点就是楷书独有的字体特征，很多汉代隶书文字也具备这两个特点，如《乙瑛碑》《景云碑》等，这也是为什么很多学者多有隶楷在结构上并无明显区别的说法。关于结字，王宁先生说：“（结字）就是整个单字笔画与部件的组合布局的状况。它的特征主要表现在疏密、匀称与否和重心三个方面。”①这一概括，为我们论证西汉时期楷书结字范式的初步形成提供了理论支撑。

表 4：结字对比表

	使	未	九	都	舆(輿)	传(傳)	元	付
悬泉汉简								
	五凤元年	神爵二年	鸿嘉四年	建平三年	阳朔二年	建平四年	元康元年	元康四年
	贰—366	贰—359	贰—454	壹—441	壹—599	壹—436	贰—545	贰—377
唐代楷书								
	颜真卿《多宝塔碑》	颜真卿《多宝塔碑》	柳公权《神策军碑》	颜真卿《郭虚己墓志》	颜真卿《郭虚己墓志》	颜真卿《颜勤礼碑》	颜真卿《自书告身帖》	裴休《圭峰定慧禅师碑》

笔者选取悬泉汉简中的字形与唐代楷书进行对比，如表 4 所示，悬泉汉简的字例除了部分笔画保留有隶书笔意之外，大部分字形在结字上与唐代典范楷书不谋而合。我们先来看疏密关系，疏密主要强调的是对比，字内有疏朗就有繁密。如“使”字，悬泉汉简与颜书均是上密下疏的结字特点，这样的疏密安排需要书者具备一定的书写自觉性，它意味着书者要有意识地通过挤压上部构件的结构空间，使得下部空间更为疏朗，这也在一定程度上体现了悬泉汉简的书者已经掌握了相对熟练的书写技巧和结字方法。同时，疏密关系的安排在一定程度上会影响字内重心的形成，笔画和构件集中的位置，多是其重心所在，如“传（傳）”等即是此类。无论悬泉汉简的书者还是颜氏均选用这一结字方式

①王宁：《汉字字体研究的新突破——重读启功先生的〈古代字体论稿〉》，《三峡大学学报（人文社会科学版）》，2001 年第 3 期。

进行布局,可见西汉时的书者在结字层面已经逐渐探索出一定的书写规则,并一直沿袭至后世。“舆(輿)”字属于结字匀称一类,其书者在书写时对于字内空间的安排是较为均等的,且其横画间的距离也是大抵匀称的,颜氏的书写布局亦是如此。

基于表4中字例的结字分析,足以说明在这一时期的文字书写中,后世典范楷书的结字规律正在逐步形成,甚至很多字形的结字特征一直传承到唐代楷书的书写。同时,我们也可以看到,表4中的“未”“九”“元”“付”等字,无论是字形结构还是笔画特征,均已是较为标准的楷书字体了。这也意味着西汉中晚期之际,规范的楷书书写已经开始走进历史,并散见于日常书写之中。

四、结语

至此,我们可以肯定地说,楷书字体中所包含的笔画元素和结字特征在悬泉置地区的西汉简牍中多已出现,且这些内容已不是简单的萌芽,而是较为完整精准的笔画和字形。另就年号简的书写内容和笔形特点来看,其书写群体广泛,多数楷书的笔画特点和结字特征在书写中使用频率较高,可见其并非偶然出现的文字现象,而是有意为之的书写表现活动。那为什么这一时期我们还没有看到一幅完整的楷书作品呢?这一方面或许是由于我们现在所看到的简牍材料只是历史脉络中极少的一部分,有些完整的楷书作品我们还没有发现。另一方面,西汉是古今字体剧烈变动的重要时期,不同字体风格、不同笔画特点以及不同结体特征等在这一时期不断出现、不断碰撞、不断消亡,而楷书这一类字体当时还被视作新体的书写风格,既没有官方层面的行政推动,也没有社会层面强烈的书写需要,所以其时的书写者并未将这一类字体提炼出一套完整的规范和法则,而是任由其生成和演化。同时,就书写路径而言,楷书的确要比隶书的书写更为繁复,虽然其字体结构存在大量的简化现象,然而聚焦到笔画的书写过程时,如转折、钩画等,其行笔路径较隶书则是繁化的。在当时更加注重书写效率的书者中,这种繁化一定不是首选,就像唐代的楷书虽然达到了历史的顶峰,且在金石等材料的书写中广泛应用,但是在日常的书写和记录中,大多不会使用公文或者碑石一类用途的正体字。而汉代还有一个显著的问题就是其时官方的规范字体是隶书,楷书的书写自觉性也远未成熟,故而,楷书的笔画特征和结字规则等只会零星地出现在日常书写中。

另外,对于楷书到底是由隶书调整书写形式和笔画形态而成,还是由行书端庄书写后规范而成,抑或是草书发展推动了楷书的出现,学者间持有不同的观点。就目前的材料来说,或许还很难确定。也可能是由隶书先行提供结字规范,行书、草书既而提供笔画和构件形式，最终形成楷书也未可知。这需要我们再进一步扩大研究材料范围，同时深化材料分析，才可能得到更准确的结论。随着更多简帛文献类材料的出土，这一问题的解决应该会很快到来。

参考文献：

甘肃简牍博物馆等编：《悬泉汉简（壹）》，上海：中西书局，2019 年。

甘肃简牍博物馆等编：《悬泉汉简（贰）》，上海：中西书局，2021 年。

甘肃省文物考古研究所：《甘肃敦煌汉代悬泉置遗址发掘简报》，《文物》，2000 年第 5 期。

黄惇、李昌集、庄熙祖编著：《书法篆刻》（第二版），北京：高等教育出版社，2007 年。

郝文勉：《略论中国楷书史的发展》，《史学月刊》，1993 年第 5 期。

罗振玉、王国维：《流沙坠简》，北京：中华书局，1993 年。

平其凡：《右执笔的书写原理与笔势》，《新美术》，2000 年第 4 期。

启功：《古代字体论稿》，北京：文物出版社，1999 年。

启功、秦永龙：《书法常识》，北京：中华书局，2020 年。

王凤阳：《汉字学》，北京：中华书局，2018 年。

王力：《汉语史稿》（第三版），北京：中华书局，2015 年。

王宁：《汉字字体研究的新突破——重读启功先生的古代字体论稿》，《三峡大学学报（人文社会科学版）》，2001 年第 3 期。

王宁：《从释读的静态文字学到当代书写的动态文字学——论启功先生文字学的特点》，《陕西师范大学学报（哲学社会科学版）》，2008 年第 6 期。

Study on the Formation of the Regular Script through Xuanquan Bamboo Slips

Zu Quansheng　Zhao Xueqing
(Shaanxi Normal University)

Abstract: As for the study of the formation of the regular script, it is generally believed that it arose at the end of the Han Dynasty and gradually developed to maturity during the Tang Dynasty, which seems to be a definite view. In recent years, the excavation and publication of the Qin and Han Dynasties' slips have provided us with rich and valuable materials for a comprehensive understanding of the evolution of the regular script. In this paper, by applying Mr. Qigong's theories of Chinese script research, the phenomenon of 'similar regular script' in Xuanquan slips from Han Dynasty has been thoroughly excavated and analyzed, and it is concluded that the relevant elements of regular script were basically developed in the early Western Han Dynasty, and regular script was already existed in usual writing.

Keywords: Xuanquan slips in Han Dynasty; Western Han Dynasty; Regular script; Script

敦煌变文校读札记*

周思敏　吴宗辉　沈秋之

（浙江大学古籍研究所）

提要：敦煌变文写本字多俗别，文多疏误，校勘殊非易事。本文在既有整理和研究的基础上，围绕一篇旧有变文和两篇新见变文，就其中部分疑难字句的校释提出新的意见。

关键词：敦煌变文；俗字；校读

变文是敦煌遗书里最引人瞩目的文献类别之一，通过几代学人的不断努力，相关研究成果丰富，先后出版了《敦煌变文汇录》《敦煌变文集》《敦煌变文集新书》《敦煌变文选注》《敦煌变文校注》等整理本。随着敦煌写卷的陆续公布和相关研究的推进，又有一些新的变文写本被发现，包括对原有篇目卷号的增补和部分新见的变文篇目（参见张涌泉，2015）。

经过前贤时彦的孜孜努力，敦煌变文的整理和研究已取得了丰硕的成果，但因变文写本字多俗别，“有着许多殊异于今日的语言特点”（郭在贻，1990：1），仍存在一些尚待解决的问题。今不揣谫陋，围绕一篇旧有变文（S. 6836 号《叶净能小说》）和两篇新见变文（羽 153 号背《妙法莲华经讲经文》和 P. 3944 号《妙法莲华经变文》①），就其中部分疑难字句的校释，展开讨论，以期有补于敦煌变文的整理与研究。

---

*本文为国家社科基金重大项目“敦煌变文全集”（14ZDB095）的阶段性成果。

①羽 153 号背《妙法莲华经讲经文》朱凤玉（2013）最先移录；P. 3944 号《妙法莲华经变文》曾良、任西西（2009）最先移录，后收入曾良《敦煌文献丛札》（2010）等书中。

一、言无诵佞

(1)朝庭卿相,言无诵佞。(S. 6836号《叶净能小说》)

按:“诵佞”不辞,王重民等(1957:217)及各家皆校“诵”作“谄”,形稍近,但敦煌写本中未见二字互讹之例,恐未确。文中疑当读作“颂”,二字同音通用。《史记·秦始皇本纪》:“从臣思迹,本原事业,祗诵功德。”①P. 2305号《妙法莲华经讲经文》:“前解长行文已了,重宣偈诵唱将来。”S. 5589号《散食文一本》:“如来偈诵发遣真言曰:那谟萨缚怛他揭多……”S. 2999号《太玄真一本际经》卷一〇道本通微品:“是时,窦子明等闻天尊说是称扬持戒偈诵,言义深远,不可思谊,能令愚曚众生一时了悟,欣忭踊跃,负荷不胜。”其中的“诵”皆当读作“颂”。《释名·释典艺》:“称颂成功谓之颂。”“颂佞(佞)”即颂扬谄谀,犹“谀佞”“颂谀”。《旧唐书·懿宗本纪》:“然犹削军赋而饰伽蓝,困民财而修净业,以谀佞为爱己,谓忠谏为妖言。”②《太平广记》卷四九九杂录七“李德权”条:“京华有李光者,不知何许人也,以谀佞事田令孜,令孜嬖焉,为左军使。”③明赵世卿《司农奏议》卷九《请罢矿税疏》:“所闻者颂谀称扬,而未聆夫吁地呼天之状;所据者丰亨豫大,而未悉夫民财聚散之机。”④

二、曾寒灾声

(2)眼如悬镜,口若血盆,毒气成云,五百人悉皆作曾寒灾声,不敢打鼓。净能既闻声绝,奏曰:……(同上)

按:“曾寒灾声”费解,项楚(1990:345/2006:449/2019:346)疑“曾”当作“增”,谓“增寒灾声”指寒战之声。蒋礼鸿(1994:390)则认为“曾”通“憎”,“憎寒”即畏冷,状遇见可怕景物时寒毛卓竖;“灾声”犹“唱祸声”,指遇到急难时之喊叫声。黄征、张涌泉(1997:349)从蒋说,窦怀永、张涌泉(2010:458)以项说为长。赵家栋(2011:101)亦读“曾寒”为“增寒”,指比普通的“寒”更甚一层的“寒”,又称寒冰地狱乃为水灾之甚者,“曾寒灾声”

①〔汉〕司马迁撰,〔南朝宋〕裴骃集解,〔唐〕司马贞索隐,〔唐〕张守节正义,中华书局编辑部点校:《史记》,北京:中华书局,1982年,第243页。
②〔后晋〕刘昫等撰,中华书局编辑部点校:《旧唐书》,北京:中华书局,1975年,第685页。
③〔宋〕李昉等编:《太平广记》,北京:中华书局,1961年,第4098页。
④〔明〕赵世卿撰:《司农奏议》卷九,明崇祯七年(1634)刻本,第32页。

为水起成冰转而更寒，以致口不能开、舌不得动时所发出的忍寒之声，在此当具体指因惊惧而发出的颤抖之声。此外，张鸿勋（1987：347）校“曾”作“噤”，然“曾”未见通“噤”之例（黄征、张涌泉，1997：349）。

“灾声”独见于本篇变文，不见于其他文献，故疑其中或有讹字。蒋冀骋（1989：112）认为“灾”当作“之”，但二字形音皆异，未见互讹之例。刘瑞明（1994：59）校“灾”为“灭”，然“灭”为近代简化字形，敦煌写本时代尚未出现，故不可从。查“灾”字底卷作“灾”，确为“灾”字之俗，同一字形又见于其他敦煌文献，如 P. 2418 号《父母恩重经讲经文》：“若于父母解周旋，土地神龙尽喜欢，灾障年年无一点，吉祥日日有多般。”S. 453 号《天王文》：“令诸灾怪，殄灭无余。”（参见黄征，2019：1033）此形与“失”字相近，易致相混。如《大正藏》本北凉失译《大爱道比丘尼经》：“恣心快语乃致祸患，捡身口意灾当何缘？”（T24/947b22）其中的“灾”字校记云《资福藏》本、《普宁藏》本、《嘉兴藏》本以及宫内省图书寮本皆作“失”。又有北大 D003《大般若波罗蜜多经》卷二二〇中“故无忘失法清净”“若无忘失法清净”两句，“失”字作“失”“失”形，与“灾”手写近似。窃谓上揭写卷“灾”字当即“失”的形讹字，“失声”指因悲痛、畏惧而不能成声，“曾”则当从蒋礼鸿说校读作“憎”。“曾（憎）寒失声”在变文中指因遇到大蛇张口喷发毒气的可怕景象，使打鼓之人寒毛竖起，畏冷发抖，以致口不能言。

三、捕逐纷[□]

（3）蜀郡人深怪，倍加搜获，疑是异人。捕逐纷[□]，恐是精怪。（同上）

按：据上下文，底卷“纷”下应脱漏一字，王重民等（1957：224）及各家皆补以“纭”字。窃谓“纷”下或脱重文符号，“纷[□]”当补作“纷纷”。本篇变文底卷为多次传抄本，屡见脱漏重文符号，如前文“皇帝日亲自驾幸叶净能院内”，各家于“日”下再补一“日”字；下文“欢心弈，雨露[沾]身，六亲增荣，九族咸庆”，各家于“弈”下再补一“弈”字；“净能遂归观内，书一道符，变作一神=人每至三更，取内人来于观内寝”，底卷“神=人”当作“神=人=”，读作“神人。神人”，“人”字下脱漏重文符号（窦怀永、张涌泉，2010：461），例皆可比。“纷纷”与“纷纭”词义、用法皆相近，都可状乱貌、众多貌。《管子·枢言》：“圣人用其心，沌沌乎博而圜，豚豚乎莫得其门，纷纷乎若乱丝，遗遗乎若有从治。”①清祁寯藻《历

①黎翔凤撰，梁运华整理：《管子校注》卷四，北京：中华书局，2004 年，第 246 页。

代循吏纪事》卷一:“无知赤子迫饥寒,捕逐纷纷亦太残。”①

四、与世人不同

(4)观看楼殿台阁,与世人不同。门窗[户]牖,全珠(殊)异世。(同上)

按:“人”字各家皆未校,今疑“人”字为“上”字之讹。“人”“上”二字笔画简单,手写形体形近,常有讹混之例。《韩非子·扬权》:“凡上之患,必同其端。”清王先慎集解:“赵(用贤)本‘上’作‘人’。”②《四部丛刊初编》影印明正德十五年(1520)济南刊本《岑嘉州诗》卷一《宿太白东溪李老舍寄弟侄》:“爱兹田中趣,始悟世上劳。”明影宋抄本“世上”作“世人”。又有“人”误“上”例,如柳永《倾杯乐》:“情知道世人,难使皓月长圆,彩云镇聚。”缪荃孙《〈乐章集〉校勘记》谓“宋本‘人’作‘上’”③。皆其例。例句中叶净能带玄宗游月宫,所见种种景象,与人世间不同,而非与“世人”不同。

五、練九转神丹

(5)練九转神丹,得长生不死;伏(服)之一粒,较量无比。(同上)

按:練,王重民(1957:227)、潘重规(1984:1115)、项楚(1990:361/2006:469/2019:361)校读作“鍊”;张鸿勋(1987:355),黄征、张涌泉(1997:341),窦怀永、张涌泉(2010:451)括校作“煉”。

“鍊”“煉”皆见于《说文》,含义略同,应本为一字之异体。《王一·霰韵》:“鍊,鍊金。亦作煉。”不过煉丹、煉药的“鍊”或“煉”古书多用“練”字。《史记·秦始皇本纪》:“方士欲練以求奇药。”④同书《扁鹊仓公列传》:“齐王侍医遂病,自練五石服之。”⑤后例“練”字宋本《太平御览》卷七二一方术部二医一引作“鍊”,元刻元明递修本、清乾隆武英殿本《通志》卷一八一艺术传一引作“煉”,应为传刻者所改。《列子·汤问》:“故昔者女娲氏

①〔清〕祁寯藻著,任国维主编:《祁寯藻集》第2册,太原:三晋出版社,2015年,第195页。

②〔清〕王先慎撰,钟哲点校:《韩非子集解》卷二,北京:中华书局,1998年,第46页。

③〔清〕缪荃孙著,张廷银、朱玉麒主编:《缪荃孙全集·杂著》,南京:凤凰出版社,2014年,第679页。

④〔汉〕司马迁撰,〔南朝宋〕裴骃集解,〔唐〕司马贞索隐,〔唐〕张守节正义,中华书局编辑部点校:《史记》,北京:中华书局,1982年,第258页。

⑤〔汉〕司马迁撰,〔南朝宋〕裴骃集解,〔唐〕司马贞索隐,〔唐〕张守节正义,中华书局编辑部点校:《史记》,北京:中华书局,1982年,第2810页。

綀五色石以补其阙。”清秦恩复校：“綀，古鍊字。”①三国魏嵇康《答〈难养生论〉》（明嘉靖刊本《嵇中散集》卷四）：“故赤斧以綀丹赪发，涓子以术精久延。”《文选·江淹〈杂体诗三十首〉》“鍊药瞩虚幌”李善注：“《说文》曰：鍊，化金也。鍊与綀古字通。”②后例李善读原诗的“鍊药”之“鍊”为“綀”，盖亦以作“綀”为典正。P. 2838 号背《云谣集杂曲子·内家娇》：“交招事无不会，解烹水银，綀玉烧金，别尽謌篇。”“綀玉”亦用“綀”。“綀”本指煮练生丝或生丝织品，丹药需要反复烧炼，情事相似，煉丹、煉药或即“綀”的引申义，故“綀”字似不必改字。

六、栲羸

(6)秋天若降澧（浓）霜下，应是芳林树栲羸。（羽 153 号背《妙法莲华经讲经文》）

按：“栲羸”二字，朱凤玉（2013：49）照录。今谓“栲”当读作“槁”。《广韵·晧韵》“栲”“槁”二字皆属苦浩切小韵，同音通用，敦煌文献中常见。例如 P. 2054 号《十二时普劝四众依教修行·日出卯》：“斗文才，逞词藻，三箧五车何足讨。尽推松柏有坚贞，也被消磨见枯栲。”S. 5558 号香严和尚《嗟世三伤吟》：“伤嗟鶵刀鸟，夜夜啼天晓。坠翼脚攀枝，垂头血霑草。身随露叶低，影逐风枝袅。一种情想生，尔何独枯栲。驱驱饮啄稀，役役飞腾少。不是官所差，直绿（缘）业力造。”二句中的“栲”亦皆通“槁”。又如 P. 2193 号《目连缘起》：“遍体尽皆疮癣甚，形骸苦考改容仪。”句中的“苦考”也是“枯槁”的假借字，可以比勘。

词义上，“槁羸”指草木叶落枯萎。《吕氏春秋·首时》：“秋霜既下，众林皆羸。”高诱注：“羸，叶尽也。”③与例句情境略同，都描绘了秋天浓霜降下、树木摇落枯萎的情景。

七、□形、枪欑

(7)早是□形居幻世，更遭非横禁枪欑。（同上）

按：朱凤玉（2013：51）录作“恋”（繁体字形），不确，该字当为“畜”字形讹。细审原

①杨伯峻：《列子集释》卷五，北京：中华书局，1979 年，第 150 页。

②〔清〕胡绍煐撰，蒋立甫校点：《文选笺证》卷二三，合肥：黄山书社，2007 年，第 633 页。

③〔秦〕吕不韦编，许维遹集释，梁运华整理：《吕氏春秋集释》卷一四，北京：中华书局，2009 年，第 325 页。

卷,该字下部可明确为“田”字;上部则作“䜌”形,系因“䜌”写时部件“言”的第二笔横画往往较长,与“玄”字形近,而书手大约是受到上下文“观见三春花发时,游蜂缭绕恋花枝”“能化现,恋心怀,不但将身为灭灾”等句中“恋”字的影响,将“畜”字上部的“玄”讹作“䜌”形。从词义上看,“畜形”指投胎作畜生。东晋僧伽提婆译《三法度论》卷下:“彼畜、人、天形,是饿鬼畜形、人形、天形,随其业故。”(T25/28b21—22)唐段成式《酉阳杂俎·贝编》:“凡生地狱,有三种形:罪轻作人形;其次畜形;极苦无形,如肉轩、肉瓶等。”①本篇中鹿王因在畜生道中示现,故称畜形。

又,句中“欑”字,朱凤玉(2013:51)录作“攒”,非是。《说文·木部》:“柲,欑也。欑,积竹杖也。”徐锴系传:“欑即矛戟柄,亦谓之庐,亦曰矜。……积竹木,谓合竹木为之也。”“积竹”犹“欑竹”。明刘若愚《酌中志》卷一九《内臣佩服纪略》:“立铜箍头欑竹五尺一根于棹(桌)旁。”②古书扌、木旁多讹混,“攒竹”当为“欑竹”。本例中“枪欑”即矛戟一类长柄的兵器。《广韵·换韵》七乱切:“穳,鋋也。本音鑽。俗为枪穳字。”“穳”字《说文》不载,应即“欑”的后起换旁字,“枪穳”应即“枪欑”。

八、输王所媿

(8)我有一计,愿王听许。欲拟日供一鹿,次弟输王所媿。王有割鲜之馔,鹿有延旦之辰。(同上)

按:“媿”,当读作“贵”,意为欲、希望。P.2418号《父母恩重经讲经文》:“阿娘几度与君婚,说着人皆不欲闻。才始安排交仕宦,等闲早被使头嗔。不愁与本教经纪,媿在徒儿立得身。”其中的“媿”亦通作“贵”。本篇讲经文中,九色鹿王提议通过“日供一鹿”的方式满足国王的需求。类似的情节在其他经典中亦有记载,梁僧旻、宝唱等集《经律异相》卷一一“为鹿王身代怀妊者受死”条:“鹿曰:‘今观王意,欲杀千鹿一日供厨。今且盛热,肉叵久停,愿王哀愍,日杀一鹿以供厨宰,不烦王使,鹿自当往诣厨受死,肉供不断,鹿得增多。”可资比勘。③

①〔唐〕段成式撰,许逸民校笺:《酉阳杂俎校笺》前集卷三,北京:中华书局,2015年,第352页。

②〔明〕刘若愚:《酌中志》卷一九,北京:北京古籍出版社,1994年,第173页。

③会读时何苏丹博士指出,“媿”亦有可能为“餽”(通“馈”)字的形近、音近之误,“餽”通“匮”,表匮乏义(今按:不妨直接读“媿”为“匮”);“所”为助词,与后面动词结合成为名词词组,亦可备一说。

九、三草二木得润皆同天　人花各得成实

(9)▨▨(闻仏)□(之)▨▨▨(法雨)▨(也),▨(三)草二木得润皆同天　人花各得成实。飒尔云起,崩腾而来,沃法海之波澜,探道场之幽邃。(P.3944号《妙法莲华经讲经文》,“天”和“人”之间的空格为原卷所有)

“三草”至“成实”,曾良、任西西(2009:12)及曾良(2010:75)录作“三草二木得润,皆同天人,花各得成实”,径删原卷“天”和“人”之间的空格。

按:此处语本鸠摩罗什译《妙法莲华经》卷三药草喻品:“譬如大云,以一味雨,润于人华,各得成实。”(T09/20b18—19)“华”俗作“花”,故例中“人”和“花”二字当连读。

又考底卷除段落之首有空格外,其他正文中的空格往往属于抄手留空而需要补字的情形,如下文“或终年而在室,亦　日而绕梁”和“猷阮藉(籍)之长肃(啸),所(欣)吾师之梵音。　兹在兹,是瞻是敬”两处,“亦”和“音”字之下底卷各空一字,而所空之字据文意可分别补为“三”和“念”字。据此,此处“天”“人”之间的空格恐亦不可径删,而很可能应补一字。窃谓此处应补一“花”字,“天花人花”指天界仙花和人世之花。东晋佛驮跋陀罗译《大方广佛华严经》卷一六金刚幢菩萨十回向品:“菩萨摩诃萨布施众华:鲜妙香华、种种色华、无量乐华、善现之华、乐无厌华、一切时华、天华、人华、世所乐华、无上香华。如是等无量众华,菩萨摩诃萨悉以供养现在十方一切诸佛。”(T09/500c10—15)南朝梁月婆首那译《大乘顶王经》:“天花及人花,满于虚空中,散以缤纷香,令人心爱乐。”(T14/597c14—16)皆“天花(华)”“人花(华)”连用,可证。

本篇讲经文以四字一句的句式居多,结合文意,此例相关句子当校录作“三草二木,得润皆同;天□(花)人花,各得成实”。谓佛说法如降法雨,“三草二木”能够“得润皆同”,“天花人花”则可“各得成实”,句意顺适无碍。

十、都天而下落,嘱光相以傍临

(10)第十四吞龙唊毒众。揭路茶者,此云妙翅。……都天而下落,嘱光相以傍临,咸鼓舞以来仪,竟翺[翔]而赴曾(会)。闻妙觉甚深之唱,希一实三权之理。(同上)

按:曾良、任西西(2009:12)及曾良(2010:76)校补“翔”“会”二字,甚是,然于“都天”至“傍临”这两句尚有剩义。

首先,“嘱”据文意当读作“瞩”,而“都”当校作“覩”。“覩”同“睹”,与下句首字“嘱

(瞩)”对文同义。

其次,本篇讲经文文多俪偶,例中“天”字前后疑脱一字,致与次句失对。窃疑“天”字下脱一“花”字,“天花”与下句意为佛光的“光相”相对。佛经中常见用天华(花)落下表现佛说法时诸天感动之状、诸天世人对佛的虔诚供养等,以鸠摩罗什译《妙法莲华经》为例,便有卷一序品:“佛说此经已,结加趺坐,入于无量义处三昧,身心不动。是时天雨曼陀罗华、摩诃曼陀罗华、曼殊沙华、摩诃曼殊沙华,而散佛上及诸大众。”(T09/2b9—12)卷二譬喻品:“诸天伎乐,百千万种,于虚空中,一时俱作,雨众天华。”(T09/12a14—15)卷三药草喻品:“(佛)适坐此座,时诸梵天王,雨众天华,面百由旬,香风时来,吹去萎华,更雨新者。”(T09/22b25—27)等等。本例写到诸众会于灵山听佛说法,故有天花乱坠、光相傍临的景象。

综上,“都天”至“傍临”当校作“覩天花而下落,瞩光相以傍临”。

十一、则二众

(11)弟十五人王自在众。未生怨王,情偏暴虎,舍彼恶见,投我法王。……闻仫之行化人也,孝名为戒,法号真乘,乘至道场,孝安黎庶,固此为大。钦风而来,康哉良哉!于焉取则,上明内外,则二众凡其两徒,若天若人,自近自远,咸希甘露,同庆朝闻。(同上)

按:“则二众凡其两徒”,曾良、任西西(2009:13)及曾良(2010:76)标点如此。但“则二众凡其两徒”的读法,与前后四字一句的句式不一致,此其一。其二,“凡其”领起“两徒”①和“若天若人,自近自远”,为“咸希甘露,同庆朝闻”的主语;“凡其”到“朝闻”讲的是凡为听法者,不管是天神与人、远与近,都到佛前仰求佛法,共贺闻道。故“凡其”当与其前的“二众”断开。至于“二众”,指道俗二众(参见丁福保,1984:38—39),“则二众”当与前一句“上明内外”相匹配,“则”字前后疑脱一字。

窃谓“则”字之前脱“垂”字。“垂”字的动作方向是由上及下、向下俯伏的,与前一句之“上”字差可相对。“垂则二众”谓垂示法则于僧俗二众。“于焉取则,上明内外,垂则二众”的主语都是未生怨王(即阿阇世王),未生怨王皈依佛门后,取则于佛,进而“上明内外,垂则二众”。

①“两徒”又称“二徒”,是佛在王舍城灵山宣讲《妙法莲华经》的听众。其身份一说指《妙法莲华经·序品》中听法的“前十五众”和“后六众”;另一说是指将“后六众”分成三组,每组为二徒。详参唐栖复《法华经玄赞要集》卷八。

附记:本文系张涌泉教授主持的“敦煌文献选读”读书班的会读成果,由周思敏(第1—5条)、沈秋之(第6—8条)、吴宗辉(第9—11条)执笔,参加读书班的计晓云、秦龙泉、郑天楠、何苏丹、吴昌政等也各有贡献,最后由张涌泉教授指导审定。

参考文献:

丁福保:《佛学大辞典》,北京:文物出版社,1984年。

王重民等:《敦煌变文集》,北京:人民文学出版社,1957年。

潘重规:《敦煌变文集新书》,台北:文津出版社,1984年。

张鸿勋选注:《敦煌讲唱文学作品选注》,兰州:甘肃人民出版社,1987年。

郭在贻:《敦煌变文集校议·前言》,长沙:岳麓书社,1990年。

项楚:《敦煌变文选注》,成都:巴蜀书社,1990年;北京:中华书局(增订本),2006年;北京:中华书局(增订本),2019年。

蒋冀骋:《〈敦煌变文集〉校注拾遗——〈韩擒虎话本〉至〈燕子赋〉》,《浙江师范大学学报》(社会科学版),1989年第3期。

汉语大词典编辑委员会、汉语大词典编纂处编纂:《汉语大词典》第11卷,上海:汉语大词典出版社,1993年。

蒋礼鸿主编:《敦煌文献语言词典》,杭州:杭州大学出版社,1994年。

刘瑞明:《〈叶静能诗〉新校补证》,《新疆文物》,1994年第4期。

黄征、张涌泉:《敦煌变文校注》,北京:中华书局,1997年。

曾良、任西西:《敦煌残卷篇名考五则》,《艺术百家》,2009年第2期。

窦怀永、张涌泉:《敦煌小说合集》,杭州:浙江文艺出版社,2010年。

曾良:《敦煌残卷篇名考五则》,载《敦煌文献丛札》,杭州:浙江古籍出版社,2010年。

赵家栋:《敦煌文献疑难字词研究》,南京师范大学博士学位论文,2011年。

朱凤玉:《羽153V〈妙法莲华经讲经文〉残卷考论——兼论讲经文中因缘譬喻之运用》,《敦煌吐鲁番研究》第13卷,上海:上海古籍出版社,2013年。

张涌泉:《新见敦煌变文写本叙录》,《文学遗产》,2015年第5期。

黄征:《敦煌俗字典》(第二版),上海:上海教育出版社,2019年。

The Proofreading Notes on Dunhuang Bianwen

Zhou Simin　Wu Zonghui　Shen Qiuzhi
(Zhejiang University)

Abstract: The manuscripts of Dunhuang Bianwen exhibit a variety of demotic characters and non-standard writing styles, as well as numerous errors and omissions, rendering textual criticism a challenging task. Building upon prior research and accomplishments, this paper focuses on one extensively studied material and two under-researched newly found materials, offering novel insights into the interpretation of complicated words.

Keywords: Dunhuang Bianwen; demotic characters; proofreading

古代字书未编码疑难字札考*

柳建钰

（渤海大学文学院）

提要：论文对《元声韵学大成》等多本古代字书中的十五个未编码疑难字从文献使用、字形演变及异文佐证三个方面进行了考辨，沟通了它们的字际关系。

关键词：未编码疑难字；考辨

汉字研究的材料根据其存现环境可以分为语篇文字和字书文字两种。字书中汇集了大量的汉字形音义资料，这些资料是历代学者对语篇文字研究整理的结晶，反映了学者对汉字形音义的理性认识，具有较高的科学性、系统性和实用性。但是在传抄和刊刻过程中，受到汉字书写变异、构件俗写、字形类化等因素的影响，历代字书中也产生了大量疑难字，很多都因为没有经过学者考辨而未被国际标准化组织收录到 Unicode 字符集中。对这些未编码疑难字进行考辨，为其定形、定音、补义，与已释字沟通字际关系，从而激活疑难字，不仅有利于字书文献本身的校订和解读，还能为汉字字形演变的研究提供典型素材，其考辨结论对于大型字典辞书的修订完善和当前全汉字的计算机信息化处理（如“中华字库”工程、Unicode 表意文字字符集扩充等）也具有重要的参考价值。

本文拟对《元声韵学大成》等多本古代字书中的十五个未编码疑难字进行考辨。具体体例如下：首列未编码疑难字为字头，下引原文，其后指明原文来源及异文情况，并从

*本文是国家社科基金重点项目“字料库字料属性标注规范研究”（20AYY018）、国家社科基金重大项目“中古近代汉字字源及其数据库建设”（21&ZD296）、国家社科基金重大项目“现代汉语源流考”（22&ZD294）的阶段性成果。文中使用的数据库及主要参考资料包括：北京师范大学疑难字考释平台阅读器、渤海大学 CCFD 字书字料库（V4.0）、中华书局“经典古籍库”、瀚堂典藏等。

文献使用、字形演变及异文佐证等方面对未编码疑难字进行考辨，着重解说该未编码疑难字产生的原因，最后予以简要总结。

一、⿱盇蚰

明濮阳涞《元声韵学大成·监咸韵》（明万历二十六年书林郑云竹刻本）："⿱盇蚰，蝼蝈别名。"

按，"⿱盇蚰"从盇从蚰，实即"⿱舝蚰"讹字。《说文·蚰部》："⿱舝蚰，蝼蛄也。从蚰，舝声。"《广韵·辖韵》胡瞎切："⿱舝蚰，蝼蛄别名。"因为"⿱舝蚰"所从之舝为罕用构件，加之字形较为繁难，所以文献中异写形体较多。以《广韵》为例，泽存堂本从本形作"⿱舝蚰"，南宋孝宗浙刻巾箱本从牢作"⿱牢蚰"，四部丛刊本亦作"⿱牢蚰"，符山堂藏本从窂作"⿱窂蚰"。南宋乾道五年黄三八郎刊本《钜宋广韵》从⿱宀虫作"⿱⿱宀虫蚰"。《新修玉篇·蚰部》："⿱舝蚰，胡葛切。虫名。《说文》：'蝼蛄也。'"又"⿱害蚰，户瞎切。蝼蛄别名。"字则从害，并分列为两条，实为一字之变。《重订直音篇·蚰部》从⿱宀主作"⿱宔蚰"，《直音篇·蚰部》作"⿱⿱宀虫蚰"，泽存堂本《大广益会玉篇》作"⿱舝蚰"，四部丛刊本则从盍作"⿱盍蚰"，变化尤为剧烈。"牢""窂""⿱宀虫""⿱宀丰""害""宔""盍"均为"舝"的直接或间接异写形体。从盇之"⿱盇蚰"当为从盍之"⿱盍蚰"的进一步讹变。俗书未、禾形近多讹。例如唐道世撰《法苑珠林》："若自解未明。"（pT53，p0462a1001）宋本"未"作"禾"。北大整理本《春秋左传正义》卷第四十八《昭公十七年》："若火入而伏，必以壬午，尚未知今孛星当复随火星俱伏不，故言若。"校勘记曰："'尚未知'至'伏不'，淳熙本'未'误'禾'。"①综上所述，"⿱盇蚰"即"⿱舝蚰"讹字，当音 xiá。上揭诸形异写脉络大致可图示如下：

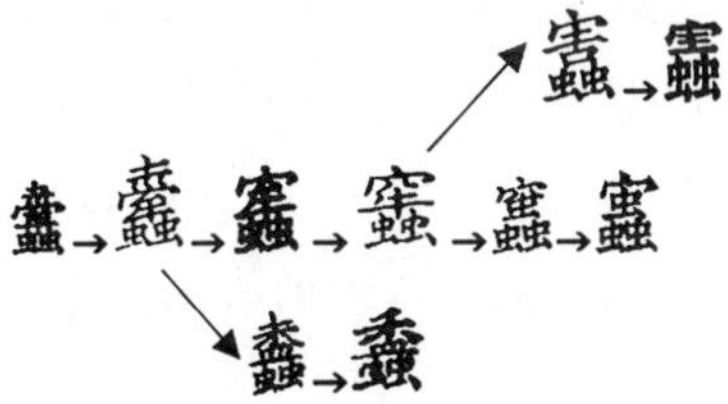

二、⿰亻鳥

清谢秀岚《汇集雅俗通十五音》（清嘉庆二十三年文林堂刻朱墨套印本）卷二《经》：

①十三经注疏整理委员会：《春秋左传正义》，北京：北京大学出版社，2000 年，第 1576 页。

“䲵,䴔䲵,鸟名。”又卷六《胶》:“䴔,䴔𪁉,鸟名。”

按,“䲵”“𪁉”二形异写,可隶定作“䲵”,从佞从鸟,实为“䴖”异体字。䴔(本作“鵁”形),文献中有三种常用用法。一为䴔䴖,水鸟名,又名池鹭(学名:Ardeolabacchus)。《尔雅·释鸟》:“䴔,䴔䴖。”郭璞注:“似凫,脚高,毛冠。”《说文·鸟部》:“鵁,鵁鶄也。”《史记·司马相如列传》:“鵁鶄鸀目,烦鹜鷛䴋。”《广韵·肴韵》古肴切:“䴔,䴔䴖,鸟。”《广韵·清韵》子盈切:“䴖,䴔䴖,鸟也。”汉枚乘《七发》:“䴔鶄䴔䴖,翠鬣紫缨。”也可以单用。唐韩愈等《城南联句》:“将身亲魍魅,浮迹侣鸥䴖。”一为传说中叫声像在呼唤自己名字的鸟名。《山海经·北山经》:“(蔓联之山)有鸟焉,群居而朋飞,其毛如雌雉,名曰䴔,其名自呼,食之已风。”明黄道周《遵古本正韵石斋海篇·鸟部》(崇祯藜光堂刻本):“䴔,音交。白下鸟,群飞,尾如雌鸡。又音䴖。鵁,同上。”①一为鸟名,又名鱼䴔,即鵁头,是鸬鹚的一种。《尔雅·释鸟》:“鵁头,䴔。”后面两种用法都只单用䴔,与䴔䲵没有关系。䴔䲵实即䴔䴖。“䴖”作“䲵”者,青、佞二字中古音近,青为青韵,佞为径韵,只是声调有平去之别,因此“䴖”可换声从佞作“䲵”,二字为异构字关系,“䲵”当音 jīng。

三、䴔

宋佚名《词林韵释》卷下十五清明《平声》(清咸丰四年南海伍氏刻本):“䴖,䴔䴖,似凫。”

按,“䴔”从支从青,实即“䴔”异体字。依上文“䲵”条可知,䴔䴖是一种“似凫,脚高,毛冠”的鸟。“䴔”从青者,“䴔”受下文“䴖”字形影响发生了逆同化。“䴔”字从支者,俗书支、交二字形近多混。以佛经异文为例,《四部律并论要用抄》:“三右手支头。”(pT85,p0718b1901)乙本“支”作“交”。安慧菩萨造,唐地婆诃罗译《大乘广五蕴论》:“执三支杖,僧佉定慧等。”(pT31,p0853a2301)宋本、元本、明本、宫本“支”作“交”。西晋竺法护译《修行地道经》:“有三品教:一曰身骨如锁,支拄相连。”(pT15,p0191c1701)宋本、元本、明本“支”作“交”。又,《四库全书考证》卷二十二《五音集韵》卷十二“又燕支”条校勘记曰:“刊本支讹交。”以上为“支”作“交”者。姚秦鸠摩罗什译《灯指因缘经》:“着身璎珞及以服乘,当用贸食以济交急。”(pT16,p0809a2801)元本、明本“交”作“支”。唐良贲述《仁王护国般若波罗蜜多经疏》:“别解脱戒各有交因。”(pT33,p0489c0505)甲本“交”

---

①《宋本玉篇·鸟部》:“䴔,古爻切。白䴔鸟,群飞,尾如雌鸡,又䴔䴖。”据此,《遵古本正韵石斋海篇》释义中“下”、“音”均为“䴔”讹字。

作"支"。唐志鸿撰述《四分律搜玄录》:"用身口七交为体。"(pX41,p0860c1004)依文意,"交"当作"支"。(1497—585)以上为"交"作"支"者。"䴔"亦有作"䴇"者。元泰定二年圆沙书院刻本《广韵》:"䴇,鸟名,似凫。"字形虽有残缺,但左旁为"支"似无可疑。由此可见,"䴔"可讹从支作"䴇",再涉下文"鶄"同化作"婧"。"䴔""婧"二字异体。

文献中又有"鴔"字,或异位作"鵔",或省点作"鴔"。《裴本切韵·褐韵》博末反:"鴔,鸟似雌雉。"即《山海经·北山经》所载蔓联山"群居而朋飞,其毛如雌雉"的䴔鸟。《宋跋王韵·末韵》博木(末)反:"鵔,大鸟。"《钜宋广韵·末韵》北末切:"鴔,鸟名。又音拔。"又《末韵》蒲拨切:"鴔,鸟名,似凫。"四部丛刊本《广韵·末韵》蒲拨切:"鴔,鸟名,似凫。"今按,"鴔"亦当为"䴔"讹字。俗书交、犮、友形近多混。唐道世撰《法苑珠林》:"案挍人民立行善恶。"(pT53,p0754c2301)宫本"挍"作"拔"。唐窥基撰《金刚般若论会释》:"校量胜劣所由有四。"(pT40,p0746c0701)甲本"校"作"拔"。高丽一然撰《三国遗事》:"人交人彝伦之道。"(pT49,p1014a1801)甲本"交"作"友"。梁慧皎撰《高僧传》:"并结知音之交世人呼为八达。"(pT50,p0346c1501)宋本、元本、明本"交"作"友"。由此可见,"鴔"亦当为"䴔"讹字,北末切、蒲拨切等反切均为字形讹变后产生的虚假读音。以上诸异体衍生关系可图示如下:

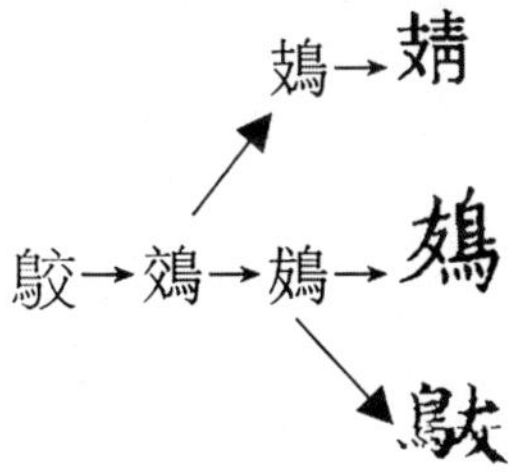

四、瘯瘄

清谢秀岚《汇集雅俗通十五音》(清嘉庆二十三年文林堂刻朱墨套印本)卷五《桧上去声之会》:"瘯,瘄肿。"

按,"瘯""瘄"分别隶定作"瘯""瘄",分别从疒从敹、从疒从晋,二字实为"瘯""瘤"异写。"敹"不成字,但可以拆分出祟、攵两个构件。在字料库《汉语大字典》子库中查询释义中有"肿"且间接构件是"祟"的字头,显示只有一个结果"瘯"。《集韵·祭韵》朱芮切:"瘯,瘤肿。通作赘。"《新修玉篇·疒部》:"瘯,之芮切。瘤肿。通作赘。"《篇海类编·贝部》:"赘,之瑞切,音坠。以物质钱也。《说文》:'赘,肬也。'《庄子》:'附赘垂肬。'肬,瘤也,痣也。亦作贅、癥。又男附女家谓之赘婿。又行之无当曰赘。又聚也。”“贅”为“赘”表“以物质钱也”时的后出专字,“癥”为“赘”表“瘤也”时的后出专字,从疒敫声。“敫”作“敫”者,俗书又、攵形近多讹,不烦举例。“留”作“晋”者,“留”本作“畱”,俗作“峀”“留”。“晋”本作“晉”,俗作“晋”“晋”,二字形近,故“留”可写作“罶”。《明清小说俗字典》录《集成》明刊本《西湖二集》卷四《愚郡守玉殿生春》:“以此每每罶(留)意人才。”(133页)《集成》明刻本《唐三藏出身全传》卷一《猴王勒宝勾簿》:“金星道:‘圣旨在身,不敢久罶(留)。’”《集成》明刊本《盘古至唐虞传》卷上:“文字罶(留)传,鬼神逃不得形,蛟龙掩不得迹。”(52页)《集成》清刻本《惊梦啼》第一回:“任员外一向罶(留)意,今又十分注目。”(9页)“田”“日”形近,故“罶”又可进一步异写作“晋”。文献中“留”多混误作“晋”。《四库全书考证》卷四《增修书说》“淮泗达河条汳水受陈留浚仪阴沟”条校勘记曰:“刊本留讹晋,据蔡传改。”(1497—117)卷十七《春秋明志录》卷十二“十有三年公会晋侯及吴子于黄池录古陈留封丘地”条校勘记曰:“原本留讹晋,据杜注改。”(1497—450)均为其例。

综上所述,“癥”“瘤”分别为“癥”“瘤”异写,读音为 zhuì、liú。

五、戎

清谢秀岚《汇集雅俗通十五音》(清嘉庆二十三年文林堂刻朱墨套印本)卷二《公狂韵》:“賨,戎税。”

按,字书文献中“戎”字此处仅见。今考“戎”为“戎”异写字。《广雅》卷二下《释诂》:“賨,税也。”王念孙疏证:“賨者,《说文》:‘賨,南蛮赋也。’《后汉书·南蛮传》云:‘岁令大人输布一匹,小口二丈,是谓賨布。’又云:‘岁入賨钱口四十。’賨与賨同。”据此,“賨”“賨”二字为构件异位异写字。《裴本切韵·冬韵》:“賨,在宗反。五加二。西戎税也。又賨。”《唐韵残页(P.2018)·冬韵》:“賨,西戎。《广雅》云:‘戎税。’藏宗反。”泽存堂本《广韵·冬韵》:“賨,戎税。《说文》曰:‘南蛮赋也。’藏宗切。”《玉篇·贝部》:“賨,蛮赋也。”明州刻本《集韵·冬韵》:“賨㡓,徂宗切。《说文》:‘南蛮赋也。’或从巾。亦书作賨。”①以上释义可大致归纳为二:蛮赋、戎税。故“戎”为“戎”字无疑。“戎”作“戎”者,“戎”中“𠂇”的横画笔形混同为捺画,即为“乂”。而“戈”省点即为“戈”,因此“戎”可

①“赋”,金州军刻本同。扬州使院本、潭州宋刻本、万有文库影印日本天保九年重刊顾广圻补刻本均讹作“贼”,当正。

异写作“⿹戈人”,“⿹戈人”当音 róng。又,《中华字海·弋部》收“⿹弋人”字,谓出自魏《寇演墓志》。今查该墓志字形作“⿹弋人”。又魏《元液墓志》作“⿹弋人,”唐《贾感墓志》作“⿹戈人”,内均从人形。“⿹弋人”当为“⿹戈人”的进一步讹变,也即:戎→⿹戈人→⿹弋人。

六、⿰木⿱日⿱文罒

清谢秀岚《汇集雅俗通十五音》(清嘉庆二十三年文林堂刻朱墨套印本)卷六《居其韵》:“梠,梠⿰木⿱日⿱文罒,梠楣也。”

按,“⿰木⿱日⿱文罒”从木从⿱日⿱文罒,⿱日⿱文罒不成字。实即“槾”字异写。《说文·木部》:“槾,杇也。从木,曼声。”本义是抹子,泥工的一种抹墙工具。又可指屋檐,与“杇也”之“槾”为同形字。《释名·释宫室》:“梠,旅也。连旅旅也。或谓之槾。槾,绵也,绵连榱头使齐平也。”宋李诫《营造法式·大木作制度二·檐》:“檐,其名有十四:一曰宇,二曰檐,三曰樀,四曰楣,五曰屋垂,六曰梠,七曰棂,八曰联櫋,九曰橝,十曰房,十一曰庑,十二曰槾,十三曰槐,十四曰庮。”宋庄绰《鸡肋编》卷下:“崇宁中,李诫编《营造法式》云……又载名物之异曰……檐名十四(檐、宇、樀、楣、屋垂、梠、棂、联櫋、橝、房、庑、槾、槐、庮)。”俗书曼多作㬅或㬈,因此“槾”也多作“㮶”或“㮴”。作“⿰木⿱日⿱文罒”者,《汇集雅俗通十五音》中当属独见。“槾”作“⿰木⿱日⿱文罒”者,构件“曼”的两个构件“罒”与“又”发生位移,而“又”又发生异写作“文”所致,“⿰木⿱日⿱文罒”当音 màn。

七、⿰方见

宋刻本《龙龛手镜·辛部》:“⿲辛目辛,疋苋反。小儿白眼⿰方见也。又蒲幻反。小见也。”

按,“⿰方见”字从方从见。清嘉庆间张丹鸣虚竹斋刻本、早稻田大学藏本、续古逸丛书本《龙龛手镜》字形亦同,文渊阁本字则作“视”。“⿰方见”实即“视”异写字。“⿲辛目辛”隶定作“辧”。《集韵·裥韵》:“辧,股间也。”其义为两股之间,用表“小儿白眼⿰方见也”,于义不合,实为“辧”讹字。《说文·目部》:“辧,小儿白眼也。从目辡声。”《玉篇·目部》:“辧,匹苋切。小儿白眼。或曰视之皃。”《广韵·裥韵》匹苋切:“辧,小儿白眼视也。”正可与《龙龛手镜》相比勘。“视”作“⿰方见”者,行草书“礻”常省略右点,从而与“方”形近多混。例如“祐”作“⿰方右”(唐李邕《李思训碑》)、“社”作“⿰方土”(清何绍基)、“祈”作“⿰方斤”(清尤侗)、“视”作“視”(东晋王羲之《兰亭叙》(定武))。S.6659《太上洞玄灵宝妙经众篇序章》:“通灵瞰視(视),座见鬼神。”西晋无罗叉译《放光般若经》:“当知是贡高菩萨,辈如旃陀罗。(旃陀罗者,晋言主杀人狱卒。)”(pT08,p0096c2710)“旃陀罗”与“旃陀罗”错出。综上,“覫”实即“视”异写字,当音 shì。

八、𥲅

《古今韵准·九佳韵》:“骸、豺、埋、霾、荄、痎、揩、𥲅,八字当入《灰尤韵》。”

按,“𥲅”从⺮从𡎰,“𡎰”不成字。实为“篩”异写字。《古今韵准·九佳韵》共收55字。依朱骏声的意见,佳、街等15字“与古合”,柴、阶等23字“当入微齐韵”,钗、靫等9字“当入歌麻韵”,骸、豺等8字“当入灰尤韵”。今查“骸、豺、埋、霾、荄、痎、揩”诸字均属《广韵·皆韵》。而《广韵·皆韵》所收诸字中与“𥲅”形近者为“篩”。其释义为:“篩,篩箩,古以玉为柱,故字从玉。今俗作簁。”《说文·竹部》:“簁,簁箄,竹器也。”朱骏声通训定声:“簁,与籭略同。字亦作篩。今俗谓之筛,可以取粗去细。”《急就篇》:“簁箄箕帚筐篋篓。”颜师古注:“簁,所以箩去麤(取)细者也,今谓之筛。大者曰簁,小者曰箄。”明陈士元《古俗字略·佳韵》:“筛,山皆切。器名。簁、篩,并同。”①“篩”作“𥲅”者,“王”省横画即为“土”。故“簁”“篩”“𥲅”均为“筛”异体字,当音 shāi。

九、䂵

民国十五年上海商务印书馆铜版印本《康熙字典·备考·午集·矢部》:“䂵:《川韵》虎伯切,音赫。”

按,“䂵”从石从岩,“岩”不成字。实即“硅”讹字。今查武英殿本《康熙字典》字作“䂵”,王引之校改本《康熙字典》字作“䂵”,右上均从土而不从止。《字汇补·石部》字形亦作“䂵”。《龙龛手镜·石部》:“䂵,《川韵》虎伯反。同硅。硅,虎伯反。硅破。”《重校经史海篇直音·石部》:“䂵,音黑。又与硅义同。”《新修玉篇·石部》:“䂵,《川韵》虎

①段注“簁”字下按曰:“簁箄,器名。以上下文例之,是盛物之器,而非可以取麤去细之器也。可以取麤去细之器,其字作籭,不作簁,若《广韵·支韵》云:‘簁,下物竹器。’《纸韵》曰:‘簁,箩也。’《皆韵》曰:‘篩,篩箩。古以玉为柱,故字从玉,今俗作簁。’此皆用簁为籭,古今字变,非许意也。小颜注《急就篇》误。”否定了“簁”“篩”与“筛”之间的异体关系。恐非。

伯切。与硅义同。”《广韵·陌韵》虎伯切：“硅，硅破。”《五音集字》：“硅，虎伯切，音剨。硅破也。”①郑贤章②及熊加全③都认为“硅”为“砉（砉）”字之讹。《广韵·陌韵》：“砉，呼臭切。出《庄子》。”《庄子·养生主》：“砉然嚮然，奏刀騞然。”砉然正状刀破声。周祖谟《广韵校勘记补遗》：“此字原本《玉篇》、《万象名义》石部作‘砉’，是也。”则其字本作“砉”，俗写缺一横画作“砉”。“硅”是“砉”的构件异位异写字，而非讹字。“砉（硅）”字作“⿰石砉”者，字内构件发生同化变“土”为“石”所致。又作“⿰石⿱止石”者，俗书土、止二字形近多混。例如北凉昙无谶译《大般涅盘经》：“又如净洗，还涂泥土。”（pT12，p0516b0505）宫本“土”作“止”。北大整理本《尔雅注疏·释言》：“基，墙下土也。”校勘记曰：“土”，注疏本同。阮校引标目作“止”，校曰：“按《说文》：‘基，墙始也。’《玉篇》：‘址，基也。’《广韵》：‘基，址也。’然则此‘止’当为‘址’，合上字‘土’字始得之。”④故“⿰石砉”又可作“⿰石⿱止石”。

又《合并字学集韵·去声·十七厥》：“⿰石砉⿰石砉⿰石砉，巛波。”“⿰石砉”从石从砉，“⿰石砉”从石从砉，“⿰石砉”从石从砉，砉、砉、砉三字异写，所以“⿰石砉”“⿰石砉”“⿰石砉”也都是“硅”的异体字。但其释义“巛波”不辞，令人费解。盖“巛波”本作“く破”，“く”为古代字书文献中常见的字头省文替代符号。“巛”为古“川”字。草书“破”与“波”形近，例如64TAM15：23《唐贞观十四年张某夏田契》：“渠[破]（破）水滈（谪），仰耕田人承了。”明祝允明书“破”为“[破]”。“破”既讹作“波”，《合并集韵》又改“く”为“巛”，因成“巛波”。当正。又，《全元诗·宋褧〈送叶仲舆令尹赴上盐场司令〉》有“堐”字，也是“砉”的加旁新造字。⑤

综上可见，“⿰石⿱止石”为“砉（砉）”讹字。此条所论诸字关系可以图示如下：

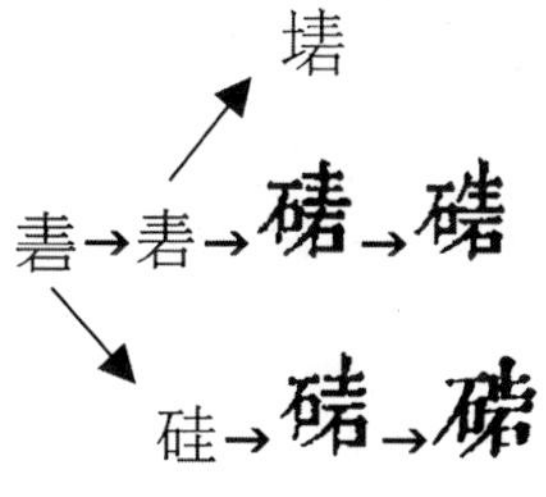

①硅今又用为非金属元素名，符号为 Si，旧名矽。与“硅破”义之“硅”为同形字。

②郑贤章：《〈龙龛手镜〉研究》，长沙：湖南师范大学出版社，2004 年，第 326 页。

③熊加全：《〈新修玉篇〉疑难字考释》，北京：中国社会科学出版社，2019 年，第 240 页。

④十三经注疏整理委员会：《尔雅注疏》，北京：北京大学出版社，2000 年，第 75 页。

⑤柳建钰、丁明：《古籍疑难字考辨十二则》，《南京师范大学文学院学报》，2022 年第 2 期。

十、䃢

汇贤斋本《字汇补·申集·艸部·补字》:"䃢,徒浪切,音荡。见《杨氏韵经》。"

按,《杨氏韵经》即旧题"梁吴兴沈约撰类,宋会稽夏竦集古,明宏农杨慎转注,江夏郭正域校"之《韵经》。该书乃明代人托名伪造,《字汇补》据以补充字形与音义20多条,如《丑集·士部·补字》:"鼃,与蛙同。见杨慎《韵经》。"《寅集·工部·补字》:"差,许规切,音灰。毁也。见《韵经》。"《亥集·鱼部·补字》:"鰒,鰒字之讹。见《韵经》。"《亥集·髟部·补字》:"鬗,莫还切,音曼。《韵经》与鬘同。"讹写字头较多,大多无甚价值。"䃢"即其中之一,实为"碭"讹字。以"徒浪切音荡"为关键词在北京师范大学疑难字考释平台检索相关信息,发现有"囥""圐""閬""菪""碭""宕"等诸字命中,其中,与"䃢"形近者为"碭"。《玉篇·艸部》:"蘭,蘭碭,药。"《广雅·释草》:"葱,苹,蘭碭也。"王念孙疏证:"《玉篇》《广韵》并云:'葱,蘭碭,药也。'则蘭碭一名葱,一名苹也。《众经音义》引张氏《埤仓》云:'蘭碭,毒草也。''蘭',各本讹作'兰',今订正。蘭碭,或作莨菪,或作狼蓎。《神农本草》云:'莨菪子,味寒。一名横唐。生海滨川谷。'《别录》云:'莨菪子有毒。一名行唐。生雍州。'"据此,蘭碭即今"莨菪",是一种有毒草本,种子可供药用。"碭"作"䃢"者,俗书石、古二字形近多讹。例如唐不空译《末利支提婆华鬘经》:"七日之中,日日取石榴草茎。"(pT21,p0258b2601)乙本"石"作"古"。唐慧琳撰《一切经音义》:"湿么,莫可反。秦言石。"(pT54,p0615a2001)甲本"石"作"古"。《四库全书考证》卷二十三《史记》卷二十八"或曰石泥金绳"条校勘记曰:"刊本石讹古,据《白虎通》改。"(1498—18)综上所述,"䃢"为"碭"异写字,当音dàng。

十一、𠜿

朝鲜本《龙龛手镜·刀部》:"𠜿,乌茎切。芟除林木也。出《齐人要术》。"

按,《齐人要术》即《齐民要术》,避唐太宗李世民讳,改"民"为"人"。"𠜿"从桊从刂,实为"劗"讹字。音"乌茎切"而训作"芟除林木"者本作"劗",《广韵·耕韵》乌茎切:"劗,芟除林木也。出《齐人要术》。"《正字通·刀部》:"劗,以证切,音印。芟除林木也。《齐民要术》:'垦田法:林木大者劗杀之。'《六书故》:'劗,乌茎切。到绝木肤也。'"今查北魏贾思勰《齐民要术·耕田》:"其林木大者劗杀之,叶死不扇,便任耕种。"清屈大均《广东新语》卷十四《食语》"谷":"当四五月时,天气晴霁,有白衣山子者,于斜崖陡壁之际，劉杀阳木，自上而下悉燔烧，无遗根株。”俗书“缶”异写作“缶”，故“劉”又异写作“劉”。《五侯鲭字海·刀部》：“劉，音英。芟除林木曰劉”。“劉”作“剬”者，涉“芟除林木”义而换缶为木所致。综上所述，“剬”为“劉”涉“芟除林木”义而产生的换旁同化字，其读音为 yīng。

十二、粄

明陈仁锡《陈明卿太史考古详订遵韵海篇朝宗·米部》（明刻本）：“粄，音粽，义同。”清潘耒《类音》（清雍正三年遂初堂刻本）：“粄，租瓮。”

按，“粄”从米从夋。《海篇朝宗》明言“音粽，义同”，则“粄”应即“粽”字。“粽”本作“糉”。《说文新附·米部》：“糉，芦叶裹米也。从米，㚇声。”《集韵·送韵》作弄切：“糉，角黍也。或作粽。”隋杜台卿《玉烛宝典》（古逸丛书景日本钞卷子本）卷第五《五月仲夏第五》：“吴歌云：‘五月节，蔬生四五尺，缚作九子糉（或作粄，亦作𥻮，今古字并通）。’计止南方之事，遂复远流北土。”《清世宗宪皇帝实录》卷之五十一：“虽粄米较之粳米价贱，而较之粟米价贵。若将粳粟以粄代放，实无偏累。嗣后每隔一年，将粄米代放一季。至粄米开放将完，仍照例给发粳粟粄三色。”“㚇”俗作“夌”（《裴本切韵》），又或省作“夋”，故从“㚇”之字多从“夋”。唐《董本墓志》“騣”作“駿”，唐义净译《根本说一切有部百一羯磨》：“其树独生，状如椶榈，其果多有，将至番隅，时人名为波斯枣。”（pT24，p0478a0901）圣本“椶”作“梭”。唐道世撰《法苑珠林》：“马騣尾皆有烧状。”（pT53，p0744c0301）宋本、元本、明本、宫本“騣”作“骏”。由此可见，“粄”即“糉”讹字。《类音》反切租瓮与《集韵》作弄切音同。

“粄”又为“粒”讹字。明刻本《广韵·尤韵》职流切：“粡，粄粡，米粉饼。”清毛奇龄《康熙甲子史馆新刊古今通韵》（清康熙二十三年学者堂刻本）卷六《尤韵》：“粡，粄粡，米粉饼。”今查张氏泽存堂刊本《广韵》作：“粡，粒粡，米粉饼。出《字林》。”《钜宋广韵》亦作“粒粡”。① “粒”作“粄”者，交、夋二字形近多混，故以之为构件者亦多混。如高丽一然撰《三国遗事》：“皆思解佼彻嘉。”（pT49，p1001c0601）甲本“佼”作“俊”。梁宝唱撰《比丘尼传》：“并风节峧异。”（pT50，p0942a2301）宋本、元本、明本“峧”作“峻”。梁慧皎撰《高僧传》：“并《駮夷夏论》《显证论》《法性论》及《爻象记》等，皆传于世。”（pT50，

①南宋孝宗浙刻巾箱本《广韵》作“校粡”，“校”为“粒”讹字。

p0374c2801）明本“駮”作“骏”。《改并五音类聚四声篇海 · 见母 · 夂部》：“⿰夋交，音夋。”字从交而音夋，也可证明交、夋二字可混。由上可知，“⿰米夋”为“⿰米交”讹字，当音 jiāo。

综上所论，“⿰米夋”既是“⿰米叟”讹字，又是“⿰米交”讹字，二字属于同形字关系。

十三、⿱艹⿱𦥯言

清董文涣《集韵编雅》（清同治十二年洪洞董氏刻本）卷九《月韵》：“⿱艹⿱𦥯言藅，见《尔雅》，艸名。”

按，“⿱艹⿱𦥯言”从艹从⿱𦥯言，“⿱𦥯言”不成字。实为“藆”讹字。《尔雅 · 释草》：“藆，藅。”郭璞注：“未详。”陆德明释文：“藆，居辇反。本亦作搴字。藅，音伐。本又作罚。”《钜宋广韵 · 月韵》房越切：“藅，藆藅，葛。”①清张龙甲《重修彭县志》（光绪刻本）卷第三《民事门 · 物产志 · 野菜》：“藆，一名芼。一名藅。汋之可食，俗呼螌麻，音获。唐人名蝎子草。”字又作“⿱艹蹇”。《玉篇 · 艸部》：“⿱艹蹇，⿱艹蹇草。”《集韵 · 獮韵》九件切：“藆⿱艹蹇，艸名，藅也。或从蹇。”字又作“⿱艹謇”。明州本《集韵 · 月韵》房越切：“藅，艸名。《尔雅》：‘⿱艹謇藅。’”宋刻本从⿱𦥯八作“⿱艹⿱𦥯言”，金州军刻本、曹氏楝亭本字均同，川东官舍本则从哭作“⿱艹⿱哭言”。盖“藆”作“⿱艹⿱𦥯言”者，先改换声符从謇作“⿱艹謇”，再涉“藅”改𡨄为⿱𦥯八作“⿱艹⿱𦥯言”，继而省从哭作“⿱艹⿱哭言”字。综上所述，“⿱艹⿱𦥯言”为“藆”类化讹字，当音 jiǎn。上述诸字形衍生关系可图示如下：

藆→⿱艹蹇

↘⿱艹謇→⿱艹⿱𦥯言 ⿱艹⿱𦥯言→⿱艹⿱哭言

十四、⿱日夌

明陈荩谟《元音统韵 · 检字》（清康熙五十三年范廷瑚刻本）十八画：“⿱日夌，麦部。”元黄公绍《古今韵会举要 · 屋韵》（光绪九年淮南书局重刊本）丘六切：“曲，《说文》：酒母也……或作鞠。亦作曲、⿱日麦。”

按，“⿱日麦”字从日从麦，“⿱日夌”下为“麦”字异写。“⿱日麦”“⿱日夌”二字实为“⿱曰麦”字异写。《元音统韵》明言“⿱日夌”为 18 画，故在字料库中以笔画数为 18、直接构件为“麦”进行检索，命中“⿰麦奔”“⿰麦宗”“⿱曰麦”“⿰麦見”等 21 字。其中，“⿱曰麦”与“⿱日夌”“⿱日麦”形体至近。之所以发生形变，是

①元泰定二年（1325）圆沙书院刻本作“藅，⿱𡨄麦藅，草。”“⿱𡨄麦”为“藆”讹字。

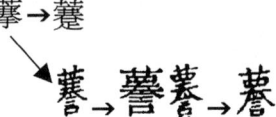

因为𦥑、臼、日三字形近多混。𦥑不常用,俗书多改从臼。《段注·爨部》“爨”字“𦥑象持甑”下曰:“中似甑,𦥑持之。今本𦥑讹臼。”《复古编》还专门对二字进行了辨析。该书卷下《形相类》:“𦥑臼𠚕:上𦥑居玉切,叉手也,从爪爪。中臼其九切,象形。下古齿字。”杨宝忠认为“𦥑”旁俗书作“旧”,故可与日旁相乱,《集韵·候韵》千候切:“睺,半春。”《玉篇·臼部》:“睺,七漏切。半春。”故“睺”即“睺”之俗讹,而“半春”乃“半舂”之误。① 宋刻本《龙龛手镜·臼部》有“⿱𡗗日”“⿰日欠”“⿰日耑”“⿰日市”“⿰日夹”等字,分别是“⿱𡗗臼”“⿰臼欠”“⿰臼耑”“⿰臼市”“⿰臼夹”,臼旁均异写作日旁。“麴”字从麦𦥑声,最早见于《集韵》,《集韵·屋韵》丘六切:“𥻦,《说文》:‘酒母也。’或作鞠、鞠、麹、麯、麴。”其字形作“麴”,《类篇》已改作“麴”。综上所述,“麴”“麴”二字均为“麴”字异写,是“麯”的异体字,当音 qū。

十五、⿰山向

《钜宋广韵·尤韵》力求切:“嵧,⿰山向嵧,罗君山峰。”《直音篇·山部》(明万历六年虞德烨维阳资政左室刻本):“嶁,音吕。峋嶁,⿲彳与亍山。”

按,“⿰山向”从山从向,实为“峋”讹字。“⿲彳与亍”从彳从与从亍,实为“衡”讹字。《广韵·尤韵》力求切:“峋嵧,罗君山峰。”《广韵·虞韵》力朱切:“嶁,山顶。”②《集韵·噳韵》陇主切:“嵝,峋嵝,衡山也。或书作嶁。”顾颉刚、刘起釪《尚书校释译论·禹贡》“荆及衡陽惟荆州”句校释曰:“《山海经·中山经》郭璞注云:‘今(晋)衡山在衡阳湘南县,南岳也。俗称谓之峋嵝山。’按,峋嵝为衡山在衡阳县境的主峰之一,俗遂有以之称衡山者。”③清顾景星《黄公说字》寅集卷九《山部》:“嵧,俗字。《字汇》:‘峋嵧,罗君山峰。’《正字通》云:‘讹字。旧注误。’按,罗君山今名武当山,与衡山皆有峋嵝峰。俗作峋嵧,非讹也。”“峋”作“⿰山向”者,句、向只有一笔之差,俗书形近多讹。如后魏勒那摩提译《究竟一乘宝性论》:“自此已下略说句义。”(pT31,p0848a1601)宋本、元本、明本、宫本“句”作“向”。隋吉藏撰《三论略章》:“答此是一句义耳。”(pX54,p0836a1101)“句”当作“向”。“衡”作“⿲彳与亍”者,行书“亍”首笔改变笔形并与次笔连书可作“亍”。以“衡”字为例,北宋苏轼《中

①杨宝忠:《疑难字考释与研究》,北京:中华书局,2005 年,第 434 页。

②王念孙《广雅疏证·释器》“枸篓”条疏证曰:“枸篓者,盖中高而四下之貌。山颠谓之峋嵝,曲脊谓之痀偻,高田谓之瓯窭,义与枸篓并相近。倒言之则曰偻句。”

③顾颉刚、刘起釪:《尚书校释译论》,北京:中华书局,2005 年,第 642 页。

山松醪赋》作“”，明蔡羽作“”。而臭、與二字不仅形近，读音也相近，因此可换从與。综上所论，“”实为“峋”讹字，当音 gǒu。“”实为“衡”讹字，当音 héng。

以上，我们借助北京师范大学疑难字考释平台阅读器、字书字料库、瀚堂典藏等工具，对《元声韵学大成》等古代字书中的十五个未编码疑难字从文献使用、字形演变及异文佐证三个方面进行了考辨，为其沟通了字际关系，确定了读音和意义。如前所述，古代字书中存在大量未编码疑难字，揭示它们的原始构形理据或讹变轨迹，理清这些字所涉及的主要字际关系，具有重要的学术价值。这是一项长期且具有挑战性的工作。本文旨在抛砖引玉，希望能有更多学者关注古代字书未编码疑难字考辨并积极投身到这项工作中来。

Textual Research on Uncoded Difficult Characters in Dictionaries

Liu Jianyu
(Bohai University)

Abstract: The paper makes a textual research on more than ten uncoded difficult words in many dictionaries, such as *Yuansheng Yunxue Dacheng*, from three aspects of document use, shape evolution and variant text evidence, which communicates them inter character relationship.

Keywords: uncoded difficult words; Textual research

清末民国初粤调南音文献方俗字考释*

张荣荣

（闽南师范大学文学院）

提要：清末民国初期粤调南音文献包含了丰富的方言字、俗讹字，文章考释了“脏”“[illegible]”“[illegible]”“妖”“所”“[illegible]”“[illegible]”“[illegible]”八个字，分析了其理据和形成过程。

关键词：粤调南音；俗字；方言字；考释

随着《俗文学丛刊》①、《广州大典》等资料影印出版，粤调南音戏文的整理和研究工作也陆续展开。粤调南音戏文有大量的讹俗字、方言字，字书未载，其他文献罕见，运用汉字俗写规律、方言字理论等探寻文字俗讹原因及构造理据，可还原文献本来面貌，为通俗文学特别是粤语文献的点校整理提供借鉴，同时也可为汉语俗字、方言字等相关研究提供实证材料，为大型字书编纂提供参考。笔者不揣谫陋，选取其中八字进行讨论。

一、脏

（1）《连成金玉》：“佢今定有稀奇事，待吾暗地把他脏。”（472/417）

---

*本文为国家社科基金重大项目“宋元明清文献字用研究”（19ZDA315）、“清末民国汉语五大方言比较研究及数据库建设”（22&ZD297）的阶段性成果。

①《俗文学丛刊》编辑小组编：《俗文学丛刊》（一至六辑），台北：新文丰出版股份有限公司，2001—2016年。《俗文学丛刊》出版六辑共620册，其中420—479册为南音类文献。本文引例来自《俗文学丛刊》，引文后括号内斜线前的数字表示册数，斜线后数字表示页码，“（476/056）”指《俗文学丛刊》第476册第56页。

按:“䀭”义为“偷看”,本字当为“䁓”。《汉语大字典》“䁓”有二读:(一)zōng“视;小视”义;(二)zǒng“窃视”义。①《广州方言词典》“䁓”字:“tsɔŋ˥偷看;窥视:佢喺门口~我|~下佢做乜野||集韵东韵粗业切:‘视也。’古东韵,今口语读如唐韵。”②《广州方言词典》“莊”“装”“妆”与“䁓”音同,③因此该词也可写为“庄”,《盘龙宝扇》:“意欲开门出外去,又妨哥哥在此把吾庄。”(476/161)《拗断灵芝》:“唔知点样生良计,过墙访问操琴人。假望东边寻茉莉,偷庄隔苑这书生。(466/178)又写为“粧”,《西番宝蝶》:“琼珍帘内偷粧见,见其威风凛凛到堂前。”(471/163)写为“装”,《五色兰花》:“天降败完真是败,哩账定然要使光。有个话乜时应了当,少见他人咁品狂。但系见人生得好,行前退后眼偷装。”(466/361)《五色兰花》:“未知隔苑谁琴操,待我躲埋暗地装。”(466/306)《汉语方言大词典》“装”字下有:“❽〈动〉偷看。㊀客话。罗翙云《客方言·释言》:‘《方言》凡相窃视谓之䁓。案:客方言俗语则转如~。’㊁粤语。广东广州[tʃɔŋ⁵⁵]。~吓佢做乜嘢偷偷看他在做什么。广东阳江[tʃɔŋ³³]。”④《广州话正音字典》“脏”字有两读:(一)dzong⁶[撞];(二)dzong¹[庄]⑤,“庄”“脏”同音,因此该词又可写为“脏”,《柳陆烟容》:“青云一见将言道:‘爱叨初归今晚有人脏,你我相逢终有日,何必多言说此章。’”(472/235)

该词为“窃视”义,看、视需用目,所以就给“庄”加“目”旁写为“䀭”。又古籍中“目”“日”相混,因此也写为“𣆶”,《琥珀姻缘》:“烟郎见佢无声气,仍然饿眼又𣆶𣆶。”(474/028)《琥珀凤钗柳希云》:“我在屏风背后偷𣆶见,谁想原来是此生。”(474/187)又“日”“貝”相混,又写为“賍”,《紫霞杯》:“荣春就把方巾带,红鞋着地共衣裳。手执花巾兰麝啧,摇摇摆摆两三场。就把鼻头来捏紧,声音诈作秀才郎。斯文举动真相似,姐在房边两便(边)賍。”(473/057)《琥珀兰簪》:“试体佳人何主意,賍佢点样过花基。”(475/073)《金钗记》:“喜逢得遇众佳人,住步偷賍观仔细。”(472/093)《琥珀兰簪》:“嫂话佢们边晓得,有谁知我去賍人。”(475/210)《盒钗记》:“唔想深藏难见面,等佢出来见礼就賍亲。”(472/153)《蟛蜞王》:“睡在床边假作瞓,偷偷眼角去賍人。”(476/305)

---

①《汉语大字典》编委会编:《汉语大字典》(第2版),成都:四川辞书出版社/武汉:崇文书局,2010年,第2680页。

②白宛如:《广州方言词典》,李荣主编《现代汉语方言大词典》(分卷本),南京:江苏教育出版社,1998年,第403页。

③白宛如:《广州方言词典》,李荣主编《现代汉语方言大词典》(分卷本),南京:江苏教育出版社,1998年,第402—403页。

④许宝华、宫田一郎主编:《汉语方言大词典》,北京:中华书局,1999年,第6326页。

⑤詹伯慧主编:《广州话正音字典》(第2版),广州:广东人民出版社,2004年,第440页。《广州话正音字典》凡例中有:“[ ]表示广州话的直音字”,说明[ ]内的汉字和字目粤方言同音。

吴方言、江淮官话该词写为“张”,《汉语方言大词典》“张”:“❺〈动〉窥探。㊀江淮官话。江苏东台。清嘉庆二二年《东台县志》:‘觇视谓之~。’㊁吴语。上海[tsaŋ^{44}]。《上海民间故事选·猫姑娘》:‘他跑去~~,屋里有个姑娘烧饭。’江苏苏州[tsã^{44}]。清乾隆十二年《苏州府志》:‘侦视曰~。’江苏靖江、吴县、昆山。浙江宁波[tɕia^{33}]。应钟《甬言稽诂·释动作》:‘俗称窥视曰~。’”“张”下列有词目“张张门缝”:“〈动〉从门隙向里偷看。吴语。上海松江。《玄空经》:‘~,帐子已下。’”①

该词也有“偷听”义,《新选绣戈袍全本》:“初法指,韵悠扬,帘外云卿静耳装。”(467/411)《新刻后续琥珀凤钗柳希云全本》:“几番肠断睡牙床,丫环知佢思娇女,个个行埋冇耳装。”(474/438)《梁天来》:“宗孔喝声齐下跪,不答他言冇耳装。”(469/013)《梁天来》:“你重高言声大骂,恐怕门前有耳装。”(469/043)“装”就表示“偷听、暗暗听”的意思,字也可写为“脏”,如《正字清新择锦》:“玉人回答难从命,唯恐垣墙有耳脏。”(476/526)

二、

(2)《慈云太子走国四集三卷》:“曹龙被索来抽倒,一跤跌落在山岗,彦洪入坑中去,带马连人在内藏。”(463/060)

按:“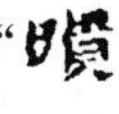”即“躀”,《汉语大字典》不载,《汉语大词典》“躀”:“guǎn,方言。摔;摔跤。”近代汉语更常见的是“掼”,如“掼交”,即摔跤,《清朝野史大观·清宫遗闻·同治帝之殊趣》:“穆宗喜舞剧,尤喜掼交。”《汉语方言大词典》“掼”字:“❶〈动〉扔;掷;丢。”并且粤语区有使用:“㊇粤语。广东广州[kuan^{33}]~仙扔铜钱。广东阳江[kuaŋ^{54}]。”该词还有一个义项:“❷〈动〉跌;使跌。”也使用于粤方言区:“㊄粤语。广东广州。1916年《番禺县续志》:‘广州谓倾跌为掼交,或者称曰~。’”②由于表示“摔跤、跌倒”义,因此就改“扌”为“𧾷”,写为“躀”。

《广州话正音字典》“掼”:“gwaan^{3}[惯],guàn 摔;掷:~只杯落地(把杯子摔在地上)|咪~嘢(别摔东西)。”③“掼”“惯”粤方言同音,因此文献中也写为“惯”,《紫霞杯》:

①许宝华、宫田一郎主编:《汉语方言大词典》,北京:中华书局,1999年,第2953页。
②许宝华、宫田一郎主编:《汉语方言大词典》,北京:中华书局,1999年,第5394页。
③詹伯慧主编:《广州话正音字典》(第2版),广州:广东人民出版社,2004,第221页。

"张英观见孩儿惯,低头扶起泪纷纷。"(473/092)《紫霞杯》:"箕裘凑着行唔稳,惯倒街前额撞崩。"(473/087)《紫霞杯》:"孩童难受刀伤苦,四蹄惯倒地中央。"(473/102)《紫霞杯》:"我们发脚飞风走,凄凄楚楚叫家娘,夫人吓得瘟瘟沌,几回惯倒在中堂。"(473/121)《茶薇记》:"听罢县爷拿链子,惯落堂中胆都唬崩。"(473/183)《三合明珠》:"张矇接转茶杯惯:'无情娇妹太唔该,姻缘自有高堂在,因何私自会王郎。'"(470/300)

三、⿰忄方

(3)《两重花烛世间奇》:"只着忍气和吞声,兄弟踌躇⿰忄方思寻。"(471/369)

按:"⿰忄方"为"慢"字,文献用例甚多,如《两重花烛世间奇》:"等我⿰忄方⿰忄方从容话过尔知。"(471/438)《两重花烛世间奇》:"贾听罢,记言因,相公本是孝心人,独惜到来多简⿰忄方,并无敬意怎安心。"(471/375)《两重花烛世间奇》:"若然他命该如此,⿰忄方些沉坠亦无妨。此人若系唔该绝,两眼相看心点安。"(471/382)

"慢"为明母字,"万"为微母字,粤方言古微母字今读双唇鼻音声母 m,因此"万""慢"同音。《广州话正音字典》"万"字有两个读音:(一)maan6[慢];(二)mak9[墨],"慢"字下注音为:maan6[曼]。① 粤方言"慢""万"读音相同,因此"慢"的声旁就改换成形体更简单的"万",写为"⿰忄万",《两重花烛世间奇》:"君意决,料难留,饶恕简⿰忄万礼不周。"(471/376)《两重花烛世间奇》:"起来⿰忄万坐启朱唇。"(471/389)《两重花烛世间奇》:"⿰忄万讲贾生同议论,再表成龙在路旁。"(471/369)《两重花烛世间奇》:"内有原因尔未晓,容吾⿰忄万⿰忄万讲尔知闻。"(471/371)又由于"万"可写为"方",如《柳陆烟容》:"料我满门遭大难,方苦千愁忘不伤。"(472/267)《琥珀凤钗柳希云》:"皓齿但逢人一笑,方种风情眼底生。"(474/159)《清闲择锦》:"俾人敲打受形遭,方事各般皆息怒。"(476/473)下面一例更能说明"万""方"同形,《新刻后续琥珀凤钗柳希云》:"点过雄兵方一方。"(474/502)其中"方""万"都写为"方",所以"慢"写为了"⿰忄方"。"⿰忄方"的产生过程是:慢→⿰忄万→⿰忄方。

四、⿰女天

(4)《五色荷花》:"想起吕家⿰女天小姐,不若写书拜佢闻。"(470/326)

①詹伯慧主编:《广州话正音字典》(第2版),广州:广东人民出版社,2004,第4页、第131页。

按："妖"为"娇"的俗讹字，用例甚多，如《沉香太子》："医者答言称不敢，忙忙扶起女妖流。"（460/051）《三合明珠》："王大怒，忆妖身。"（470/266）《沉香太子》："襄阳女圣贤无间，无人可敌此妖颜。"（460/009）

清末民初文献"娇"俗写为"𡛷"，《沉香太子》："亲娘就叫：'𡛷𡛷女，与生今日结同群，拜契金兰兄共妹，千里有缘得结亲。'"（460/052）曾良、陈敏（2018）"嬌"字亦收录了异写"𡛷"①，"轎""橋"字右侧部件发生了类同变化，如《金戒指全》："舅爷𫏋在门前放，新郎相请出门边。"（469/510）《旷野奇逢》："三炮连烧门大放，又抬花𫏋入堂前。"（468/564）《旷野奇逢》："挑夫即把茶担起，朝君坐𫏋向前奔。"（468/570）以上"𫏋"为"轎"，左侧"车"旁讹变为"扌"，右侧变为"乔"。又《陈姑追舟》："月移花影帘前扰，人迹少，蝉光天外照，天台条路透银桥。"（464/456）《洛阳桥》："因系蔡娇当年渡此江，船上曾遭风浪险，立心欲造此桥梁。"（460/489）"桥"为"橋"。"乔"省略两点，变为"夭"，唐智燕（2013）提到"添"字俗写为"𣷹"，再省写"⺀"最终变为"沃"②，同理"𡛷"省略右下两点就变为"妖"。《狐仙奇缘》："听语书童深悟道：'怪得秀才日夜口呼娘，谁知就系因妖尔，等我带娇趁早下良方。'说完遂即离房出，随手关门喜气扬。"（471/533）"妖""𡛷"同时在上句话出现，都为"娇"的俗写。"𡛷"也为"妖"的俗写，如《旷野奇逢》："小利自知难取胜，以力降他却不能。兆梅况且人英勇，武艺高超有十分。待吾立即行邪法，一时就把佢生擒，他人杀法令吾怕，如今我且困三军，迟慢治他先下手，速将𡛷术去收人。"（468/500）《旷野奇逢》："知是𡛷邪难胜正，自然收藏这番人。"（468/519）"妖""娇"都可俗写为"𡛷"，"𡛷"是"娇""妖"互讹的过渡字形。

"乔"两点连写就成为"𡛷"，《三合明珠》："𡛷呀，像你金莲咁小，唔知点样行移？"（470/244）《三合明珠》："愚生暂有两枝簪，微意送𡛷来做永好。（470/246）"𡛷"进一步讹变为"𡛷"，《三合明珠》："此𡛷正系阔闺帷女，正的系洪家一个女儿。"（470/243）《三合明珠》："低声叫一句贤𡛷妹，我问妹你如今怎样设施？（470/243）《三合明珠》："𡛷呀，就系纵然唔死，我个晚亦都要共你两下分离。"（470/244）"𡛷"为左右结构，左低右高，为了保持汉字的美观，就在右半部分的下面加四点，写为了"𡛷"，如《三合明珠》："况且佢六亲亦冇一个人来理，只话送𡛷来到我地此家居。"（470/243）《三合明珠》：

①曾良、陈敏编著：《明清小说俗字典》，扬州：广陵书社，2018年，第294页。

②唐智燕：《〈贵州苗族林业契约文书汇编〉误释俗字补正——兼论俗字研究对于民间写本文契开发利用的重要性》，《原生态民族文化学刊》，2013年第4期。

“娇呀,你出入在个处店房须要仔细。”(470/244)

“娇”的变化过程:娇→娇→娇→娇→娇

↘妖

五、厛

(5)《三合明珠》:“贼婆答语:‘无妨碍,我有绸缪妙计深。明日说郎身寿诞,请佢堂中祝寿君。’大王厛得多欢喜:‘上早房中说佢闻。’”(470/271)

按:“厛”为“聽”的讹俗字,用例甚多。《连成金玉》:“连生一厛书童语,心中亦是有些防。”(472/418)《连成金玉》:“任生一厛心中遂,选妃之事有何难。”(472/431)《梁天来》:“差人厛罢回身转,至多三天可到堂。”(469/087)《梁天来》:“天来厛得回兄语,‘别却多年眼望穿’,讲话未完心带切。”(469/145)《三合明珠》:“众臣厛得忙遵命,即带佳人到此方。”(470/221)《两重花烛世间奇》:“奇仁厛罢他言语,重添银泪落汪汪。”(471/413)《两重花烛世间奇》:“话出凄凉厛不得,是人看见亦心烦。”(471/437)

《说文解字·耳部》:“聽,聆也。”《说文解字·口部》:“听,笑皃。从口斤声。”刘越昕(2018)指出:“在汉晋时期用‘聽’来记录‘廳’,既可以表示动词义‘用耳朵接受声音’,又可以表示名词义‘聽事治官之处’。古人为了别义,为表名词义的‘聽’加形旁‘广’作‘廳’。”①“最迟在辽代就出现了‘厛’作‘廳’俗字的用法,足以见得当时已经出现‘聽’借作‘听’形的用法,但这些文献中的‘厛’还并不都是‘聽’的动词义,还有部分是‘廳’的名词义。”②“厛”既有“听”的动词义,也有“廳”的名词义。

“廳”的名词义可写为“厛”,《雷锋塔白蛇记》:“(许仙)逢人便同来寻访,街坊指点王家门,将身走进王家门,自言动问姓王人。却说员外厛上坐,许仙上前拜在尘。”(466/027)《五色兰花》:“姊妹三人细看观,只见豪光灿灿如红日,能照阴阳与四方。看罢一齐称赞好,忙将宝盒紧收藏。又题花相迎朱履,官员何许与邻乡,金猪鹅酒无沙数,男客前厛女后堂。”(466/264)《新刻西番棋子》:“将将来到京城内,大牌传递到厛心。”(467/137)《金锁鸳鸯》:“忽闻堂上人喧响,说话夫人气死几多番,人事不知牙咬硬,丫环大众出厛行。”(468/378)“厛”字“厂”的撇笔和“口”旁左侧的竖笔重合,“斤”从“厂”下分离,

①刘越昕:《“聽”“听”的形义演变及关系》,《忻州师范学院学报》,2018年第6期。

②刘越昕:《“聽”“听”的形义演变及关系》,《忻州师范学院学报》,2018年第6期。

就变为了“所”,《琥珀凤钗柳希云》:“回文且唱老夫人,一日与君所上坐,忽见媒婆步到临。”(474/231)《新刻后续琥珀凤钗柳希云全本》:“共儿且出所前去,相逢你父若何能。”(474/383)由于“所”也可表动词义,《明清小说俗字典》“聽”字下也收了“厮”,所以动词义的“听”也写为了“所”。

“所”的形成也有可能是字内类化形成的,“听”字左旁“口”受右边“斤”字形同化,变为“戶”,《旷野奇逢》:“三茉所,胆心豪。”(468/498)《旷野奇逢》:“拜请上天诸大圣,日月三光所事情。”(468/506)《慈云太子走国三集六卷》:“二人紧紧前追赶,乍所笙歌刮耳中。”(462/328)《金叶菊》:“陈爷听得心唔乐,我亦当时错见分。早知所了贤妻语,今日唔烦到喜人。”(461/182)“口”受右旁“斤”同化,也写为“尸”,《三合明珠》:“娇所罢,越加烦。”(470/245)《陈姑追舟》:“妙常所罢心中喜,娘亲闻报就来临。”(464/501)《三合明珠》:“强兵不所娇言语,带入梅花寨里行。”(470/262)

六、忙/忙/忙/忙/忙/忙

(6)《荆钗记》:“李成行近忙扶起,夫人抱住叫儿身。”(465/084)

(7)《新刻西番棋子》:“将军催速甚忙口,只着云真来上轿。”(467/071)

(8)《新刻西番棋子》:“行近花前忙作揖,称言何幸得相亲。”(467/022)

(9)《旷野奇逢》:“忙策马,上高岗,清风阵阵卷罗裳。”(468/562)

(10)《旷野奇逢》:“年少有才朝圣主,书云何必谒侯公。执事纷纷人拥从,分明此日甚英红。忙策马,过城南,男男女女眼关关。”(468/582)

(11)《旷野奇逢》:“吩咐开门忙请会,状元即便接佳宾。”(468/583)

按:“忙”右部点笔和竖折横笔连起来,写成“忙”,《荆钗记》:“即将名帖忙传进,钱公举目细观真。”(465/118)《荆钗记》:“宋王座上忙宣旨,宣上金銮见寡人。”(465/135)《荆钗记》:“即将名帖忙传进,钱公举目细观真。”(465/118)“忙”右半边很像重文符号“匕”,又“亡”也可写成“匕”,《新刻西番棋子》:“做斋七日度匕魂。”(467/108)《呼家后代》:“忠义古云唔怕死,纵然归世命该匕。”(459/302)该字就直接写为“忙”,《新刻西番棋子》:“丫环领命忙归去,即时快步转房前。”(467/088)《旷野奇逢》:“此日兆梅忙起马,军兵多少后头跟。”(468/483)重文符号在粤调南音文献中也可写为“口”,而且非常普遍,如《新刻西番棋子》:“将军领旨忙口去,复到寒宫个便行。”(467/093)《荆钗记》:

“不言王府重口喜，且谈朝内一公臣。”（465/282）《新刻西番棋子》：“奴口为佢青春丧。”（467/069）以上当为“忙忙”“重重”“奴奴”。由于“乙”“口”都为重文符号，功能相同，所以就把“忄乙”字右边的“乙”换为“口”，写为“忄口”。同样情况的如“爹”字，“爹”写为“公”，《金锁鸳鸯》：“不幸你公归世早，主母同公一日亡。”（468/274）“公”下部的“乙”也可写为“口”，因此“爹”也可写为“谷”，《金锁鸳鸯》：“闻得舅谷高设帐，夙诚就教特来临。”（468/276）

“忄”可写为“扌”“丬”“刂”，“忙”右侧部件讹变为“匕”，因此又可写为“刂乙”“丬乙”“忄匕”“扌匕”等形，《明清小说俗字典》《宋元以来俗字谱》“台湾教育部异体字字典”“忙”字下未收以上字形。

七、不/木

> （12）《洛阳桥》：“见问其人称：‘不敢，世居江石县鄱阳，老独姓金名化用，十八岁来到贵方，现在我省台湾彰化府，在人家现建桥梁。既是状元桥系造，也曾桥木买回乡？桥不若然曾买转，兴工方可迮（做）桥梁。’状元答道：‘唔曾买，此般物要买何如？不知买回多与少，方能足用砌桥梁。’化用听言忙答上：‘我亦度过洛阳江此方，海面计来三百六丈，一木应该三丈六长，桥木要来买一百，方究砌完在此江。此木单单一处有，必要广东吟省去行藏。’”（460/527）

按：例句中“桥不”“桥木”当为一物，“不”“木”为记录一词的异写形式。《洛阳桥》“桥木”例子很多，他例如《洛阳桥》：“单眼答道称：‘做得，每个一千银是真，一个一千十个一万，一百应该十万银。保管你不同人咁样，一时落水就生根，万载千年都稳阵，雷公霹雳劈唔能，必要水干方好安桥木，然后丈尺方能度得亲。’”（460/527）《洛阳桥》：“亚康走入忙拿起，就向竹筒搂抱手中央，即时挨近船舱口，细将月下看来忙，体（睇）来似石原非石，大如巴豆一船装，这般就可为桥木，我都只估是荒唐，谁知手掌装唔紧，当时碌落水中央，正值水中当浪急，就将转出海心藏，亚康到此心狂荡，失手难番恶主张，就把竹筒收检归原处，状元依旧不知详，及至后来取出行桥脚，始知查考问亚康。”（460/541）

由上例可知“桥木”用来行桥脚，又有《洛阳桥》：“三人见佢生疑惑，开声便问说言因：‘想你思疑他钱物，心忧桥木做唔能，但你知今和识古，说明原来你知因，当年因为共工氏，干戈战败怒腾腾，头触不周山桂拆（柱折），天上东南两幅崩，后至女娲皇炼石，补番天上旧时痕，因而碎石零星剩，娲皇如宝又如珍，常将此竹筒装紧，作用留归俾后人。此石原来非易得，乃系娲皇留下到于今。补得天时补得地，莫忧桥朩做唔能。’”（460/539）这句话提示“桥朩”与“木”无关，用石头做成。那么为什么要写为“桥朩”呢？我们认为，“朩”“𣎴”当为“墩”字的异写形式，“桥朩”即“桥墩”。《中国方志所录方言资料汇编》（一）中《广东通志》《电白县志》《潮州府志》《揭阳县志·序》收有“𣎴”，解释为：“截木作垫曰𣎴，敦，上声。”该字为会意字，张荣荣（2021）对“𣎴”在粤方言区的使用有详细的梳理。① “𣎴”进一步讹变为“朩”或“𣎴”，因此写为“桥朩”或“桥𣎴”。《呼家后代》：“想我心坚如铁𣎴，再无失节败纲常。”（459/303）“铁𣎴”即“铁墩”。

“𣎴”也为“钱”的讹字，《五虎平南四集四卷》：“酒奠罢，又烧𣎴，朝珍惨切哭声天。”（459/239）《林昭得》：“只见有银做得事，今日无𣎴人就憎。”（460/266）《林昭得》：“依前复至刘家府，共佢求借本𣎴银。”（460/269）《生祭李彦贵》：“（公子）越挑越重难行动，浑身冷汗见朦胧。哩担清泉无路送，谁人买了好过积阴功。但得有𣎴供母日用，纵然辛苦我亦甘从。”（460/581）《金叶菊》：“又到家童上岸担行李，船𣎴打发佢开身。”（461/178）《牡丹亭还魂记前集》：“何放（何况）皇都远隔三千里，何能插翅远飞腾，路远盆𣎴非小可，何处寻芳赠柳人。”（463/429）《宋元以来俗字谱》《明清小说俗字典》“钱”字的俗字有“尒”“尔”，“𣎴”当是“尔”讹变的结果。

八、⿰忄厅

（13）《老糠记》：“堂中观保自惆⿰忄厅，自闻听得亲爹讲，亦可开眉亦可舒。不若且抛怀抱限，且遵爹命暂舒眉。”（471/260）

按：“⿰忄厅”为“⿰忄厨”，“惆⿰忄厅”义为“迟疑不决”“忐忑不安”，也可写为“⿰忄厅惆”，《老糠记》：“心恍惚，自⿰忄厅惆，老迈排年近古稀。”（471/258）“广”“厂”互讹，“厨”省略“壴”写为“⿸厂寸”，《老糠记》：“就叫⿸厂寸人摆上临，夫妻对面相酙劝，交杯执盏胜新婚。”（471/218）《老糠记》：“童儿领命归⿸厂寸去，观命慌忙转画堂。”（471/227）《老糠记》：“⿸厂寸中整便茶和饭，腊肉黄花任尔吞。”（471/236）因此含有相同部件的“⿰忄厨”就写为了“⿰忄厅”。

参考文献：

白宛如：《广州方言词典》，李荣主编《现代汉语方言大词典》（分卷本），南京：江苏教育

①张荣荣：《明清时期南方地区方言文献文字研究》，北京：中国广播影视出版社，2021年，第97—99页。

出版社,1998 年。

《汉语大字典》编委会编:《汉语大字典》(第 2 版),成都:四川辞书出版社/武汉:崇文书局,2010 年。

刘越昕:《“聽”“听”的形义演变及关系》,《忻州师范学院学报》,2018 年第 6 期。

唐智燕:《〈贵州苗族林业契约文书汇编〉误释俗字补正——兼论俗字研究对于民间写本文契开发利用的重要性》,《原生态民族文化学刊》,2013 年第 4 期。

许宝华、宫田一郎主编:《汉语方言大词典》,北京:中华书局,1999 年。

詹伯慧主编:《广州话正音字典》(第 2 版),广州:广东人民出版社,2004 年。

张荣荣:《明清时期南方地区方言文献文字研究》,北京:中国广播影视出版社,2021 年。

曾良、陈敏编著:《明清小说俗字典》,扬州:广陵书社,2018 年。

An Interpretation of Knotty and Dialect Characters in Nanyin in Cantonese

Zhang Rongrong

(Minnan Normal university)

Abstract: there are lots knotty and dialect Chinese characters in Nanyin in Cantonese , this paper interprets eight characters such as“䏜”“[illegible]”“[illegible]”“妖”“所”“[illegible]”“[illegible]”“[illegible]”, and analyse the reason of their production.

Keywords: Nanyin in Cantonese; folk characters; dialect characters; interpretation

“倭玉篇”第四类本对《玉篇》部首体系的接受与改造*

——以长享本《倭玉篇》为例

王安琪

（湖南大学中国语言文学学院）

提要：本文以“倭玉篇”第四类本中的长享本《倭玉篇》为例，对“倭玉篇”第四类本在部首体系方面对《玉篇》的接受和改造情况进行了考察。部首设立方面，《倭玉篇》通过归并和撤销部首，对《玉篇》的部首体系进行了相当程度的简化，同时也根据收字情况新增了24个部首；字头归部方面，《倭玉篇》大量使用“多角度归部法”，也继承了《玉篇》“异部重文”的做法，在归部时倾向于选择字形中靠左、靠上和靠外的部件作为部首；部首排序方面，《倭玉篇》后半部分的部首顺序与《玉篇》基本吻合，由此推测《倭玉篇》可能是分两期进行编纂的。整体来看，《倭玉篇》对《玉篇》部首体系的调整更注重字书本身的实用性和便利性，其部首性质也从造字部首转变为检字部首。同时，《倭玉篇》在归部时对字头字形的特殊关注，体现出非汉语母语者对汉字的认知特点。

关键词：“倭玉篇”第四类本；长享本《倭玉篇》；《玉篇》；部首体系

“倭玉篇”①是日本中世时期出现的一系列仿照《玉篇》体例（按照部首进行排列、根据字头进行检索）编纂的汉和双语字书的统称，与《节用集》《下学集》一起并称为“日本中世的三大辞书”。这些字书多以“玉篇”命名，如“倭玉篇、和玉篇、玉篇略、玉篇要略

*本文系2021年度国家社科基金青年项目“日本‘倭玉篇’系列字书研究及资料库建设”（21CYY022）的阶段性成果。

①“倭玉篇”是一类字书的统称，本文中在指称这类字书时用引号，具体指称某种版本时用书名号。

集”等。作为中日文化交流的产物,“倭玉篇”对于中国辞书的海外传播以及域外汉字等的研究有重要价值。“倭玉篇”属于俗字书,在流传过程中形成了众多类型和版本。川瀬一马将“倭玉篇”分成八类,以“第一类本”到“第八类本”命名。其中“第四类本”在日本中世时期最为流行。在流传至今的写本中,有一半属于这种类型。其代表版本有长享本、米泽本、传绍益本、《玉篇略》等。①

《玉篇》是我国现存最早的楷书字典,成书于梁大同九年(543 年),由顾野王奉敕编纂。《玉篇》成书之后,历经数次改编。北宋真宗大中祥符六年(1013 年),陈彭年、吴锐、丘雍等奉敕重修《玉篇》,天禧四年(1020 年)七月刊行,即《大广益会玉篇》。由于刊本《玉篇》的需求量大,后又进行过多次再版和重编。现存的《大广益会玉篇》大体上可以分为宋刊本系列和元刊本系列两大类,二者在版式、字头排序和释文等方面均有较大差异。

《玉篇》成书后,大约于唐朝中叶传入日本,而《大广益会玉篇》传入日本的时间不会晚于南宋初年。② “倭玉篇”系列字书集中出现于《大广益会玉篇》传入日本之后。日本学者将《大广益会玉篇》称为“汉玉篇”,而把与其相对的“日本《玉篇》”称为“倭玉篇”,可见二者之间存在密切的联系。经考察,“倭玉篇”第四类本是以元刊本《大广益会玉篇》为蓝本编纂的,这一点从收字、字序和释文等方面可以得到证明。③ 在继承的同时,“倭玉篇”也结合汉语汉字的发展情况以及日本受众的实际需求对《玉篇》进行了一些改造,这种改造体现在部首体系、收字、读音和释义等方面。本文将以部首体系为中心,从部首设立、字头归部以及部首排序等三个方面,来探讨“倭玉篇”第四类本对元刊本《大广益会玉篇》的接受和改造情况。

一、“倭玉篇”第四类本在部首设立方面对《玉篇》的接受和改造

为了便于讨论,本文以长享本《倭玉篇》④作为“倭玉篇”第四类本的代表版本,以国

①关于“倭玉篇”系列字书的类型和版本的情况,详见王安琪、王正:《“倭玉篇”系列字书的类型及版本》,《励耘语言学刊》,2018 年第 2 辑。

②王安琪:《〈玉篇〉日本接受史背景下的“倭玉篇”研究》,北京:北京师范大学,2019 年,第 42 页。

③王安琪:《〈玉篇〉日本接受史背景下的“倭玉篇”研究》,北京:北京师范大学,2019 年,第 113—137 页。

④长享本《倭玉篇》是目前已知的最早的《倭玉篇》写本,上卷末写有“长亨三八月日”,“亨”当为“享”字之误,可知其为长享三年(1489 年)抄写的。原本在大正十二年(1923 年)九月的关东大地震中烧失,桥本进吉、阪部梁文于大正三年(1914 年)制作了影写本,现藏于日本东京大学国语研究室。

家图书馆藏圆沙书院延祐本《大广益会玉篇》作为《玉篇》的代表版本。若无特殊说明，下文中所称的“《倭玉篇》”和“《玉篇》”皆指这两种版本。

《玉篇》共设542个部首，基本继承了《说文》的540部，并结合楷书的字形特点做了一些调整。《倭玉篇》中的最后一个部首是“亥部”，编号为312，所以一般认为其有312部，但上卷最后一个部首“鱼部”和中卷第一个部首“虫部”的编号均为32，因此实际有313部。第3部和第46部均为“肉部”，两部所收字头有部分重复；第25部和第225部均为“虎部”，除部首代表字“虎”之外收字不重，前者所收字头的字形中均包含部件①“虍”，后者均包含部件“虎”；第71部和第201部均为“兄部”，收字完全相同，是两个相同的部首，应为编排时的疏漏所致。

王力指出：“有两种不同性质的部首，一种是文字学原则的部首，另一种是检字法原则的部首。前者严格地依照六书的体系（只有同一义符的字可以隶属于同一部首），如《说文解字》；后者在一定程度上破坏了六书的体系，如《康熙字典》。”②从《说文》开创部首分类法至今，汉字部首经历了从造字部首到检字部首的演变。《玉篇》虽然在《说文》部首的基础上进行了一些调整，但整体上仍属于造字部首，而《倭玉篇》则更倾向于检字部首。

下面我们分别阐述《倭玉篇》在部首设立方面对《玉篇》所作的改造。

1.1 改换《玉篇》部首代表字

《倭玉篇》对《玉篇》中的8个部首的代表字做了改动：①堇→艱③ ②邑→阝(右) ③艸→草 ④气→乞 ⑤叀→專 ⑥虍→虎 ⑦皕→百 ⑧來→来。

以上改动反映出《倭玉篇》的编者在选择部首代表字时有以下几种倾向：1. 倾向于使用一个完整的字而不是部件，如①⑤⑥；2. 倾向于选择笔画少的字作为部首代表字，如④⑦⑧；3. 倾向于根据实际字形来确定部首代表字，如②，“阝(右)”虽是“邑”草书楷化后的形体，但该部属字中的部首形体均为“阝(右)”而非“邑”，故用“阝(右)”作为部首代表字。③将“艸”改为“草”实际上体现了1、3两种倾向：“草部”属字中的部首形体均为

①为便于行文，本文中对“构件”和“部件”两个概念进行区分。“构件”是汉字的构形单位，参与汉字形义关系的表达，能够体现造字意图；而“部件”是字形分析术语，指从字形中分离出来的部分，与汉字的造字意图不一定相关。构件同时也是部件，而部件则不一定是构件。如“干”中包含部件“十”，而“十”并非“干”的构件。

②王力：《中国语言学史》，太原：山西人民出版社，1981年，第34页。

③箭头左边为《玉篇》的部首代表字，右边为《倭玉篇》的部首代表字，后仿此。

“艹”而非“艸”，而“艹”只是一个部件而非整字，故选用“草”作为部首代表字。

1.2 归并《玉篇》部首

据统计，《倭玉篇》将《玉篇》中的159个部首并入了65个部首当中。归并方法如下：

第一，将合体部首并入相应的独体部首，如“炎焱→火、䖵蟲→虫、屾嵬屵→山”。这一类中有不少是将重形部首并入对应的单形部首中。《说文》和《玉篇》中有不少重形部首，重形部首在汉字中有特殊的认知作用，如表示众多、强盛、累加、相随等①，与相应的单形部首有一定的区别。因此，在贯彻据义立部、以造字部首为主体的《说文》和《玉篇》中，重形部首不在少数。不过，重形部首在增强部首系统表意性的同时，也增加了部首数量，给查检带来不便。因此，在更注重实用性的《倭玉篇》中，重形部首的数量明显减少，只剩下“吅、㗊、林、巛、珏”等少数的几个。

第二，将字形相近的部首合并，如“旡→先、攴→文、鬥→門、襾卤臼→西”。《倭玉篇》将“襾卤臼”三部并入“西部”，是因为该部属字均含有部件“覀”。“襾”与“西”字形相近；“卤”是“西”的古文隶定字形，《玉篇》“卤部”所收的两个属字“㮚”和“㮰”在《倭玉篇》中分别写作“粟”和“栗”，因此《倭玉篇》将这两个字头归入“西部”；《玉篇》“臼部”所收的“要”字，小篆作“”，隶变以后上半部分也变成了“覀”，《倭玉篇》亦将其归入“西部”。这种合并反映出隶变对于字形的影响以及部首选取理念的变化。

第三，对含有相同部件的部首进行归并，如“泉灥→白、㫃→方、卅干→十”。这些部首的归并是由于部首字形中含有相同的部件。如“方”和“㫃”，“㫃”甲骨文字形作“”，象旗帜飘扬之形，“㫃”是隶变之后的字形，与“方”在构形上无任何关系，将“㫃部”并入“方部”完全是依据字形来归并的。

第四，将属字较少的部首并入属字较多的部首。如将“泉部”(3)②、“灥部”(2)并入“白部”(43)。也有个别例外，如“攴部”(177)的属字比“文部”(10)要多，但《倭玉篇》还是把“攴部”并入了“文部”，这是因为在隶变过程中，作为构件的“攴”基本都变形成了“攵”，俗称反文旁，与“文”字形更相近。

1.3 撤销《玉篇》部首

这又可以分为两种情况：

---

①王玉新：《汉字部首认知研究》，济南：山东大学出版社，2009年，第256—263页。

②括号中为《玉篇》该部的属字数量，后仿此。

第一，部首及属字一并删去，相当于删除了整个部首。属于这种情况的有 89 部，其中除了“甾部”有 15 个属字之外，其他均未超过 7 个，还包括 16 个无属字部首和 21 个属字仅一个的部首，可见属字量是《倭玉篇》调整部首时的重要参考因素。“甾部”虽然属字略多，但大都表示竹器或者装粮食的器皿，其中包括 6 个重文，除了“甾”字外在文献中的使用频率都很低，《倭玉篇》或是考虑到了文献中的实际用字状况而删去这个部首。另外，在撤销无属字部首时，也删去了一些常用字，如“四、五、六、七、丙、丁、正、去”等。《倭玉篇》没有将这些字头另归他部，或许是由于它们太常用了，一般没有查检需求，也就没有收录的必要；又或许是因为其中的一些字头不太容易另归他部，导致编纂时漏收。

第二，撤销部首，而把属字归入他部。属于这种情况的有 69 部，其中只有 6 个部首的属字数量超过 10 个，其余绝大多数部首的属字不超过 5 个。对于这些属字的归部，《倭玉篇》所依据的主要还是字形，即是否具有相同的部件。例如，“並、竝”是一组异体字，在《玉篇》中均归“竝部”，《倭玉篇》撤销了“竝部”，而将“竝”归入“立部”，“並”归入“弟部”，因为“並”的上半部分有跟“弟”一样的部件“丷”，可见其主要的归部依据是字形。

1.4 增设新的部首

《倭玉篇》在《玉篇》的基础上新立了 24 个部首：夏（夏/复）①、欲（谷）、甫（甫）、弄（廾）、⿰糸矣（矣）、幾（夷/幾）、缺（夬）、番（番）、也（也/色/巴）、天（天/夭）、君（尹/君）、母（母/每）、却（卩）、堂（尚）、尞（夹）、典（丌/兲）、養（美/关）、春（𡗗）、目（目/自）、右（𠂇）、必（必）、舉（與）、學（𦥯）、反（反）。

《倭玉篇》增设部首，主要有两方面的原因。

一是由于“多角度归部”的需要，这也是《倭玉篇》增设部首的主要原因。“多角度归部”亦称为“多开门归部”，即将同一个字归入不同的部首。如“馥”在《玉篇》中归入“香部”，而在《倭玉篇》中同时归入了“香部”和“夏部”，“夏部”是新立部首。这种归部方式可以使人们在查检时无须考虑应该到哪个部首中去查，虽然在一定程度上增大了字典的体量，但对于汉文水平不高的日本受众来说，使用起来更为便捷。“甫、幾、缺、也、君、尞、典、春”等几个部首的属字基本都采用了“多角度归部”，换言之，这几个部首就是因为“多角度归部”的需要而设立的。

二是由于新收字头的归部需要。如《倭玉篇》“舉部”收录“舉、譽、擧”三个字头，其

①括号中为该部属字的共有部件，后仿此。其中“弄部”的“阜”字、“母部”的“育”字和“反部”的“變”字例外，不包含相应的共有部件。

中只有"譽"字承袭自《玉篇》,其他两字为《倭玉篇》新收。这些新收字头在原有的部首中没有合适的归属,设立新部首也就成了顺理成章的选择。在给新收字头归部时,字形扮演了比字理更重要的角色。如"學部"所收的4个属字"學、覺、黌、鷽"均包含部件"𦥯",对于其中的"學、黌"二字,"𦥯"是表义构件,而对于"覺、鷽"来说则是表音构件("學"省声)。可见《倭玉篇》的编者在归部时主要考虑的是字形而非字理。而且,一些部首在属字中承担的功能也只是记号,如"养部"(属字"养、卷、拳、券、眷、㚖①"),这也是据形归部的表现。

二、"倭玉篇"第四类本在字头归部方面对《玉篇》的接受和改造

立部情况的改变自然会影响到字头的归部,对于一部字书而言,字头归部的理念和方法可以在一定程度上反映出编者对于汉字的认知。对于《倭玉篇》的字头归部情况,本文主要介绍三点:多角度归部、重文归部以及《倭玉篇》的归部倾向。

2.1 多角度归部

多角度归部的现象上文已有所提及。这种归部方法在《玉篇》中是比较常见的,但使用频率远不及《倭玉篇》。据统计,在《玉篇》与《倭玉篇》共收的字条中,《玉篇》使用多角度归部的有135组,而《倭玉篇》则有573组,其中两书归部相同的有52组,其他均有调整。《倭玉篇》在"多角度归部"方面对《玉篇》所做的改造主要有三种情况:

第一,将《玉篇》中只归入一个部首的字头进行多角度归部。属于这种情况的有506组。如《玉篇》将"暮"归入"日部",而《倭玉篇》则归入"日部"和"草部";"默"归入"犬部",而《倭玉篇》则归入"犬、火、黑"三个部首。又如,《玉篇》将"徵"归入"壬部",《倭玉篇》撤掉了"壬部",转而将其归入"彳、文、山"三部,这几乎是"徵"这个字中除了"壬"之外能拆分出来的所有部件了。这样做的优点是便于查检。《倭玉篇》是面向日本大众编写的通俗性字书,其受众群体往往汉文水平较低,对汉字的拆解能力也较弱,对于一个不认识的汉字难以准确判定其部首;而"多角度归部"法的运用虽然增加了字书的体量,但也降低了部首判定的门槛,使用者可以通过不同的部件来查检该字。

---

①"㚖"即"奏"字。

第二，将《玉篇》中采用多角度归部的字头归入其中的一个部首。属于这种情况的有68组。其中，部分字头是因为《倭玉篇》撤销或归并部首所致，如《玉篇》将“否”归入了“口部”和“不部”，而《倭玉篇》撤销了“不部”；《玉篇》将“䎜”归入了“口部”和“吅部”，而《倭玉篇》将“吅部”并入“口部”。通常来说，《倭玉篇》倾向于选择靠左、靠上的部件作为部首。如《玉篇》将“强”字归入了“弓部”和“虫部”，《倭玉篇》选择位于左边的“弓”作为部首，将其归入“弓部”。

第三，两书均采用多角度归部，但《倭玉篇》调整了《玉篇》所归部首。属于这种情况的有15组。其中6组是由于部首归并所致，如《玉篇》将“曇”归于“日、雲”两部，《倭玉篇》将其调整为“日、雨”两部，这是因为《倭玉篇》将《玉篇》中的“雲部”并入了“雨部”。其余9组两书的归部情况分为：奪（大；奞）（大；隹；奞）①、炙（肉；炙）（肉；炙；火）、隋（肉；阜）（月；阜）、瞿（䀠；瞿）（目；隹）、右（口；又）（口；右）、弊（奴；㡀）（奴；弄）、夙（夊；夕）（風；夕）、朧（肉；月）（龍；月）、索（市；索）（糸；索）。这些归部的调整与《倭玉篇》部首设立情况的变化及其编者对汉字结构的认知有关。

2.2 重文归部

“重文”②在《说文》中就已大量存在。《说文》中的重文附于正体之后，无论是何种字体，无论与正体字形的差别有多大，都归入正体所属的部首。《玉篇》中所收的字头不论正体还是重文均为楷体，且所收重文数量较多，对于重文的归部就有了自己独特的体例。一方面，《玉篇》沿用了《说文》的体例，将重文随正体归部，这主要是针对部首与正体相同以及部首不易判定的重文而言；而对于部首和正体并不相同的重文，《玉篇》会按照重文的字形进行归部，即我们常说的“异部重文”现象。《倭玉篇》也承袭了《玉篇》的这一做法。据统计，在《倭玉篇》收录的579个重文字头中，随正体归部的336个，另归他部的243个。

《玉篇》中的部分重文还采用了多角度归部的方法，既跟随正体归部，又根据其形体另外归部。其中有6组《倭玉篇》调整了《玉篇》的归部：

逹

A《玉篇·手部》：（挞）古文。

B《玉篇·辵部》：他达切。古文挞。

①括号外为字头，前面括号里的为该字头在《玉篇》中的归部，后面括号里的为该字在《倭玉篇》中的归部，后仿此。

②本文中所说的“重文”特指作为字头出现的重文，不包括在释文中沟通的重文。

𤼵

A《玉篇·癶部》:古文登。

B《玉篇·奴部》:多曾切。籀文登。

渔

A《玉篇·水部》:语居切。捕渔也。

B《玉篇·鱼部》:亦同上(𩼝)。又作瀲。

雱

A《玉篇·雨部》:普唐切。雪盛皃。

B《玉篇·上部》:(旁)籀文。

床

A《玉篇·广部》:仕庄切。俗牀字。

B《玉篇·木部》:(牀)俗。

盍

A《玉篇·皿部》:胡猎切。何不也。

B《玉篇·血部》:同上(盇)。

以上6组材料中,《倭玉篇》均将字头归入了A条所归的部首。“遽、𤼵”2组中,《倭玉篇》是跟随正体归部的,这两个字头在文献中出现的情况较少,读者一般不会主动去查检,没有另外归部的必要。对于另外4组,《倭玉篇》则根据重文的字形进行了归部。对于“渔”字,《倭玉篇》中未收“𩼝”,只能将其归入“水部”;对于“雱”字,A、B两条所记录的是不同的词,《玉篇》收的其实是一组同形字,而《倭玉篇》只保留了前一种用法;对于“床、盍”两字,二者的使用频率并不比其正体低,甚至有取代正体的趋势,《倭玉篇》选择根据其本身的形体进行归部,而非跟随正体。

对于重文归部,《倭玉篇》主要还是继承了《玉篇》的做法,大量采用“异部重文”的方式。从使用者的角度来看,“异部重文”的使用有利于查检。而且,《倭玉篇》流行的时代大约对应于中国的明清时期,一些原本是重文的俗字在文献中的使用频率可能比正体更高,若还是按照原来的正体进行归部,既不便利,也不合理。

2.3 《倭玉篇》的归部倾向

《倭玉篇》在对字头进行归部时的倾向主要有两方面。

第一,倾向于据形归部。例如,受字形演变的影响,“肉部”一些字头的部首逐渐与“月”混同,《玉篇》仍按照构形理据将这些字归入“肉部”,而《倭玉篇》则根据形体将其归入“月部”。“膏、膚、膂”三个字头在《倭玉篇》中既归入“月部”,又归入“肉部”,但归入“肉部”时分别写作“膏、膚、膂”,与部首代表字的形体吻合。又如,“黑部”的“黜、點”在归入“火部”时分别写作“黜、點”,“大部”的“奮、奪、奈”在归入“大部”时分别写作“奮、奪、奈”,这种区分应是《倭玉篇》的编者有意为之。可见,《倭玉篇》在进行字头归部时有较强的据形归部意识,字头的形体与部首代表字要尽可能吻合。

第二,在选择部首时倾向于选择靠左、靠上、靠外的部件。上文中提到,在《玉篇》采用多角度归部的字头中,有 68 组在《倭玉篇》中只归入了一个部首,其中有 48 组《倭玉篇》选择了靠左、靠上、靠外的部件作为部首。未做如此选择的 20 组中,有 7 组受到立部调整的影响,真正未选择靠左、靠上、靠外部件的不足 1/5。除此之外,对于非多角度归部且非重文归部的字头,《倭玉篇》在调整归部时也倾向于将其归入靠左、靠上、靠外的部件。以“心部”为例,《倭玉篇》对《玉篇》“心部”的 11 个属字“憩、应、庆、氙、忝、悔、惑、忖、恭、闷、惟、恶、耻”的部首进行了调整,分别将其归入“舌、广、广、乞、天、母、戈、寸、草、门、隹、亚、耳”部。除了“悔、忖、惟”三字外,均选取了靠左、靠上和靠外的部件。至于这三个字调整归部的原因,还有待考察。

三、“倭玉篇”第四类本在部首排序方面对《玉篇》的接受和改造

《说文》部首“始一终亥”,部首排序基本遵从“据形系联”的做法,把形体相近或相关的部首排列在一起。《玉篇》虽然同样是“始一终亥”,但部首排序采用的是“以义类聚”的方法,“将 542 部按字义、属性、类别分为 30 卷”①,“从天地到人,再到自然界的其他事物。而且几乎都是从具体事物到抽象概念,与人类认识事物的规律相一致。同时,还有

①何瑞:《宋本〈玉篇〉研究》,北京:中国社会科学出版社,2016 年,第 62 页。

一种思想贯穿始终,即尊崇天地,而在天地间又以人为本”①。

铃木功真以同属“第四类本”的静嘉堂本《倭玉篇》为例,对“倭玉篇”第四类本与《玉篇》部首体系的关系进行了考察,指出:

> 将“第四类本”的部首与《大广益会玉篇》进行对比,可判定其部首依据了《大广益会玉篇》。特别是从“第四类本”的193“京”部开始的下卷后半部分,部首的排列顺序与《大广益会玉篇》基本一致,原样摘抄出。
>
> “第四类本”上卷中收字多的部首比较集中,下卷后半部分收字少的部首多。而且,“第四类本”中未收的《大广益会玉篇》中的部首有262个,均为收字少的部首(收字超过50个的部首“第四类本”中全部收录,引者注)。②

对于这种情况,铃木功真认为,“倭玉篇”第四类本前一半部首排序所据不明,后一半应是依据《大广益会玉篇》,并在文章最后将“为何‘第四类本’的前半部分排序与后面所据不同,是否是先依据其他资料编完前半部分,再依《大广益会玉篇》增补”③作为今后进一步研究的课题。长享本《倭玉篇》与静嘉堂本《倭玉篇》同属“第四类本”,铃木功真的结论对于长享本《倭玉篇》同样适用。

经过考察,我们基本认同铃木功真的猜想,《倭玉篇》的编纂可能分为两个阶段,前期先按照某种标准从《玉篇》里挑出一些部首进行编纂,完成之后再将剩余部首按照顺序附于前一部分之后,而“京—193”④便是两个部分的分界线。那么,前期的部首是如何筛选的呢? 我们认为部首的属字量应是重要标准之一。

我们对《倭玉篇》上、中、下卷中属字数在150以上、101—150、51—100和50及以下的部首个数分别进行了统计,统计结果如下表:

属字数 / 分卷	150以上	101—150	51—100	0—50	合计
上卷	12	3	6	11	32
中卷	6	4	16	48	74
下卷	0	1	5	201	207

①刘彩霞:《中国古代字典排检法的演变》,《阴山学刊》,2002年第1期。
②铃木功真:《第四类本倭玉篇と大广益会玉篇との关系に就いて》,《语文》,2000年第108期。引者译。
③铃木功真:《第四类本倭玉篇と大广益会玉篇との关系に就いて》,《语文》,2000年第108期。
④“京”为部首代表字,“193”为部首序号。后仿此。

《倭玉篇》中从上卷到下卷，每卷所收部首的数量在增加，而部首中的属字数却在减少。尤其是下卷，全书共313个部首，下卷就占了207个。据统计，《玉篇》属字数不超过100的部首有484个，同样是属字少的部首居多。这484个部首中，位于上卷、中卷、下卷的部首数量分别为117个、156个和211个。虽然也呈现出上卷少而下卷多的特点，但并没有《倭玉篇》那么明显；而且，从卷一到卷三十也没有呈现出部首数量递增的特点。与《倭玉篇》相比，《玉篇》上、中、下三卷的部首数量基本均衡，而《倭玉篇》的部首数量分布差距如此之大，且“京部”及之后的100多个部首在《玉篇》中的属字量基本没有超过40，显然是经过了人为的选择。

我们以《玉篇》的部首序列为基准，对两书的部首序号及属字量进行对比。由于篇幅原因，表中只列出《玉篇》第45部到95部的情况，其中未列的部首《倭玉篇》未收。

部首	《玉篇》部序	《玉篇》属字量	《倭玉篇》部序	《倭玉篇》属字量
亢	45	5	208	3
鼻	46	27	16	18
自	47	5	209	3
目	48	341	14	216
見	52	97	64	69
耳	55	97	15	61
口	56	523	45	199
舌	58	13	17	19
齒	59	92	68	61
牙	60	5	212	5
須	61	5	211	4
彡	62	24	210	13
文	64	10	99	97
髟	65	108	98	24
手	66	647	21	447
収	67	26	214	21
爪	71	6	127	5
𠂇	74	2	215	2
又	75	39	216	22

续表

部首	《玉篇》部序	《玉篇》属字量	《倭玉篇》部序	《倭玉篇》属字量
足	76	290	22	164
疋	77	4	217	4
卛	78	4	218	5
骨	79	86	20	32
血	80	23	219	6
肉	81	417	3	6
力	83	85	129	46
寎	86	18	220	12
心	87	628	26	147
言	90	482	5	264
曰	92	12	221	8
乃	93	8	156	9
可	95	4	222	5

上表中用阴影标记出的部首是在第一阶段中被挑出的，这些部首的排序与《玉篇》不吻合，部首的属字量多在50以上，其中不乏“手、肉、心、言”等大部。未被标记的则是第二阶段编纂的，将第一阶段挑剩的部首大体按顺序排列在第一阶段的内容之后，与《玉篇》的部首排序基本吻合。其实，属字多的部首在现实中被查检的频率往往更高，将这些部首靠前排列，一定程度上可以方便使用者翻检。

对于“京—193”之前的部首的排序依据，目前尚无有力结论。铃木功真将“倭玉篇”第四类本归入了“意义分类的系统”①。意义分类式的编排方式在日本本土辞书中十分常见，如《倭名类聚抄》等；《新撰字镜》作为部首分类式字书，其部首大致也是按照意义来排序的。

在《倭玉篇》的前192个部首中，确实有三组比较明显的“以义类聚”的部首：第6至13部“木火土金水白风雨”，这组基本都跟自然界的客观事物有关；第14至22部“目耳鼻舌身久骨手足”，这一组基本都是人体器官；第23至34部“鸟广虎心豸牛马羊龟鱼虫贝鬼”，这一组基本都属于动物类。而后面的部首就极少有这样明显的据义类聚现象了（仅

①铃木功真：《倭玉篇の研究》，东京：日本大学，2004年，第62页。

有少量的如"子—56、女—57""弟—70、兄—71""竹—92、糸—93"这样的集合)。不过,在此之后的一些部首在字形上相近或相关,如"草—94、革—95""長—97、髟—98""冃—115、用—116""古—166、右—167""壹—175、壴—176、喜—177、鼓—178、豈—179、豆—180"等。或许《倭玉篇》前半部分的部首排序与意义和字形都有关系。当然,关于其前半部分的部首排序与日本本土辞书之间的关系,还有待进一步研究。

四、结语

本文以长享本《倭玉篇》为例,对"倭玉篇"第四类本在部首体系方面对《玉篇》的接受和改造情况进行了考察。通过对部首设立、字头归部和部首排序三个方面的对比分析可知:

第一,《倭玉篇》对《玉篇》的部首体系有所继承。《玉篇》在《说文》的基础上,基于汉字的发展变化对字头的归部做了一些调整,如多角度归部、异部重文等。《倭玉篇》继承并发展了这些做法。同时,《倭玉篇》193 部之后的部首排序与《玉篇》基本一致,由此也可以看出二者之间的联系。

第二,《倭玉篇》在继承的同时,也对《玉篇》的部首体系进行了改造。在部首设立方面,《倭玉篇》对《玉篇》中的一些部首进行了撤销、归并和修改,并新增了 24 个部首。在字头归部方面,《倭玉篇》大量使用"多角度归部"的方法,便于使用者查检;同时,《倭玉篇》倾向于选择字形当中靠左、靠上、靠外的部件作为部首,便于使用者判定部首,而这种做法在今天的字典当中也比较常见。在部首排序方面,《倭玉篇》先将收字量大的部首挑出编写,完成之后再将收字量少的部首按顺序附在后面,这种做法可能是出于便利性的考虑(收字量大的部首被查检翻阅的频率往往更高),也可能是受到了日本本土辞书"意义分类式"排序的影响。

第三,《倭玉篇》在归部时对字形存在着一种特别的关注。一方面,《倭玉篇》在归部时会非常关注字头形体与部首的吻合情况,如"點"字在归入"黑部"时写作"點",而在归入"火部"时则写作"黙"。另一方面,《倭玉篇》有时会按照字形的整体轮廓进行归部。如《倭玉篇》新设部首"也部"的属字中,除"也"字外均包含部件"巴"或"色",手写体的"也"字确实与"巴"和"色"相似,但中国字书通常不会将它们归入同一部首;又如《倭玉篇》将"夷"归入了"幾部",理由或许是"夷"与"幾"都呈现出上小下大、下部的笔画向左右两边展开的形体特征。这种整体近似的处理方式在一定程度上能够反映出日本受众对汉字的心理认知,或许在他们看来,这种相似性是可以作为归类依据的。

整体来看,《倭玉篇》的部首更接近检字法原则的部首,更注重便利性和实用性,其对《玉篇》部首体系的继承和改造都是为了便于使用者查检。同时,《倭玉篇》对字形的特殊关注,也体现出非汉语母语者对于汉字的认知特点。

The acceptance and transformation of the *Yupian*(玉篇"*Jade Chapters*") radical system by the fourth category of "*Wagokuhen*"

——Taking the Chōkyō version of "*Wagokuhen*" *as an example*

Wang Anqi

(Hunan University)

Abstract: This article takes the Chōkyō version of "*Wagokuhen*" in the fourth category as an example, and analyzes the acceptance and transformation of the *Yupian*(玉篇"*Jade Chapters*") in the radical system of the fourth category of "*Wagokuhen*". In terms of the establishment of radicals, "*Wagokuhen*" simplifies the radical system of the *Yupian*(玉篇"*Jade Chapters*") to a considerable extent by merging and revoking radicals, and also adds 24 radicals according to the collection of characters; In terms of the division of prefixes, "*Wagokuhen*" extensively uses the "multi-angle division method", and also inherits the practice of "different parts and different radical" (classifying a variant of a character into a radical different from it) in the *Yupian*(玉篇"*Jade Chapters*"), and tend to select the left, upper and outer parts of the character as radicals when grouping; In terms of the order of radicals, the order of radicals in the second half of "*Wagokuhen*" is basically consistent with that of the *Yupian*(玉篇"*Jade Chapters*"), so it is speculated that "*Wagokuhen*" may have been compiled in two phases. On the whole, the adjustment of the radical system of the *Yupian*(玉篇"*Jade Chapters*") by "*Wagokuhen*" pays more attention to the practicality and convenience of the calligraphy itself, and the nature of its radicals is also changed from the radicals of the creation of characters is transformed into the radical of the search character. At the same time, its special attention to the shape of the initials when classifying radicals which reflects the cognitive characteristics of Chinese characters for non-native Chinese speakers.

Keywords: the fourth catagory of "*Wagokuhen*", the Chōkyō version of "*Wagokuhen*", *Yupian*(玉篇"*Jade Chapters*"), the radical system

◎音韵与方言研究

从《说文》谐声系统看上古等第在谐声中的作用*

孟跃龙

(北京师范大学民俗典籍文字研究中心)

提要:不少学者认为等第或者介音对谐声没有影响或影响不大,在进行上古音系统构拟时,以往的做法常常是把一个字在中古韵书中的等第直接倒推给上古,我们认为上述观点和做法值得商榷。本文通过对《说文》谐声系统的等第进行多角度分析,提出等第对谐声有非常重要的作用,中古的等第与上古并不完全相同。

关键词:上古音;谐声系统;等第;《说文解字》

在研究上古音时,不少学者直接间接地提出介音或者等第对谐声没有影响。比如,雅洪托夫就曾说:“大家知道,上古的介音*i、*ḭ,无论对押韵还是对谐声都没有产生过任何影响。”①耿振生先生也持相同看法,他说:“在谐声字中人们发现了一条规律:中古音有介音i的字(三四等)与没有i介音的的字(一二等)在谐声中没有什么限制,自由互谐。……推导出的谐声原则是:介音对谐声原则不起什么影响,韵腹、韵尾相同的条件

*本文为国家语委科研项目“基于‘汉字全息资源应用系统’的上古出土文献韵文数据库建设”(ZDI145-14)的阶段性成果。

①[俄]雅洪托夫:《上古汉语的唇化元音》,潘悟云编:《境外汉语音韵学论文选》,上海:上海教育出版社,2010年,第302页。原文1960年在第25届国际东方学会议上宣读。

下，有无介音都可以自由谐声。”①

近些年来，逐渐有学者关注到等第与谐声之间的关系。孙玉文先生指出，谐声的层级往往可以反映出对应的时间层次。② 在此基础上，梁慧婧女士做了大量细致的研究工作，她对《说文》中不同谐声层级的声符造字情况做了统计，并指出：谐声层级越靠后的声符造字时的等第契合度越高，而且形声字形成的时间越晚，契合度越高。③

表 1:《说文》谐声层级与等列契合度关系④

声符层级	100%契合度	80%契合度	60%契合度
一级声首	46%	60%	77%
二级声首	68%	73%	80%
三级、四级声首	72%	76%	81%

我们也对《说文》谐声与声符层级的关系做了统计，虽然统计角度和标准稍有不同，但最后观察到的现象大致相同。

表 2:《说文》6167 字各声符层级声符所造形声字同等比例表⑤

声符层级	形声字总数	同等形声字数	同等谐声比例
一级声符	4499	3093	68.75%
二级声符	1407	1034	73.49%
三级声符	244	183	75.00%
四级声符	15	13	86.67%

表 1 和表 2 的两组数据促使我们思考两个问题：第一，为什么形声字出现得越晚，形声字的等第与声符等第相同的比例越高呢？第二，如果等第对谐声真的没有任何影响或制约，那为什么相对晚出的形声字等第与其声符相同比例更高？

①耿振生：《20 世纪汉语音韵学方法论》，北京：北京大学出版社，2004 年，第 66 页。

②关于“谐声层级”的定义，参见孙玉文：《谐声层级与上古音》，氏著《上古音丛论》，北京：北京大学出版社，2015 年，第 368—370 页。原文刊载于《汉藏语学报》，2011 年第 5 期。

③梁慧婧：《谐声与等列》，北京大学博士学位论文，2013 年，第 14 页。

④此表是笔者根据梁慧婧女士文章中的数据整理的。“契合度”指“按照一个谐声系列中与声首等列一致的被谐字数量与被协字总数的比值”。参梁慧婧：《谐声与等列》，北京大学博士学位论文，2013 年，第 9、14 页。

⑤《说文》谐声层级最高有六层，但第五、六两个层级实际只有溥、薄两个声符，造字能力也不强，为了避免偶然性误差，这里暂时忽略它们。“6167 字”为《广韵》中无异读的形声字，详见下文。

梁慧婧曾将第一个问题的主要原因归结为两种:一是汉字早期声符比较少,选择声符时音近借用比较多;二是早期音变构词多,音近假借多。① 我们认为,她的解释有一定道理,但或许还不是最主要的原因。从目前出土先秦两汉文献来看,汉字、词汇数量已经不少,说造字时音近借用和音变构词较多,恐怕未必符合事实。我们怀疑,很大一部分形声字与其声符读音的所谓"差异",可能来源于在研究过程中所选择的某一家的古音构拟系统与上古汉语实际语音的差异。黄易青先生就曾指出:"这种音近,②与其说是被衡量的字词声音的问题,毋宁说是标准自己的问题。所以拿这个标准衡量是同音的,未必皆为同音;拿这个标准衡量是音近的,有的或许就当时的实际情况正是音同。"③

为了验证这一猜测,我们也使用王力先生的上古音系统为参照系,分别考察了《说文》形声字在声母、韵部、开合、等第方面的表现。据我们统计,在《说文》里共有 8125 个形声字,④其中有 286 个字《广韵》没有收录,除此之外还有 39 个字《广韵》未收录其声符字,所以余下可用来研究谐声情况的形声字计有 7802 个,而这 7802 个形声字里,又有 1635 个字在《广韵》中有两个或两个以上读音,只有一个读音的字有 6167 个。如此之多的异读字,如果不加分辨地拿来研究等第问题,无疑会对研究结论的准确性产生影响,所以我们暂时先把在《广韵》中有异读的字抛开,只使用 6167 个无异读的形声字来讨论。

在《说文》所收的 6167 个《广韵》无异读形声字中,与其声符声母相同的则仅有 2968 个,占总数的 48.13%;与其声符等第相同的有 4322 个,占总数的 70.08%;与其声符韵部相同的有 5671 个,占总数的 91.96%;与其声符开合口相同的有 5906 个,占总数的 95.77%。恰好,笔者的博士论文整理了《清华简》(壹—伍)语音关系字组 1196 组,"语音关系字"和"对应字"之间的语音关系与《说文》谐声中声符与形声字的语音关系表现基本完全一致。⑤

---

①梁慧婧:《谐声与等列》,北京大学博士学位论文,2013 年,第 14 页。

②笔者注:指用某个构拟的音系作为判定古音相同相近的标准。

③黄易青:《上古汉语同源词意义系统研究》,北京:商务印书馆,2007 年,第 63 页。

④前人曾对《说文》中形声字数量进行过统计,因为口径不一,结论稍有出入,但总体差别不大。李师国英统计有 8233 个,程少锋统计有 8197 个,梁慧婧统计有 8050 个形声字。参李国英:《小篆形声字研究》,北京师范大学博士学位论文,1989 年。程少锋:《〈说文解字〉谐声系统研究》,北京师范大学博士学位论文,2013 年。梁慧婧:《谐声与等列》,北京大学博士学位论文,2013 年。

⑤我们把有语音关系的一组字称为"语音关系字组","语音关系字组"中的两个字分别称为"语音关系字"和"对应字"。"语音关系字"和"对应字"之间的关系包括两种:通假关系、异构关系中的换声符字、双声符字与正字的关系。这样可以尽量避免在具体字际关系判断上搅扰不清,或因名称问题导致不必要的误解。孟跃龙:《〈清华大学藏战国竹简〉(壹—伍)音韵研究》,北京师范大学博士学位论文,2013 年,第 24 页。

表 3:《说文》6167 形声字与声符的语音关系表

《说文》谐声	声母	等第	韵部	开合
相同字数	2968	4322	5671	5906
相同比例	48.13%	70.08%	91.96%	95.77%

表 4:《清华简》(壹—伍)1196 组“语音关系字”和“对应字”的语音关系表

《清华简》(壹—伍)	声母	等第	韵部	开合
相同字数	615	837	1047	1095
相同比例	51.4%	70%	87.5%	91.5%

大家都知道,谐声关系当中韵部和开合口的界限是非常严格的,结合表 3 和表 4 的数据来看,如果我们承认形声字造字或假借时音近借用的现象是主要原因,那么必然得到这样两个推论:第一,在音变构词时古人有声母、等第变读的偏好,更愿意用声母等第的变化来构造新词;第二,古人在使用通假字或构造异构字时,更愿意选用不同声母和等第的字,但却喜好用同韵部、同开合的字。这两个推论大概任何人都难以接受。

既然音近借用说难以成立,那么我们就只能转向另一个方向推论:是由于上古韵部和开合研究相对比较充分,而声母和等第的研究相对比较滞后,才导致我们以某个构拟的上古音系统作为参照系分析问题时,不可避免地存在数据偏差;而基于有偏差的数据所做的分析,自然也就不可能完全可靠。总之,绝不可能是古人在谐声、通假中只注重韵部和开合,而不在意声母和等第。

进而,我们可以较好地回答前文提到的第一个问题,为什么形声字出现的越晚,形声字的等第与声符等第相同的比例越高?其中一个重要的原因是:声符层级越靠后的字,产生的越晚,与中古等第系统对应性较强;反之,声符层级越靠前的字,产生的越早,因而与中古等第的对应性较弱。换言之,应当承认中古等第的面貌与上古是有很大不同的,我们看到形声字等第与其声符相同的比例相对偏低,很大程度上是语音发生演变的结果。

现在,我们就可以继续探讨前文提出的第二个问题:如果等第对谐声真的没有任何影响或制约,那为什么相对晚出的形声字等第与其声符相同比例更高?我们的解释是:上古的等第对谐声是有影响的,但由于上古到中古的等第发生了演变,受现有的观察条件和研究水平的限制,我们还不能很好地说明等第究竟在谐声中起到何种程度的作用。为了进一步探索等第在谐声中究竟起到何种重要作用,我们统计了《说文》不同声母的声符与所造形声字的等第相同的比例。

表5:以声母为视角看《说文》6167形声字与声符字同等第比例表

声母	与声符字同等比例	声母	与声符字同等比例	声母	与声符字同等比例	声母	与声符字同等比例	声母	与声符字同等比例	声母	与声符字同等比例
帮	70.76%	端知	59.73%	章	82.32%	精庄	71.43%	见	74.67%	晓	73.04%
滂	64.71%	透彻	56.07%	昌	71.70%	清初	68.42%	溪	71.88%		
並	73.98%	定澄	51.44%	禅	82.24%	从崇	63.74%	群	88.66%	匣	66.17%
明	70.63%	泥娘	47.67%	书	82.02%	心生	67.35%	疑	65.78%		
		来	65.16%	船	100.00%	邪俟	90.67%			影	62.37%
		日	85.71%	以	83.06%					云	94.74%

从上表中,我们发现了一个有趣的现象:《说文》谐声里,中古只有三等的那些声母,其形声字与声符之间等第上常常具有极高的一致性,而且比例显著高于那些不仅有三等的声母。这种现象肯定不能用偶然来解释。例如,我们知道章组声母与端组声母上古有密切的谐声关系,端组有很多非三等字可以做声符,但端组声母形声字与声符同等的比例明显低于章组;群、云两母上古分别和一部分匣母字有密切的谐声关系,①匣母全都是非三等字,而匣母形声字与声符同等的比例明显低于群母和云母;而我们又知道章组声母出现和云母与匣母的分化的时代是相对比较晚的。

所以,上述现象应该可以说明,产生晚的形声字与中古语音系统对应性更强;同时也可以说明,上古谐声中等第起着非常重要的作用,除昌母以外其他只有三等的声母形声字与声符同等的比例都超过80%。可见,不同等第之间根本不是"自由互谐"的,而是有较强的限制条件的,只不过具体条件是什么目前尚不清楚而已。

我们还对《说文》不同等第的声符与其所造形声字的等第情况做了统计,如下表所示:

①群、云、匣三母关系可参考邵荣芬先生的两篇文章。邵荣芬:《匣母字上古一分为二试析》,《语言研究》,1991年第1期。邵荣芬:《匣母字上古一分为二再证》,氏著《邵荣芬语言学论文集》,北京:商务印书馆,2009年,第24—50页。原文刊载于《中国语言学报》,1995年第1期。

表 6:《说文》6167 形声字的声符与所造形声字等第关系表①

	造字数量	一等形声字	百分比	二等形声字	百分比	三等形声字	百分比	四等形声字	百分比
一等声符	1469	976	66.44%	135	9.19%	333	22.67%	25	1.70%
二等声符	499	110	22.04%	268	53.71%	69	13.83%	52	10.42%
三等声符	3719	503	13.53%	168	4.52%	2769	74.46%	279	7.50%
四等声符	480	6	1.25%	41	8.54%	125	26.04%	308	64.17%

在《说文》6167 个无异读的形声字里，一等字声符的共造形声字 1469 个，其中 976 个是一等字，占比 66.44%；二等字声符的共造形声字 499 个，其中 268 个是二等字，占比 53.71%；三等字声符的共造形声字 3719 个，其中 2769 个是三等字，占比 74.46%；四等字声符的共造形声字 480 个，其中 308 个是四等字，占比 64.17%。

需要注意的是，无论哪一个等第，声符与其所造的形声字的同等比例都是最高的，而且远远高于所造的不同等的形声字的比例。这样看来，如果在上古汉语语音系统中，等第表示某种语音特征，那么这种语音特征必定是对谐声有影响的。虽然这种影响一定程度上被语音演变所掩盖了，但仍能够看到一些端倪。

总的来说，上古等第的面貌应该与中古等第有很大不同。我们推测，在上古到中古的汉语语音演变过程中，有不少字的等第发生了变化。其中最值得注意的是非三等字向三等字的演变，或许是造成三等声母声符与形声字等第相同比例较高现象（如表 5 所示）的重要原因。对此，前辈学者曾有过一些讨论，但都没有引起足够重视。陆志韦先生说过：“（《说文》谐声异等相转）大多显示非三等转三等的少而反转的多。……我对于这些分别的解释以为三等字较为后起。古音有介音 i 的字比《切韵》时期要少得多。”②董同龢先生也有相近看法：“tʂ-系字在中古各韵摄里的分配，大体上总有那么一种倾向，即凡有独立二等韵的他们就集结于二等韵，在没有独立二等韵的地方才在三等韵出现。……总结以上，我们非但有种种的理由可以假定中古三等韵 tʂ-系字源出上古的二等，并且实际

①方红霞、梁慧婧也曾做过相近的研究，但与本文的统计角度和口径有差别，结论也有所不同。参方红霞：《从等呼角度看形声字的谐声关系》，陕西师范大学硕士学位论文，2008 年，第 32 页。梁慧婧：《谐声与等列》，北京大学博士学位论文，2013 年，第 19—22 页。

②陆志韦：《〈说文〉〈广韵〉中间声类转变的大势》，《陆志韦集》，北京：中国社会科学出版社，2003 年，第 131 页。原文刊载于《燕京学报》，1940 年第 28 期。

上考察各韵部的结果,这种理想也是行得通的。"①现在我们重申前辈学者这一观点,希望能够重新引起大家的重视,在今后上古音研究中,充分认识到等第在谐声造字中所起的重要作用,这对于弥补上古音研究中的短板,推动上古音等第甚至声母的的研究走向深入,都有积极的意义。

The Role of divisions in Character Creation from Phonetic Character System in *Shuowen*

Meng Yuelong

(Beijing Normal University)

Abstract: Many scholars believe that divisions have no or little impact on phonogram character creation. In the previous approach, scholars often used to directly reverse the divisions of a character in the Middle Ancient rhyme book to the ancient character. We believe that the above viewpoint and approach are worth discussing. This article analyzes the phonetic character system of "*Shuowen*" from multiple perspectives, and points out that the four divisions plays a very important role phonogram character creation. The divisions in of Middle Chinese are not entirely the same as that of Ancient Chinese.

Keywords: Phonetics of Ancient Chinese ; Phonetic Character System; Divisions; *Shuo Wen Jie Zi*

---

①作者注:tʂ-系指庄组。董同龢:《上古音韵表稿》,《历史语言研究所集刊》第十八本,第22、26页,北京:商务印书馆,1948年。

不空译《佛母大孔雀明王经》咒语校读及声母对音研究*

李建强　赵文博　郭禹彤

（中国人民大学国学院　北京大学中文系）

提要：以往的梵汉对音研究，咒语的校勘成果很少发表出来。汉文本咒语的校勘可以弥补《中华大藏经》咒语部分未出校的缺憾。依据汉文本和其他线索来考证梵本，可以极大丰富梵本的来源。考证出的梵词应该符合一定的对音规律以及梵语语法，有时还可参考藏文本。本文以不空译《佛母大孔雀明王经》咒语（上卷第六段）为例谈谈具体的做法。利用校勘后的文本做对音研究，对音规律更为集中。

关键词：梵汉对音；咒语；校勘

一、引言

梵汉对音研究从20世纪初诞生至今，已经将近一百年了。钢和泰、汪荣宝、罗常培、陆志韦、俞敏、柯蔚南、刘广和、施向东、聂鸿音、储泰松、张福平等诸位先生发表了一系列文章及著作，历代音系的对音规律已经得到大体的描写。在这个过程中，建立了梵汉对音研究的基本范式，对音文献的校勘与整理是其中必不可少的内容，只是相关的成果较少发表。新一代的学者继续从事梵汉对音研究，有条件在前辈学者成果的基础上，扎扎

*基金项目：中国人民大学科研项目“敦煌文献中的藏文咒语对音研究”（15XNL014）。向筱路、冯冰倩为本文的写作提供了帮助，在此表示感谢。感谢本刊审稿专家的宝贵意见。

实实地做创新工作，对音文献的校勘与整理就是突破口之一。

刘广和先生的学位论文《不空密咒的音系跟唐代（八世纪）长安音》（1982）所用材料包含《大孔雀明王经》，所用梵本是《大正藏》所收诸本和田久保周誉校订的《梵文孔雀明王经》（1972），不过论文内容主要在于研究音系，而对咒语版本的讨论着墨不多。这部咒语的校勘，田久保周誉（1972）和桥本贵子（2012）都做过，但多是比较说明诸本的差异，而基本上没有分析咒语的语义语法，且没有关注到敦煌藏文本。对梵文咒语进行语义语法分析有助于更加准确地确定对音形式；和梵本相比，敦煌藏文本的咒语转录有不少异文，有些语句藏文本用意译而不是转录，这些地方对确定梵词、深入探讨语言问题都是很好的线索。所以有必要将这部咒语重新作校勘。

《孔雀明王经》目前最早的梵文写本是 19 世纪末在新疆库车发现的桦树皮婆罗迷字写本，据考时代应该在公元 4~5 世纪，霍恩勒（*Hoernle* 1893）有转写和研究。不过这个本子的内容和不空译本差别较大。奥登堡（*Oldenbourg* 1898）据 *IOL No.* 1783 整理出了拉丁转写本。《大正藏》*No.* 983*B* 中收录了《孔雀经真言等梵本》，以高野山高室院藏本为底本（本文校勘记中以[原]表示），对校平安时代写石山寺藏本（本文校勘记中以[甲]表示），《大正藏》*No.* 982 中的梵注来源是东京帝大梵本 *No.* 334（本文校勘记中以[帝]表示）。田久保周誉（1972）的整理本以东京大学图书馆所藏梵本编号为 *MS. No.* 276、239、291、286 四份文献为主，参考了《大正藏》*No.* 983*B*、奥登堡（1898）以及北京版藏文大藏经。桥本贵子（2012）的校本以东京大学国语学研究室藏梵本为底本，参校的梵本除了《大正藏》*No.* 983*B*，还有田久保周誉（1972）和霍恩勒（*Hoernle* 1893）。

对不空译《佛母大孔雀明王经》汉文本的校勘主要是《大正藏》。《大正藏》汉文本以《高丽藏》为底本，并与增上寺的宋本（《思溪藏》）、元本（《普宁藏》）、明本（《嘉兴藏》）对校。除此之外，《佛母大孔雀明王经》还参校了其他三个本子：【甲】三十帖策子第十五帖，【乙】高野山宝寿院藏古写本，【丙】黄檗版净严等加笔本。诸本差异之处，《大正藏》用小注标明。按照《大正藏》的校勘体例，以上诸本分别用[宋]、[元]、[明]、[甲]、[乙]、[丙]表示，[宋]、[元]、[明]三本皆同的，用[三]表示。桥本贵子（2012）除了上面的本子之外，还参校了《房山石经》、《高丽藏》和金刚寺一切经本 *a*、*b*。

本文的校勘梵本仍然是以《大正藏》所收诸梵本为主要材料，补录 *IOL No.* 1783 奥登堡的拉丁转写本（本文校勘记中以[奥]表示）。另外，补充了敦煌文献中的藏文本 *P. t.* 359（藏文本咒语大多数是转录梵词，暂当作梵本看待）。田久保周誉和桥本贵子等人的校本、转录本与这些本子有差异的地方适当补入，不再全部引用。每句力争做到解清梵词，有的咒语语句在语义和语法方面不是特别显豁，由于印度传统语法认为动词是其他词类的根源，我们尽量找出相近的词根。陀罗尼是一种特殊的文体，在语句中安排一些语音技巧有助于更好地保持记忆，梵语传统诗论著作《舞论》列出了十种“叠声”（*yamaka*）的技巧①，所以分析语音技巧是解读陀罗尼的一个必不可少的视角。除了参考一般的梵语语法书之外，对构词法的分析有的追溯到《波你尼经》，段晴《波你尼语法入门》②是重要参考。

汉文本以《大正藏》（本文校勘记中以[大]表示）为基础，先核对《高丽藏》（本文校勘记中以[丽]表示），再录《大正藏》的校文（咒语断句、标号的分歧不录），对照《赵城金藏》（国家图书馆藏，本文校勘记中以[金]表示）、《房山云居寺石经》第 25 册金代天眷元年戊午（1138 年）刻石（本文校勘记中以[云]表示）以及《影印宋碛砂藏》（本文校勘记中以[碛]表示）。之所以选择这些版本，是为了仿照《中华大藏经》的体例③，以期弥补《中华大藏经》（汉文部分）咒语未出校的缺憾。

本文的校勘是为对音研究打基础，目的是找准梵本和不空译《佛母大孔雀明王经》的对应关系，最后得出的汉文本和梵文“校本”，是最能体现二者对音关系及梵文语法规律的本子，可能和任何一个现有的汉文本和梵本都不一致。这么处理，还有一层理由。一般理解的梵文文献，指的是用婆罗迷字、悉昙字、佉卢字、天城体等古印度文字书写的梵语文献。可是古人是把汉字也当作记录梵语的文字之一的。敦煌文献及房山石经中保存多份题名为《梵本般若波罗蜜多心经》《唐梵翻对字音般若波罗蜜多心经》，所谓的“梵”，就是用汉字来记梵音，所谓“唐”，指的是梵词的意译。可见古人是把用汉字记录梵音的音译就当作“梵文”来看待。从这个角度来理解，汉文佛经里面保存的大量音译咒语材料，其实就相当于特殊的梵本，只不过没有用婆罗迷字、悉昙字等古印度文字书写罢了。这些材料大多数翻译时间确定，时代较早，数量众多，要是把其中的版本价值充分发掘出来，应该对多个学科都有一定的意义。这也是不揣固陋，再作校勘的理由。

---

①参看黄宝生编译：《梵语诗学论著汇编》（增订本），北京：中国社会科学出版社，2019 年，第 183—191 页。范晶晶：《双声叠韵对与“梵语诗”关系刍议》，《文学遗产》，2018 年第 2 期。

②段晴：《波你尼语法入门》，北京：北京大学出版社，2001 年。

③20 世纪 90 年代出版的《中华大藏经》（汉文部分）以《赵城金藏》为基础，对校了《房山云居寺石经》《资福藏》（即《思溪藏》，《大正藏》对校的宋本）、《影印宋碛砂藏》《普宁藏》（《大正藏》对校的元本）、《永乐南藏》《径山藏》（即《嘉兴藏》，《大正藏》对校的明本）、《清藏》《高丽藏》等八种大藏经，校勘精良。可惜的是咒语部分似乎都未出校。

文献校勘和语言研究相辅相成，对音规律是咒语校勘的背景知识。确定梵词形式当然主要依据梵文诸版本及梵语语法，但是与汉文本相矛盾的地方，就得用对音规律来分析。比方说梵语数词“十”作 *daśa* 确定无疑，但是汉文本作“娜娑”，“娑”是心母字，可以对 *sa* 但不会对 *śa*，可能是译巴利式的音 *dasa*。对音规律的知识参考刘广和《不空译咒梵汉对音研究——唐朝八世纪长安音探索》①。

《佛母大孔雀明王经》咒语篇幅太长，我们以前发表过《佛母大孔雀明王经》咒语上卷第四段、第五段的校读札记，现在打算把第六段整理出来，祈请方家指正。不同版本的差异有时表现在字形方面，要是都写成简体就无法清晰表现版本之间的差异了，所以转录的文字用繁体。

二、文本校读

1. *tadyathā*　怛你也$_{\text{二合}}$他$_{\text{引}}$

tadyathā：梵本原、帝、奥一致，藏 *P. t.* 359 作 *'di lta ste*。梵词 *tadyathā*，不变词，正如、像……一样。

你：大作“儞”，丽、云、金、碛写作“你”。下文所有从“尔”的字，《大正藏》都写作“爾”，不复出校。

他$_{\text{引}}$：丽、大作“引”，云该小注模糊不清，金、碛作“去引”。《大正藏》校勘记：“（去）+引宋、元，（去聲）+引明。”“他”在《集韵》有唐佐切一读，属去声箇韵。

2. *ili mili*　伊$_{\text{上}}$里弭里

ili mili：梵本原作 *ili mili*，帝、奥作 *ili mili kili mili*，藏 *P. t.* 359 作 *ĭlĭ mĭlĭ kĭlĭ mĭlĭ*。原与汉文本相合。词根√*il*，来、发送；词根√*mil*，遇见、加入。

里（前后两处）：丽、大、云、金皆作“里”，碛作“哩”。对 *li* 宜用不加口旁的“里”。

3. *kiṃ duḥkhe*　緊耨契

kiṃ duḥkhe：梵本原作 *kidukheddhe*，甲作 *kiṃdukheddhe*，帝作 *kiṃdugdhe*，奥作 *kiṃ*

---

①刘广和：《不空译咒梵汉对音研究——唐朝八世纪长安音探索》，《音韵比较研究》，北京：中国广播电视出版社，2002 年。

dumbe，藏 *P. t.* 359 作 *kĭndugdhe*。梵词 *kim*，疑问代词，什么。*duḥkha*，中性名词，痛苦；以 *e* 收尾，应该是阴性单数呼格形式。原的附加符号 *anusvāra* 和 *visarga* 脱落了。悉昙字 *kha* 作𑖏，*ga* 作𑖐，*dha* 作𑖠，可能帝转写者误把𑖏理解成𑖐与𑖠的合体，正好有 *dugdha*（挤过奶的，√*duh+ta*）这个词。藏文字母与梵字形体不同，藏文转拼非常清楚是 *gdhe*，可能也是犯了帝转写者相同的错误。天城体 *mba* 作म्ब，*kha* 作ख，形体略微近似，奥误转写为 *mbe*，可能是这个原因。桥本整理本作 *kiṃ dukhete*，可能是梵词 *duḥkheta*，受悲伤影响的。原 *dukheddhe* 可能是从 *duḥkheta* 讹误而来。

緊耨契：《大正藏》校勘记："契＝結弟丙。"黄檗版净严等加笔本作"緊耨結弟"，应该是依据 *kiṃdugdhe* 之类的词形译的。

4. *mukte sumukte*　目訖帝二合　蘇上目訖帝二合

mukte sumukte：梵本原作 *mukto sumukta*，甲、帝、奥作 *mukte sumukte*，藏 *P. t.* 359 作 *mugte sumugte*。梵词 *mukta*，过去被动分词，释放、摆脱，源自词根√*muc*，摆脱。阴性形式 *mukti*，单数呼格形式 *mukte*。梵词 *su-mukta*，*su*-是前缀，好的。

蘇上：丽、大、金、碛"蘇"字后无小注"上"，云有此小注。《大正藏》校勘记："蘇+（上）細註丙＊。"依据 *Whitney* 的 *Sanskrit Grammar* 第 1284 条，过去被动分词加上前缀构成的复合词，其重音基本在前缀上。梵文重音一般用上声对，所以此处依云作"蘇上"。

5. *āḍa nāḍa sunāḍa*　阿去引拏　曩引拏　蘇曩引拏

āḍa-nāḍa：梵本原作 *āḍa nāḍaḥ*，帝作 *āḍe nāḍa* 2，奥作 *āḍe nāḍa*，藏 *P. t.* 359 作 *aḍa nāḍā sudana*。田久保整理本作 *ūda nāḍa*。从汉译本来看，"拏"麻韵，该对 *ḍa* 而不是 *ḍe*。这 3 个语段都以 *āḍa* 收尾，形成语音上的回环叠声。词义和语法形式不是特别清楚。

阿去引："阿"字下的小注，丽、大作"十引"，云此处无小注，金、碛作"去引"。《大正藏》校勘记："十＝去宋、元，去聲明。"

6. *varṣatu devo*　嚩囉灑二合覩　祢舞引

varṣatu devo：梵本原作 *varṣatu devo*，帝、奥作 *varṣatu devaḥ*（奥后又接 *samantena*），藏 *P. t.* 359 作 *lhas char phob śig*。梵词 *varṣatu*，是第一类动词词根√*vṛṣ*（下雨）的命令语

气主动语态第三人称单数形式。梵词 *deva*，阳性名词，天神，单数体格形式为 *devaḥ*。汉文本用麌韵字“舞”加“引”对梵文长音 *o*，与原相合。梵语 *aḥ* 在浊辅音前和 *a* 前才变成 *o*，可能 *devo* 之后语句有脱漏。奥本后接 *samantena*，*aḥ* 在清音前不变。*samantena* 是不变词，彻底、完全。*samanta* 的单数、具格形式为 *samantena*。藏文 *lha*，天神，加-*s* 表示施事。*char*，雨。*phob*，*'bebs pa* 的命令式，下降，降落。*śig* 是置于动词后表示命令语气的助词。

嚩：丽、大、云、碛作“嚩”，金作“韈”。《大正藏》校勘记：“嚩 = 韈三 *。”云“嚩”后有小注反切“无博”，当作微母字理解。第一段第 49 句 *varṣatu* 就译作“韈嚂灑二合覩”。

7. *paramaḍavarttāyāṃ* 跛囉摩拏韈跢上引焰

paramaḍavarttāyāṃ：梵本原作 *paramaḍavarttāryā*，甲作 *paramaḍavarttāyo*，帝、奥作 *paramaḍakavattāyāṃ*。藏 *P. t.* 359 作 *lcang lo can mchog du*。梵词 *parama*，最胜。藏文 *mchog du*（终极、超绝）与之对应。藏文 *lcang lo can* 直译是“柳叶隅”，是毗沙门（*Vaiśravaṇa*）居住的地方，与之对应有个梵词是 *aṭakāvaṭī* 或 *alakāvatī*。帝、奥的词形很可能是 *parama-aṭakāvaṭī* 的相关变化形式，元音间的 *ṭ* 浊化。田久保校本作 *paramaḍakavatyāyāṃ*，还能清晰地看出 *aṭakā-vatī* 的轮廓。桥本校本作 *paramaḍavattāyāṃ*，就是帝、奥本误脱了 *ka* 音节。原和甲可能是在这个基础上进一步错讹，*vatta* 太生僻了，改为了较为常见的 *vārtta*（营生）。

跢上引：“跢”字后的小注，丽、大、金、碛作“上引”，云作“上”。

焰：丽、云、金作“爓”，大、碛作“焰”。

8. *ārā pārā godohikā* 阿引去囉引 播引囉引 遇引怒引呬迦引

ārā pārā：梵本原作 *ārāṃ pārā*，甲、帝、奥、藏 *P. t.* 359 作 *ārā pārā*。这两个语段都以 *ārā* 收尾，形成语音上的回环。词根√*ṛ*（移动）可派生出 *āra*；√*pṛ*（带来、运送）、√*pṝ*（满）都可派生出 *pāra*。

godohikā：梵本原、帝、奥作 *godohikā*，藏 *P. t.* 359 作 *godohīka*。梵词 *go-doha*，字面意义是为挤牛奶，也可以指（挤牛奶般）较短的时间。前肢 *go-*，（公）母牛，后肢-*doha* 源自词根√*duh*，挤奶。另外，*go-dohikā*，阴性名词，“挤奶工的坐姿”，一种特殊的坐姿。

dohikā，阴性名词，挤奶工。√*duh* 添加派生词缀-*aka*（阴性-*ikā*），词根倒数第二位的元音 *u* 替换为二合元音，表现词根的施事者。

阿引去：丽、大作“引去”，云“阿”下无小注，金、碛作“去引”。《大正藏》校勘记：“引去=去引宋、元，去聲引明。”

播引：“播”字下小注，丽、大作“引”，云、金、碛无小注。《大正藏》校勘记：“［引］—三。”

囉引：“囉”字后小注，丽、大、碛作“引”，云、金无此小注。

遇引怒引呬迦引：“遇”“怒”“迦”三字下的小注“引”，丽、大、金、碛同，云皆无。

9. *ili mili bhijjilikā* 伊上里 弭里 比頻逸反尒里迦

ili mili：梵本原作 *ili mila*，甲、帝、奥作 *ili mili*，藏 *P. t.* 359 作 *ïlï mïlï*。词根√*il*，来、发送；√*mil*，遇见、加入。*ili mili* 构成语音上的回环叠声。这类叠声，显而易见，后文不再说明。

bhijjilikā：梵本原作 *bhijjilika*，帝作 *bhijjilikā*，奥作 *bhirjjilikā*。藏 *P. t.* 359 此处底卷残缺。这个梵词是什么含义还不清楚。要是拆开来看，词根√*bhid*，打破、割裂、破除。*jillika*，阳性名词，族名。*jhillikā*，阴性名词，阳光，光辉。此处选择以-*ikā* 收尾的形式，与上句 *godohikā* 呼应。

里（前后三处）：丽、大、云、金皆作“里”，碛作“哩”。对 *li* 宜用“里”。

比：丽、大、云、金作“比”，碛作“牝”。《大正藏》校勘记：“比=牝三。”

尒：丽、金、碛作“尒”，大作“爾”，云作“咻”。

10. *udukā uduṃdukā* 嗢努迦引 嗢嫩努迦引

udukā：梵本原、帝作 *udukā* 2，奥作 *udukā*。藏 *P. t.* 359 底卷残缺。桥本校本 *uduṃkā*。梵词不明。《佛教混合梵语词典》录有一个词条 *eka-dukāye*，认为是 *eka-dukā* 的阴性单数具格形式，意为“一到两次”，*dukā* 相当于数词“二”*dvi*。

uduṃdukā：梵本原没有文本与此条对应，帝作 *dundukā kacadukā* 2 *kāduṭṭakā* 2，奥作 *dudukā kāṭurṭaka*。藏 *P. t.* 359 作…*kā*（底卷有残缺）。田久保校本作 *ḍadukā karoḍukā*，小注中录 *MS. No.* 276 作 *daḍukā kacadukā dudukā dudukā*。桥本校本作 *uduṃdukā*，与汉语音译相对应。但两句咒语是什么含义不太清楚。有梵词 *dundu*，阳性名词，是 *Kṛṣṇa* 的父

亲 *Vasudeva* 的别名。从语音技巧上看,这两个词都以 *dukā* 收尾,形成回环,并且词中的元音 *u* 形成叠声。

迦$_{\text{引}}$(前一处):丽、大、金、碛“迦”字后有小注“引”,云无。

嫩:丽、金、碛作“嬾”,大、云作“嫩”。据《大正藏》校勘记,宋、元、明三本作“嬾”。“嬾”和“嫩”都是“懒”的异体字,《广韵》洛旱切,来母旱韵,对译 *dun* 声韵都不合适。与“嫩”字形相近的有一个“嫩”字,《广韵》奴困切,泥母慁韵,可以对 *dun*,兹将“嫩”校改作“嫩”。

11. *ili mili tili mili*　伊$_{\text{上}}$里弭里　底里弭里

ili mili:梵本原、奥作 *ili mili*,帝作 *iti mili*,藏 *P. t.* 359 作 *ilï milï*。桥本校本作 *īli mili*。词根√*il*,来、发送;√*mil*,遇见、加入。

tili mili:梵本原作 *tila mila*,甲、帝、奥作 *tili mili*,藏 *P. t.* 359 作 *tilï milï*。词根√*til*,去。

以上几个语段都以 *ili* 收尾,形成语音回环叠声。后文同类的不再说明。

里(四处):丽、大、云、金皆作“里”;碛作“哩”。对 *li* 宜用“里”。

12. *samantataḥ kṛtvā*　三满怛多$_{\text{入}}$　訖嘌$_{\text{二合}}$怛嚩$_{\text{二合}}$

samantataḥ :梵本原、帝、奥同,藏 *P. t.* 359 作 *samantata*。桥本录“东大本”作 *samattataḥ*。梵词 *samantatas*,不变词,处处、周围。

kṛtvā:梵本原作 *kṛdvāhi*,甲作 *kṛtvāhi*,帝、奥作 *kṛtvā*,藏 *P. t.* 359 作 *krïtvā*。梵词 *kṛtvā*,做了以后,是动词√*kṛ*(做)的独立式。原、甲多出的 *hi* 一音节不明。独立式一般来说不会再有形态变化。梵语动词现在时语干双数第一人称中间语态的四类语尾分别为 *vahe*、*vahi*、*vahai*、*vahi*,形容词 *vāhin*(持有,运转),用在复合词末的形式为 *vāhi*。这可能都是出现原、甲中词形的原因。

多$_{\text{入}}$:“多”字后小注“入”,丽、大、云、金、碛各本同。《大正藏》校勘记:“入+(聲)明。”“入”注在“多”下,表明词尾有 *visarga*,“多$_{\text{入}}$”对 *taḥ*。

怛嚩$_{\text{二合}}$:丽、大、云在“怛嚩”二字后有小注“二合”,金、碛无此小注。《大正藏》校勘记:“[二合]—三,二合=二合引丙。”

13. *hulu hulu hili hili mili mili kili kili*　**護魯護魯　呬里呬里　弭里弭里　枳里枳里**

hulu hulu:梵本原、奥、藏 *P. t.* 359 作 *hulu* 2,帝作 *huru* 2。词根√*hul*,离开、隐藏;√*hṝ*,生气或愤怒。

hili hili:梵本原作 *hila* 2,甲、帝、奥作 *hili* 2,藏 *P. t.* 359 作 *hïlï* 2。词根√*hil*,磨蹭、轻率、戏弄。

mili mili:梵本原作 *mila mili*,甲作 *mili* 2,帝、奥作 *mili* 2 *pili* 2,田久保校本作 *mili* 4 *pili* 4,藏 *P. t.* 359 作 *mïlï* 2 *pïlï* 2。词根√*mil*,遇见、加入;√*pil*,投掷、发送。

kili kili:梵本原、帝、奥作 *kili* 2,藏 *P. t.* 359 作 *kïlï* 2。词根√*kil*,变白。

鲁(两处):丽、大、金作"鲁",云、碛作"噜"。《大正藏》校勘记:"鲁 = 噜明下同。"

里(前四个):丽、大、云、金皆作"里",碛作"哩"。梵本皆作 *li*,宜用"里"。

里(后两个):丽、云、金作"里",大、碛作"哩"。对 *li* 宜用"里"。

14. *śrīṣeṇa mṛṣaṃ*　室哩二合曬引拏　沒哩二合衫

śrīṣeṇa:梵本原作 *śrīpaṃṇa*,甲作 *śrīṣāṃṇa*,帝作 *śīṣeṇa*,奥作 *śīrpyeṇa*,田久保校本 *śīrṣeṇa*,桥本校本 *śrīṣaiṇa*,藏 *P. t.* 359 作 *śïrśeṇa*(藏文本上所加的元音符号,先是写了 *e*,又在上面改成了 *ï*)。悉昙字 *pa* 𑖢、*ṣa* 𑖬、*pya* 𑖢𑖿𑖧等彼此形近,这可能是原、奥误将 *ṣa* 写作 *pa*、*pya* 的原因。梵词 *śrīṣeṇa*,阳性名词,国王名。这个词由 *śrī-sena* 构成。*śrī*,阴性名词,财富、繁荣、幸运、吉祥,王权。*sena*,阳性名词,领主、国王。*Śrīśa*(*Śrī*+*īśa*),吉祥天女的丈夫,指毗湿奴。*śīrṣa*,中性名词,头颅,顶上。单数第三格的语尾是°*ena*。不空译本对应的应该是 *śrīṣeṇa*。

mṛṣaṃ:梵本原作 *mṛpaṃ*,甲作 *mṛṣāṃ*,帝、奥作 *varṣaṃ*。田久保校本 *varṣaṃ*,小注录 *MS. No.* 276 *harṣaṃ*。藏 *P. t.* 359 作 *mrïṣam*。梵词 *mṛṣa* = *mṛṣā*,副词,虚妄,徒劳,一般不会有形态变化。《佛教混合梵语词典》认为 *mṛṣa* 是阳性或中性名词,并举出了分别在《法华经》(*Saddharmapuṇḍarīka*)和《大事》(*Mahāvastu*)中出现过的 *mṛṣena* 和 *mṛṣaṃ* 两个形式。*varṣa*,雨;*harṣa*,喜悦。从不空译音来反推,*mṛṣaṃ* 是合适的形式,与前词 *śrīṣeṇa* 有相同的卷舌咝音 *ṣ*,同时颤音 *ṛ* 和 *rī* 读音相近,构成语音上的和谐。

哩(前一处):丽、大、金、碛作"哩";云作"里"。

室哩二合：小注丽、大、云、金、碛各本同，据《大正藏》校勘记，丙本小注作“二合引”。

囉引：丽、大、金、碛“囉”字下有小注“引”，云无。

哩（后一处）：丽、大、云、金作“里”，碛作“哩”。

15. *bulu bulu cala cala*　畞魯畞魯　左羅左羅

bulu bulu：梵本原、藏 *P. t.* 359 作 *bulu* 2，帝、奥作 *culu* 2。悉昙体 *ba* 𑖤、*ca* 𑖓字形相近，帝、奥本可能因此混在一起；并且梵词√*bul*、√*cul* 都有“潜入、再浮出”之义。

cala cala：梵本原、帝、奥一致，藏 *P. t.* 359 作 *tsala tsala*。梵词 *cala*，形容词，晃动的、变易的，古常译作动。来自词根√*cal*，摇动、晃动。

畞（两处）：丽两处作“畒”；大作“畞”；云、金、碛作“畆”。三者互为异体字，以下诸本异文与此同。

羅（两处）：丽、大作“羅”，云、金、碛作“攞”。

16. *cili cili culu culu*　唧里唧里　祖魯祖魯

cili cili：梵本原作 *cili cila*，甲、奥作 *cili* 2，帝作 *cili* 2，藏 *P. t.* 359 作 *tsïlï* 2。词根√*cil*，穿上衣服。

culu culu：梵本原作 *culu culu*，奥作 *cuṭu* 2，帝 *ciṭi* 2，藏 *P. t.* 359 作 *tsulu* 2。词根√*cul*，提高。√*cuṭ*，分开、割断，变小。词根√*ciṭ*，发出。

里（两处）：丽、大、云、金皆作“里”，碛两处作“哩”。对 *li* 宜用“里”。

魯（两处）：丽、大、金作“魯”，云、碛作“嚕”。梵文诸本都没有 *r*-一类音，当取“魯”。

17. *viṭi viṭi śikhi śikhi*　尾置尾置　式弃式弃

viṭi viṭi：梵本原作 *viṭi* 2，奥作 *ciṭi* 2，帝没有文本对应，藏 *P. t.* 359 作 *vïṭï* 2。诸汉译本“尾”字该对 *vi*。悉昙体 *va* 𑖪、*ca* 𑖓字形相近，奥混作 *c*-。词根√*viṭ*，发出声音。

śikhi śikhi：梵本原作 *śikhi* 2，帝、奥作 *śikhi* 4，藏 *P. t.* 359 作 *śïkhï* 2。*śikhin*，头有顶髻，中性单数呼格形式是 *śikhi*。*śikhī*，阴性名词，孔雀冠、顶髻，阴性单数呼格形式是 *śikhi*。

弃(两处):大作“棄”,丽、云、金、碛皆写作“弃”,下条诸本异文与此同。

18. *iṭi viṭi* *śikhi* *śikhi* 壹置尾置 式弃式弃

iṭi viṭi:梵本原作 *iṭi miṭi*;帝、奥作 *iti viṭi*;桥本校本作 *īṭi viṭi*,引录东大本作°*vidhi*;藏 *P. t.* 359 作 *ïṭï vïtï*。不空咒语对音中“尾”字一般对 *v*-。词根√*iṭ*,走向。√*viṭ*,发出声音。

śikhi *śikhi*:梵本原作 *śikhi* 2,帝、奥作 *khi* 4,藏 *P. t.* 359 作 *khï* 3…(底卷有残缺,或和帝、奥本相同,也是四个 *khï*)。汉文本对译作“式弃”,当译 *śikhi*。

尾置:大、云、金、碛同,丽本“尾置”重复了两次。

19. *huju* 10 護祖去、族固反護祖 護祖護祖 護祖護祖 護祖護祖 護祖護祖

huju:梵本原作 *hujra* 4,甲作 *huju* 4,帝、奥作 *juhu* 10,藏 *P. t.* 359 作…*hudzu* 3(在 *P. t.* 359 第 10 页第三行起首位置,写有 *hudzu* 重复三次,底卷本页最右侧残缺,按照上一行 *khï* 3 之后残缺的长度来估计,藏本 *hudzu* 重复的次数应该与帝、奥一样也是十次)。此处 *ju*、*hu* 两个音节前后接连重复,帝、奥切分词时可能是颠倒了两个音节的顺序。梵词 *juhū*=*juhvā*,阴性名词,舌头,辩才天女,词根为√*hve*。另外,√*hu*,祭供、祭祀;√*ju*,催促,促进,激励。悉昙字 *ju*、*jra* 形近,原所作 *hujra* 可能是形误。

此条汉文丽、大、云、金、碛诸本,“護祖”都是重复十次,但第一个“護祖”,丽、大二本在“祖”字下加有小注“去”,金、碛此小注作“去音”,云此无小注。又《大正藏》校勘记:“去+(音)宋、元,(聲)明。”大多数版本都标注“祖”字为去声,这个线索不能忽视,只是梵文本都没有出现长 *ū* 的痕迹,这个现象暂且存疑。另外,“祖”属精母,似乎不宜对 *j*。桥本录“东大本”“祖”字下有小注“族國反”,金刚寺一切经本 *b* 注作“族固反”,她认为“國”是“固”的误写。族,从母,说明清声母的“祖”在此该读浊音。这个现象后文还要分析。

20. *hara hara haraṇe* 賀囉賀囉 賀囉抳引

hara hara:梵本原、帝、藏 *P. t.* 359 同。梵词 *hara*,形容词,取走的、占有的;亦作阳性名词,诃罗,“抢夺者”,是湿婆的称号,源自词根√*hṛ*,带走、抓住。

haraṇe:梵本原、帝、藏 *P. t.* 359 同,奥作 *hara* 2 *ṇe*,桥本校本 *haraṇi*。梵词 *haraṇa*,形

容词,带走、移除;亦作阳性名词,接受者,手臂;亦作中性名词,带走。词根亦是√hṛ。阳性单数依格和阴性单数呼格的语尾都是 *e*。

抳$_{\text{引}}$:[丽]、[大]、[金]、[碛]“抳”字后有小注“引”,[云]无此小注。

21. *jambhe prajambhe*　染陛$_{\text{引}}$　鉢囉$_{\text{二合}}$染陛$_{\text{引}}$

jambhe prajambhe:梵本[原]作 *jaṃbhe prajaṃbhe*,[帝]作 *jambe prajambe*,[奥]作 *jambhe prajambhe*,[藏] *P. t.* 359 作 *dzambhe pradzambhe*。“陛”字並母,不空音系的全浊声母该对梵文的浊送气辅音,[帝]本的 *be* 与汉本不能严格对应。梵词 *jambha*,阳性名词,牙齿、颤抖,也是恶魔名,来自词根√*jambh*(击打、冲撞)。阴性形式 *jambhā*,张口的动作,单数呼格形式为 *jambhe*。*pra-*是前缀,表前面、向前等含义。

染(两处同):[丽]、[云]、[金]作“昝”,[大]作“昝”,[碛]作“染”。《大正藏》校勘记:“昝=染[三]*。”“昝”是“昝”字的异体。“昝”字,《广韵》、《集韵》子感切,精母。“染”字日母琰韵,对 *jam* 很合适,但“昝”“昝”都是出现在较早的版本中,不宜轻易排除。对音谱中两收,后文集中分析。

陛$_{\text{引}}$(两处同):[丽]、[大]、[金]、[碛]“陛”字后加有小注“引”,[云]没有这两条小注。

22. *sarva-duṣṭa maduṣṭāṃ*　薩嚩訥瑟吒$_{\text{二合}}$　麼努瑟鴿$_{\text{二合引}}$

sarva-duṣṭa:梵本[原]、[帝]、[奥]作 *sarva duṣṭa*,[藏] *P. t.* 359 作 *duśṭa*(梵文的三个咝音藏文分不太清,*ś* 应是 *ṣ* 的误记)。*sarva*,形容词,所有、一切。*duṣṭa*,邪恶、恶浊,是词根√*duṣ*(损害、作恶)的过去被动分词形式;亦作阳性名词,恶人。

maduṣṭaṃ:梵本[原]作 *maduṣṭa*,[甲]作 *maduṣṛṃ*,[帝]、[奥]作 *praduṣṭānāṃ*,桥本校本作 *maduṣṭāṃ*,[藏] *P. t.* 359 作 *pradusṭan*。梵词 *duṣṭa* 的单数业格是 *duṣṭam*。*pra-duṣṭa*,极恶。*pra* 𑖢𑖿𑖨、*ma* 𑖦悉昙字形略近,可能导致形讹。汉文本作“麼”,是根据错误的梵音译了。*praduṣṭāṃ* 是阴性单数宾格,*praduṣṭānāṃ* 是复数属格。第 21、22 两句的后词都是前词加 *pra-*,形成语音和构词方式的回环。

瑟鴿$_{\text{二合引}}$:小注[丽]、[大]作“二合”,[金]、[碛]作“二合引”,[云]此无小注。《大正藏》校勘记:“合+(引)[三]。”

23. *jambhemi*　染陛$_{\text{引}}$弭

jambhemi:梵本[原]作 *jaṃtemi*,[甲]作 *jaṃbhemi*,[帝]作 *jambemi prajambemi*,[奥]作 *jambhe-*

mi,田久保校本 *jambhe prajambhe*,藏 *P. t.* 359 作 *dzambhehï*。悉昙字 *bhe* 作𑖥𑖸,*te* 作𑖝𑖸,原形近而误。词根√*jambh*,击打、冲撞,但 *jambhemi* 形式不明。指示代词 *idam* 阴性双数的体、业格形式都是 *ime*,*jambha*+*ime* 可读成 *jambheme*。

染:丽、云、金作"𣑄",大作"昝",碛作"染"。

24. *mama saparivārasya* 麼麼 飒跛哩嚩引囉寫

mama:梵本原、帝、奥一致。藏 *P. t.* 359 作 *bdag la*。梵词 *mama*,第一人称代词 *mad* 的单数属格形式。藏文 *bdag*,第一人称代词,我,自己。*la* 助词,表动作趋向的对象。

saparivārasya:梵本原作 *saparivārasya*,帝作 *saparivārasya sarva sattvānāñ ca*,奥作 *sarva sattvānāṃ ca*,田久保校本 *Svāter bhikṣor mama sarva sattvānāñ ca*。藏 *P. t.* 359 只有与帝、奥的 *sarva* 对应的 *yongs su*(一切、所有),并且是插在后面对应 28、29 两条的文句之中:*sba ba dang yongs su bskyab pa dang* | *yongs su gzung ba dang* | *yongs su bskyang ba dang*。梵词 *sa-parivāra*,有随从伴随的。*sa*-是前缀,表连同、一起;后肢-*parivāra*(*pari*-√*vṛ*),回绕、佛教律藏之附随,古常译作眷属、随行、侍人等等。*sya* 是阳性单数属格。*sattvānām*,众生,复数属格。*Svāti*,比丘名,《大孔雀明王经》中假托的人物,莎底比丘遭蛇咬螫,毒气遍身,受持佛母明王大陀罗尼,苦毒消散。*Svāter bhikṣor* 都是单数离格形式。鸠摩罗什《孔雀王咒经》译作"吉祥比丘"。

25. *rakṣāṃ karomi* 囉乞剎二合引 迦嚕引弭

rakṣāṃ karomi:梵本原作 *rakṣaṃ karāmi*,甲、奥作 *rakṣāṃ karomi*,帝作 *rakṣāṅ karomi*。桥本校本 *rakṣaṃ karomi*,藏 *P. t.* 359 作 *bsrung ba gyïs śïg*。帝的 *rākṣāṅ* 是连声后的形式。"嚕"字下加注"引",正好对长音 *o*。梵词 *rakṣā*,阴性名词,保护、防护,来自词根√*rakṣ*,保护、奉行,单数业格形式是 *rakṣām*。梵词 *karomi*,是第八类动词√*kṛ* 的现在时陈述语气第一人称单数形式,做。藏文 *bsrung ba*,*srung ba* 的未来式,保护、保卫。*gyïs*,*bgyid pa*(做)的命令式,与助词 *śïg* 连用表示命令语气。

乞剎二合引:"乞剎"二字后小注,丽、大、金、碛作"二合引",云作"二合"。

迦:丽、大、云作"迦",金、碛作"屈挽覩迦"。《大正藏》校勘记:"(屈挽覩)+迦三。"有"屈挽覩"的这些本子,在 *karomi* 前多出一个梵词 *kurvantu*,是√*kṛ* 的命令语气主动语态第三人称复数形式。

原、甲作 *tt*-应是形误。梵词 *śānti*，阴性名词，安宁、平静，来自第四类动词词根√*śam*（熄灭、消除），单数业格形式是 *śāntiṃ*。

svastyayanaṃ：梵本原作 *svastyayanāṃ*，帝作 *svastyayana*，奥作 *svastyayanaṃ*。梵词 *svasti-ayana*，中性名词，祝福、吉祥，中性单数业格是 *svastyayanaṃ*。奥最贴切，帝是词干形式，原是阴性形式的单数业格。前肢 *svasti*（*su-asti*），中性名词，好状态，吉祥；后肢 *ayana*，靠近的、前来的。

藏 *P. t.* 359 作 *zhï ba dang dge bar* '…（其后底卷残缺）。*zhï ba*，平静、和平，对应 *śānti*。*dge ba*，吉利、幸福、安乐、舒适，对应 *svastyayana*。

窣底也三合：丽、大作"娑他也二合"，云作"窣底也二合"，金、碛作"窣底也三合"。又据《大正藏》校勘记，宋、元二本作"窣底也三合"，明本作"窣底也二合"。此处对梵文音节 *stya*，"二合"显然是"三合"之误。"他"字透母，不该对 *t*，可能把梵词误作 *svāsthya*（来自 *sva-stha*），中性名词，自立，良好的状态，与 *svasti* 词义相近。

31. *daṇḍa parihāraṃ*　難上拏　跛哩賀引覽引舌呼

daṇḍa-parihāraṃ：梵本原作 *daṇḍa pariharaṃ*，帝、奥作 *daṇḍa parihāraṃ*（帝后又接 *śastra parihāraṃ*）。藏 *P. t.* 359 作…*cha spang ba dang*（*cha* 为本行首字，上一行末尾有残缺）。梵词 *daṇḍa*，阳性名词，棍、杖，又可作惩戒、责罚。梵词 *parihāra*，阳性名词，消除、放弃、避免，单数业格形式是 *parihāraṃ*。*pari*-是前缀，*hāra* 则由词根√*hṛ*（消除、抓住）加后缀 *GHaÑ* 表示行为，符号 *Ñ* 表示词根元音变为三合元音。原中的 *pariharaṃ*，阳性名词，储藏、保留，由词根√*hṛ* 加后缀 *aC* 表示行为，符号 *C* 表示词根元音变二合。汉文诸本"贺引"，该对长音节 *hā*；并且储藏、保留的含义与藏文本意译的也不对应。*śastra*，中性名词，武器。藏文 *spang ba*，*spong ba* 的未来式，舍弃、抛弃，对应 *parihāra*。…*cha*，*cha* 可用作词尾，藏文 *mtshon cha* 就有"武器"的意思，可对应帝本的 *śastra*。

難上："難"字下丽、大不注"上"，云、金、碛有"上"小注。《大正藏》校勘记："難+（上）細註宋、元，（上聲）明。"注"上"应指梵文此处有重音，汉本的看法有分歧，也可能是丽、大的小注有脱漏。

覽：丽、大、云、金作"嚂"，碛作"覽"。《大正藏》校勘记："嚂＝覽三。""嚂"字属山摄寒韵，收-*n* 尾；“嚂”在字书韵书未见注音，“覽”字属咸摄敢韵，收-*m* 尾。这里 *raṃ* 后面接的音节是-*v*，*anusvāra* 按规则该读如同部位的鼻音 *m*，所以取“嚂”字。

嚂引舌呼：“嚂”字下小注，[丽]、[大]作“引舌呼”，[云]作“轉舌呼”，[金]、[碛]作“弹舌呼”。《大正藏》校勘记：“引＝弹[三]。”

32. *viṣa-dūṣaṇaṃ viṣa-nāśanaṃ* **尾灑努引灑喃　尾灑曩引捨難**

viṣa-dūṣaṇaṃ：梵本[原]作 *vipadrāṣaṇaṃ*，[甲]作 *viṣadrāṣaṇaṃ*，[帝]、[奥]作 *viṣadūṣaṇaṃ*。[藏] *P. t.* 359 作 *dug gzhi̇l ba dang*。汉文本“灑”、“努引”，该对ṣa、dū，[原]所作 *pa*、*dra*，是悉昙字 *pa* 𑖢、*ṣa* 𑖬，*dū* 𑖟𑖳、*dra* 𑖟𑖿𑖨形近而误。梵词 *viṣa*，中性名词，毒药。*dūṣaṇa*，中性名词，损害、破坏，由词根√*duṣ*（变坏）添加 *lyuṭ* 词缀-*ana* 构成（*n*-发生了顶音化）。*viṣa-dūṣaṇa* 构成依主释复合词，祛毒。单数业格形式是 *viṣadūṣaṇaṃ*。藏文 *dug*，毒；*gzhi̇l ba*，消除。

viṣa-nāśanaṃ：梵本[原]作 *vipanāśanāṃ*，[甲]作 *viṣanāśanāṃ*，[帝]、[奥]作 *viṣanāśanaṃ*。[藏] *P. t.* 359 作 *dug gsad pa dang*。“灑”该对 *ṣa*，[原]作 *pa*，是悉昙字 *pa* 𑖢、*ṣa* 𑖬形近而误。*nāśana*，中性名词，毁灭，由词根√*naś*（灭亡、消失）添加 *lyuṭ* 词缀-*ana* 构成。*viṣa-nāśana* 构成依主释复合词，祛毒。单数业格形式是 *viṣanāśanaṃ*。藏文 *gsad pa*，杀死。

努：[丽]、[金]作“拏”，[大]、[云]、[碛]作“努”。“拏”字麻韵女加切，不该对 *u*。[丽]、[金]作“拏”应是与“努”形近而误。

努引：[丽]、[大]、[云]此字下有小注“引”，[金]、[碛]无。据《大正藏》校勘记，[宋]、[元]、[明]三本无“引”小注。

33. *sīmā-bandhaṃ dharaṇī-bandhaṃ ca karomi* **枲去引麼引曼鄧　馱囉抳引曼蕩左　迦嚕引弭**

sīmā-bandhaṃ：梵本[原]作 *mīmābandha*，[帝]作 *sīmāvaṃdhan*，[奥]作 *sīmābandhaṃ*。桥本校本录东大本作 *simā-bandhaṃ*。[藏] *P. t.* 359 作 *mtshams gcad pa dang*。“枲”字心母，该对 *s*-，[原]作 *mī*，是悉昙字 *sa* 𑖭、*ma* 𑖦形近而误。梵词 *sīmā*，阴性名词，边界、岸。“曼”字明母，适合对 *ban*，[帝]转录成了 *vaṃ*，大概是由于悉昙字 *ba*、*va* 混淆。√*bandh*，束缚、拘执。加词缀 *aC* 构成名词。符号 *C* 表示重音。*sīmā-bandha* 构成依主释复合词，约束界限，划分（善恶道德之间的）明确界限，保护不受邪恶侵害。单数业格形式是 *sīmā-bandhaṃ*，[原]漏写了 *anusvāra*，[帝]写成了连声后的形式。藏文 *mtshams*，分际、界限。*gcad pa*，*gcod pa*

的未来式，劈砍、割截。*mtshams gcad pa*，斩杀邪灵。

dharaṇī-bandhaṃ ca karomi：梵本原作 *dharaṇī bandhaṃ ca karomi*，帝作 *dharaṇībandhañ ca karomi*，奥作 *dharaṇī bandhaṃ karomi*。藏 *P. t.* 359 作 *sa bcïng ba kyïs śïg*。梵词 *dharaṇī*，阴性名词，大地，与 *dharaṇi* 义同。来自词根√*dhṛ*，支持、支撑、承担。*dharaṇī-bandhaṃ* 是依主释复合词的单数业格形式。梵词 *karomi*，第八类动词词根√*kṛ* 的现在时陈述语气第一人称单数形式，做。*kyïs śïg*，表示命令语气。藏文 *sa*，大地，对应 *dharaṇī*。*bcing ba*，束缚、捆绑，'*ching ba* 的未来式，对应 *bandha*。*sa bcing ba*，束缚大地。

梟$_{去引}$：丽、大、金、碛"梟"字下加小注作"去引"，云无此小注。

麼$_{引}$："麼"字下丽、大、金、碛加小注作"引"，云无注。

嚕$_{引}$：丽、大"嚕"字下无"引"注，云、金、碛有小注"引"。《大正藏》校勘记："嚕+(引)細註三。""嚕"字上声，对译的 *ro* 是长音节，宜加注"引"。

34. *citre citramale* 　唧怛嚛$_{二合引}$　唧怛囉$_{二合}$麼黎

citre：梵本原作 *cittre*，帝、奥作 *citra mūle*，藏 *P. t.* 359 作 *tsïtre tsïtra mule*。梵词 *citra*，形容词，各种各样的、不同的、多样的。来自词根√*ci*，积累、堆积，添加-*tra* 词缀，表示动词词根所表达的行为借以发生的工具或方式。*citrā*，阴性名词，亦为星宿名，角宿。梵词 *mūla*，中性名词，根基。*mūlā*，阴性名词，尾宿。单数呼格形式为 *mūle*。

citramale：梵本原作 *cittramale*，帝、奥作 *citre citra-māle*，藏 *P. t.* 359 作 *tsïtre tsïtra*…（后面残缺）。梵词 *mala*，中性名词，尘垢、污染。来自词根√*mal*，持有、包含。*mali*，阴性名词，持有、占有，词根也是√*mal*，单数呼格的语尾是°*e*。*māla*，阳性名词，田野，村庄附近的树林。*mālā*，阴性名词，花环、花簇，古译作鬘。*Citramāla*，过去佛的一个名号。

嚛：丽、云、金作"[illegible]"，大作"嚛"，碛作"[illegible]"，互为异体字，以下"嚛"字诸本异文皆与此同。

怛嚛$_{二合引}$："怛嚛"二字下小注，丽、大作"二合引"，云、金、碛作"二合"。《大正藏》校勘记："[引]—三。"

黎：丽、大、云、金作"黎"，碛作"嚟"。《大正藏》校勘记："黎＝嚟三。"梵本皆作 *le*，宜用不加口旁的"黎"。

35. *hale halamale* 賀黎 賀攞麼黎

hale halamale:梵本[原]作 *hale halamale*,[帝]、[奥]作 *hale halamāle*。[藏] *P. t.* 359 此处残缺。梵词 *hala*,中性名词,犁,可作为武器,也是法器。来自词根√*hal*,犁田、耕地。

36. *phale phalamale* 頗黎 頗攞麼黎

phale:梵本[原]作 *phale phalamale*,[帝]、[奥]作 *phale phalamāle*。[藏] *P. t.* 359 作…*male*(前面残缺)。梵词 *phala*,中性名词,果,亦是法器。来自词根√*phal*,产生、结果。

37. *khuru khuru* 齲嚕齲嚕

khuru khuru:梵本[原]作 *kharu* 2,[甲]、[奥]作 *khuru* 2,[帝]作 *khulu* 2,[藏] *P. t.* 359 作 *khururu khuru khuru*。词根√*khur*,切断。*khurukhuru*,拟声词,喘息声。

嚕(两处):[丽]、[大]作"魯",[云]、[金]、[碛]作"嚕"。

38. *khara varuṇi* 佉$_{上}$囉 嚩嚕抳

khara-varuṇi:梵本[原]作 *kharavaruṇe*,[帝]作 *khulu varuṇe khuluvaruṇi*,[奥]作 *varu* 2 *ṇe*,[藏] *P. t.* 359 作 *khuru khuru varuṇe varaṇa*。梵词 *khara*,形容词,坚硬的、严厉的。*varuṇa*,阳性名词,吠陀时代最高的神,史诗时代的水神。对应的阴性形式 *varuṇī*,单数呼格为 *varuṇi*。

39. *vīre eye* 味$_{引}$嚇$_{引}$ 曀曳$_{引}$

vīre:梵本[原]、[帝]作 *vīre*,[藏] *P. t.* 359 作 *vīrē*,[奥]没有词句与此对应。梵词 *vīra*,阳性名词,英雄。来自词根√*vīr*,使强大的、使英勇的。收-*ā* 尾阴性的单数呼格形式是 *vīre*。

eye:梵本[原]作 *eye*,[帝]作 *eme*,[奥]和[藏] *P. t.* 359 没有词句与此对应。"曳"字以母,该对 *ye*,不对 *me*。悉昙字 *ye* 𑖧𑖸、*me* 𑖦𑖸形近而讹。

味$_{引}$嚇$_{引}$:[丽]、[大]、[金]、[碛]"味"与"嚇"字下皆有小注"引",[云]两处皆无。

曳$_{引}$:[丽]、[大]、[金]、[碛]有小注"引",[云]无。

40. *aru maru* 阿嚕麼嚕

aru maru:梵本[原]作 *aru maru*,[帝]作 *arumbataru maraṇe dhīredhaye*,[奥]作 *dhīre dhaye*,[藏] *P. t.* 359 作 *dhaye*,与[帝]后接一部分相同。梵词 *aru*,阳性名词,太阳。*maru*,阳性名词,荒漠。其他版本中的梵词 *maraṇa*,中性名词,死亡,来自词根√*mr̥*,死。*maraṇe* 是阴性单数呼格的形式。*dhīra*,阳性名词,智者,智能海。*dhaya*,吮吸的、饮用的,来自词根√*dhe*(吮

吸、饮用）。

阿：丽、大“阿”字下无注，云、金、碛有小注“引”。《大正藏》校勘记：“阿+（上）細註宋、元，（上聲）明。”

嚕（前一处）：丽、大作“魯”，云、金、碛作“嚕”。

41. *suru-suruke vara-varake varake* 素嚕素嚕計 嚩囉嚩囉計 韈囉計

suru suruke：梵本原作 *surusuruke*，帝、奥作 *suru* 2 *suru* 2 *ke*。藏 *P. t.* 359 作 *suru* 2 *muru* 2。藏本作 *mu*，可能是所据梵本 *su* 𑖭𑖲、*mu* 𑖦𑖲形近而误。词根√*sur*，统治；√*mur*，包围、缠绕、捆绑。

vara varake：梵本原作 *vara varake*，帝、奥作 *cara* 2 *ke*。藏 *P. t.* 359 作 *vara varagke*。梵词 *vara*，形容词，好的，来自词根√*vṛ*，选取。*varaka*，阳性名词，披风。阴性单数呼格形式是 *varake*。

varake（后一处）：梵本原作 *varakke*，帝、奥作 *carakke*（帝后接 *cihi*2），藏 *P. t.* 359 没有词句对应。帝、奥作 *ca*，应是悉昙字 *ca* 𑖓、*va* 𑖪形近而误。

韈囉計：丽、大、云作“韈囉計”，金、碛作“韈囉韈囉計”。梵本对应之处 *vara* 没有重复两次的，校本作“韈囉計”。

42. *viri hiri* 尾哩呬哩

viri hiri：梵本原、帝、奥、藏 *P. t.* 359 一致。词根√*vṛ*，第九类动词，选择。√*hṛ*，第一类动词，带走、摧毁。

此条之后还有几句意译，从略。

43. *elā melā ili melā tili tili melā* 曀攞引謎攞 壹里謎攞 底里底里謎攞

elā melā：梵本原、帝、奥、藏 *P. t.* 359 一致。梵词 *elā*、*melā*，都可以指巨大的数字。

ili melā：梵本原、帝、奥、藏 *P. t.* 359 一致。梵词 *ilī*，阴性名词，短剑状的木棍，武器名。

tili tili melā：梵本原作 *tili tili melā*，帝、奥作 *tili melā*，藏 *P. t.* 359 作 *tĭlĭ tĭlĭ mel*…（后面残缺）。词根√*til*，去。

攞（第一处）：丽作“羅”，大、云、金、碛作“攞”。

謎（第一处、第三处）：丽、大、云、金作“謎”，碛作“讔”。

里(三处):碛作“哩”,丽、大、云、金皆作“里”。梵本皆作 *li*,当对不加口旁的“里”。

44. *tihā duha* 底賀努賀

tihā duha:梵本原作 *tihādraha*,甲作 *tihāduha*,帝、奥作 *tiha duha*(帝、奥都后接 *tili māti*),藏 *P. t.* 359 此处残缺。梵词 *tihan*,阳性名词,疾病,单数体格形式是 *tihā*。词根√*duh*,挤出。悉昙字 *dra* 𑖟𑖿𑖨和 *du* 𑖟𑖲形体略近,原误作 *dra*。梵词 *māti*,阴性名词,测量、观念,来自词根√*mā*(测量),添加 *KtiN* 词缀构成。

45. *vimā dumā esu dumā* 尾麼引 努麼引 曀蘇 努鼻麼引

vimā dumā:梵本原作 *vimā damante*,甲 *da* 作 *du*,帝作 *mādu vimādhu*,奥作 *mādu*。藏 *P. t.* 359 此处残缺。这一部分梵文诸本错乱比较严重。*vi*-√*mā*,测量、安排。*madhu*,中性名词,蜜。

esu dumā:原作 *esu dubā*,帝作 *sādhusu kustā* 2,奥作 *mādhi mādhū*,藏 *P. t.* 359 作…*dhusu*(前面有残缺)。*esu dumā* 等梵词不明。参照汉文本,将原的 *bā* 改为 *mā*。桥本校本录东大本作 *esu duma*。

麼引(第二处):“麼”字下丽、人、金、碛有小注“引”,云无此小注。

蘇上:“蘇”字下丽、大无小注,云、金、碛有小注“上”。据《大正藏》校勘记,宋、元二本小注作“上”,明本小注作“上聲”。

努鼻麼引:丽、大作“努鼻麼引”,云作“努麼鼻”,金作“努鼻摩引”,碛作“努鼻嚩引”。照着汉文本反推,丽、大、云、金对的是 *dumā* 或 *dumbā*(云大概脱漏了小注“引”),碛对的应是 *dumvā*。

46. *sumā tumbā sama-tumbā* 遜麼引 頓麼引 三麼頓麼

sumā:梵本原作 *suba*,甲作 *sraba*,帝作 *sukumbhā*,奥作 *sukumbhe sumbā*,藏 *P. t.* 359 作 *kumbha sumbha*。梵文诸本只有原与汉译相对来说比较接近。梵词 *suma*,阳性名词,月亮。但以-*a* 结尾的阳性名词,变格没有带-*ā* 语尾的形式,此处且存疑。大概是因为咸摄缺少合口字,所以用臻摄字“遜”对 *sum*。下文“頓”对 *tum* 也该是这样。甲应该是悉昙字 *sra* 𑖭𑖿𑖨、*su* 𑖭𑖲形近而误。其他梵词解析如下。*kumbha*,阳性名词,罐子。*sumbha*,阳

性名词，族群名、国名。又有 *sumbhā*，阴性名词，女神名。

tumbā：梵本[原]、[奥]作 *tumbā*，[帝]作 *tumbā* 2，[藏] *P. t.* 359 作 *tumbha*。最接近汉文本的形式是[帝]。其他梵词解析如下。*tumba*，阳性名词，长葫芦；*tumbā*，阴性名词，牛奶桶。

sama-tumbā：梵本[原]作 *samatuṃ*，[帝]作 *samatumbā*，[奥]作 *samatumvā*，[藏] *P. t.* 359 作 *sama tumbha*。梵词 *sama*，同样的、相等的。

麽（第一、二、四处）：[丽]、[大]作"麽"，[云]、[金]、[碛]作"嚩"。

麽$_{引}$（第一、二、四处）："麽"字下[丽]、[大]、[金]、[碛]有小注"引"，[云]无小注。

三：[云]"三"字下加注"去"，[丽]、[大]、[金]、[碛]无此小注。

47. *āḍe nāḍe kula kuva naḍe*　阿$_{去引}$妳　曩$_{引}$妳　矩攞矩嚩曩妳

āḍe nāḍe：梵本[原]作 *āve nāḍe*，[帝]作 *aḍe nāḍe*，[奥] *āḍe nāḍe*，[藏] *P. t.* 359 作 *āḍe naḍe*。梵词 *āḍi*，阴性名词，一种水鸟，单数呼格形式为 *āḍe*。*nāḍa*，中性名词，莲茎。

kula kuva naḍe：梵本[原]作 *kula kuva naḍe*，[帝]作 *nila kuñja nāḍe*，[奥]作 *tila kuñja nāḍe*，[藏] *P. t.* 359 作 *tïla kundza naḍe*。梵词 *kula*，中性名词，家族，来自词根√*kul*（积累）。*kuva*，中性名词，睡莲。*nīla*，阳性名词，青色、蓝色。*tila*，阳性名词，芝麻。悉昙字 *na* 𑖡、*ta* 𑖝形近易误。*kuñja*，阳性名词，藤萝亭。

妳（第二处）：[丽]作"你"，[大]作"嬭"，[云]、[金]、[碛]作"妳"。

嚩：[丽]、[大]、[云]作"嚩"，[金]、[碛]作"攞"。《大正藏》校勘记："嚩 = 攞[三]。"[金]、[碛]、[宋]、[元]、[明]对译的梵本应是 *kulakula*-。

48. *varṣatu devaḥ*　嚩囉灑$_{二合}$靓　祢嚩$_{无博反}$

varṣatu devaḥ：梵本[原]作 *varṣatu vevaḥ*，[帝]作 *varṣatu deva*，[奥]作 *varṣatu devaḥ*。[藏] *P. t.* 359 作 *lhas…char phob śïg*。字词的分析见第 6 句。

49. *ilikisi*　伊$_{上}$里枳枲

ilikisi：梵本[原]作 *ilakisi*，[帝]、[奥]、[藏] *P. t.* 359 作 *ilikisi*。词根√*il*，来、发送。梵词 *kisa*，阳性名词，太阳的侍从。

里：[丽]、[大]、[云]、[金]作"里"，[碛]作"哩"。[碛]作"哩"可能是误写，也可能[碛]根据的梵本作 *iri*。词根√*ir*，去。

50. *samantena*　三曼帝曩

samantena：梵本原、帝、奥一致。藏 *P. t.* 359 作 *kun du*。梵词 *sam-anta*，形容词，全部的。藏文 *kun* 与之同义。

51. *navamāsa dasamāsa*　曩嚩麼$_{引}$娑　娜娑麼$_{引}$娑

nava-māsa：梵本原作 *navamāsā*，帝作 *navamāsan*，奥作 *navamāsān*。梵词 *nava*，基数词九。*māsa*，阳性名词，月份、月。*nava-māsa*，九月。

dasa-māsa：梵本原作 *dasamasa*，甲作 *dasamāsa*，帝、奥作 *daśamāsān*。梵词 *daśa*，基数词十，巴利语作 *dasa*。汉文本用心母字“娑”来对译巴利式的音 *sa* 而不是梵音 *śa*。

藏 *P. t.* 359 作 *zla ba dgu 'am* | *zla ba bcur*。*zla ba dgu*，九月；*zla ba bcu*，十月；*'am*，连词，或者。

麼$_{引}$娑（前一处）：丽作“麼沙”，大作“麼娑$_{引}$”，云、金、碛作“麼娑”。“沙”字生母，该对ṣa，大概是“娑”的误写。“麼”字诸本都没有加注“引”的，对的是长音节 *mā*，此处参照“娜娑麼$_{引}$娑”的情形，将大的“麼娑$_{引}$”改为“麼$_{引}$娑”。

麼$_{引}$娑（后一处）：丽、大作“麼娑$_{引}$”，云、金、碛作“麼$_{引}$娑”。又据《大正藏》校勘记，宋、元、明三本此处作“麼娑”，无小注“引”。此处对译的梵词是 *māsa*，“麼”字《广韵》上声亡果切，如果不加注“引”，不太适合对长音节 *mā*，云、金、碛的“麼$_{引}$娑”更为合适。

52. *maitrī me*　昧$_{引}$怛哩$_{二合}$谜

maitrī me：梵本原作 *maitrīma*，甲、帝、奥作 *maitrī me*。藏 *P. t.* 359 作 *ngas*… *byams pas*。梵词 *maitrī*，阴性名词，仁慈。*me* 是第一人称代词的单数为格的附着形式。藏文 *byams pa*，仁慈。*nga*，第一人称代词，我。

怛哩$_{二合}$谜：丽、大作“怛哩谜$_{二合}$”，云、金、碛作“怛哩$_{二合}$谜”。据《大正藏》校勘记，宋、元、明三本亦作“怛哩$_{二合}$谜”。梵词作 *trī*，“二合”显然应该加在“哩”字下。

53. *sarva-sattveṣu*　薩嚩　薩怛微$_{二合引}$數

sarva-sattveṣu：梵本原作 *sarva satvaṣu*，甲 *tva* 作 *tve*，帝、奥作 *sarva sattveṣu*。藏 *P. t.* 359 作 *sems can thams cad la*。梵词 *sarva*，形容词，一切。梵词 *sattva*，阳性名词，众生。*sarva-sattva* 构成持业释复合词，阳性复数依格形式是 *sarvasattveṣu*。藏文 *sems can thams cad*，一切众生。

微：丽、大作“微”，云、金、碛作“吠”。《大正藏》校勘记：“微=吠三。”

54. *busaḍe budāriṇi*　畝薩妳　畝娜$_{\text{引}}$哩抳

busaḍe：梵本原作 *busaḍe budāriṇi*，帝作 *vusare* 2 *buṣaḍe śavariṇi budāriṇi* 2，奥作 *vusaḍe śavaliṇi vudāriṇi* 2。藏 *P. t.* 359 作 *busaḍe buḍaraṇï*（第 5 页作 *buraṇï budaraṇï*）。梵词不明。

畝：丽作“䰭”，大作“畝”，云、金、碛作“畆”，互为异体字。

55. *kevaṭṭe kevaṭṭaka-mūle*　計嚩擿　計嚩吒迦　慕隸

kevaṭṭe kevaṭṭaka-mūle：梵本原作 *kevaṭake vaṭakamule*，帝作 *kevaṭṭe kevaṭṭaka-mūle*，奥作 *kevaṭṭe kevaṭṭa-kamūle*。藏 *P. t.* 359 作 *kevaṭake vataka*…*u*…（能辨认出一个元音 *u* 的符号，后面底卷残缺；第 5 页作 *kevadṭe kevadṭa kemu'ule*）。*kevaṭṭa*，巴利语阳性名词，渔夫，相当于梵词 *kaivarta*。梵词 *kaivartaka*，阳性名词，渔夫，对应的巴利语形式为 *kevaṭṭaka*。*mūla*，中性名词，根基，添加-*ā* 尾变为阴性，单数呼格形式为 *mūle*。

嚩：丽作“縛”，大、云、金、碛作“嚩”。对 *va* 习惯上用“嚩”。下一条的“嚩”各本异文与此同。

隸：丽、云作“㘑”，大、金、碛作“隸”。此对 *le*，当从“隸”。

56. *iti śavare*　伊$_{\text{上}}$底　攝嚩㘑

iti śavare：梵本原、奥作 *itiśavare*，帝作 *iti savare*。藏 *P. t.* 359 第 11 页此处残缺，第 5 页作 *ïtï śavale*。梵词 *iti śavare* 不明。*iti*，表引语的不变词。*śavara*，形容词，斑驳的、混合的。

57. *tumbe tumbe*　覩迷$_{\text{鼻}}$　覩迷$_{\text{引}}$

tumbe tumbe：梵本原作 *tuvo tuve*，帝、奥、藏 *P. t.* 359 作 *tumbe* 2。田久保校本 *tuṃbe tuṃbe*。梵词 *tumba*，阳性名词，长葫芦；*tumbā*，阴性名词，牛奶罐子。印度神话中，世界仿佛一只装满牛奶的罐子。

覩迷$_{\text{鼻}}$覩迷$_{\text{引}}$：汉译诸本差别较大，丽作“覩迷$_{\text{鼻}}$覩迷$_{\text{引}}$”，大作“覩迷鼻覩迷$_{\text{引}}$”，云作“覩吠覩吠”，金作“都吠吠覩都吠$_{\text{引}}$”，碛作“頓$_{\text{鼻}}$吠覩頓吠$_{\text{引}}$”。又据《大正藏》校勘记，宋、元、明三本作“頓$_{\text{鼻}}$吠覩頓吠”。大的“鼻”字显然本该是小注。照着这些汉文本反推，丽、大对的大概是 *tumbe tumbe*，云是 *tuve tuve*，金是 *tuve vetu tuve*，碛和《大正藏》对校的宋、元、明三本大概是 *tumve tutumve*。云大致和原能对应。

58. *priyaṃ kare* 畢哩$_{\text{二合}}$孕 迦𡁠

priyaṃ kare：后词 *kare* 无异文，做，来自词根√*kṛ*，做。前词 *priyaṃ*，原作 *yiyuṃ*，甲作 *piyuṃ*，帝作 *priyaṃ*，奥作 *priyaṅ*，藏 *P. t.* 359 作 *prïyaṅ*。原作 *yi*，是悉昙字 *pa* 𑖢、*ya* 𑖧 形近而讹。梵词 *priyaṃ*，中性名词，可爱、欢喜，爱人、情人，来自词根√*prī*，欢喜。依主释复合词 *priya-kara*，做令人欢喜之事的，古译作爱作、爱敬。

59. *āvaṭṭe parivaṭṭe* 阿$_{\text{引}}$嚩穌 跛哩嚩穌

āvaṭṭe：梵本原作 *avaṭṭe*，帝、奥作 *āvaṭṭe*，藏 *P. t.* 359 作 *savadṭe*（*sa* 由 *a* 形近而误：*sa* 𑖭、*a* 𑖀，第 5 页作 *avadṭe*）。词根√*vaṭṭ*，在……上、向着。*vaṭṭa*，形容词，圆的。*ā*-是表示向着、围绕的前缀。

parivaṭṭe：梵本原作 *parivaṭṭi*，帝、奥作 *parivaṭṭe*，藏 *P. t.* 359 作 *parïvadṭē*（第 5 页作 *parïvadṭe*）。前缀 *pari*-，表示围绕、增加。

阿$_{\text{引}}$：丽、大"阿"字下注"引"，云小注"去"，金、碛作"去引"。《大正藏》校勘记："（去）+引宋、元，（去聲）+引明。"

60. *navodakena varṣatu devo* 那舞$_{\text{引}}$那計$_{\text{引}}$曩 嚩囉灑$_{\text{二合}}$覩 祢$_{\text{引}}$舞$_{\text{引}}$

navodakena：梵本原、奥作 *navodakena*，帝作 *navodakeṇa*。帝本大概误用了梵词卷舌化规则。该规则要满足-*n*-前有 *ṛ*、*ṝ*、*r*、*ṣ* 等音，该词不符合条件，不需要顶化。梵词 *nava*，新鲜的、年轻的。*udaka*，中性名词，水。单数具格形式是 *navodakena*。

varṣatu devo：梵本原作 *varṣatu devo*，帝、奥作 *varṣatu devaḥ*（奥后又接 *samantena*）。"舞"该对 *vo*，*aḥ* 在浊辅音前变为 *o*，原是正确的形式。奥后接 *s*°，*visarga* 不变也是正确的形式；帝后接 *n*°，但 *aḥ* 没有变 *o*。

藏 *P. t.* 359 *lhas chu sar pa'ï char phob śïg*。藏文 *chu*，水。*sar pa*，新鲜的。*lhas*…*char phob śïg* 相当于 *varṣatu devaḥ*。

計$_{\text{引}}$、舞$_{\text{引}}$：此二字下丽、大、金、碛有小注"引"，云无小注。

61. *namo bhagavato* 曩謨$_{\text{引}}$婆誐嚩姤

namo bhagavato：梵本原作 *namā bhagavato*，甲、帝、奥作 *namo bhagavate*，藏 *P. t.*

359 作 *namo bagavate*。

婆：丽、大作“娑”，云、金、碛作“婆”。《大正藏》校勘记：“娑＝婆三。”此处对 *bha*，“娑”应该是“婆”的形误。又，云“婆”字下加有小注“去”，理据似不充分，此处 *bha* 是短音节。

姤：“姤”字下，丽、大无小注，云、金、碛加有小注作“至此處所有求願應可殷懃稱説”。又据《大正藏》校勘记，宋、元、明三本与云、金、碛同。

62. *indra* 印捺囉$_{二合}$

indra：梵本原、帝、奥、藏 *P. t.* 359 一致。梵词 *indra*，阳性名词，因陀罗（神名）、主人。奥 *indra* 与下文 *gomisikāya* 连为一句，金、碛汉文两处也连为一句。其他梵本和汉本则拆开了。

63. *gopasikāya iṭṭiṭṭāya* 遇$_{引}$跛臬迦$_{引}$野 壹置吒$_{引}$野

gopasikāya：梵本原作 *gopasikāya*，帝作 *gomi-ikāya*，奥作 *gomisikāya*，藏 *P. t.* 359 作 *gopïsïkaya*（第 5 页作 *gomïsïkaya*）。梵词 *go*，阳性名词，公牛。*pasikāya* 梵词不明。形近的词有 *pāśika*，阳性名词，猎人。*pāśaka*，阳性名词，绢索。源自√*paś*（绑紧）。

iṭṭiṭṭāya：梵本原作 *iṭṭiṭṭaya*，帝、奥作 *iṭṭiṭṭāya*，田久保校本 *iṭṭitāya*，录 *MS. No.* 291 *iṭṭ itāye*，藏 *P. t.* 359 作 *ïdṭïdṭaya*。梵词不明。

遇$_{引}$：丽、大、金、碛“遇”字下有小注“引”，云无。三个梵本相应位置是 *go-*，“遇”是去声，加不加“引”都可以。下一条的“遇”字，诸本异文与此同。

吒$_{引}$：“吒”字下丽、大、云无“引”注，金、碛有“引”。《大正藏》校勘记：“吒＋（引）細註三。”

64. *godohikāya bhṛṅgārikāya* 遇$_{引}$怒$_{引}$呬迦$_{引}$野 勃啵$_{二合}$誐$_{引}$哩迦$_{引}$野

go-dohikāya：梵本原作 *godohikoya*，帝、奥作 *godohikāya*，藏 *P. t.* 359 作 *godïhïkaya*。

bhṛṅgārikāya：梵本原作 *bhṛṃgārikāya*，帝、奥作 *bhṛṅgārikāya*，藏 *P. t.* 359 作 *bhrïṅgarïkaya*。梵词 *bhṛṅgārikā*，阴性名词，蟋蟀。*bhṛṅgāra*，中性名词，金子，也作阳性或中性名词，指金色的水罐或花瓶。

迦$_{引}$（前一处）：丽、大、金、碛小注作“引”，云作“去”。

唛：丽、云作“唛”，大、金、碛作“陵”。梵词相应位置是颤音ṛ，该用有“口”旁的“唛”更合适。

誐引：丽、大、金、碛有小注“引”，云无。

迦引（后一处）：丽、大、云有小注“引”，金、碛无。

65. *ale tale kuntale*　阿黎多黎　君去多黎

ale tale：梵本原作 *āle tele*，帝、奥、藏 *P. t.* 359 作 *ale tale*。梵词 *ala*，中性名词，蝎子或蜜蜂的尾刺。*tala*，阳性或中性名词，表面、地面、手掌、脚掌。汉本“阿”和“多”都没有加注“引”，而且帝、奥、藏都作短 *a*，校本从帝、奥、藏。

kuntale：梵本原作 *kuntala*，甲、帝、奥、藏 *P. t.* 359 作 *kuntale*（帝、奥后接 *aṭṭe naṭṭe kunaṭṭe*，藏 *P. t.* 359 后接的部分作 *adṭe nadṭe kunadṭe*）。梵词 *kuntala*，阳性名词，束发、犁。*aṭṭa*，不变词，崇高的。

君：丽、大“君”字下无注，云、金、碛注“去”。《大正藏》校勘记：“君+（去）細註宋、元，（去聲）明。”在梵语诗律当中，复辅音前的短元音也算长音节，加注“去”的本子可能是为了说明这一点。

66. *āśane pāśane*　阿引捨寧　播捨寧

āśane：梵本原、帝、奥同作 *āśane*，藏 *P. t.* 359 作 *aśane*。梵词 *āśana*，阳性名词，国王名。*aśani*，阴性名词，雷电，单数呼格 *aśane*。

pāśane：梵本原、帝、奥一致，作 *pāśane*，藏 *P. t.* 359 作 *paśane*。

阿引：“阿”字下丽、大加注“引”，云注作“去”，金、碛作“去引”。《大正藏》校勘记：“引＝去引宋、元，去聲引明。”

寧（两处）：丽、云、金作“寧”，大、碛作“顊”。两处对应的梵文 *ne* 是长音，“顊”在上声迥韵，“寧”在平声青韵，校本取“寧”字。后一处“寧”字，丽、大二本有小注“引”。

67. *pāpanikule*　播跛顊矩黎

pāpanikule：梵本原作 *pāpanākule*，帝、奥作 *pāpanikule*（帝后接 *pratikule*，奥后接 *pratikūle*），藏 *P. t.* 359 作 *pāpānï ku'ule*（第 5 页作 *papanï ku'ule*）。梵词 *pāpa*，恶人。*kula*，

中性名词，家族、家属。*ni-kūla*，向下走，源自√*kūl*，阻碍。*pratikūla*，中性名词，对立、违背。阴性形式是添加-*ā* 尾，单数呼格形式是 *pratikūle*。

播：丽、大、云无“引”注，金、碛有。《大正藏》校勘记：“播+（引）細註三。”“播”本是去声字，该对长音，校本不再加注“引”。

68. *namo bhāgavatānāṃ* 曩謨引 婆去誐嚩跢引南

namo bhāgavatānāṃ：梵本原作 *namo bhagavatānāṃ*，帝、奥作 *namo bhagavatāṃ*（后都接有 *buddhānāṃ*）。藏 *P. t.* 359 作 *sangs rgyas bcom ldan 'das rnams la phyag 'tshal lo*（第 5 页对应之处少一个 *rnams*）。*namas*，礼敬、膜拜。*bhagavat*，阳性名词，尊者、世尊，复数属格形式为 *bhagavatāṃ*。经文中的语尾是-*ānāṃ*，可能是当成以 *a* 收尾的名词变格了。或者理解成 *bhāgavata*，阳性名词，世尊的追随者。汉文本“婆”字都加注“去”，对的该是长音 *bhā*。藏文 *sangs rgyas*，对应帝、奥后接的 *buddha*。*bcom ldan 'das*，对应 *bhagavat*。*rnams*，表复数。*phyag 'tshal*，顶礼、礼敬。对应 *namas*。

謨引：云没有“引”注。

南：丽、云、金作“南”，大、碛作“喃”。南，那含切，泥母；喃，女咸切，娘母。此对 *n*°，用泥母字“南”更合适。

69. *sidhyantu mantrā padā svāhā* 悉鈿覩 滿怛囉二合引 鉢娜引 娑嚩二合引賀引

sidhyantu mantrā padā svāhā：梵本原作 *sidhyantu mantrayada svāhā*；奥、藏 *P. t.* 359 作 *svāhā*（藏 *P. t.* 359 第 5 页作 *gsang sngags kyï tshïg rnams grub par gyurd cïg*），帝没有文本与此条对应。田久保校本 *sidhyantu mantrā padāḥ svāhā*，桥本校本 *sidhyaṃtu mantrā padā svāhā*。词根√*sidh*，完成、成就，命令语气主动语态第三人称复数形式是 *sidhyantu*。梵词 *mantrā*，阴性名词，真言。由√*man*（思考）+*tra*（工具或方式）构成。*pada*，词、句，此为-*ā* 尾的阴性单数体格形式。藏文 *gsang sngags*，密咒，对应 *mantrā*。*tshïg*，言词、语句，对应 *padā*。*grub pa*，成立、成就。*gyurd cïg* 表命令语气。

怛囉二合引：云、金、碛注仅有“二合”，无“引”。“囉”平声字，可对长音，没有小注“引”也可以。

娜：丽、云、金、碛作“娜”，大作“那”。《大正藏》校勘记：“那=娜三。”

娑嚩二合引：丽、大、云注“二合”，金、碛注“二合引”。《大正藏》校勘记：“合+

(引)三。”此处对译的是长音节 *svā*,以加注“引”为宜。

三、声母的对音

利用整理好的校本归纳对音音系是文本校勘的目的所在。本文的材料相对有限,暂时只在对音谱(见附录)的基础上讨论声母的对音规律。等材料汇集多了再讨论韵母。

按梵文字母表给辅音分组,以实际出现的辅音为准。比如 *K* 组本应包括 *k*、*kh*、*g*、*gh*、*ṅ* 五个辅音,本文只依次列出这篇咒语中实际出现的含有 *k*、*kh*、*g* 的音节及对应的汉语声母和例字,其他各组均同。

(一)K 组

1. *k*(见)迦 11 計 6 訖 3 枳 3 矩 3 緊 1 君 1

2. *kh*(溪)弃 4 齲 2 佉 1 契 1 乞 1(对 *kṣ* 中的 *k*)

3. *g*(疑)誐 3 遇 3 仡 1 虞 1

按本文的材料,梵文的 *k*,不空全用见母字对,*kh* 全用溪母字,浊不送气的 *g* 全用次浊的疑母字来对,干干净净没有例外。

“囉乞劊二合”对 *rakṣāṃ*,说明 *kṣ* 读[k^{h}tʂ^h],*k* 该读成[k^h],不能受拉丁转写的影响。

(二)C 组

1. *c*(精)喞 4 左 3 祖 2

2. *j*(日)染 3 尒 2(精、从)祖族固反 10(精)昝 3

梵文 *c* 出现的对音字,全部为精母。*j* 是不送气浊音,该对次浊声母。精组声母中没有次浊的,用章组日纽来对 *j* 是退而求其次。然而本段材料中出现多次用精母对 *j* 的现象,可能不是偶然的。“祖”对 *ju* 有 10 次之多,各个版本没有分歧;*jam* 在时代较早的丽、云、金译中作“昝”,亦是精母。背后的原因值得细致揣摩。不选对应的全浊从母字,应该是考虑到全浊声母读送气浊音,该对 *jh* 而不宜对 *j*。之所以用精母字来对 *j*,是利用其不送气的特点来对应梵文不送气浊音,有的本子在这些精母字下加注反切读成浊音,这就和梵语的 *j* 更相近了。

(三)Ṭ组

1. *ṭ*(知)置 5 吒 3 觘 2 鴾 1 擿 1

2. *ḍ*(娘)拏 5 妳 4

3. *ṇ*(娘)抳 4 喃 2 拏 1

ṭ 整齐地对知母字。浊不送气的 *ḍ* 和鼻音 *ṇ* 同用娘母字对,没有例外出现。

(四)T 组

1. *t*(端)怛 9 底 8 覩 8 多 3 帝 3 跢 2 單 2 頓 2 妬 1

2. *th*(透)他 1

3. *d*(泥)努 7 祢 3 娜 3 怒 2 你 1 那 1 捺 1 腩 1 難 1 嫩 1 耨 1 訥 1

4. *dh*(定)鈿 4 馱 1 蕩 1 鄧 1

5. *n*(泥)曩 10 南 3 寧 2 那 1 顙 1 難 1

全清端母对梵文的 *t*,次清的透母对 *th*。全浊的定母只对浊送气的 *dh*,没有出现对 *d* 的。次浊的泥母对不送气的浊塞音 *d* 和鼻音 *n*。

(五)P 组

1. *p*(帮)跛 9 播 4 鉢 3 畢 1

2. *ph*(滂)頗 2

3. *b*(明)畝 4 麼 2 曼 2

4. *bh*(並)陛 3 婆 2 勃 1 比頻逸反 1

5. *m*(明)麼 15 弭 9 謎 4 謨 2 滿 2 目 2 迷 2 沒 1 摩 1 慕 1 昧 1 曼 1

帮母对 *p*,滂母对 *ph*,全浊並母全部对 *bh*,没有出现对 *b* 的,次浊明母对 *b* 和 *m*。

(六)半元音

1. *y*(以)野 5 也 2 曳 1 孕 1 焰 1

2. *r*(来)囉 24 哩 13 嚕 9 啸 4 嚹 1

3. *l*(来)里 21 黎 9 攞 8 魯 6 羅 2 隸 1

4. *v*(微)嚩 24 尾 7 舞 3 韈 2 味 1 微 1

梵文的四个半元音，*y* 整齐地用以母字对。*r*、*l* 都用来母字对，但对颤音 *r* 的时候就用带上“口”旁的来母字对，有时还要加小注“转舌呼”，都是提示 *r* 与 *l* 的不同。

v 用微母字对的有 38 例，其中只有“微”字有的版本是奉母字。*sattveṣu* 對“薩怛微$_{二合}$數”，对 *ve* 的字，丽、大作“微”，云、金、碛作奉母的“吠”（《大正藏》对校的宋、元、明三本也作“吠”），不能排除刊刻时有改动。

（七）咝音

1. *ś*（书）捨 4 式 4 設 2 室 1 扇 1 攝 1

2. *ṣ*（生）灑 7 瑟 2 數 1 曬 1 衫 1

3. *s*（心）娑 5 薩 4 枲 3 蘇 3 三 3 颯 3 素 2 窣 1 悉 1 遜 1 寫 1

梵文的 *ś* 对书母字，*ṣ* 对生母字，*s* 对心母字，非常整齐，没有混乱的情况。

（八）h、kṣ 和以元音开头的音节

1. *h*（晓）呬 5（匣）護 12 賀 9 憾 1

2. *kṣ*（初）創 1

3. 梵文以元音开头的音节：（影）阿 7 伊 5 噎 3 壹 3 嗢 2 印 1

晓匣二纽同对梵文的 *h*，匣母混入晓母。初母字“創”对 *kṣ*，是读［$tʂ^h$］，上文已说明过了。梵文以元音开头的音节都用影母字对。

（九）小结

与刘广和先生先前研究的结论相比，本文声母的对音规律更加集中，例外很少出现。刘广和先生指出不空译咒材料中，次浊声母对梵文不送气的浊塞音、塞擦音和鼻音，全浊声母对送气的浊塞音、塞擦音，但是每组声母的对音情况大体都会有例外，比如群纽“衹伽健具笈茄近覲”8 字对 *gh*，其中有的对过 *g*，“祁殑乔瞿歧寠弶”7 字对 *g*。本文整理后材料是几乎全部在规律之内，比如定母全部对 *dh*，没有对 *d* 的，並母全对 *bh*，没有对 *b* 的。造成这种差异的原因一是本文考察的范围较小，二是大多数不合规律的现象，通过校勘程序排除了，比如对 *mili*，用丽、大、云、金的“弥里”，不用碛的“弥哩”。

但不可否认的是，在细致校勘的背景下，仍然有一些例外确实有版本支持，这种现象应该引起足够的重视。比如精母字“祖”对 *ju*，要是把它理解成从母“粗”的误字，那就该

对 *jhu* 才更合适，而不是对 *ju*，对 *ju* 同样是与对音规律不十分贴切；换个角度想一想，西北音从母、清母都是送气音，要突出 *ju* 不送气的特点，只剩下精母字可用。这也许是用“祖”对 *ju* 的另一原因。有的本子为“祖”加注反切“族固反”是说明该把此处的“祖”读成浊音，能更精准地描摹梵音。精母字“昝”对 *jam* 可能也不宜理解成普通的“清音入浊”。不空译咒中，用汉语全清声母对梵文浊音的一共有 15 个，大多数都是这种情况。这样看来，不空译咒音系，声母清浊对立分明，有人认为该音系全浊声母“开始清化的历史进程”（参看刘昀 2017），材料上的证据恐怕有些薄弱。

梵音 *v* 用微母字对的占绝对优势，这可能是西北音的另一个特点。只有 1 例是版本有分歧。《高丽藏》《赵城金藏》《房山石经》中的金代刻石都是时代较早的版本，但是或用微母、或用奉母，版本的差异说明背后语言现象的复杂。

本文的研究再次证明刘广和先生总结的规律真实有效。前辈学者归纳的对音规律使咒语文本的校勘成为可能，咒语文本的校勘推动梵汉对音研究向纵深发展。梵汉对音研究，前景广阔。

附录：对音字谱

以第二节文献校勘为基础，按照与汉字的对应关系，把梵音切分成音段，再按照梵文字母表排序，制作对音谱。梵音后列对应的汉字及该汉字出现的次数（只出现 1 次不注），最后简单注明音韵地位（同一组中重复出现的字不再注）。元音及各组辅音以横线隔开，同一个辅音与不同元音拼合，按照 *a*、*ā*、*i*、*ī*、*u*、*ū*、*e*、*ai*、*o*、*au* 顺序排列，带辅助符号 *anusvāra*、*visarga* 的音段放在其他音段之后。元音后面的 *h*、*s*、*r*、*b* 等辅音归在 *visarga* 一类。

a 阿 2（影歌），*ā* 阿$_{\text{引}}$ 2，阿$_{\text{引去}}$，阿$_{\text{去引}}$ 2，*i* 伊$_{\text{上}}$ 5（影脂），*ṛ* 哩（来志①），*e* 曀 3（影霁），*iṃ* 孕 2（以证），*in* 印（影震），*iṭ* 壹 2（影质），*il* 壹，*ud* 嗢 2（影没），*ṛṅ* 崚（“陵”字来蒸），*ṛt* 嘌（来质）

---

k[*ṛ*]訖（见迄），*k*[*t*]訖 2，*ka* 迦 4（见戈），*kā* 迦，迦$_{\text{引}}$ 6，*ki* 枳 3（见纸），*ku* 矩 3（见麌），*ke* 計 5（见霁），計$_{\text{引}}$，*kiṃ*[*d*]緊（见轸），*kun* 君（见文）

---

①宋本《玉篇》力忌切：“出陀罗尼。”

kha 佉$_{\text{上}}$(溪戈),*khi* 弃 4(溪至),*khu* 齲 2(溪麌),*khe* 契(溪霁),*k*[*ṣ*]乞(溪迄)①
g[*r*]仡(疑迄),*ga* 誐 2(疑歌),*gā* 誐$_{\text{引}}$,*gu* 虞(疑虞),*go* 遇$_{\text{引}}$ 3(疑遇)

---

ca 左 3(精哿),*cu* 祖 2(精姥),*cit* 唧 2(精质),*cil* 唧 2
ji 尒(日纸),*jī* 尒,*ju* 祖$_{\text{去、族固反}}$ 10(从暮),*jam* 染 3(日琰)/昝 3(精感)

ṭa 吒 2(知祃),*ṭṭā* 吒$_{\text{引}}$,*ṭi* 置 5(知志),*ṭṭe* 觟 2(知皆),*ṭāṃ* 鴿$_{\text{引}}$(知咸),*ṭek* 摘(知昔)
ḍa 拏 5(娘麻),*ḍe* 妳 4(娘蟹)
ṇa 拏,*ṇi* 抳 2(娘纸),*ṇī* 抳$_{\text{引}}$,*ṇe* 抳$_{\text{引}}$,*ṇaṃ* 喃 2(娘咸)

---

*t-*底 2(端荠),*tt-*底,*t*[*r*]怛 5(端曷),*t*[*v*]怛 2,*ta* 多 2(端歌),*tā* 跢$_{\text{引}}$(端箇),*ttā* 跢$_{\text{上引}}$,*ti* 底 5,*tu* 覩 8(端姥),*te* 帝 3(端霁),*to* 妬(端暮),*taṃ* 單 2(端寒),*tum* 頓 2(端慁),*taḥ* 多$_{\text{入}}$(端铎),*tat* 怛,*tad* 怛
thā 他$_{\text{引}}$(透歌)
*d-*你(泥止②),*d*[*r*]捺(泥曷),*da* 那(泥歌),娜(泥哿),*dā* 娜$_{\text{引}}$ 2,*du* 努 5(泥姥),*dū* 努$_{\text{引}}$,*de* 祢 2(泥荠),祢$_{\text{引}}$,*do* 怒$_{\text{引}}$ 2(泥暮),*dāṃ* 腩$_{\text{引}}$(泥感),*daṇ* 難$_{\text{上}}$(泥寒),*dun* 嫩(泥慁),*dum* 努$_{\text{鼻}}$,*duḥ* 耨(泥沃),*duṣ* 訥(泥没)
dha 馱(定歌),*dhaṃ*[*c*]蕩(定荡),*dhaṃ*[*dh*]鄧(定嶝),*dhyan* 鈿 4(定霰)
na 那,曩 6(泥荡),*nā* 曩$_{\text{引}}$ 4,*ni* 顊(泥迥),*ne* 寧 2(泥青),*naṃ* 南 2(泥覃),*nāṃ* 南,*naṃ*[*s*]難(泥寒)

---

p[*r*]畢(帮质),鉢(帮末),*pa* 跛 9(帮果),*pā* 播 2(帮过),播$_{\text{引}}$ 2,*pad* 鉢,*paś* 鉢
pha 頗 2(滂戈)
bā 麼(明果),麼$_{\text{引}}$,*bu* 畝 4(明厚),*ban* 曼 2(明桓)
bh[*r*]勃(並没),*bha* 婆(並戈),*bhā* 婆$_{\text{去}}$,*bhe* 陛$_{\text{引}}$ 3(並荠),*bhij* 比$_{\text{頻逸反}}$(並质)
m[*ṛ*]沒(明没),*ma* 麼 8,摩(明戈),*mā* 麼$_{\text{引}}$ 7,*mi* 弭 9(明纸),*mū* 慕(明暮),*me* 謎 4(明霁),*mai* 昧$_{\text{引}}$(明队),*mo* 謨$_{\text{引}}$ 2(明模),*man* 滿 2(明缓),曼,*muk* 目 2(明屋),*mbe* 迷$_{\text{鼻}}$(明齐),迷$_{\text{引}}$

---

ya 也 2(以马),野 5(以马),*ye* 曳$_{\text{引}}$(以祭),*yaṃ*[*k*]孕(以证),*yāṃ* 焰(以艳)
*r-*囉 5(来歌),*ra* 囉 14,*rā* 囉 2,囉$_{\text{引}}$ 3,*ri* 哩 11(来志),*rī* 哩 2,*ru* 嚕 7(来姥),*re* 嚇 2(来

---

①rakṣāṃ 对“囉乞創$_{\text{二合引}}$”,kṣ 的发音为[$k^h tʂ^h$]。
②《广韵》你,乃里切,切上字是泥母。

霁），隸引 2，*ro* 嚕引 2，*raṃ*［*v*］嚂引舌呼（“覽”字来敢）

la 羅 2（来歌），攞 4（来哿），*lā* 攞 3，攞引，*li* 里 21（来止），*lu* 魯 6（来姥），*le* 黎 9（来齐），隸（来霁）

va 嚩 20（微哿），*vā* 嚩，嚩引 2，*vi* 尾 7（微尾），*vī* 味引（微未），*ve* 微引（微微），*vo* 舞引 3（微麌），*vaḥ* 嚩无博反（微铎），*var* 韈 2（微月）

ś［*r*］室（书质），*śa* 捨 3（书马），*śān* 扇引（书线），*śat* 設（书薛），*śar* 設，*śav* 攝（书叶），*śikh* 式 4（书职），*śya* 捨

ṣ［*ṭ*］瑟 2（生栉），*ṣa* 灑 7（生马），*ṣu* 數（生麌），*ṣe* 曬引（生卦），*ṣaṃ* 衫（生衔）

s-娑 2（心歌），*s*［*t*］窣（心没），*sa* 娑 3，*si* 枲 2（心止），*sī* 枲去引，*su* 蘇（心模），蘇上 2，素 2（心暮），*sam* 三 3（心谈），*saḍ* 薩（心曷），*sat* 薩，*sar* 薩 2，*sap* 飒 3（心合），*sidh* 悉（心质），*sum* 遜（心慁），*sya* 寫（心马）

---

ha 賀 6（匣箇），*hā* 賀，賀引 2，*hi* 呬 5（晓至），*hu* 護 12（匣暮），*haṃ* 憾（匣勘）

---

kṣāṃ［*k*］創引（初漾）

附记：谨以此文深切缅怀刘广和先生。

参考文献：

段晴：《波你尼语法入门》，北京：北京大学出版社，2001 年。

范晶晶：《双声叠韵对与“梵语诗”关系刍议》，《文学遗产》，2018 年第 2 期。

刘广和：《不空密咒的音系跟唐代（八世纪）长安音》，北京师范大学硕士学位论文，1982 年。

刘广和：《不空译咒梵汉对音研究——唐朝八世纪长安音探索》，《音韵比较研究》，北京：中国广播电视出版社，2002 年。

刘昀：《不空译〈心经〉梵汉对音及相关问题研究》，《古汉语研究》，2017 年第 1 期。

黄宝生编译：《梵语诗学论著汇编》（增订本），北京：中国社会科学出版社，2019 年。

田久保周誉：《梵文孔雀明王经》，东京：山喜房佛书林，1972 年。

桥本贵子：《不空译〈佛母大孔雀明王经〉の音译汉字に关する音韵学的研究》，神户市外国语大学博士论文，2012 年。

Hoernle, The Bower Manuscript-Facsimile Leaves, Nagari Transcript, Romanised Transliteration and English Translation with Notes, Vol. I, *Calgutta*: *Superintendent of Government Printing*, 1893.

Whitney, Sanskrit grammar- including both the classical language, and the older dialects, of Veda and Brahmana, *Delhi*: *Motilal Banarsidass*, 1962.

С. Ольденбургъ, Отрывки кашгарскихъ и санскритскихъ рукописей изъ собранiя Н. Θ. Петровскаго. II, Отрывки изъ Pañcarakṣā, *Санктпетербургъ*: *Типографiя Императорской Академiи Наукъ. Вас. Остр.*, 9 *лин.*, № 12. 1898.

Notes on Mahāmayūri-Vidyārājñī-Dhāraṇī Transcribed by Amoghavajra and Some Transcriptional Rules of Initials

Li Jianqiang　Zhao Wenbo　Guo Yutong

(Renmin University of China; Peking University)

Abstract: In the past research of Sanskrit-Chinese transcriptions, the collation works of Mantra were rarely published. The collation of Chinese versions of Mantras can make up for the defect in the *Zhonghua Dazangjing* without any collation note on Mantras. The textual reconstructions of Sanskrit from Chinese versions can greatly enrich the source of Sanskrit literatures. The reconstructions should conform to the phonetic rules of Sanskrit-Chinese transcriptions and the Sanskrit grammar, sometimes refer to Tibetan texts. Here are some examples about paragraph 6 of Volume I. Using the proofread texts as research materials, we can summarize clearer phonetic rules.

Keywords: Sanskrit-Chinese transcriptions; Mantra; Collation

周祖谟《唐五代韵书集存》(1994)未收韵书材料辑考*

王　栋　董大为

(北京师范大学文学院　济南大学文学院)

提要:周祖谟《唐五代韵书集存》(1983/1994)是中古韵书材料的集萃之作,距今成书已有近三十年,期间学界陆续发现和报道了一些来自敦煌和吐鲁番的韵书残片(包括韵学相关残片),总计有48片26种。文章试对这些材料进行一番梳理、考辨与定名,以补周祖谟先生之未备。

关键词:周祖谟;唐五代;韵书;残片;新材料

一、引言

1983年,周祖谟把数十年间搜集的唐五代韵书写本、刊本通过缀合考释之后,编为《唐五代韵书集存》,交由中华书局出版。1994年,台湾学生书局再版(附补遗)。2008年中华书局又据初版重印。《集存》的编著是20世纪唐五代韵书汇集与研究的集大成之作,嘉惠学林,影响深远。不过《集存》(1994)距今成书已有近30年,这期间(特别是2000年以来)陆陆续续又有一些来自敦煌和吐鲁番的韵书残片被发现和报道,总计有48片26种。笔者试对这些新发现的韵书材料做一番梳理工作,有疑问处即重加考辨与定

*本文是国家社科基金重点项目"《刊谬补缺切韵》校释与唐五代韵书整理与研究"(18AYY014)的阶段性成果。

名，以补《集存》之未备。

本文所讨论的韵书材料均出自敦煌和吐鲁番两地，为方便论述，将它们分为敦煌韵书材料和吐鲁番韵书材料两部分，每部分再以残卷馆藏地为顺序行文。敦煌韵书有俄藏、英藏、法藏、国藏四类，吐鲁番韵书有德藏、日藏、国藏三类。这里不以残卷的性质安排行文，主要是因为某些残片的性质存在争议，不好确定。以馆藏地的顺序讨论可以避免残卷定性不确引起的争议，也容易把握各国新发现韵书的数量，以简驭繁。

二、敦煌出土韵书新材料辑考

甘肃敦煌藏经洞写卷发现以后，相继被英、法、俄等列强劫掠，秘藏于各国国家图书馆中，留存国内的仅占极小的比例。英、法两国的文献刊布比较早，其中的韵书材料大部分收入了周祖谟《唐五代韵书集存》，只有少量残卷未收。俄藏敦煌文献由于长时间乏人整理，公布得比较晚，1994 年学生书局版《集存》在补遗部分收录 6 片，但仍有未及收录的。据笔者统计，到目前为止，周书未收录的敦煌韵书残卷共有 26 片 16 种，包括俄藏 5 片 4 种，英藏 5 片 4 种，法藏 15 片 7 种，国藏 1 片 1 种。

2.1 俄藏敦煌韵书 4 种

俄藏敦煌韵书之新材料共有 5 片 4 种，包括 DX. 05596（王韵增修本）、DX. 16870（韵字摘抄）、DX. 11340（大唐刊谬补缺切韵）、DX. 04532、DX. 05432（四声谱）。下文所涉及俄藏敦煌韵书残片图版均来自《俄藏》①，该书未有彩色高清图，只有黑白影印件。

2.1.1 DX. 05596（王韵增修本）

敦煌写本韵书残叶 DX. 05596，现藏于俄罗斯科学院东方研究所圣彼得堡分所。残叶仅存七行，为原叶之左上部分，右下部全缺。内容为平声［三钟］之末和［四江］之首的部分残字。大韵换行书，标序字提行书。小韵首字的体例为“字头+训释+反切+字数”与“字头+反切+释义+字数”兼存。

《俄藏》（2000：193）未给该残叶题名，铃木慎吾（2004：85）考察残叶的收字、体例与《王三》相似，认为是以王仁煦为基础进一步增补的本子。关长龙（2008：2702）以残叶引用唐代张戬的《考声切韵》，定其撰作时间或在盛唐之末。又考残叶的形态和内容情况，以为当在《切韵》笺注本与王仁煦《刊谬补缺切韵》之间，因此拟名作“切韵笺注十二”。

①《俄藏》即《俄藏敦煌文献》，本文所用简称请参考文后“本文引用书目简称说明”，下同。

唐浩(2013:5)从体例方面判断残叶既不属于笺注本《切韵》也不属于《刊谬补缺切韵》,而是孙愐的天宝本《唐韵》。又因“杠”字释义中“檵”字与众家韵书不同,疑避唐穆宗李恒之同音字讳,断定残叶可能是唐文宗时期的抄写本。

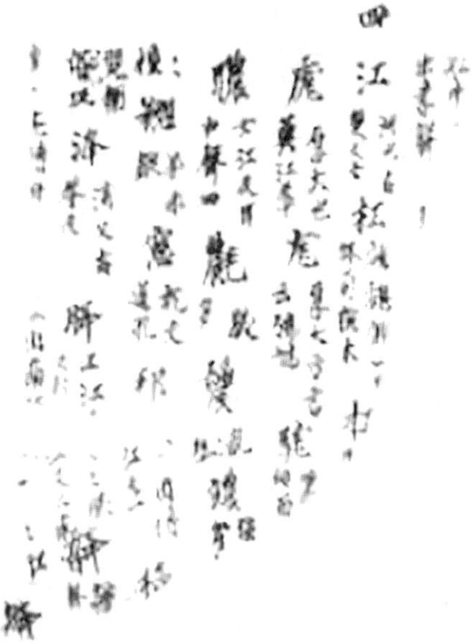

按:本残叶收字与《王三》略同,而训释体例兼有两种,是该本或以陆法言《切韵》为底本参以《王三》杂钞而成,不然无法解释这种杂凑现象。唐浩认为是天宝本《唐韵》,此说不确,蒋本《唐韵》据周祖谟先生考证是孙愐《唐韵》的增修本,其训释体例“字头+训释+反切+字数”十分整齐,假如孙愐有天宝十载重订本《唐韵》,体例上面必然更加严谨。反观本残叶,两种训释体例混杂,绝无可能是天宝本《唐韵》。不仅如此,本残叶训释简单、引书少且有张戬《考声》,与蒋本《唐韵》全不符合,故而也不会是孙愐开元本《唐韵》。本残叶当是王仁煦《刊谬补缺切韵》之后的本子,而与孙愐《唐韵》不同。据唐兰先生《刊谬补缺切韵》跋(1947:102)考证,王仁煦书成于唐中宗神龙二年(706),则本残叶的撰作或在中宗之后、文宗之前。

2.1.2 DX.16870(韵字摘抄)

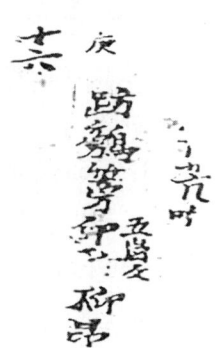

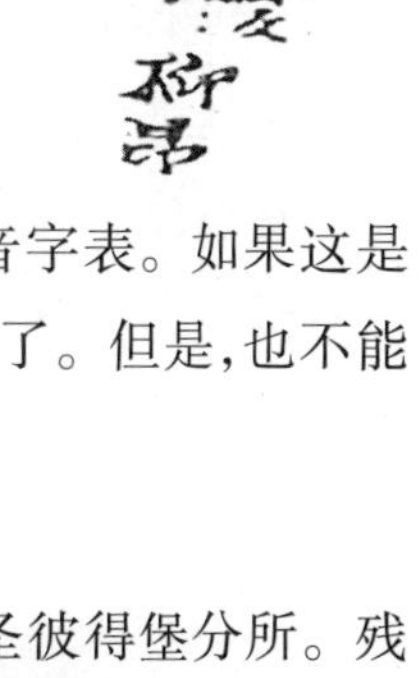

敦煌写本韵书残叶DX.16870,现藏于俄罗斯科学院东方研究所圣彼得堡分所。残叶仅存三行,前后上下均缺,似为原叶中间的一小残片。内容为平声[唐]韵残字。

《俄藏》(2001:24)未给该残叶题名,《俄藏叙录》(2019:909)题为“经音字”,云:“存3行,未查出是何经音字。”关长龙(2008:3573)从字体方面认为残叶是抄自《大唐刊谬补缺切韵》类韵书,撰作时间是唐末五代,姑拟题为“韵书摘字”。

按:本残片体例“同音字+反切”,没有训释。不似韵书,倒像是同音字表。如果这是一种韵书的体制,那么同音字汇形式的韵书在唐五代时期就已经出现了。但是,也不能排除这个残片仅仅就是韵字摘抄的可能性。

2.1.3 DX.11340(大唐刊谬补缺切韵)

敦煌写本韵书残叶DX.11340,现藏于俄罗斯科学院东方研究所圣彼得堡分所。残叶仅存三行,前后上下均缺,似为原叶中间的一小残片。内容为平声[魂]韵残字。

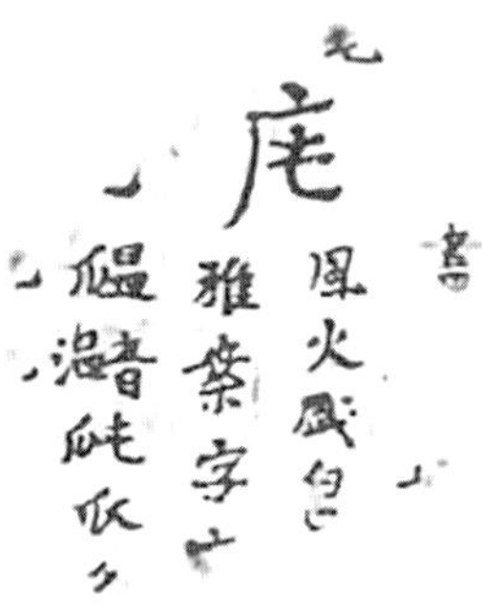

《俄藏》(2000:216)未给该残叶题名,《俄藏叙录》(2019:734)题为“字书”,云:“存4行。大字仅存‘庑’,其余为注,双行小字。”关长龙(2008:3541)从收字、注文和字体三方面考察本残叶,发现其与《大唐刊谬补缺切韵》类似,认为此亦是唐末五代之韵书,姑拟题为“大唐刊谬补缺切韵”。

按:关说可信,残叶中“𩗯”字注文中有以双行小注“音温”注音的方式,TIIDabcd 廿九换韵“盥”字注文“臼”下亦有切语“九玉”,TIIDabcd 为五代或宋初刻本韵书(见后文),二书特征相似,可互相印证。

2.1.4　DX. 04532、DX. 05432(四声谱)

敦煌写本残叶 DX. 04532(左)和 DX. 05432(右),现藏于俄罗斯科学院东方研究所圣彼得堡分所。二残叶实为一叶之断片,存一“田”字形图的上部,图的四边及四角有呈放射状排列的文字。内容是初学声韵者分别四声的图谱。

《俄藏》(1999:261;2000:137)未给两片残叶题名,《俄藏叙录》(1999:339,401)分别题为“字书”,云:“中为方格,边角有字,外界以放射状书写字,释字为双行小字。”关长龙(2008:3606)仅录 DX. 04532,以该残片与日僧空海《文镜秘府论·辨四声谱》、安然《悉昙藏》卷二所引《四声谱》较为一致,故题为“四声谱”。又根据用字特点,定残叶的撰作时间当在唐末五代之际。

按:《俄藏叙录》指出 DX. 04532 和 DX. 05432 为同卷残片是正确的,然题为“字书”则与内容不符。关氏题为“四声谱”可从,可惜他未发现 DX. 05432,因而未能缀合。另外,《俄藏》这两片残叶和《法藏》P4715A、B 其实也属同一写卷,被法、俄两国探险者分别劫取,可一并缀合(见后)。

2.2　英藏敦煌韵书 4 种

英藏敦煌韵书之新材料共计5片4种,包括 S. 11383A、C(切韵笺注)、S. 10720(切韵笺注)、S. 11380(切韵笺注)、S. 1344(V1)(论鸠摩罗什通韵),末一种虽不是韵书,但与声韵学有关,故一并录入讨论。下列英藏敦煌韵书残卷图片,除 S. 1344(V1)来自《英藏》外,其他均来自国际敦煌项目(IDP)网站。

2.2.1 S. 11383C、A(切韵笺注)

敦煌写本韵书残叶 S. 11383A、C,现藏于英国国家图书馆。二残叶实为同卷之断片,C、A 两片各存三行半,文字前后连接,可以缀合。内容为平声[覃][谈][阳]三韵字。由两叶残片可知,原卷文字大韵接抄不换行,小韵首字上有朱点,纽辖数字用朱书。训释体例为"字头+释义+反切+字数"。

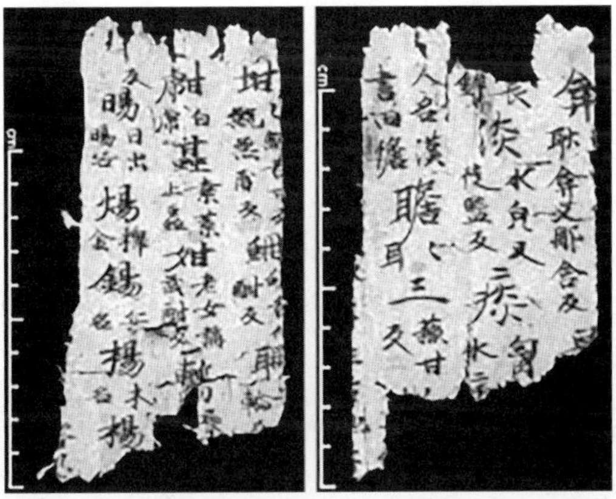

《荣目》(1994)拟名"切韵",《英藏》(1995:251)同。徐朝东(2002:3)从韵目次序、体例与被释字训释等方面认为 S. 11383C、A 两片属于陆法言《切韵》或长孙讷言增字加训笺注本一系的韵书。铃木慎吾(2004:78)表示:"至少就现存部分而言,看不到长孙本的特征。虽然注文后增加的内容值得怀疑,但可以认为是接近陆法言早期的一种写本。"关长龙(2008:2154)从体例和内容两方面判断残片当是早于 S. 2071(切三)的一种增字加训本切韵,故题名为"切韵笺注一"。

按:从韵次来看,本残片"覃谈"在"阳唐"之前,是非李舟《切韵》至《广韵》系韵书。又体例"释义+反切+字数"及注释较少,亦非王仁煦《刊谬补缺切韵》和孙愐《唐韵》,而与陆氏《切韵》较为接近,关氏题为"切韵笺注"较为稳妥。

2.2.2 S. 10720(切韵笺注)

敦煌写本韵书残叶 S. 10720,现藏于英国国家图书馆。残叶为原卷底部之小残片,存四行,有界栏。内容为[之]韵残字。

《荣目》(1994)拟名"陆法言切韵",《英藏》(1995:90)同。铃木慎吾(2004:77)从"萁"字训释"豆萁"与诸本训"豆茎"不同,以为残片的训释有加训的特点。又"而"小韵

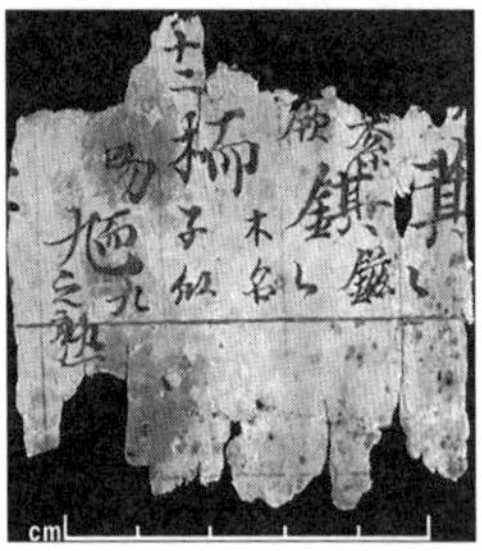

字数为十二，较 P3696(2)、切三、切二等并未增加，认为残片是和陆法言很接近的初期《切韵》写本。关长龙(2008:2706)则从训释、引书及书法风格上判断本残片为《切韵》早期的增字加训本，故拟名为“切韵笺注碎片”。

按:铃木慎吾和关长龙都以 S. 10720 与陆韵相近而有增训的特点，定名为“切韵笺注”当无问题。

2.2.3 S. 11380(长孙讷言笺注本切韵)

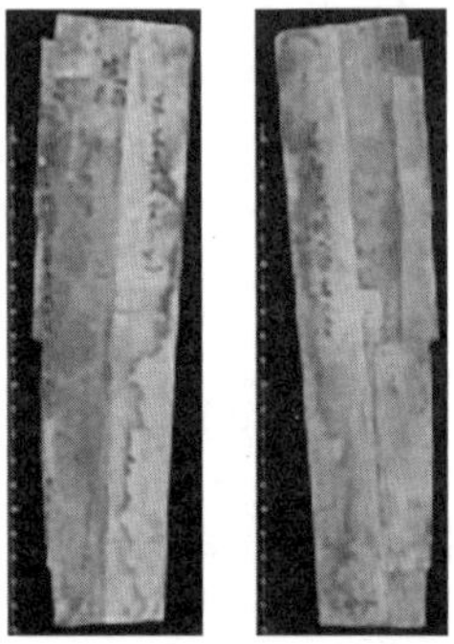

敦煌写本韵书残叶 S. 11380，现藏于英国国家图书馆。本残片正反两面均有字迹，正面为一纸，被折成三竖条，内容从右至左依次为“平上去入四声足”七字、“先苏前”三字、平声[山]韵的部分残字。背面仅有“宫商徵羽角五音”七字。

《荣目》(1994)拟名“失名字书”，《英藏》(1995:249)同。铃木慎吾(2004:78)根据残片有增加字数、注释和按语特点，认为与长孙讷言笺注本《切韵》相似。关长龙(2008:2719)同意铃木慎吾的观点，题为“切韵笺注碎片”，又补充说:“此或为据某一韵书所作的练字杂钞，或为粘合已剪裁好的剩余补丁以供抄录文字之用。”又说:“如第一条的内容与后二条属同一韵书，则表明笺注本韵书已有于正文后附录音韵学知识介绍的内容了。”

按:关氏以为残片是由三个纸条粘贴而成，此说恐误。残片背面的确有三块纸条粘贴的痕迹，但正面只有折痕，不似粘贴所造成的痕迹，残片正面当为完整纸条。另本残片小韵字注文“二加一”，而辖三字，与 S. 2055(切二)体例相同，可据此认定为长孙讷言笺注本《切韵》。

2.2.4 S. 1344(V1)(论鸠摩罗什通韵)

敦煌写卷 S. 1344(V1)①，现藏于英国国家图书馆。卷子写于 S. 1344(R)“开元户部格”的背面首部，后接抄“修多罗法门卷一”。前后共计二十九行，开首题“鸠摩罗什法师通韵”。内容可分两部分，前为论鸠摩罗什《通韵》，后则解释梵语《悉昙章》字母之学。本卷虽非韵书，但与声韵之学有关，故收录备考。

《向目》(1957:206)最早题为“论鸠摩罗什通韵文”，《索引》(1962:185)题为“论鸠摩罗什通韵”，《宝藏》(1981:196)、《提要》(1993)、《索引新编》(2000:40)同《索引》，《英藏》(1990:270)题名“论鸠摩罗什法师通韵”。饶宗颐(1993:121—142)认为本卷即鸠摩

①韵书残片图版正面标识为 R，反面标识为 V，下同。

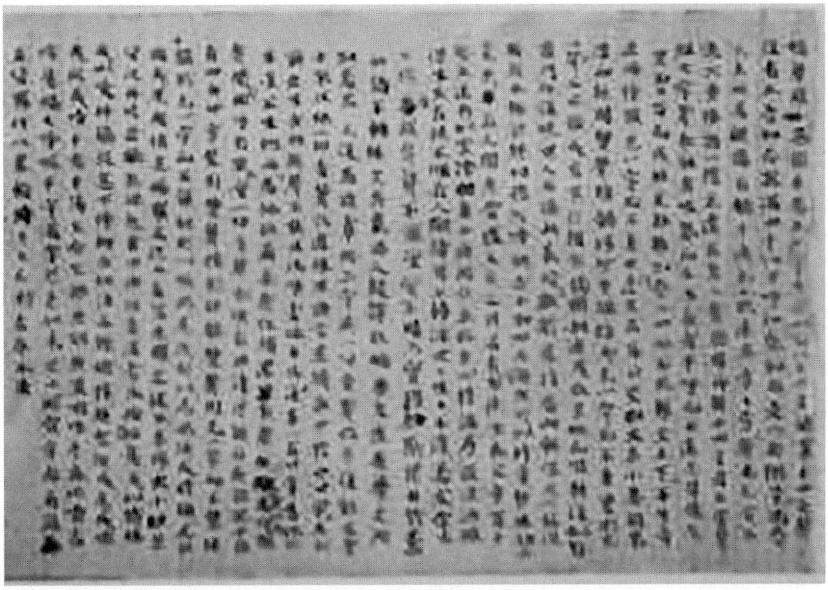

罗什《通韵》原文,但王邦维(1992:7)指出S.1344(V1)不似“托名罗什本人的口气”,谭世宝(1994:10)则进一步认为本卷乃是“综合简介有关《通韵》《悉昙章》的序文”。关长龙(2008:3575)据王、谭二氏之说为本卷题名“论鸠摩罗什通韵”,并据正面“开元户部格”之书写时间推断S.1344(V1)的抄写当在中晚唐之际。

按:本卷论述梵语字母的拼合翻转,是研究唐代等韵之学萌芽的重要材料,应当引起重视。文中提及的编排形式在梵文《悉昙章》和等韵图的形成之间具有承上启下的作用(周广荣2001:4)。

2.3 法藏敦煌韵书7种

法藏敦煌韵书之新材料共有15片8种,包括P.3696碎(10片)的“切韵”“切韵序”“切韵笺注”五种,还有P.4036碎(大唐刊谬补缺切韵)、P.4871(大唐刊谬补缺切韵笺注序)、P.4715AB(四声谱)三种。其中P.4715A、B可与俄藏之DX.04532、DX.05432缀合,只能算作一种,如此法藏韵书的新材料实际只有7种。下列法藏敦煌韵书残卷图片,除P.3696来自《法藏》外,其他均来自国际敦煌项目(IDP)网站。

2.3.1 P.3696碎(10片)

敦煌写本韵书残卷P.3696除A、B两纸(《集存》已收录)外,还存有零碎残叶十三片,现藏于法国巴黎国家图书馆。这十三个残片,《索引》(1962:293)未著录,《索引新编》(2000:293)题“P.3696残片十三片”,并云:“内有两片为切韵残片。”《宝藏》(1985:

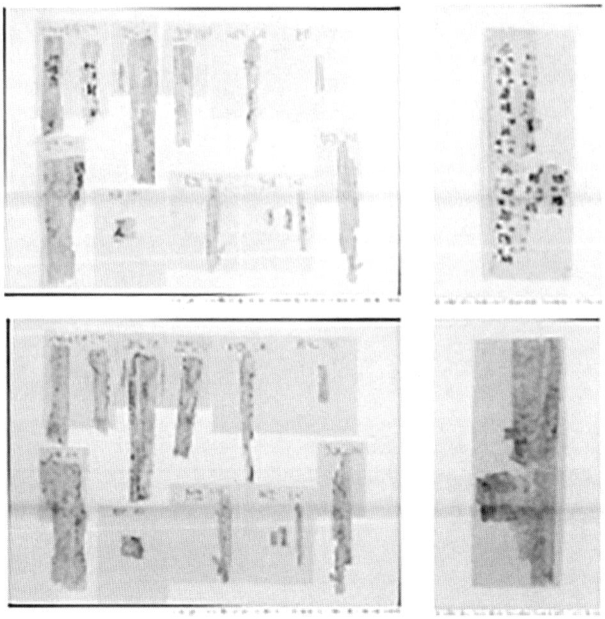

59—62）收录了这些残片的图版，总题为“切韵”。《法藏》（2002：343—344）亦收录图版，P1—11 题为“切韵序等残片”，P12—13 题为“切韵”。然据学者考证，这十三个残片中 P1 并非韵书，P6 残字无法识别，性质不明。其余 11 片虽可定为韵书，但性质复杂，不是同一种韵书的断片。其中 P13《集存》已收录，本文只讨论余下的 10 个残片，这些断片按其特点大致可以分成五种性质。

（1）P. 3696 碎 12R（切韵）

敦煌韵书断片 P. 3696 碎 12R，为 P. 3695BR 之前的部分，可以相互连缀在一起。共存三行，前两行有残缺，末一行完整。内容为平声［钟］韵残字。潘重规（1974：11）最早收录 P12R 断片，其后远藤光晓（1988：26）指出断片正面和 P. 3695BR 开首处可以缀合。关长龙（2008：2088）据此缀合，又遵周祖谟（1994：809）考释 P. 3696 为陆法言切韵传写本，题名“切韵二”。

（2）P. 3696 碎 10、碎 12V、碎 2（切韵序）

敦煌韵书 P. 3696 碎 10、碎 12V、碎 2，为同卷之断片。其中 P. 3696 碎 10 为“切韵序陆法”五字，“法”字仅存上半截。而碎 12 背面有一粘贴的纸片，书有“法言”二字，“法”字存下半截。因此知道两片可上下缀合。潘重规（1974：11）最早收录 P10、P12V 断片，其后远藤光晓（1988：26）指出这一残断现象。又碎 2 存三字“名山昔”（名、昔二字有残缺），似是陆法言《切韵序》“未得悬金，藏之名山，昔怪马迁之言大”之字句。铃木慎吾（2004）最早指出碎 2 为《切韵序》的内容。关长龙（2008：2151）据以上学者之说缀合，以断片“或即早期《切韵》类韵书的卷首题名部分”,因此拟名“切韵(碎片)序”。

(3)P.3696 碎 9aR(切韵笺注)

敦煌韵书 P.3696 碎 9 有一大(a)一小(b)两个断片,大片正面(aR)存一行,为上声[范]韵残字。铃木慎吾(2004)指出 P.3696 碎 9aR 是 P.3696A 残存部分的卷首断片,关长龙(2008:2461)据此缀合,另据周祖谟(1994:842)考释“长孙讷言笺注本切韵”,题为“切语笺注(五)”。潘重规(1974:596)和上田正(1973:94)摹录 P.3696A 时都抄录了这段文字,不知是他们所据的图片更为清晰,还是说这个断片是后来由 P.3696A 上拆解下来的。

(4)P.3696 碎 3—5、碎 7—9(长孙讷言笺注本切韵)

敦煌韵书 P.3696 碎 3—5、碎 7—9 共计 6 种断片,属于同卷韵书之残叶。碎 3R 存平声[真]韵残字一行;碎 4R 存平声[庚]韵的三个小碎片;碎 5R 存平声[庚]韵残划;碎 7R 存平声[庚]韵残字,碎 7V 存上声[董]韵残字;碎 8R 存上声[董]韵残字;碎 9aV 存上声[董]韵残字,碎 9bR 存平声[庚]韵字残字。铃木慎吾(2004)认为这几种碎片属于同一韵书,并进行了详细的缀合。关长龙(2008:2708)认为这些碎片的体例和注释特征与早期长孙讷言笺注本切韵的情形相合,故拟题为“切韵笺注(碎片二)”,并附有缀合图版。

(5)P.3696 碎 11(切韵笺注)

敦煌韵书 P.3696 碎 11,存入声“蹳、抪、酟”三个残字。铃木慎吾(2004)最早提出这个残片的字体与上述断片不同,很明显是另外一种韵书。不过由于断片“看不到增加字,字数少”,无法进一步讨论。关长龙(2008:2717)从书体上判断残片当属于“九世纪以后的抄本”,不过从其内容看“仍属于笺注本切韵系韵书”,因此题名“切韵笺注(碎片四)”。

2.3.2 P.4036 碎(大唐刊谬补缺切韵)

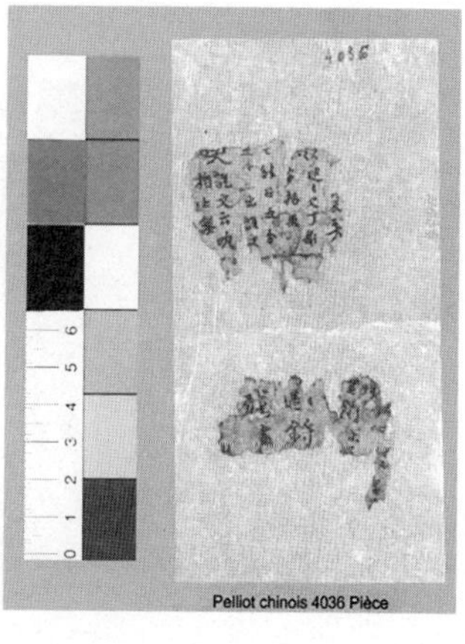

敦煌韵书 P.4036 碎,现藏于法国巴黎国家图书馆。该号图版中有上下(a、b)两个断片,各存四行,有界栏,为一纸的下部。《法藏》a、b 两片误倒,b 片当在 a 片之上,缀合完整不缺字。内容为入声[薛]韵残字。

《索引》(1962:300)未著录,《宝藏》(1986:551—553)收有图版但未题名,《索引新编》(2000:309)题为“P.4036P 残片”,《法藏》(2005:22)同。关长龙(2008:3546)首次提出 P.4036 碎是《切韵》残卷,认为其收字、注释和字体特点与 P. 2014、P. 2015“大唐刊谬补缺切韵”相似,“疑底卷或即 P. 5531 号之残断碎片”,据此题名“大唐刊谬补缺切韵(碎片三)”。

按:从残片边框和字体特点来看,颇似 P. 5531 号五代本切韵,当是同一本韵书的断片,关说极是。

2.3.3　P. 4871(大唐刊谬补缺切韵笺注序)

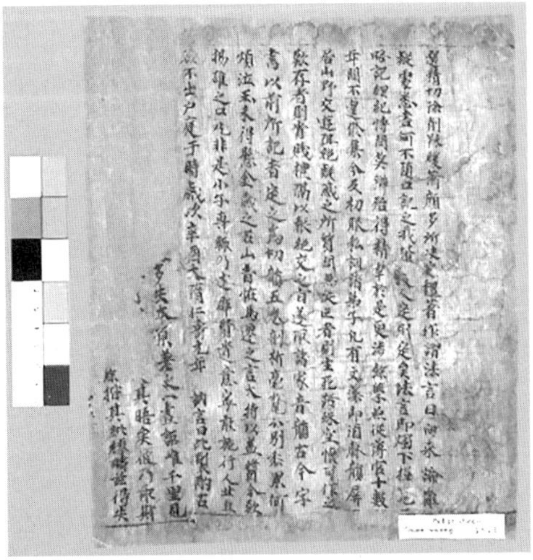

敦煌韵书 P. 4871,现藏于法国巴黎国家图书馆。残卷存原卷之右半部分,共计 13 行,左起三行残缺,其余 10 行完整。内容为陆法言《切韵》序和长孙讷言序,陆序从“选精切”至“仁寿元年”止,字句完整。长孙序自“讷言曰”至“畴兹得失”止,间有缺损。

《索引》(1962:309)题为“陆法言切韵序　长孙讷言切韵序”,《宝藏》(1986:542)题为“陆法言切韵序”,《索引新编》(2000:327—328)、《法藏》(2005:229)同《索引》。尉迟志平(2004:151—160)认为 P. 4871 与 P. 2638、P. 4879、P. 2019 三种序文写本所据之底本相同,还指出 P. 4871“并非只有陆法言序和长孙讷言序,原本还应该包括郭知玄题识、孙愐《唐韵序》和‘论曰’部分。《广韵》所载序文是在这个系统的基础上,对用字加以规范而形成的”。关长龙(2008:3550)赞成尉迟先生的观点,将本卷与 P. 2638、P. 4879、P. 2019 放在一起联合录文,题为“大唐刊谬补缺切韵笺注序”。

按:P. 2638、P. 4879、P. 2019 三种《切韵序》,周祖谟先生考释为“五代本切韵序”。P. 4871 特点与之相似,可知亦是唐末五代本《切韵》序,关氏题名可从。

2.3.4　P. 4715A、B(四声谱)

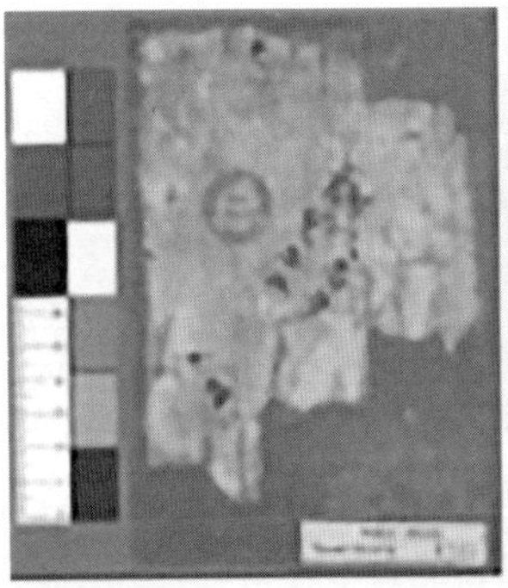

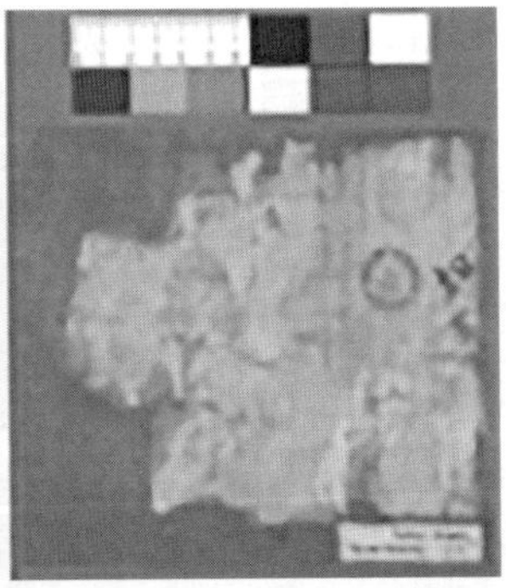

敦煌写卷 P. 4715,现藏于法国巴黎国家图书馆。此编号共有两片,《法藏》以 A、B 区别,A 片存“纽儿尔二人忍刃日”8 字,B 片存“纽罗”2 字。审其字迹版式,与上文所述 DX. 04532、DX. 05432“四声谱”相同,当为同卷之断片,可以缀合。

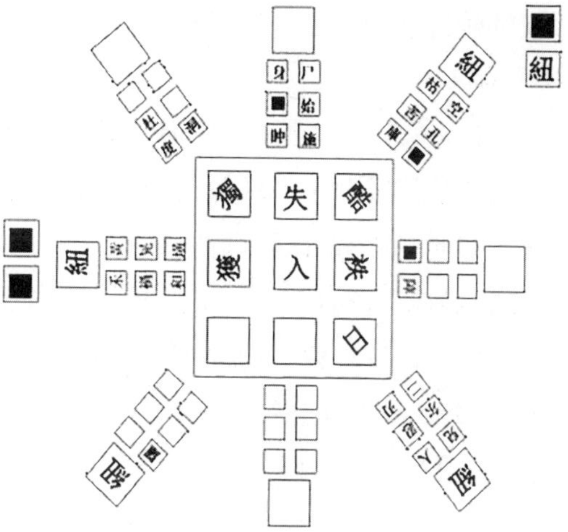

《索引》(1962:306)题为“残纸两片”,并有说明“文字不多,各有一纽字,似为卜筮书”。《宝藏》(1986:378)、《索引新编》(2000:323)同。《法藏》(2005:127—128)题为“字音”。关长龙(2008:3609)认为这是与 DX.04532“六字总归一纽”的调四声谱同类的作品,因而拟名作“四声谱(二)”。

按:关氏未见 DX.05432(参上),无法断定 DX.04532 与 P.4715A、B 为同卷之断片,因此分开论述。今检四种断片之形制、字体皆同,实属一纸断裂,无有疑问。将四片缀合,略可窥其原貌(见右图)。

2.4 国藏敦煌韵书 1 种

2.4.1 xj113—0660.94(切韵笺注)

敦煌写本韵书残片 xj113—0660.94,现藏于北京中国文化遗产研究院(文研院)。这个残片原是收藏家冯国瑞旧藏的敦煌藏经洞文书,后来散入书肆,被郑振铎等先生收购,藏于北京文物整理委员会(即文研院前身)。右图来自《遗珍》。这个残片单面抄写,无界栏,前后下部都有残缺,所存为一叶之下部,共有四行。内容为平声[冬]韵残字,录文①如下:

第 1 行:……五加二。□……

第 2 行:……□(恭),□□反。四。古作[□]。龚,……县名。供,给也。又恭用反。施食也。……

第 3 行:……□(攻),……古东反。一。䆗,□□(䆗䃔),□(石)落声。[一]②。䃔,力宗反。一。宗,作琮反。一。□,今作……

第 4 行:(仅存右行右半残字部分笔划,无法识别)

《遗珍》(2010:251;336)最早著录该残片,编号为 191,题为“佛教音义”,并注明“七

①字体加粗的表示字头,不加粗的是注释。□代表阙字,( )代表当作某字,[ ]代表脱文。下同。
②本纽原卷误写于上纽注文之中,当独立。

至八世纪唐写本”。张磊(2014:3)首次提出该残片为韵书,认为“可定名作《唐韵》,而非佛教音义”。

按:张文以为本片是“唐韵”,此说不确。第一,残片为平声[冬]韵,而收有“恭”小韵。《广韵》三[钟]“恭”字注“陆以恭、蜙、枞等入冬韵,非也”,《王三》“恭”小韵也在二[冬],可见这个残片是《陆韵》或《王韵》的系统,不是《唐韵》。第二,本片“恭”小韵纽辖四字,与陆韵写本 P. 3798 和 S. 2055 相同,《王三》则辖六字,据此可以排除《王韵》的可能性。第三,首行纽数“五加二”,具有增字的特点,非陆韵原本。“恭”前为“宾、农”二小韵,P. 3798 和 S. 2055“宾”纽辖五字,“农”纽辖三字。“五加二”之“五”若为底本字数,那么与“恭”小韵之间相差当有十字,第二行上部绝无可能容纳这么多字。所以“五”只能是“农”小韵的总字数,那么这个残片的纽数体例当是“几加几”(前数包含后数),与蒋本《唐韵》同。第四,本书训释体例“反切+字数+训释”,常用字在纽数后增加释义,可证不是陆韵的原本。综上四点,可以断定这是陆法言切韵较早的一种增字加训本,暂拟名为“切韵笺注”。

三、吐鲁番出土韵书新材料辑考

古代的吐鲁番盆地,位于丝绸之路的要冲。敦煌藏经洞文献散出的同时,吐鲁番地区也被各国探险家们列入考古目标,大量古代写本、绘画、雕像等文物资料相继流出海外。吐鲁番文书大多来自沙埋遗址和古代墓葬,多已不是文书的原始状态,与敦煌文书相比要残破得多。目前已知吐鲁番出土的韵书材料,大部分藏于德国、日本,国内所藏多在旅顺博物馆。其实,旅顺博物馆收藏的吐鲁番文书原是日本大谷光瑞探险队于1902—1914 年间从新疆等地获取文书的一部分,与日本京都龙谷大学所藏文书同出一源。据笔者统计,《集存》所收吐鲁番出土韵书有五种,尚有 22 片 11 种未收,去掉性质重复的残片,实际只有 10 种,包括德藏 12 片 4 种,日藏 5 片 3 种,国藏 5 片 4 种(一种重复)。

3.1 德藏吐鲁番韵书 4 种

德藏吐鲁番韵书共计 12 片 4 种,包括 Ch1577R 等六片(五代本唐韵笺注)、Ch79R/V(长孙讷言笺注本切韵)、Ch3605R(陆法言切韵)、Ch1106V 等四片(五代刻本切韵),下面分别讨论。

3.1.1 Ch1577R 等六片(唐韵笺注)

吐鲁番写本韵书残叶 Ch1577R(TIII1192)①、Ch2917R(TIIIT408)、Ch343R(TIIT1950)、Ch323R、Ch1246abR(TIIIT381)等六片,现藏于德国国家图书馆。残叶均单面抄,字体、版式、书孔和书法风格相同,属于同一写卷的断片。Ch1577R 存 11 行,Ch2917R 存 7 行,Ch343R 存 3 行,Ch323R 存 3 行,Ch1246a、bR 各存 2 行,共计 26 行。内容为上声[姥][荠][蟹][骇][贿]五个韵的残字。

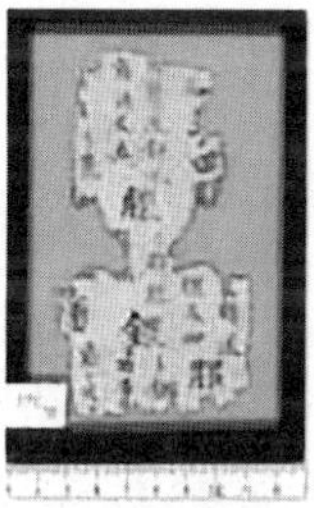
Ch323r

Ch343r

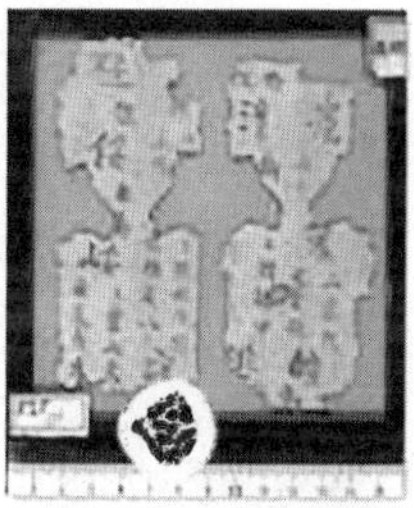
Ch1246r

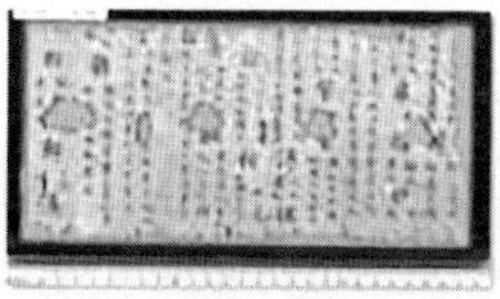
Ch1577r

Ch2917r

据荣新江《总目欧美》(2007:5),最早著录这些韵书残片的是西胁常记。二战后,德方委托日本京都大学西胁常记先生整理德藏吐鲁番文献中的非佛典文献,2001 年西胁先生出版了所编目录《柏林吐鲁番收集品中的汉文文献》②,其中就包含这六种残片。后来京都大学高田时雄先生发表《汉语在吐鲁番——以〈切韵〉残片研究为专题》(2004:333—335;2005:24—27)一文,特别介绍了这几种韵书残片,明确指出它们是出自同一写本,但是没有对该残卷的性质进行分析。《总目欧美》(2007:131,236,28,26,104)题名为"切韵"。铃木慎吾(2004;2009:129)针对残片的内容进行了考察,指出这些残片属于"和孙愐时代或者蒋斧本《唐韵》残叶关系很深的抄本",是介于蒋本《唐韵》和《广韵》之间的一种韵书。藤田拓海(2017:67)据上田正(1973:63)的《切韵》系韵书分期标准将这六个残片归为"晚期",晚期韵书的特征表现为韵书的体例和注释均与《广韵》十分相近。

按:这个残卷的训释体例为"释义+反切+字数",注释中有地名和姓氏等相关内容,

①编号 Ch 代表汉文文书,括号里为原编号,T 表示吐鲁番,罗马数字 Ⅰ—Ⅱ—Ⅲ—Ⅳ 表示是第几次考察所得,后面字母缩写 D=高昌故城,T=吐峪沟,M=木头沟石窟。

②这本书在德国出版,笔者未见,仅依荣新江先生《吐鲁番文书总目》的著录。

与蒋本《唐韵》和宋本《广韵》一致。但纽数不作“几加几”，似是蒋本《唐韵》之后的韵书，而残片的某些注释甚至比《广韵》还要多，如“誧”字，Ch1577R 作“《文字音义》云：大也，助也，谏也”，《广韵》仅作“《文字音义》云：大也，助也”，无“谏也”二字，可见这些残片原本的注释可能超过《广韵》。在小韵字数上，本书较《广韵》少，有的纽数还不及《王三》，可知不是《王韵》系韵书。综合这些特点，本书似是蒋本《唐韵》系韵书，撰作年代则是较晚的时候了，姑且拟名“唐韵笺注”。另外，据学者考证旅顺博物馆有两个残片也属于这种韵书的碎片（见下文国藏第 4、5 种）。

3.1.2　Ch79 R/V（长孙讷言笺注本切韵）

吐鲁番写本韵书残叶 Ch79R/V（TID1038），现藏于德国国家图书馆。残叶双面书写，有界栏。正面 6 行，反面 7 行，为一纸的下半。正面为去声［霁］［泰］二韵残字，反面为上声［养］［感］［敢］三韵残字。残片书法极工整，常用字无释义，训释体例“释义+反切+字数”，引《说文》则前加“按”字。

荣新江（1997：269；1998：312，314）首次提出“周书未收的残片还有《切韵》断片 Ch. 79”，西胁常记（2001：44—45）和高田时雄（2004：333—335；2005：24—27）亦著录该残片，但未有详细讨论。《总目欧美》（2007：7）仅题为“切韵”。铃木慎吾（2009：127）据残片特征推定为长孙讷言的笺注本《切韵》。藤田拓海（2017：56）同。

按：本残片之特征与长孙讷言笺注本切语高度相合，诸家亦持此说，盖无疑问。

3.1.3　Ch3605 R（陆法言切韵）

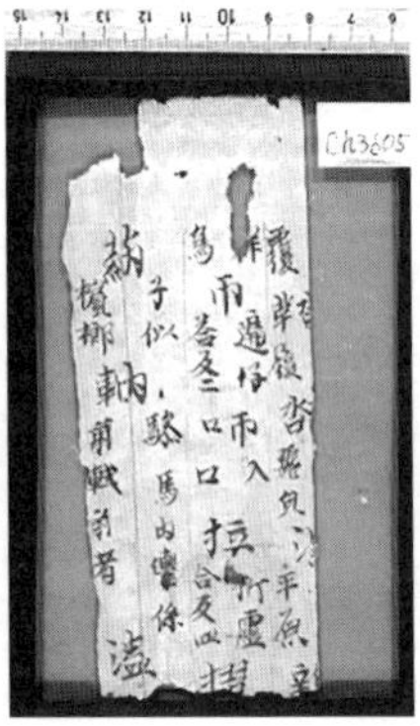

吐鲁番写本韵书残叶 Ch3605R，现藏于德国国家图书馆。残叶单面抄，有界栏，共存三行，似为一叶之上部。内容为入声［合］韵残字。

荣新江（1998：320）首次指出这是《切韵》残片，西胁常记（2001：48）和高田时雄（2004：333—335；2005：24—27）亦著录该残片，但未有深入讨论。《总目欧美》（2007：292）题为“切韵”。铃木慎吾（2009：127）认为是可能陆法言《切韵》的抄本。藤田拓海（2017：49）同。

按：残片书法拙劣，释义简单，训释体例“释义+反切+字数”，没有增加字，未见引用书目，这些特征都颇似陆法言《切韵》原本，故暂拟为“陆法言切韵”。

3.1.4 Ch1106V 等四片(五代刻本切韵)

Ch1106V

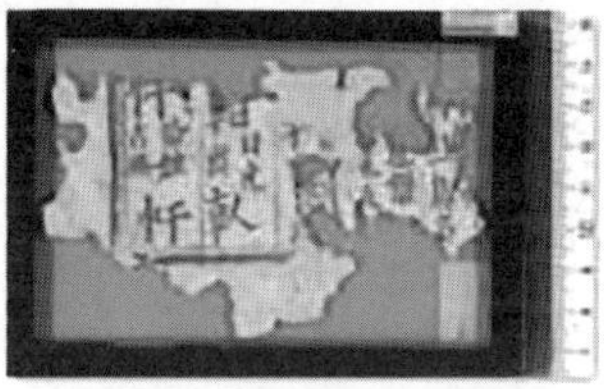
Ch1072V

Ch5555V

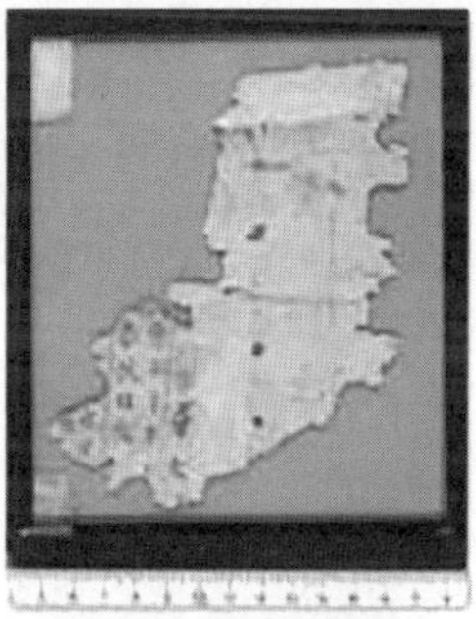
Ch1150V

吐鲁番刻本韵书残叶 Ch1106V(TIIT1921)、Ch1072V(TIID1f)、Ch5555abV(TM46)、Ch1150V(TIID236)等四片,现藏于德国国家图书馆。这些残片被裱在“增一阿含经”背部,原是作为保护经卷用的。残片的尺寸各异,然观其形制、字体皆同,实属同卷之断片。Ch1106V 存 11 行,Ch1072V 存 5 行,Ch5555abV 存 23 行,Ch1150V 存 3 行,共计 42 行。内容为去声[翰][换][啸]三韵残字。周祖谟《集存》所收吐鲁番刻本韵书“列 TIIDabcd”,定为“五代刻本切韵”,与这四片是同一韵书之不同残片,可以完整缀合。

荣新江(1997:269;1998:312,316,321)最早发现这些残片属于《切韵》残片,西胁常记(2001:46)和高田时雄(2004:333—337;2005:27—31)亦著录了这些残片,并指出它们同属一书,高田先生则进一步考证这些刻本韵书的时代特征要比《广韵》更晚,推测“此种版本的《切韵》大约出现在宋代”。《总目欧美》(2007:93,90,325,96)仅题为“切韵”。铃木慎吾(2004;2009)对这些残卷也曾加以介绍,藤田拓海(2017:67)同。

按:这四个残片与“列 TIIDabcd”同为一书,而武内义雄(1936)、魏建功(1936;1948)、姜亮夫(1955;2002)、上田正(1973)、周祖谟(1983;1994)等先生都曾对列“TIIDabcd”的性质有过考证。各家基本认可其为孙愐《唐韵》之后的韵书,为《广韵》所本,五代以后所刊刻。但具体属于哪种《切韵》,各家有细微的分歧。这里暂依周祖谟先生的定名,题为“五代刻本切韵”。

3.2 日藏吐鲁番韵书 3 种

日藏吐鲁番韵书共计 5 片 3 种，包括大谷 3327rv 和大谷 5465（1）rv（唐韵笺注）、大谷 5397rv 和大谷 5395rv（陆法言切韵）、大谷 5468（2）—26（俟考）。下列日藏吐鲁番韵书残卷图片，均来自国际敦煌项目（IDP）网站。

3.2.1　大谷 3327rv、大谷 5465（1）rv（唐韵笺注）

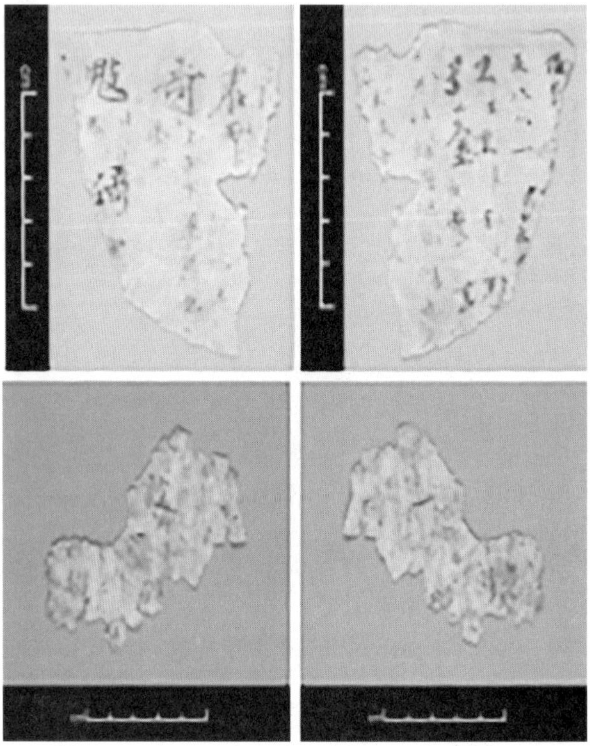

吐鲁番写本韵书残片大谷 3327rv、大谷 5465（1）rv，现藏于日本京都龙谷大学大宫图书馆。据学者考证，两片原是同卷之断裂。残片正反皆抄，各存 6 行，共计 12 行。两片之正面为平声［支］韵残字，背面为平声［东］韵残字，可以完整缀合。

《大谷集成》（1990：77）最早著录大谷 3327rv，题为“文学关系文书断片”，录文中注明“平声支韵和东韵”，已指出是韵书残片。高田时雄（2004：333；2005：24）也著录了这一片，但未有论述。《总目日本》（2005：163）参考《大谷集成》题为“音韵书残片”。后来《大谷集成》（2003：182）又公布大谷 5465（1）rv，亦题为“文学关系文书断片”，小注“韵书か?”认为可能是韵书。《总目日本》（2005：359）则题为“古籍写本残片”，未指明是韵书。铃木慎吾（2010：24）首次将大谷 3327rv 和大谷 5465（1）rv 联合起来考察，并从纽数和注文两方面的特点认为它们属于“与蒋本《唐韵》同系统而进一步修改的韵书抄本”。张新朋(2014:120)未见到铃木先生的文章,也得出了两个残片同属一种韵书的结论,并附有缀合图版。不同之处是,张文认为残片是与S. 2055相似的“笺注本切韵”。藤田拓海(2017:92)同意铃木先生的观点,把此残片定为“晚期”韵书。

按:张文认为大谷3327rv和大谷5465(1)rv属同卷残片,但在考察残片性质时却仅将大谷5465(1)rv与S. 2055等早期韵书相比较,得出“笺注本切韵”的结论,这是不妥当的。合理的办法应当将两片综合起来考察,残片体例“释义+反切+字数”,纽数作“几加几”(前数包含后数)。大谷5465(1)rv“鸏”字条下隐约可见一“加”字,知本书新加之字皆有标注。这些特点都与蒋斧本《唐韵》吻合。另外,大谷3327rv“奇”字注文“上正下通”,这种注释特点很明显是因袭了颜元孙《干禄字书》(774年),而长孙笺注本《切韵》成书于仪凤二年(677年),显然残片不可能是长孙书。这一点与蒋本《唐韵》不同。总的来说,铃木慎吾先生的观点是可信的,今暂拟名为“唐韵笺注”。

3.2.2　大谷5397rv、大谷5395rv(陆法言切韵)

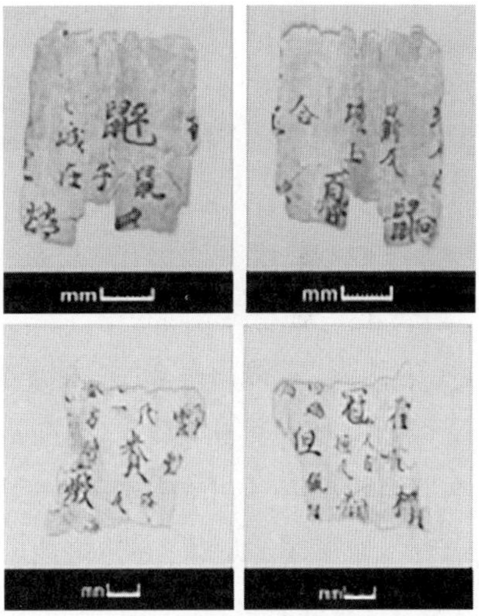

吐鲁番写本韵书残片大谷5397rv、大谷5395rv,现藏于日本京都龙谷大学大宫图书馆。据学者考证,二片属同卷之断裂。残片正反两面抄,有界栏,每面各存3行,共计12行。内容上,大谷5397rv正面为平声[青]韵残字,背面为[青][尤]二韵残字,[青]韵前后相连,可知此片应在原纸左上角。大谷5395rv正面为去声[代][废]二韵残字,背面为去声[翰]韵残字。

《大谷集成》(2003:159—160)最早著录两个残片,均题为“注解断片”。张娜丽(2004:21;2006:363)则首次指出它们是同一抄本的断裂物,又从字数和训解上判断这是陆法言《切韵》。《总目日本》(2005:351)据张氏的考证题名为“切韵残片”。铃木慎吾(2010:23)注13认为难以断定两片是否属于同一抄本,但大致认可张氏“陆法言切韵”的结论。

按:从两个断片的体制、字体和书法风格上考察,应是同一种书。“冠、观、狚”在一韵之中,翰换不分,可知本书当在蒋本《唐韵》之前。从残存的内容看,没有新增加的字,常用字无释义(如“冠”字仅有又音),与陆法言《切韵》诸特征皆相符合,定其为“陆法言切韵”当无问题。

3.2.3 大谷 5468(2)—㉖(俟考)

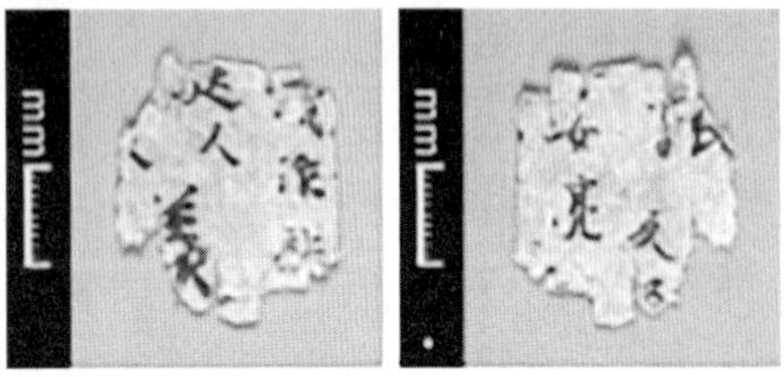

吐鲁番写本韵书残片大谷 5468(2)—㉖,是大谷 5468(2)号所辖 33 种文书断片的第 26 片,现藏于日本京都龙谷大学大宫图书馆。这个残片正反皆抄,正面有界栏,背面未见。各存 2 行,共计 4 行。正面为去声[线]韵残字,背面为去声[漾]韵残字。

《大谷集成》(2003:184—185)最早著录该残片,总题为"番外三十三断片",并有相关录文。《总目日本》(2005:361)则仅题"文书残片"。① 张新朋(2014:121—122)首次提出这是一种韵书材料,又从字体上判断这是与大谷 5397rv、大谷 5395rv 同一写卷散落的碎片,最后认为它们"较多地保存了陆法言《切韵》之面貌,盖为撰于唐高宗仪凤二年(677)的长孙讷言笺注一系的抄本"。

按:这个残片极小,正面可识的有"或作""送人""羡"等字,背面有"反五""女亮"等字,从体例上看应是韵书无疑。张文认为它与大谷 5397rv、大谷 5395rv 的文字颇为相似,依笔者观察未必如此。大谷 5468(2)—㉖纸质粗糙,墨色甚浓,与大谷 5397rv、大谷 5395rv 两号截然不同,书法也较后两号为优,不似一种抄本。张文又以三种残片"较多地保存了陆法言《切韵》之面貌"定为"笺注本切韵",这也是不妥当的。大谷 5397rv、大谷 5395rv 两号并没有显示出"长孙讷言笺注本切韵"增字和按语的特征,而且大谷 5468(2)—㉖不见得就是同卷的碎片,也就更没有理由定为"笺注本切韵"。本片正面"饯"字注文"送人"左侧尚有文字,而蒋本《唐韵》及《广韵》皆无,《王三》《王二》则有"又食演反"四字,似乎表明本片是《王韵》系统。背面"反五"前的纽首似为"怅"字,辖五字,笺注本切韵 S.6176 本小韵缺纽数,《王一》至少有六字,《王三》有七字,《王二》有五字,本片未有增加字,又似在《王韵》之前。大谷 5468(2)—㉖所存内容太少,为谨慎起见,本文暂不拟名,俟日后再考。

3.3 国藏吐鲁番韵书 4 种

国藏吐鲁番韵书共计 5 片 4 种,包括旅博 LM20—1508—1334(刊谬补缺切韵)、柏孜 80TBI:151(长孙讷言笺注本切韵)、旅博 LM20—1521—12—11(俟考)、旅博 LM20—1523—01—02 和 LM20—1523—19—83(唐韵笺注),下面分别讨论。

①国际敦煌项目(IDP)MS05468 号所辖断片已增至 36 种,本片被重编为第 27 号,这里仍依原编号。

3.3.1 旅博 LM20—1508—1334(刊谬补缺切韵)

LM20_1508_1334

吐鲁番写本韵书残片旅博 LM20—1508—1334,现藏于旅顺博物馆。残片前后上下均缺,似单面抄①,共 3 行文字。原图极模糊(右图摘自《旅博》),看不清有无界栏。内容为平声[豪]韵残字,录文如下:

第 1 行:……遭,遇。糟,火余木。□,□□□。……

第 2 行:……獒,犬高□□。熬,煎□。嶅,山多小石。……

第 3 行:(仅存右半残字,不可辨识)②

《旅博》(2006:166,232)最早著录该断片,列于未定名经卷之中。张新朋(2014:122—123)考证该片为韵书,并拟题为“王仁煦刊谬补缺切韵”。按:从训释上看,“遭”字训“遇”唯与《王二》同,诸本皆训“须”。“獒”字训“犬高□□”与《王三》《王二》同,《切三》《王一》训“犬”。则该残片似与王仁煦《刊谬补缺切韵》较为相近,张文定名可从。

3.3.2 柏孜 80TBI:151(长孙讷言笺注本切韵)

80TBI:151

一〇九

吐鲁番写本韵书残片柏孜 80TBI:151,是 1980 年新疆吐鲁番木头沟柏孜克里克石窟出土的文书断片,流水编号为 151。右图摘自《柏孜克里克》。该残片为单面抄写,无界栏,共存 4 行。内容为平声[文]韵残字,录文如下:

第 1 行:(仅存左行左半残字部分笔画,无法识别)

第 2 行:……□(汾),水名,在太原。符分反。十六。□(坟)……

第 3 行:□(蕡),草木多实。黂……

第 4 行:(仅存右行右半残字部分笔画,无法识别)

《柏孜克里克》(2007:401;215)最早著录该残片,编为未定名佛经残片第 109 号,时代为“唐”。张新朋(2014:123)考证该残片为韵书,并认为是长孙讷言“笺注本切韵”。

按:残片之“汾”小韵,唐五代韵书诸卷仅 S. 2071(切三)和《王三》完整保存。而本残片的字形和训释与 S. 2071 全同,故暂拟名为“长孙讷言笺注本切韵”。

3.3.3 旅博 LM20—1521—12—11(俟考)

吐鲁番写本韵书残片旅博 LM20—1521—12—11,现藏于旅顺博物馆。残片前后上

①《旅博》(2006:166)该残片没有反面图版,故推测为单面抄。

②笔者所据《旅博》(2006:166)图版极不清晰,故全依张新朋(2014:122)所录。

下均缺,单面抄写,共计 3 行。内容为平声[宵]韵残字,录文如下①:

第 1 行:……□(鷂),……神鸟也……

第 2 行:……犪,牛驯□。□而绍反。……

第 3 行:……□(歊),气出。□(窯)……

徐维焱(2018:1)最早指出这个残片是韵书,认为它属于"某种增字添训本"《王韵》的系统。按:笔者未曾见到这个残片的原图,根据徐氏的录文来看,的确像是某种韵书的碎片。平声[宵]韵字,唐五代韵书诸残卷中只有《切三》《王三》有相对的文字可以比勘,其训释和二书有同也有异。徐文所谓"增字添训",材料中并无体现。这个残片究竟是否属于《王韵》系统,实在不好确定,只能俟考。

3.3.4 旅博 LM20—1523—01—02(唐韵笺注)

吐鲁番写本韵书残片旅博 LM20—1523—01—02,现藏于旅顺博物馆。残片首尾及前后皆残,有轻微污迹。双面抄,背面文字不可识,无界栏,存 2 行。内容为上声[贿]韵残字,录文如下:

第 1 行:……□,……作……

第 2 行:……聉,聉頪,痴头皃。頪音……

徐维焱(2018:1)最早指出这个残片是韵书,认为它与前文所述"Ch1577R 等六片"是同一写卷,可以缀合。徐文的依据有四:第一,残片内容为上声[贿]韵,与"Ch1577R 等六片"无重复;第二,"Ch1577R 等六片"背面为《尔雅音义》"释鸟""释虫",本片背面有二字从"鸟"旁,其一似为"鸧"字,亦当为《释鸟》;第三,二者的重文符号用法相近;第四,二者书法酷肖,"皃、作"等字极为相似。徐文随后通过校勘、体例、收字、反切等方面判断这些残片属于"一种与《广韵》极为接近的写本",最后总结说:"(残片)与 TIVK75 同属于王本之外的另一系统。"

按:笔者未见原图,若残片特征确如徐文所述,自当是"Ch1577R 等六片"之部分。至于徐文的结论,笔者认为还可以讨论。TIVK75 据周祖谟《集存》考证属于时代较早的增字加训本《切韵》,而"Ch1577R 等六片"则是很晚时的韵书了,二者没有可比性。徐文仅以二书同收"頼"字和"疋米反"的切语就认为同属一种韵书,忽略了训释上的特点,并不

①本片及下文旅博 LM20—1523—01—02、LM20—1523—19—83 两片均为公开出版,笔者未见原图,仅据徐维焱(2018:1)转录。

可靠。今以前文“Ch1577R 等六片”之定名题为“唐韵笺注”。

3.3.5 旅博 LM20—1523—19—83(唐韵笺注)

徐维焱(2018:1)第 16 页第②条注释称:“新阶段的整理工作中,又发现一枚《切韵》残片,编号 LM20—1523—19—183。该片正面为上平声东韵,存翪、艐二字头。背面有四字,三字从‘虫’旁,其中二字似为螔、蝓。经比对,背面内容为《尔雅音义·释虫》,或与 LM—1523—01—02 及德藏残片为同一写本。”

按:如徐文所述,此片又当是“Ch1577R 等六片”之碎片,可定为“唐韵笺注”。

四、结语

本文对周祖谟先生《唐五代韵书集存》(1994)未收之韵书材料进行梳理、考辨与定名,共得 48 片 26 种,可以补充和完善周先生《集存》,使它更有效地为学界服务。但限于笔者的见闻,文中对韵书材料的收集和性质的判定一定还有疏漏和错误的地方,祈请方家批评指正。

本文引用书目简称说明:

《唐五代韵书集存》,简称“集存”;
《敦煌经部文献合集》,简称“合集”;
《敦煌遗书总目索引》,简称“索引”;
《敦煌遗书总目索引新编》,简称“索引新编”;
《敦煌宝藏》,简称“宝藏”;
《俄罗斯科学院东方研究所圣彼德堡分所藏敦煌文献》,简称“俄藏”;
《俄藏敦煌文献叙录》,简称“俄藏叙录”;
《英藏敦煌文献(汉文佛经以外部分)》,简称“英藏”;
《英国图书馆藏敦煌汉文非佛教文献残卷目录:S.6981—13624》,简称“荣目”;
《伦敦藏敦煌汉文卷子目录提要》,简称“提要”;
《伦敦所藏敦煌卷子经眼录》,简称“向目”;
《法国国家图书馆藏敦煌西域文献》,简称“法藏”;
《吐鲁番文书总目(欧美收藏卷)》,简称“总目欧美”;
《吐鲁番文书总目(日本收藏卷)》,简称“总目日本”;
《大谷文书集成》,简称“大谷集成”;

《中国文化遗产研究院藏西域文献遗珍》，简称“遗珍”；
《吐鲁番柏孜克里克石窟出土汉文佛教典籍》，简称“柏孜克里克”；
《旅顺博物馆藏新疆出土汉文佛经选粹》，简称“旅博”。

参考文献：

〔唐〕王仁煦：《唐写本王仁煦刊谬补缺切韵》，北京：故宫博物院，1947 年。
〔唐〕王仁煦：《唐写本王仁煦刊谬补缺切韵》，南京：江苏凤凰教育出版社，2017 年。
遍照金刚：《文镜秘府论》，北京：人民文学出版社，1975 年。
陈国灿、刘安志主编：《吐鲁番文书总目（日本收藏卷）》，武汉：武汉大学出版社，2005 年。
敦煌研究院编：《敦煌遗书总目索引新编》，北京：中华书局，2000 年。
法国国家图书馆编：《法国国家图书馆藏敦煌西域文献》34 册，上海：上海古籍出版社，1995—2005 年。
高田时雄：《汉语在吐鲁番——以〈切韵〉残片研究为专题》，《重访吐鲁番——丝路艺术文化研究一百年》，柏林：Dietrich Reimer 书店，2004 年。
高田时雄著，钟翀等译：《汉语在吐鲁番——以〈切韵〉残片研究为专题》，《敦煌·民族·语言》，北京：中华书局，2005 年。
中国文化遗产研究院编：《中国文化遗产研究院藏西域文献遗珍》，北京：中华书局，2011 年。
黄永武编：《敦煌宝藏》140 册，台北：新文丰出版公司，1981—1986 年。
姜亮夫：《瀛涯敦煌韵辑》，《姜亮夫全集》9，昆明：云南人民出版社，2002 年。
姜亮夫：《瀛涯敦煌韵辑》，上海：上海出版公司，1955 年。
铃木慎吾：《〈切韵残卷诸本补正〉未収の切韵残卷诸本について》，《中国语学研究·开篇》第 23 卷，东京：东京好文出版社，2004 年。
铃木慎吾：《〈切韵残卷诸本补正〉未収の切韵残卷诸本——ベルリン本补遗》，《中国语学研究·开篇》第 28 卷，东京：东京好文出版社，2009 年。
铃木慎吾：《〈切韵残卷诸本补正〉未収の切韵残卷诸本——大谷本补遗》，《中国语学研究·开篇》第 29 卷，东京：东京好文出版社，2010 年。
铃木慎吾：《陆法言切韵の复元と唐五代切韵の研究》，大阪大学博士学位论文，2006 年。
铃木慎吾：《切韵诸本残存状况一览图——切韵诸本研究资料之一》，《中国语学研究·开篇》第 31 卷，东京：东京好文出版社，2012 年。
旅顺博物馆、龙谷大学合编：《旅顺博物馆藏新疆出土汉文佛经选粹》，京都：京都法藏馆，

2006年。
潘重规:《瀛涯敦煌韵辑拾补》,《新亚学报》第11卷,香港:新亚研究所出版社,1974年。
饶宗颐:《鸠摩罗什〈通韵〉笺》,《梵学集》,上海:上海古籍出版社,1993年。
荣新江:《德国吐鲁番收集品中的汉文典籍与文书》,《华学》第3辑,北京:北京紫禁城出版社,1998年。
荣新江:《欧美所藏吐鲁番文献新知见》,《敦煌学辑刊》,2018年第2期。
荣新江:《王延德所见高昌回鹘大藏经及其它》,《庆祝邓广铭教授九十华诞论文集》,石家庄:河北教育出版社,1997年。
荣新江:《英国图书馆藏敦煌汉文非佛教文献残卷目录:S. 6981—13624》,《香港敦煌吐鲁番研究中心丛刊之肆》,台北:新文丰出版公司,1994年。
荣新江主编:《吐鲁番文书总目(欧美收藏卷)》,武汉:武汉大学出版社,2007年。
商务印书馆编:《敦煌遗书总目索引》,北京:商务印书馆,1962年。
上海古籍出版社、俄罗斯科学院东方研究所编:《俄罗斯科学院东方研究所圣彼得堡分所藏敦煌文献》17册,上海:上海古籍出版社,1992—2001年。
上田正:《切韵残卷诸本补正》,《东洋学文献センタ丛刊》第19辑,东京:东洋文化研究所,1973年。
邰惠莉主编:《俄藏敦煌文献叙录》,兰州:甘肃教育出版社,2019年。
谭世宝:《敦煌写卷S. 1344(2)号所谓"鸠摩罗什法师〈通韵〉"之研究》,《中国文化》,1994年第10期。
唐浩:《俄藏敦煌本韵书残卷Дх05596考释》,《文献》,2013年第5期。
藤田拓海:《陆法言〈切韵〉研究》,日本二松学舍大学博士学位论文,2017年。
王邦维:《鸠摩罗什〈通韵〉考疑暨敦煌写卷S. 1344号相关问题》,《中国文化》,1992年第7期。
尉迟志平:《韵书残卷P4871考释》,《语言学论丛》第29辑,北京:商务印书馆,2004年。
魏建功:《〈十韵汇编〉资料补并释》(1948),《魏建功文集》,南京:江苏教育出版社,2001年。
魏建功:《论〈切韵〉系韵书——〈十韵汇编序〉》(1936),《魏建功文集》,南京:江苏教育出版社,2001年。
武内义雄著,万斯年译:《唐钞本韵书及印本切韵之断片》(1936),《唐代文献丛考》,上海:开明书店,1947年。
西胁常记:《柏林吐鲁番收集品中的汉文文献》,《汉文文书手稿和印刷品》第3部分,斯图加特:FranzSteiner 书店,2001 年。
向达:《伦敦所藏敦煌卷子经眼录》,北平图书馆《图书季刊》,1939 年第 1 卷第 4 期;
向达:《唐代长安与西域文明》,北京:生活·读书·新知三联书店,1957 年。
小田义久:《大谷文书集成》4 卷,京都:京都法藏馆,1984—2010 年。
新疆维吾尔自治区吐鲁番学研究院,武汉大学中国三至九世纪研究所编著:《吐鲁番柏孜克里克石窟出土汉文佛教典籍》,北京:文物出版社,2007 年。
徐朝东:《英藏敦煌韵书 S. 11383A、B、C 试释》,《古汉语研究》,2002 年第 3 期。
徐维焱:《旅顺博物馆藏〈切韵〉残片考释》,《西域研究》,2018 年第 1 期。
远藤光晓:《P. 3696の第 10·12·13 片について》,《中国语学研究·开篇》第 6 卷,东京:东京好文出版社,1988 年。
张磊:《新出敦煌吐鲁番写本韵书、音义书考》,《浙江社会科学》,2014 年第 3 期。
张娜丽:《西域出土文书の基础的研究:中国古代における小学书·童蒙书の诸相》,东京:汲古书院,2006 年。
张娜丽:《西域发见の文字资料(4)〈大谷文书集成〉参读后札记》,《学苑》,2004 年第 5 期。
张新朋:《吐鲁番出土四则〈切韵〉残片考》,《汉语史学报》第 14 辑,上海:上海教育出版社,2014 年。
张涌泉主编,关长龙撰:《敦煌经部文献合集》第 5—7 册,北京:中华书局,2008 年。
中国社会科学院历史研究所、英国国家图书馆合编:《英藏敦煌文献(汉文佛经以外部分)》1—15 册,成都:四川人民出版社,1990—2009 年。
中国文化大学中国文学研究所、敦煌学研究小组编:《伦敦藏敦煌汉文卷子目录提要》,台北:福记文化图书有限公司,1993 年。
周广荣:《梵语〈悉昙章〉与等韵学的形成》,《古汉语研究》,2001 年第 4 期。
周祖谟:《唐五代韵书集存》,北京:中华书局,1983 年。
周祖谟:《唐五代韵书集存》,台北:学生书局,1994 年。

Collection of unaccepted materials about

***Tang Wudai Yunshu Jicun*(唐五代韵书集存) by Mr. Zhou**

Wang Dong　Dong Dawei

(Beijing Normal University;University of Jinan)

Abstract:Zhou zumo's *Tang Wudai Yunshu Jicun* (1994) is a collection of materials of rhyme books in the middle ancient times. It has been nearly 30 years since the book was completed. During this period, some fragments of rhyme books from Dunhuang and Turpan have been discovered and reported in succession. There are 48 pieces and 26 kinds of rhyme books. This article combs these materials to make up for Mr. Zhou zumo.

Keywords:Zhou zumo; *Tang and Five Dynastie*s; rhyme book; fragments; new materials

轻唇音演变中的链式音变*

——由《碛砂藏》随函音义引发的思考

李广宽

（武汉大学文学院）

提要：《碛砂藏》随函音义相关音类之间的混切差异往往反映语音历时演变的脉络，从中可以看到轻唇音的动态发展轨迹：奉母清化走在微母擦音化之前。语音史中的这两项音变实际上构成了一种链式音变，v>f，留下 v 空格，然后 ɱ>v，填补 v 空格。ɱ 之所以要继续演变，去填补 v 空格，大概与自身发音的辨识度不够高有关，也是音位系统调整的结果。保留全浊声母的吴方言不构成链式音变，奉母没有清化，但微母已经并入，奉微合一，读 v。

关键词：轻唇音；链式音变；《碛砂藏》；随函音义

一、引言

《切韵》（成书于 601 年）音系的唇音声母只有一套重唇音：帮［p］、滂［p‘］、並［b］、明［m］。七八世纪的多种文献反映轻唇音已经分化出来，如《汉书》颜师古注①、《文选》五臣注②、《五经文字》③。唐末三十六字母，明确将唇音分为重唇和轻唇两组：帮滂並明、

* 本文为国家社科基金后期资助项目“《碛砂藏》随函音义与宋代语音史研究”（19FYYB002）的阶段性成果。

①谢纪锋：《〈汉书〉颜氏反切声类系统研究》，《学术之声》，1990 第 3 期。

②徐之明：《〈文选〉五臣音声类考》，《贵州大学学报》（社会科学版），2001 年第 6 期。

③邵荣芬：《〈五经文字〉的直音和反切》，《中国语文》，1964 年第 3 期。

非敷奉微。轻唇音只出现于十个三等韵(举平赅仄,下同):东$_{三}$钟微虞废文元阳尤凡,其产生条件是i介音后接央、后元音。重唇音声母后接i介音和央、后元音,发音时牙床后移,于是就有下唇接触上齿的趋向,从而就产生了唇齿音①。新产生的轻唇音音值当为[pf]、[pf‘]、[bv]、[mɱ]②,双唇运动,牙床后移,唇齿接触,几个动作连续,正是其发音过程。

轻唇音产生之后,继续演变,最先是非敷相混。《慧琳音义》(成书于810年)非敷二分,但已有少量相混(详下)。高彦休《唐阙史》"李可及戏三教"条所记咸通年间(860—873)的对话③,混淆"敷$_{敷}$""夫$_{非}$"以增加喜剧效果。《碛砂藏》随函音义(作于11世纪初)反映的宋初通语,非敷已完全合并(详下)。非敷合一是音值简化的结果,即由塞擦音变为了擦音。就语音史和现代方言的普遍情况看,送气与不送气是塞音和塞擦音的区别特征,擦音无此分别,无所谓送不送气。非敷合流,表明它们已变为擦音。奉微亦随之而变。随函音义轻唇音的整体格局是:非敷[f],奉[v],微[ɱ]。到了元代《中原音韵》(成书于1324年),奉母已经清化,并入了非敷,微母也变为了擦音,即非敷奉[f],微[v]。

关于轻唇音的演变过程,王力先生有以下论述:

> 到了十二三世纪浊音清化的时代,v变了f,于是非敷奉合流了;同时微母由ɱ变为v。④
>
> ɱ的发音方法和m相同,但是发音部位和v相同,于是在北方话里逐渐变为一个v。这个v从十四世纪中原音韵时代起,一直保持到十七世纪。然后才变为半元音w,最后成为元音u(韵头或全韵)。它是到了这个阶段,才和喻疑合流了的。⑤

这里指出了三个方面事实:奉微二母音值的变化、奉母的演变在微母之前、ɱ>v是因

---

①Chao Yuenren. *Distinctions within Ancient Chinese*. *Harvard Journal of Asiatic Studies*, Volume 5, 1941.

②非敷奉三母的拟音,多数论著如此。微母一般拟作ɱ,张世禄、杨剑桥拟作mɱ(《汉语轻重唇音的分化问题》,《扬州师院学报》〔社会科学版〕,1986年第2期),从轻唇音的产生过程与语音系统上看,微母最初为mɱ显得更合理。

③其偶坐者问曰:"既言博通三教,释迦如来是何人?"对曰:"是妇人。"问者惊曰:"何也?"对曰:"《金刚经》云:'敷座而坐。'或非妇人,何烦夫坐,然后儿坐也?"(〔唐〕高彦休:《唐阙史》,《影印文渊阁四库全书》第1042册,北京:北京出版社,2012年,第809页。)

④王力:《汉语史稿》,北京:中华书局,2004年,第135页。

⑤王力:《汉语史稿》,第154页。

为发音部位相同，概况说明了轻唇音后一阶段的演变①。不过其中没有提供反映音变过程的语料；对于微母 ɱ>v 的变化过程，前后表述略有矛盾，先说随着奉母清化（v>f）“同时”变化，后说“逐渐”演变；对于 ɱ>v 的深层原因，没有论及。

《碛砂藏》随函音义音切数量巨大，蕴含了丰富的语音演变信息，相关音类之间的混切差异往往反映语音历时演变的脉络，从中可以看到轻唇音的动态发展轨迹：奉母清化走在微母擦音化之前②。进而引发我们作更深入的思考。

二、随函音义轻唇音间混切差异所反映的语音历时演变轨迹

《碛砂藏》刊版于南宋平江府（今苏州）陈湖中的碛砂洲延圣院，始于南宋嘉定九年（1216），终于元代至治二年（1322），共 591 函，收佛典 1532 部 6362 卷，多数经卷末尾都附有音义。20 世纪 30 年代上海影印宋版藏经会影印了该藏，名曰《影印宋碛砂藏经》。笔者整理了其中全部的随函音义材料，并做成了电子语料库，其中反切与直音总计 13.4 万余条。这些音切虽然分布于全藏不同经卷末尾的音义中，但一致性非常强（只有少数几部典籍音义中的音切例外），经过统一创作或整理③。《碛砂藏》并非原创，各方面都继承于北宋时刊于福州的《崇宁藏》，《崇宁藏》的底本是宋初福州地区的写本大藏经。随函音义作于公元 11 世纪初④，与唐五代佛典音义没有继承关系，流传过程中音切方面偶有修订，但微乎其微⑤，它的音系基础是带有一定南方地域特色的宋初通语⑥。随函音义所注音切有自己的系统性，存在大量反映音变的混切和反切改良，具有很高的音韵研究价值。中古以后的语音史研究中，由于材料所限，有些音变有待进一步证实，如庄组三等

①关于轻唇音前一阶段的演变，王力先生并不十分肯定，将非敷分别拟为［f］、［f‘］，指出“有人认为一经分化，p 和 p‘ 的合口三等字立刻合流为 f，而吐气的 f‘ 根本是不存在的。这话很有道理”（王力：《汉语史稿》，第 135 页）。其中涉及三个方面问题：非敷的音值、轻唇音的分化条件（合口三等字）、非敷的合流，目前学界一般都不这么看。

②微母擦音化只是笼统说法，因为微母演变后的 v 并非纯粹的全浊擦音（详下）。

③李广宽：《〈碛砂藏〉随函音义止蟹二摄的合流》，《汉语史研究集刊》，第 21 辑，成都：巴蜀书社，2016 年，第 30—52 页。

④李广宽：《〈碛砂藏〉随函音义产生时代考》，《人文论丛》，第 1 辑，武汉：武汉大学出版社，2019 年，第 56—69 页。

⑤李广宽：《论〈碛砂藏〉对〈思溪藏〉随函音义音切的修订》，《人文论丛》，第 1 辑，武汉：武汉大学出版社，2016 年，第 82—91 页。

⑥李广宽：《〈碛砂藏〉随函音义开口二等喉牙音字的演变及相关问题》，《汉语史研究集刊》，第 24 辑，成都：四川大学出版社，2018 年，第 161—175 页。

字的洪音化,随函音义成规模的反切改良提供了较为充分的证据①;有些问题聚讼纷纭,如关于唐宋时期知庄章三组声母的演变路径,利用随函音义的注音特点可以提出新的解释方案②;有些问题尚未引起学者关注,如宕摄合口三等字洪音化的时代,以往只知道元代韵书中该音变已经完成,根据随函音义的大量混切可以将其提前至宋初③。

随函音义轻重唇音之间的混切极少,已完全分化;清浊音之间的混切也很少,全浊声母还完好保留。重唇音自切总计 13963 例(帮 3860+滂 1808+並 3716+明 4579),轻唇音自切总计 4214 例(非 1035+敷 732+奉 1429+微 1018),轻重唇音混切总计 27 例,混切是自切的 0.15%(=27/18177)。清声母自切总计 7435 例(帮 3860+滂 1808+非 1035+敷 732),全浊声母自切总计 5145 例(並 3716+奉 1429),清浊音混切总计 51 例,混切是自切的 0.41%(=51/12580)。

随函音义轻唇音之间,非敷混切较多,另有少量其他混切。请看表 1(包括反切和直音,表头是切上字或直音字,表左是被切字):

表 1:随函音义轻唇音的自切、混切情况

	非	敷	奉	微
非	1035	48	3	
敷	133	732	2	
奉	6		1429	4
微			2	1018

非敷自切总计 1767 例(1035+732),混切总计 181 例(133+48),混切是自切的 10.24%(=181/1767),比例较高。非敷二母的切上字和直音字完全可以系联到一起(系联过程繁复,兹略)。这两方面足以说明非敷已经合并。以上反映的是宋初通语唇音声母的演变状态。

其他混切分为两类,一类是奉母与非敷相混,共 11 例:

以非切奉(6):愤:方粉反(85/78a)④ 俸:分用反(270/84b)方凤反(442/57a)方用反(323/51a、479/87a) 饧馥:芬福二字(258/30b)

①李广宽:《〈碛砂藏〉随函音义庄组三等字的洪音化及相关问题》,《语言学论丛》,待刊。

②李广宽、陆燕:《从〈碛砂藏〉随函音义看唐宋时期知庄章三组声母的演变路径》,《语言研究》,2021 年第 1 期。

③李广宽:《晚唐宋初宕摄合口三等字的洪音化》,《古汉语研究》,2022 年第 3 期。

④括号内的“85/78a”表示出自《影印宋碛砂藏经》第 85 册第 78 页上栏。

以奉切非(3):蕃:音烦(478/53b)　匪:房尾反(207/72b)　否:房九反(86/68b)

以奉切敷(2):忿:房粉反(409/10a)　蝮:音伏(402/25b)

另一类是奉微相混,共6例:

以微切奉(4):愤:忘粉反(230/66a)　肥:音微(435/36b)　汾:音文(457/145b、477/121b)

以奉切微(2):望:音房(208/56a)　刎:房粉反(422/11b)

从语音发展史看,第一类反映的是奉母清化,并入了非敷,v>f;第二类反映的是微母并入奉母,变为了擦音,ɱ>v。这两类混切数量有限,说明音变处于起步阶段,富有启发性的是,其中隐含了轻唇音动态演变的脉络。

随函音义音切丰富,相关音类之间的混切差异往往能够反映语音历时演变的轨迹,混切数量越多,表明音变进程越早。如蟹摄合口一等上去声字与止摄合口三等字的混切远多于平声字,反映了上去声字的演变进程较快,这是语音历时演变在共时层面的反映①。以上两类混切差异反映了奉母清化走在微母擦音化之前。语音史的实际情况也确实如此,假如微母擦音化走在奉母清化之前或与之同时,那么奉母清化时已经并入或正在并入的微母必然也随之一起变化,最终奉微都并入非敷,但实际音变并没有这样。②

通语语音史上,奉母清化、微母擦音化先后进行,这实际上构成了一种链式音变,v>f,留下v空格,然后ɱ>v,填补v空格。在讨论这个问题之前,先说一下此前的音变。

三、轻唇音分化后由唇齿塞擦音和鼻音继续演变

上文指出,轻唇音的产生与发音过程有关,起初是唇齿塞擦音和鼻音[pf]、[pf']、[bv]、[mɱ]。轻唇音分化之时,韵母系统也在演变,同摄内同等重韵不断合流。轻唇音只出现于十个三等韵(详上),非敷奉微成为独立的音位,发生在轻唇音韵与非轻唇音韵合并之前,否则二者的唇音字就失去了分化的机会。如止摄微韵的唇音字发展出轻唇音声母,而支脂韵的唇音字未变(之韵无唇音字),微韵字的轻唇化一定在微韵与支脂韵合并之前。同摄内轻唇音字与非轻唇音字的语音差异,起初在声母和韵母两个方面(如:肥$_{微}$ *bviəi,皮$_{支B}$ *bje,邳$_{脂B}$ *bji),随着各个韵摄三等韵的合并,二者之别集中于声母

①李广宽:《〈碛砂藏〉随函音义止蟹二摄的合流》,第30—52页。

②关于《碛砂藏》随函音义中微母擦音化的语音性质及其与奉母清化并存的原因,需要与其有传承关系的前代藏经音义比较来确定,本文暂不涉及。

(肥*bvi,皮*bi,邳*bi)。这两类字音在通语音变中从未合一,字音之间需要足够的区别度以保障正常交际,为了凸显这两类字音的区别,客观上需要拉大声母音值的距离,从而为轻唇音声母的进一步演变创造条件。

人类语言的发音讲究经济原则,发音过程中发音器官的协作力求省力,语音演变往往朝着省力方向发展。轻唇音成为独立音位之初,是唇齿塞擦音和鼻音,发音时双唇、牙床、唇齿都要参与运动,过程颇为繁复,亦不省力。

以上两方面因素促使唇齿塞擦音和鼻音继续演变:pf>f,pf‘>f,bv>v,mɱ>ɱ。这样,两类字音的区别度变大了,发音过程简化了,发音也省力了。

《慧琳音义》的音变情况可以作为上述前一因素的文献证据。《慧琳音义》同摄内同等重韵合流(鱼虞除外①),蟹效梗咸四摄的三四等韵合流,真仙二韵的重三与同摄三等韵合、重四与同摄四等韵合②。既然同摄的三等韵已经合并,那么可以反推轻唇音在此之前就已产生,否则轻唇音韵和非轻唇音韵的唇音字再也没有机会分化了。实际上《慧琳音义》的轻唇音确实已经产生,而且有4例非敷相混。非敷二纽的切上字可以系联为一类,黄淬伯认为它们已经合并。周法高指出,相对于非母自切32例、敷母自切41例,非敷混切例太少,认为非敷当两分③。周说是也,非敷少量相混,反映的是音变的开始。三类音变的逻辑顺序是:轻唇音产生——同摄三等韵合流——非敷开始相混。

《慧琳音义》的音系基础是唐代秦音(长安音),与宋初通语(卞洛音)存在传承关系④,表现在很多方面,如浊上变去、宕摄合口三等字的洪音化⑤。慧琳音中的各类音变在随函音义中都有长足发展。非敷二纽,《慧琳音义》始混,随函音义合一,可见至迟在宋初,二者在通语中已经完成合流。非敷合流,表明唇齿塞擦音(pf/pf‘)已变为擦音(f),奉微则变为相应的浊音(v)和鼻音(ɱ)。略晚于随函音义,反映汴洛语音的《皇极经世书声音唱和图》可以为证。《唱和图》地音十二图的第四图列轻唇音字,水火土石四行分别列非、奉、微$_{上}$、微$_{平去}$母字,非奉清浊对立,只有两套,与列擦音字的其他图一样,说明非奉是擦音(f、v);微母字上声和非上声对立,与列鼻音字的其他图一样,表示微母是鼻音,与非

①虞韵有唇音字,而鱼韵无。

②黄淬伯:《慧琳一切经音义反切考》,北京:中华书局,2010年,第69—119页。

③周法高:《玄应反切考》,《历史语言研究所集刊》,第二十本上册,1948年,第399—400页。

④李广宽:《〈碛砂藏〉随函音义的注音面貌及其成因》,《中国典籍与文化》,待刊。

⑤李广宽:《浊上变去完成于宋初说——以〈碛砂藏〉随函音义为中心》,《语文研究》,2023年第1期;李广宽:《晚唐宋初宕摄合口三等字的洪音化》,《古汉语研究》,2022年第3期。

奉同部位的唇齿鼻音(ɱ);敷母字没有出现,反映敷母已经并入非母①。

轻唇音读为唇齿塞擦音和鼻音,似乎没有在现代方言中留下痕迹,我们翻阅了各类方言调查资料,未见踪迹。西安话中古知庄章组合口字的声母为 pf、pf‘,如追$_{\text{知}}$[$_{\subset}$pfei]庄$_{\text{庄}}$[$_{\subset}$pfaŋ]吹$_{\text{昌}}$[$_{\subset}$pf‘ei]纯$_{\text{禅}}$[$_{\subseteq}$pf‘ẽ]②,当是后起音变,音变规律“应是 tʂu->tʂ^{w}->pf”③。类似现象在北方分布广泛,东起山东,西到青海、新疆,都可以看到④。通语中轻唇音字的唇齿塞擦音声母变为擦音,最晚在宋初完成,各地方言应该也较早变化,以至于在现代方言中难觅其踪。pf/pf‘>f,留下 pf/pf‘空格,tʂ/tʂ‘才有机会转入。

作为独立的音位,pf、pf‘还存在于现代方言,虽然不是直接来自最初的轻唇音,但 mɱ 或 ɱ 却不见记载。唇齿鼻音音位在世界各地语言中都比较罕见,但语流里却依然存在,而且可以作为其他鼻音的音位变体。英语单词中 f、v 之前的 m、n 实际读 ɱ,如 symphony['siɱfəni]和 envelope['ɛɱvəloʊp],其中 ɱ 是 m、n 的音位变体⑤。汉语里也有类似的现象,如广州话中“琴”单字音为[$_{\subseteq}$k‘ɐm],“琴房”则读[$_{\subseteq}$k‘ɐɱ $_{\subseteq}$fɔŋ];北京话中“天”单字音为[$_{\subset}$t‘ian],“天分”则读[$_{\subset}$t‘iaɱ fən$^{\supset}$]。ɱ 鲜作独立音位,大概因为它的辨识度不够高,汉语史上曾经产生的 ɱ 声母,后来又向其他方向继续演变(详下)。

四、链式音变之构成

非敷合流之后,轻唇音的整体格局是:非敷[f],奉[v],微[ɱ]。南宋后期全浊声母完成清化,奉母并入了非敷(v>f),留下 v 空格,其后微母补入(ɱ>v),从而构成了链式音变。至于 ɱ 为何要继续演变,去填补 v 空格,得从 ɱ 的发音和音位系统的调整两个方面考虑。

ɱ 的发音部位与 v 同,发音方法与 m 同,发音时上齿接触下唇,软腭和小舌下垂,气流从鼻腔呼出。声母 ɱ 的发音,听感上介于 v 与 m 之间,听起来像 v 也像 m,与 v、m 的区别度不是很大。因此就有进一步演变的必要,通语中 ɱ 或向 m 变,或向 v 变,前者属于

---

①李荣:《切韵音系》,北京:科学出版社,1956 年,第 172 页。

②文中方言资料据北京大学中文系语言学教研室编:《汉语方音字汇》(第二版重排本),北京:语文出版社,2003 年。

③张光宇:《汉语语音发展史》,台北:台湾商务印书馆,2019 年,第 352 页。

④张光宇:《汉语语音发展史》,第 121 页。

⑤亨宁·雷茨、阿拉德·琼曼著,曹梦雪、李爱军译:《语音学:标音、产生、声学和感知》,北京:中国社会科学出版社,2018 年,第 54 页。

回头音变,一般不会发生①,后者是音变之正途,到了元代,都变为了 v。《中原音韵·正语作词起例》第 17 条指出“世有称‘往’为‘网’”,第 21 条辨诸方语之病中也有“网有往”,“网$_{微}$”“往$_{于}$”混读,反映当时微母的音值非常接近零声母,已不再是鼻音。

微母由 ɱ 演变为 v,也是音位系统调整的结果。音位的系统性特点在语音演变过程中起着重要作用,微母的产生与演变都与此有关。语言中语音最具系统性,辅音音位根据发音部位与发音方法聚合成群,音位之间平行、对称,形成一个稳定的系统。如果其中某一个或某几个音位发生了变化,必然引起系统结构失衡,诱发同类其他音位随之变化,促使整个结构达到新的平衡。轻唇音的产生,先是帮滂並分化出非敷奉(p>pf、p‘>pf‘、b>bv),然后诱发明母分化出微母(m>mɱ),促成轻重唇音平行、对称,达到新的平衡。较早反映轻重唇音分化的文献,如《文选音决》(成书于 660—680 年)、《史记正义》(成书于 736 年),微母尚未产生②,其后的《五经文字》(成书于 777 年),微母已经分化出来③。非敷奉微分化之后,与帮滂並明处于双向聚合系统,平衡稳定。后来非敷合流,导致系统失衡;並奉清化,系统依然失衡;微母擦音化,轻唇音变为 f-v,一清一浊,相对稳定。而此时五个唇音声母作为一组,又与其他声母构成平行、对称关系,整个声母系统达到一个新的较为平衡的状态。请看表 2 和表 3:

表 2:轻唇音演变的几个阶段

<table>
<tr><th colspan="2">中唐前期</th><th colspan="2">北宋初年</th><th colspan="2">南宋后期</th><th colspan="2">元代</th></tr>
<tr><td>帮 p</td><td>非 pf</td><td>帮 p</td><td rowspan="2">非敷 f</td><td>帮並$_{仄}$ p</td><td rowspan="2">非敷奉 f</td><td>帮並$_{仄}$ p</td><td rowspan="2">非敷奉 f</td></tr>
<tr><td>滂 p‘</td><td>敷 pf‘</td><td>滂 p‘</td><td rowspan="2">滂並$_{平}$ p‘</td><td rowspan="2">滂並$_{平}$ p‘</td></tr>
<tr><td>並 b</td><td>奉 bv</td><td>並 b</td><td>奉 v</td><td>v</td><td rowspan="2">微 v</td></tr>
<tr><td>明 m</td><td>微 mɱ</td><td>明 m</td><td>微 ɱ</td><td>明 m</td><td>微 ɱ</td><td>明 m</td></tr>
</table>

表 3:《中原音韵》的声母系统④

p	p‘	m	f	v	

①东$_{三}$和尤韵的微母字例外,因圆唇的主要元音影响,声母由 ɱ 变回了 m(赵彤:《轻唇化音变两个“例外”的解释》,《语言科学》,2015 年第 1 期)。这两类回头音变发生较早,否则将同其他类一样,都变为 v。

②徐之明:《〈文选音决〉反切声类考》,《汉语史研究集刊》第 2 辑,成都:巴蜀书社,1999 年,第 330—345 页;龙异腾:《〈史记正义〉反切考》,《贵州师范大学学报》(社会科学版),1994 年第 1 期。

③邵荣芬:《〈五经文字〉的直音和反切》,《中国语文》,1964 年第 3 期。

④此据李新魁:《〈中原音韵〉音系研究》,郑州:中州书画社,1983 年,第 49—50 页。其中未列其零声母○,新增疑母 ŋ。表 3 矩阵我们按发音部位(横行)和发音方法(纵列)排列,对李文作了部分调整。

续表

t	t‘	n			l
tʂ	tʂ‘		ʂ	ʐ	
ts	ts‘		s		
k	k‘	ŋ	x		

五、余论

上文论述了轻唇音的链式音变，这里需要补充讨论一个问题：微母擦音化之后的音值，亦即表3《中原音韵》声母系统中 v 的实际读法。关于《中原音韵》中古微母字的声母，罗常培、赵荫棠、王力、李新魁拟作全浊擦音 v①；陆志韦拟为 w，指出“是相当于 fv 的半元音性的声母，是半唇半齿的”，“不是真正的浊音 v”②；杨耐思赞成陆说，但为了简便，仍然写作 v③；宁继福拟为 ʋ，认为“在以浊音清化为主要特征的《中原音韵》音系里空前绝后地拟出一个浊擦音来，难以服人”，指出该音“不是辅音性很强的唇齿音，而是半元音性的声母 ʋ”④。陆、宁二家的说法甚是。根据他们的描述，两家所拟 w、ʋ，实质相同，是唇齿近音，国际音标表上作 ʋ⑤。

既然《中原音韵》中古微母字的声母不是纯粹的全浊擦音 v，那么轻唇音演变过程中的链式音变是否还能成立？依然成立。首先，奉母清化（v>f）在前，微母演变（ɱ>ʋ）在后；微母在《中原音韵》中仍是独立的声母，没有与变为零声母的影喻疑母合流，如吻$_{微}$≠稳$_{影}$，亡$_{微}$≠王$_{喻}$，无$_{微}$≠吾$_{疑}$，武舞$_{微}$≠五$_{疑}$邬$_{影}$。其次，ʋ 与 v 有很多相似性，在有些方言中属于同一音位的不同变体。唇齿近音 ʋ 与全浊擦音 v 相比，发音部位相同，发音时声带都振动，区别在于摩擦程度不同，v 的摩擦更大。请看⑥：

---

①罗常培：《〈中原音韵〉声类考》，《历史语言研究所集刊》，第二本第四分，1932 年，第 437 页；赵荫棠：《中原音韵研究》，上海：商务印书馆，1956 年，第 101 页；王力：《汉语史稿》，第 154 页；李新魁《〈中原音韵〉音系研究》，第 49—50 页。

②陆志韦：《释〈中原音韵〉》，《陆志韦集》，北京：中国社会科学出版社，2003 年，第 288 页。

③杨耐思：《中原音韵音系》，北京：中国社会科学出版社，1981 年，第 25 页。

④宁继福：《中原音韵表稿》，长春：吉林文史出版社，1985 年，第 216 页。

⑤近年来出版的殷国光、龙国富、赵彤编著的《汉语史纲要》（第二版）（北京：中国人民大学出版社，2016 年，第 92 页），其中《中原音韵》声母表中的微母拟作 ʋ，且指出是唇齿近音；与微母处于同一纵列的日母拟为 ɻ（表 3 作 ʐ），也是近音。

⑥朱晓农：《语音学》，北京：商务印书馆，2010 年，第 157 页。

高元音　　近音　　浊呼音　　浊咝音

无擦————————————————→强擦

i ɯ y u　　ʋ ɹ ɻ j　　β v ð ɣ　　z ʒ ʑ ʐ

ɰ w ɥ

“[ʋ]是摩擦较小的[v]。”①如果不计较摩擦强弱这一区别特征，二者可以归为一个音位。在吴方言的嵊县话中，“/v/声母的音位变体之一是 ʋ”②。

最后讨论一下吴方言中的轻唇音演变。以上所论针对的是通语，链式音变发生在浊音清化的北方话中，保留全浊声母的吴方言不构成链式音变，奉母没有清化，但微母已经并入，奉微合一，读 v。如“腐附$_{\text{奉}}$”与“武舞$_{\text{微}}$”苏州话同读[vu$^{\supseteq}$]，温州话分别读[vøy$^{\supseteq}$][$^{\subseteq}$vu]；“坟$_{\text{奉}}$”与“文$_{\text{微}}$”苏州话同读[$_{\subseteq}$vən]，温州话同读[$_{\subseteq}$vaŋ]；“饭$_{\text{奉}}$”与“万$_{\text{微}}$”苏州话同读[vE$^{\supseteq}$]，温州话同读[va$^{\supseteq}$]，万字两地还有白读，分别是[mE$^{\supseteq}$][ma$^{\supseteq}$]；“肥$_{\text{奉}}$”与“微$_{\text{微}}$”苏州话同读[$_{\subseteq}$vi]，温州话同读[$_{\subseteq}$vei]，这两字苏州话都有白读，分别是[$_{\subseteq}$bi][$_{\subset}$mi]，肥字温州话有白读[$_{\subseteq}$bei]。现代的奉微混并，在明代反映吴方言的韵书中已经存在，王应电《韵要粗释》、毛曾、陶承学《并音连声字学集要》、朱光家《字学指南》、孙耀《音韵正讹》都是奉微合流③。不过现代吴方言中的轻唇音字，尤其是微母字，还有不少重唇音白读，微母读 v 很像是来自北方话，很难说在方言的自身演变中微母独立过。杭州话比较特殊，奉微合流，读 v，但都没有读重唇的白读音④。这与周边吴语显著不同，当与两宋之交宋室南渡有关，南下士民带来的北方话覆盖了本地重唇白读层。当时的北方话中全浊声母尚在清化途中，奉母还只是部分清化，微母仍保持宋初的状态。在北方话的碰撞下，杭州话继续演变，现在看到的结果是奉母没有清化，微母已经并入。从杭州话的演变模式中可以看出两点：其一，微母独立过，是唇齿鼻音(ɱ)，可能是随北人而来，势力很强，覆盖了原有的重唇读法。否则无法由双唇鼻音(m)直接并入唇齿擦音(v)，也不至于现代罕见白读音。其二，微母(ɱ)不稳定，容易演变，演变方向与通语一致，并入发音部位相同的擦音(ɱ>v)。

①李蓝：《“中国通用音标符号集”及若干问题的说明》，《方言》，2006 年第 3 期。

②朱晓农：《语音学》，第 157 页。

③宁忌浮：《汉语韵书史·明代卷》，上海：上海人民出版社，2009 年，第 309、320、330、351 页。

④郑伟：《〈韵学骊珠〉与清代吴语的文白之别》，《汉语史学报》，第 24 辑，上海：上海教育出版社，2021 年，第 14—15 页。

The Chain Phonetic Change in the Evolution of Light labials

——The Consideration Triggered by *Qishazang*'s *Suihan Yinyi*(《碛砂藏》随函音义)

Li Guangkuan

(Wuhan University)

Abstract: In *Qishazang*'s *Suihan Yinyi*(《碛砂藏》随函音义), the different number of *Hunqie*(混切) that happened between the relevant phonemes often reflected the diachronic development of the voice, and off course, the trajectory of light labials was included. *Feng* (奉) devocalization happened earlier than *Wei* (微) changed into a fricative(v). These two sound changes in Chinese phonetic history actually formed a chain phonetic change: v→f, leaving the slot v, and then ɱ evolved into v to filled the slot. This evolution result of ɱ related with these two following factors, one is that its pronunciation isn't recognizable and the other is the phonemic system adjustment. Wu dialects that retain the voiced initials do not constitute a chain phonetic change. *Feng*(奉) devocalization did not occur, but *Wei*(微) has been incorporated, and *Feng*(奉) is united and pronounced v.

Keywords: light labials; chain phonetic change; *Qishazang*(碛砂藏); *Suihan Yinyi*(随函音义)

高邑方言异调分韵现象的地理分布*

武松静

（南京师范大学文学院）

提要：高邑方言位于晋语和冀鲁官话的交界，属于过渡型方言，存在异调分韵现象。文章通过调查高邑县内81个方言点韵母和声调的情况，发现在调查点中有47个地区存在异调分韵现象，分韵最多的地区涉及除遇摄以外的15个韵摄，分韵涉及韵摄的数量由西北向东南地区递减，这种地理分布特征与入声调的分布高度重合。结合其他汉语方言中的异调分韵材料，文章认为，异调分韵现象的分布与入声调相关。

关键词：高邑方言；异调分韵；入声调

一、引言

中古来源于同一韵母的一批字因为声调不同而使今韵母表现出不同程度的差异，这种现象在"北京话、中原官话、晋语、吴语、徽语、湘语、乡话、闽语、粤语、平话等方言中都不同程度地存在"①，学术界偶有报道，存在"韵随调转""分调交替""调值分韵""本韵—变韵""松音—紧音""异调变韵""异调分韵"等不同说法。首先，"变韵"是相对于"本韵"而言的，其范围更大，除了由声调引起的韵母差异外，更有儿化、子尾、连读、语法结构等等引起的变韵。其次，目前有这一现象的方言不能通用某个理论来解释其产生的

*基金项目：江苏省研究生科研与创新计划项目"晋语鹿元片与冀鲁官话边界方言的语音研究"（KY-CX23_1596）。

①曹志耘：《汉语方言中的调值分韵现象》，《中国语文》，2009年第2期。

原因，对于究竟是不是由调值引起的韵母变化尚未有定论。再者，“松紧”的说法比较笼统，汉语方言中多用于闽语，尤其是福州方言，国内关于松紧元音的研究多是针对少数民族语言，最主要是体现在发声态上的差异。因此，本文认为“异调分韵”这一说法更加妥帖，可以专注于韵母的分化，不必纠结哪个是本韵而哪个属变韵，也不必质疑调值是否是导致分韵的直接因素，故而采用“异调分韵”的说法。

高邑方言存在这类声调导致韵母分化的现象，即同一来源的韵母因今声调的不同而出现不同的变体，逢阴平、上声、入声（以下简称“一类调”）读第一类韵母（以下简称“一类韵”），逢阳平、去声（以下简称“二类调”）读第二类韵母（以下简称“二类韵”）。这种不同与中古调类来源无关，如次浊入声字今读去声调，韵母变化随二类调；清入声字今读入声调，韵母变化随一类调。“出现分韵的调类”一般是指在有异调分韵现象的方言中，调类总数范围内数量较少的一个或几个调类。如高邑方言一共有五个调类，其中一类调有三个、二类调有两个，习惯上称二类调出现分韵，这与现有的汉语方言材料中“变韵”的说法是对应的（调类总数范围内数量较少的调类所对应的韵母音值称为“变韵”）。较早指出高邑方言有分韵情况的文章是2008年李旭的博士论文《河北省中部南部方言语音研究》，文章把高邑县作为调查点之一，发音人为居住在高邑县高邑镇的27岁女性，指出高邑方言中古咸山摄阳声韵的今读属于过渡型，分两种情况：其一，鼻音尾脱落并且主要元音鼻化；其二，鼻音尾脱落后，主元音不鼻化并且开口度减小，形成口元音[ɛ]，同时经常与古蟹摄一二等大部分字、古假开三精组字以及古咸山摄部分舒化后的入声字同音。该文通过简单的数量统计，指出第一种情况出现在阳平和去声字，第二种情况出现在阴平和上声字，同时参考了巨鹿方言与之相反的分化结果，认为这种分化是在“平分阴阳”之后产生的，但遗憾的是，该文仅对这种语音现象做了简单描写，并未有更深入的分析。2021年武松静发表在《方言》杂志上的《河北高邑方言的异调分韵》一文对高邑方言万城镇西良庄村的异调分韵情况做了相对详尽的描写，指出高邑方言“声调分韵现象的产生与声调的时长和急促程度有关”且“应有过‘以韵分调’的阶段，异调分韵与‘韵分阳上’在音变过程中相互影响”。①但高邑县位于冀鲁官话和晋语的交界地段，东西部地区在语音表现上存在差异，分韵现象并没有覆盖高邑全县，该文的调查范围限于万城镇西良庄村，未能揭示高邑方言异调分韵现象的全貌。本文在2020年7月至2021年3月期间对高邑县内81个方言点的分韵情况进行了专项调查与核对工作，从地理分布的角度更全面地考察了这类特殊现象，通过梳理汉语方言中异调分韵现象的现状，我们认为异调分

①武松静：《河北高邑方言的异调分韵》，《方言》，2021年第1期。

韵现象可能与入声有一定程度的联系。

二、高邑县内异调分韵现象的分布

果假摄:西部地区有 24 个调查点存在分韵。假开三的精组见系字与果开三字合流,在分韵地区逢一类调读[ie]、逢二类调读[iɛ],不分韵地区有两种情况,其一均读[iɛ],其二[iɛ]和[iə]自由变读,东南地区老派话多读[iə]。

蟹止摄:存在分韵的调查点有 38 个,蟹摄开口一等、除见系外的开口二等、合口二等见系字和止摄合口庄组字今音逢一类调读[e][ue]、逢二类调读[ɛ][uɛ],不分韵地区均读[ɛ][uɛ]。蟹摄合口一三四等字和止摄开口帮组、除庄组外的合口字今音逢一类调读[ei][uei]、逢二类调读[ɛi][uɛi],不分韵地区均读[ei][uei]。

效摄:有 46 个调查点存在分韵,今音逢一类调读[o][io]、逢二类调读[ɔ][iɔ],各地内部基本没有差异。有 35 个调查点不分韵,其中里村和河村无论一类调还是二类调均读[o][io],剩下的 33 个调查点均读[ɔ][iɔ]。

流摄:有 38 个调查点存在分韵,今音逢一类调读[ou][iou]、逢二类调读[ɔu][iɔu],内部基本一致。不分韵地区今音均读[ou][iou]。

咸山摄舒声:不分韵的调查点有 36 个,均读为[æ̃][iæ̃][uæ̃][yæ̃]。存在分韵的调查点有 45 个,其中有 30 个调查点(多为北部地区)今音逢一类调读[e][ie][ue][ye]、逢二类调读[æ̃][iæ̃][uæ̃][yæ̃],前者与果假蟹止摄一类韵的[e][ue][ie][ye]同音,即如:三[꜀se]=腮、关[꜀kue]=乖、演[꜂øie]=野。在西南部富村镇的大部分地区和相邻高邑镇的零散村落,有 15 个调查点将北部地区咸山摄的[ie][ye]读为[iɛ][yɛ],即演[꜂øiɛ]≠野[꜂øie]。

臻深摄舒声:不存在分韵的调查点共 42 个,今读[en][ien][uen][yen],其中个别地区韵尾脱落,读为[ei][iei][uei][yei],各地出现不同程度的鼻化,近似[ẽ][iẽ][uẽ][yẽ],多在北部与元氏、赵县毗邻地区。分韵的调查点共 39 个,西部大部分地区老派话逢一类调今读[ei][iei][uei][yei]、逢二类调今读[ɛi][iɛi][uɛi][yɛi],其中[ei][uei]([ɛi][uɛi])与蟹止摄同音,如:温[꜀vei]=微、坟[꜁fɛi]=肥、昏[꜀xuei]=灰、棍[kuɛi꜄]=贵。万城镇中部的部分地区老派话细音字逢阴平和上声时增生鼻尾,而北部地区新派话据今声调分[ən][iən][uən][yən]和[ɐn][iɐn][uɐn][yɐn]两类。富村镇新派话基本与老派话相同,但[iei][yei]有演变为[ien][yen]的趋势。

宕江摄舒声:存在分韵的调查点共有 33 个,今音逢一类调读[ʌŋ][iʌŋ][uʌŋ]、逢二类调接近[aŋ][iaŋ][uaŋ]。不分韵的地区有 48 个，具体有两种情况，一种是韵母一律读为[ʌŋ][iʌŋ][uʌŋ]，这种情况比较少，仅有里村、马村、河村三个方言点，除了这些地区以外一律读[aŋ][iaŋ][uaŋ]。

曾梗通摄舒声：曾梗摄舒声、通摄帮系舒声字在不分韵的地区今读[əŋ][iəŋ]，有 32 个调查点存在分韵，逢一类调今读[əŋ][iəŋ]、逢二类调今读[ɐŋ][iɐŋ]。通摄除帮系以外的舒声字在不分韵的地区今读[uoŋ][yoŋ]，有 28 个调查点存在分韵现象，今音逢一类调读[uoŋ][yoŋ]，逢二类调读[uɔŋ][yɔŋ]。

根据是否存在异调分韵现象，高邑方言的韵母可以分成两种类型：有分韵型和无分韵型。前者指音系里的韵母根据今声调的不同而出现舌位下降、增生鼻化鼻尾等现象，后者韵母不因声调的改变发生变化。异调分韵现象的存在，导致各地韵母数量差异增大，以老派话为例：属于无分韵型的调查点有 34 个，分布在高邑东南部地区；属于有分韵型的调查点有 47 个，基本分布在高邑县的西部和北部。有分韵型的地区在读音上又有些许差异，根据分韵涉及的韵摄数量可分为类别多型和类别少型，前者如西富村，分韵牵涉到十五个韵摄，后者主要是处于东西部的过渡地区，分韵最少的只涉及咸山摄，如五百村。

表 1：高邑方言的韵母类型表

类型		韵摄数量	调查点举例
有分韵型	类别多型	≥10	西富村、西良庄、万城村、岗头、西韩庄等 35 个
	类别少型	3—9	马村、张家庄、赵村、北渎、辛庄、东张村共 6 个
		2	北关、五百村、大夫村、东北营、西驿头、里村共 6 个
无分韵型		0	东江村、磨坊村、东王村、寺家庄、东关等 34 个

高邑西部及北部的部分地区保留了入声调，但入声韵已经消失，入声韵归派到果、假、遇、蟹、止、效等各摄，归派后保留入声调的字读一类韵，变读阳平和去声调的字读二类韵。通过大范围细密的地理调查，我们发现高邑县内异调分韵现象的分布与其入声的分布高度重合，见图 1 与图 2。

三、汉语方言中的异调分韵现象

3.1 目前异调分韵现象的材料

异调分韵现象主要存在于南方的一些方言中，如广西横县平话、广东四会粤语、湖南溆浦湘语等，北方方言则多为晋语，如河南新乡、山西隰县等。下表总结了已报道的存在异调分韵现象的汉语方言材料。

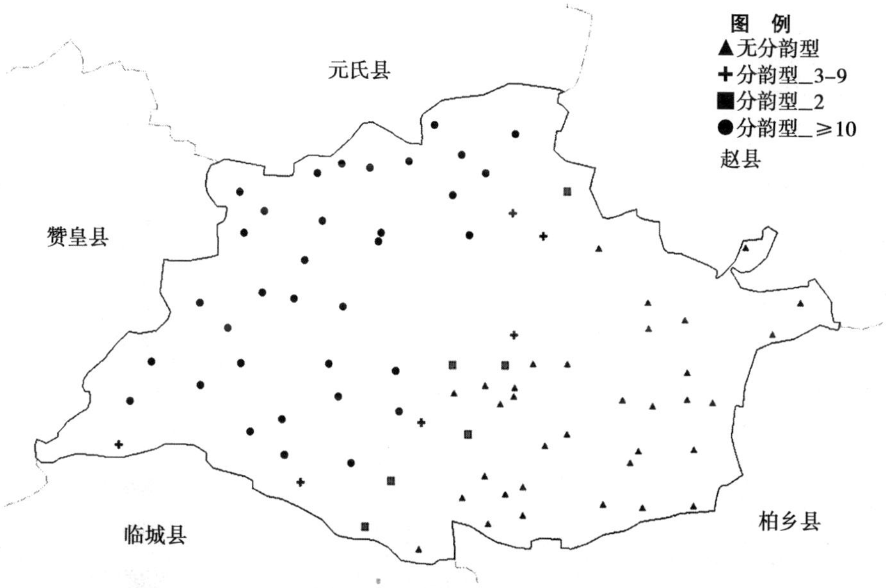

图 1:高邑方言韵母类型的地理分布

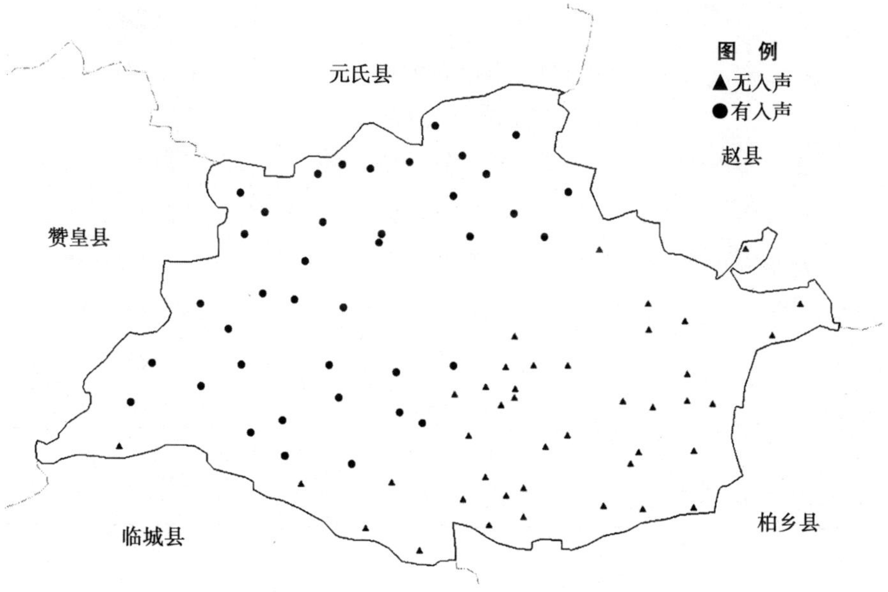

图 2:高邑方言入声调的地理分布

表 2:汉语方言中的分韵信息表①

<table>
<tr><th rowspan="2">方言点</th><th rowspan="2">来源</th><th rowspan="2">韵摄分布</th><th colspan="2">分韵情况</th></tr>
<tr><th>一类调</th><th>二类调</th></tr>
<tr><td rowspan="2">襄垣晋语</td><td rowspan="2">金有景(1985)</td><td rowspan="2">效蟹</td><td>非上声</td><td>上声</td></tr>
<tr><td>[au][iau][ai]</td><td>[aŋ][iaŋ][an]</td></tr>
<tr><td rowspan="2">隰县晋语</td><td rowspan="2">刘勋宁(1998)</td><td rowspan="2">咸山宕</td><td>非去声</td><td>去声</td></tr>
<tr><td>[an][ian][uan][yan]</td><td>[ai][iai][uai][yai]</td></tr>
<tr><td rowspan="2">获嘉晋语</td><td rowspan="4">支建刚(2013)②</td><td rowspan="2">蟹止臻深流曾梗通</td><td>非去声</td><td>去声</td></tr>
<tr><td>[uei][ei][ou][iou][ẽ]
[uẽ][əŋ][uŋ][iŋ][yŋ]</td><td>[uæɛ][æɛ][ɔo][iɔo][ɜn]
[uɜn][ʌŋ][uʌŋ][iʌŋ][yʌŋ]</td></tr>
<tr><td rowspan="2">济源邵源晋语</td><td rowspan="2">蟹效</td><td>阴平、上声</td><td>阳平、去声</td></tr>
<tr><td>[E][ɔ][iɔ]</td><td>[æ][ɑo][iɑo]</td></tr>
<tr><td rowspan="4">新乡晋语③</td><td rowspan="4">李淑君(2017)</td><td rowspan="2">蟹效咸山宕江</td><td>阴平、上声</td><td>阳平、去声</td></tr>
<tr><td>[ɑu][iɑu][ai][uai][ɛ̃][iɛ̃]
[uɛ̃][yɛ̃][ɑŋ][iɑŋ]uɑŋ]</td><td>[ɔ][iɔ][æ][uæ][æ̃][iæ̃]
[uæ̃][yæ̃][ɐŋ][iɐŋ][uɐŋ]</td></tr>
<tr><td rowspan="2">果遇蟹止流臻深曾梗通</td><td>非去声</td><td>去声</td></tr>
<tr><td>[uɤ][ei][uei][ou][iou]
[ən][in][un]yn]
[əŋ][iŋ][uŋ][yŋ]</td><td>[uʌ][æe][uæe][ɔu][iɔu]
[ɐn][iɐn][uɐn][yɐn]
[ɑŋ][iɑŋ][uɑŋ][yɑŋ]</td></tr>
<tr><td rowspan="2">黎城晋语</td><td rowspan="2">李欢(2019)</td><td rowspan="2">蟹效</td><td>非上声</td><td>上声</td></tr>
<tr><td>[E][uE][o][io]</td><td>[æi][uæi][ɔ][iɔ]</td></tr>
<tr><td rowspan="2">隰县晋语</td><td rowspan="2">李莉(2019)</td><td rowspan="2">咸山宕江</td><td>阳平、上声</td><td>阴平、去声</td></tr>
<tr><td>[aŋ][iaŋ][uaŋ][yaŋ]</td><td>[æ][iɛ][uæ][yæ]</td></tr>
<tr><td rowspan="2">永济中原官话</td><td rowspan="2">吴建生(1989)</td><td rowspan="2">咸山</td><td>非去声</td><td>去声</td></tr>
<tr><td>[æ][iæ][uæ][yæ]</td><td>[ai][iai][uai][yai]</td></tr>
<tr><td rowspan="2">洛川中原官话</td><td rowspan="2">孙建华(2014)</td><td rowspan="2">效蟹</td><td>非去声</td><td>去声</td></tr>
<tr><td>[ɛ][iɛ][uɛ][ɔ][iɔ]</td><td>[ɛe][iɛe][uɛe][ɔo][iɔo]</td></tr>
</table>

①为了便于比较,“一类调”“二类调”与高邑方言的分类对应。

②文中列有两大区域共七个方言点,本文只列两个方言点的分韵情况作为两个区域代表。

③新乡晋语的分韵在李淑君(2017)的材料中分有四种类型,这里只列分韵最复杂的“朗公庙型”。

续表

方言点	来源	韵摄分布	分韵情况	
			一类调	二类调
礼泉 中原官话	张双庆 邢向东 (2011)	未列	阴平、阳平	上声、去声
			[æ][E][ou][ã][ɛ̃][ɑŋ][ʌŋ]	[ɛ][e][ɷu][æ̃][ẽ][ʌŋ][ɤŋ]
淅川 中原官话 老河口 西南官话	丁沾沾 (2019)	蟹止	非去声	去声
			[e][ue][ei][uei]	[ɛ][uɛ][e][ue]
浦市湘语	瞿建慧 (2009)	果假蟹 咸通	非去声	去声
			[ɷ][ɔ][ɛi][ɛ][oŋ]	[ɒ][ɒ][æe][æ]ɔŋ]
两丫坪 湘语		咸山	非去声	去声
			[ɛ][uɛ]	[a][ua]
火马冲 湘语		宕	非去声	去声
			[aɯ][iaɯ][uaɯ]	[a][ia][ua]
兴隆场 湘语		臻深曾梗	非去声、阳去	阴去
			[ẽ][uẽ]	[ai][uai]
四会县城 粤语	詹伯慧 张日昇 (1998)	蟹止流	非去声	去声
			[ai][au][ɐi]	[ɐi][ɐu][i]
四会粤语	黄拾全 (2016)	蟹流 遇效止	古平声、古上声	古去声
			[ai][uai][au][iau]	[ɐi][uɐi][ɐu][iɐu]
封开开建 粤语	侯兴泉 (2012)	遇蟹止流 效咸山臻 深梗通	非去声	去声
			[ɐi][uɐi][ɐu][ɐn][ɐm][ɔm] [ɔn][oŋ][ɛu][ɛm][ɛn][iᵊŋ]	[ei][uei]ou][in][om] [un](øn)[uŋ][iu][im][in][iŋ]
横县平话	闭克朝 (1991)	止遇	非去声	去声
			[i][u][y]	[əi][əu][ɔi]
横县峦城 平话	刘炎鑫 赖华平 (2008)	蟹流臻深 曾梗通	平声	上声、去声
			[ei][əu][əm][ən][əŋ][iŋ][uŋ]	[ɐi][ɐu][ɐm][ɐn][ɐŋ][ɛŋ][ɔŋ]

续表

方言点	来源	韵摄分布	分韵情况	
			一类调	二类调
南宁平话	罗敏（2014）	假蟹效咸山宕江	平声 阴调类不送气仄声	阳调类仄声 阴调类送气仄声
			主元音 a/—a—	主元音 ɑ/—ɑ—
临桂六塘土话	徐国莉庄初升（2017）	除止深外的 14 个韵摄	非阳平	阳平
			[au][o][ua][iau][æi] [aŋ][a][iaŋ]	[ou][u][a][iou][ei] [eŋ](əŋ/ei)[eŋ](ei)[iəŋ]
沅陵死客子话	胡蓉（2016）	效蟹流	非阳去	阳去
			[ɛu][iɛu][ɛ][uɛ]([a][ua])	[au][iau][ae][uae]
永兴县梓木话	黄吐艳（2017）	效蟹	阴平、上声	阳平、去声
			[ə][iə][uɛ]	[ɔ][iɔ][ua]([uæ])
福州方言①	陈泽平（1998）	除假流外的 14 个韵摄②	非去声阴入	去声、阴入
			[o][i][u][y][øy] [iŋ][uŋ][yŋ][eiŋ][ouŋ][øyŋ] [oʔ][iʔ][uʔ][yʔ] [eiʔ][ouʔ][øyʔ]	[ɔ][ei][ou][øy][oy] [eiŋ][ouŋ][øyŋ][aiŋ][auŋ][oyŋ] [ɔʔ][eiʔ][ouʔ][øyʔ] [aiʔ][auʔ][oyʔ]

由以上材料，我们能够得出几点认识：

（1）“异调分韵”这一现象并不是偶然发生的。晋语和中原官话区的分韵基本集中在晋中南和豫西豫北，在湘语区的分布集中在辰溆片，粤语区的分韵多分布在西部，而闽语区的分韵多是闽东，异调分韵现象在地域上成片出现，往往有着某些一致性特征。

（2）从声调来看，去声调与其他声调的韵之间出现差异的次数最多，即去声出现分韵的频率最高，其次是阳平。多数材料是按照今声调来确定分韵的，个别地区的判定条件为古去声，无论调值是什么，异调分韵现象大概率出现在去声调并非巧合，这可能和调类的某个特点有一定的联系。其实在北京话中也有这种韵母随声调不同而产生音值差异的现象，前人研究的比较充分，只不过从听感上而言这种差异并不是十分明显，“北京阴阳上去四声，韵母音值略有差别……前响的复合元音 ai、ei、ao、ou 上声、去声动程较宽，阳

①陈泽平（1998）将福州方言分韵的情况依据声调分为四类，这里只列福州方言为代表，另外三种如古田不发生分韵、棠口 B 类韵为阳平和去声两调类、闽清 B 类韵为阴去和阳去两调类。

②书中并未标明，本文据书中的“福州话音节全表”总结得出。

平、阴平动程较窄”。[①]“一般地说,汉语普通话的上声字、去声字中的韵母比阴平字、阳平字中的韵母长一些。这一现象在 e[ɤ]、er[ɚ]、ei[eɪ]、ou[oʊ]、uei[ueɪ]、iou[ioʊ]、uen[uən]七个韵母中特别显著”。[②]此外,在北京话中,去声的“二”与非去声的“儿”“耳”韵母的实际音值也很不同,“二”的舌位要低得多。可见在这种分韵的现象中,去声调是比较值得关注的。

(3)一般认为异调分韵现象多发生在南方方言中,从韵摄分布的整体情况来看,南方方言分韵涉及的韵摄往往比较多,尤其是闽东方言和某些土话,分韵现象几乎可以覆盖全摄,这与南方方言自身韵母的复杂性可能有一定的关系。北方方言出现异调分韵现象的多为晋语,有部分中原官话,与南方方言相比,分韵所涉及的韵摄整体上相对少一些,比较常见是出现在蟹摄、效摄和咸山摄中,而果摄、假摄和遇摄很少出现。

(4)从韵母的具体音值来看,分韵类型有四种:主元音的高低、韵尾的增删和转化、增减音、单元音和复元音的转换。若将二类调看作分韵的声调[③],主元音的低化是最普遍的分韵类型,南北方通用,甚至出现其他类型时也会伴有主元音低化的现象;增减音和韵尾的增删转化多出现在北方方言中;主元音高化和单元音韵母裂化为复元音基本只出现在南方方言中。此外,在北方方言中出现分韵现象的多是中高元音和中低元音,高元音和低元音基本不发生分韵,南方方言则没有限制,若遇高元音便选择裂化,逢低元音则舌位向后移动。

(5)分韵的地区多为有入声的方言,虽然大部分入声不分韵,看似与分韵的音值没有直接联系,但这的确是分韵现象在汉语方言分布方面的一个比较突出的特点。

3.2 前人对异调分韵现象的解释

关于异调分韵现象成因的问题,一般的观点主要有两大类:今音调值的影响、早期音值的影响。

3.2.1 今音调值的影响

一般认为较早发现存在这种现象的方言是闽东方言,多称之为“变韵”,其调类和韵

---

①李荣:《音韵存稿》,北京:商务印书馆,2014 年,第 58 页。

②吴宗济:《现代汉语语音概要》,北京:华语教学出版社,1992 年,第 147 页。

③与“本韵—变韵”的说法中存在谁是本韵谁是变韵的争论一样,我们不能贸然说是哪个声调分韵,也不能说不同声调下这两种韵母是由哪个韵母分出来的,进而也就无法说明主元音是高化了还是低化了,只能说以声调为条件,形成了两种韵母的对立。但按照一般说法,本文将二类调视作分韵的调类。

母具有一定的关联,例如福州话的分韵主要表现为阴去、阳去、阴入这三个声调的韵母相对发生低化、复化。袁家骅等在《汉语方言概要(第二版)》(2001)中解释说:“升调、降升调和升降调都能影响元音的音质,使单元音复化,使半高半低的单元音或复元音变得低些开些,使低元音变得后些。”①也就是说,该书认为是今调值的不同,尤其是调型的不同对韵母产生影响使其发生分化,可同时袁先生在书中又指出“福清话同福州话很接近,调类完全相同,可是福清话没有升调和曲折调,韵母也还是起类似的变化”②,这与今音调型导致分韵这一说法自相矛盾,调型也仅是针对福州话的声调来说的,在今天看来,换一种方言,未必就是降调、降升调、升降调会产生影响,而且同一方言中同是降调时也不是所有的韵母都发生分化,可见这个解释随着方言材料的增加而变得并不那么合理。也有学者认为分韵是今音调值的动程大小所导致的。对于北京话四个声调对应的韵母略有差异这一现象,吴宗济在《现代汉语语音概要》(1992)中解释:“这种由于不同声调而使韵腹有长短变化的现象,如上声去声里的韵腹比较长些,读得清楚些,是由于声调频率的动程较大所致。”③单就北京话而言,动程较大的声调对应的韵母主元音更加清晰,这在听感上也比较明显,尤其是作为曲折调的上声,声调频率移动范围的扩大使得韵母的主要元音有机会突显出来。

曹志耘(2009)指出这种使韵母出现分化的现象是由声调的长短、高低等因素共同造成的。在《汉语方言中的调值分韵现象》一文中,曹先生整理了多个汉语方言的分韵现象,称之为“调值分韵”,并归纳为长短调分韵和高低调分韵这两种分韵的主要机制:“综观今天汉语方言中的调值分韵现象,长调导致韵母元音复化、韵尾增生(可合称“长化”),低调导致韵母元音低化、复化。”④在此基础上,我们可以进一步“把长化、低化、复化都视为对原韵母的一种‘强化’,即增强原韵母的长度、响度和信息量”。⑤也就是说,曹先生认为分韵是由调值长、低的特征引起的,这种特征能够使韵母的某个特点得到加强。在判定分韵的方法上,该文只关注韵母音值的异同,只要是韵母具体音值不同就当作“分韵”处理。把音长较长、动程较大的调归为长调,尤其指出有的降调虽然音长比较短但动程很大故而也归入长调,这与吴宗济先生所说的长调是一致的。但对于高调和低调,文中并没有给出明确的概念和界定方法,只是在分析过程中列表将含有 5 和 4 的划为高

①袁家骅:《汉语方言概要(第二版)》,北京:语文出版社,2001 年,第 287 页。

②袁家骅:《汉语方言概要(第二版)》,北京:语文出版社,2001 年,第 288 页。

③吴宗济:《现代汉语语音概要》,北京:华语教学出版社,1992 年,第 110 页。

④曹志耘:《汉语方言中的调值分韵现象》,《中国语文》,2009 年第 2 期。

⑤曹志耘:《汉语方言中的调值分韵现象》,《中国语文》,2009 年第 2 期。

调、含有1和2的划为低调。调值的长短高低确实和不少方言的分韵现象有着对应关系，但不同的方言有不同的分韵机制，随着越来越多的方言材料被挖掘，曹先生的解释也并非能够适合所有汉语方言的分韵现状，关键在于怎么界定调值的长短高低以及如何处理与韵母分化的对应关系，既然很难得出普适性的结论，那么专注于某个具体方言窥探其自身的演变迹象也未尝不是一种思路。本文对于文中“从理论上说，只要一个方言声调系统内的调值长短、高低存在足够的差异，就有可能发生调值分韵——当然是否发生另当别论”①的说法深表赞同。

3.2.2 早期音值的影响

广西东南部横县平话的异调分韵现象也是较早被发现的，闭克朝(1991)将这种现象称为“韵随调转”。广西横县平话的止摄开口字和遇摄字在今声调为去声时韵母是复元音[əi][əu][ɔi]，今声调为平、上调时韵母是单元音[i][u][y]，文章把横县平话和福州话、福清话进行排列对比，认为不应该把这些现象简单地归纳为方言今调值对元音音质的影响，但也没有深入探讨这种现象在横县平话中产生的原因，只是提出了两种可能性，一是这种现象形成时的调值对元音韵母的影响，二是横县平话的去声字的韵母本身就有能够变成复韵母的特点而与调值无关。对于这两种设想，闭克朝(1991)并没有多做解释，虽然用晋语中的某种方言事实做了类比，但也没有具体解释这种能够变成复韵母的特点是什么以及为什么会形成这样的特点，而关于分韵形成时的调值也无法考证，甚至分韵出现的年代也未必都有迹可循，故而实际上全文还是着重对分韵事实的描写。持早期音值影响分韵这一说法的还有金有景，他认为山西襄垣方言的分韵的条件完全是“今音声调”，并在《襄垣方言效摄、蟹摄(一、二等韵)字的韵母读法》(1985)一文中推断这个“今音”的年代可能是盛唐，即认为襄垣方言效摄、蟹摄(一、二等韵)字韵母的分化是在盛唐以后。文中列举了一批效摄上声字读ŋ尾、蟹摄一、二等上声字读n尾而与其他声调字相区别的例字，但分韵的原因却无从得知。

侯兴泉(2012)根据四会城区的粤语分韵情况认为西部粤语的分韵现象与今调值和今调类都没有什么必然联系，而是与古调类调值有关。侯先生基于西部粤语48个方言点的材料构拟了原始勾漏片粤语和桂南平话的声调系统，结果表明，具有分韵现象的调类均有升调特征，并指出西部粤语产生分韵现象可能是“由早期西部粤语去声中的升调特征导致的”②而非低调值所引起的，这与曹志耘先生的结论恰恰相反。从文中本身的材

①曹志耘：《汉语方言中的调值分韵现象》，《中国语文》，2009年第2期。
②侯兴泉：《西部粤语的调值分韵》，《语言科学》，2012年第3期。

料来看,“升调导致韵母元音高化”的解释要比曹先生“低调导致韵母元音的低化、复化”的解释更具有合理性,但也仅是针对西部粤语而言。除了早期的升调特征外,侯先生还认为西部粤语的分韵机制与韵母结构有非常大的关联,是早期调值和元音结构共同促成的,即“升调容易促使 GVG、GV 和(G)VC 结构中主元音变高”①。

徐国莉、庄初升(2017)用实验语音学的方法对临桂县六塘土话的韵母和声调进行了测算,结果表明阳平字韵母的主元音舌位要高于非阳平舒声字,该文认为阳平调分韵导致韵母的主元音高化,甚至复化。从调值的高低来看,六塘土话的阳平调是个中平调,与阴上调、阴平调的差异并没有非常大的差距,时长上居中,与阴平调差异不大,且又看不出阳平调的字其韵母结构与非阳平字有明显的区别。因而作者认为从今音值无法求得分韵的原因,更赞同这种现象是分韵发生时的音值所引起的:“假定‘当时’各调同韵,但由于阳平调字的韵母在略长的发音动程中元音发生了音质的变化,即主元音高化、韵尾增生。这种音变也许发生初起时音感差别并不太大……但随着时间的推移差距逐渐加大,特别是当全浊声母清化时,会引起整个韵母的变化。”②

总而言之,无论今音还是古音,对于分韵原因的解释都离不开调型变化、调值高低、声调时长等等。正如陈泽平在解释福安话的分韵现象时所说:“变韵以调类为条件,声调分类的依据就是调值差异,变韵发生的机制必然是与构成特定调值的某个成素有关,这是逻辑推论,不论我们是否已经发现了或不远的将来是否能发现这个相关的调值成素究竟是什么。”③而这个成素“是构成这种声调特质的成分之一,未必只是相对音高或长短,5 度标调法也许不足以表达这种调值成素”。④陈泽平(2012)认为福安话的变韵最初是某个特殊的调值先发生的,在它的推动下形成以调类为条件发生的变韵,整个语音系统的结构因此变得不合理,但随后又在韵母系统的自我调节下基本恢复平衡。既然这种分韵现象是以声调为基础的,那必然与声调本身的某个要素有关,这一点是无可置疑的,分韵可能是起先发生在一个比较特殊的调值上,随后产生一系列连锁反应和语音结构的调整。

①侯兴泉:《西部粤语的调值分韵》,《语言科学》,2012 年第 3 期。

②徐国莉、庄初升:《临桂县六塘土话的阳平分韵现象》,《广西师范大学学报(哲学社会科学版)》,2017 年第 3 期。

③陈泽平:《福安话韵母的历史音变及其共时分析方法》,《中国语文》,2012 年第 1 期。

④陈泽平:《福安话韵母的历史音变及其共时分析方法》,《中国语文》,2012 年第 1 期。

四、结语

高邑县由于特殊的地理位置,西部北部与晋语张呼片相接,东南部与冀鲁官话赵深小片相连,因而属于过渡型方言。李荣先生曾指出晋语指"山西省及其毗连地区有入声的方言"①,由此,高邑方言西部北部保留了入声调(多为清入),应划为晋语,东南地区清入声字归入阴平,应属冀鲁官话。从地理分布的角度来说,高邑西部北部地区存在异调分韵现象,最丰富的地区涉及了除遇摄以外的15个韵摄,这比武松静(2021)对万城镇西良庄村的调查结果还要多,分韵最少的地区只涉及咸山两摄。分韵涉及的韵摄数量由西部北部向东南地区递减,这与高邑方言入声调的地理分布情况高度叠合。地理上的渐变特征也能反映出分韵的时间特点:咸山两摄相对容易先发生分韵,果假摄的分韵要晚一些,遇摄最难发生分韵。通过大量其他汉语方言异调分韵的材料,我们能够看出,存在这类现象的方言多有入声调,分韵也会多发生在阳平调和去声调,这些与高邑方言内部的情况如出一辙。无论是直接还是间接原因,这都是最客观的对应关系。迄今为止,对异调分韵现象的描写居多而真正探求原因的文章还是比较少的,随着越来越多新的方言材料被挖掘,之前对这种现象产生的原因的解释也似乎变得越来越不那么合理,更难以得出一个具有普适性的说法。但同样随着方言材料的增多,在各个方言中异调分韵现象存在的共性也会越来越明显,这也要求我们从更广阔的角度对汉语方言韵母与声调之间的关系进行思考。

参考文献:

闭克朝:《横县平话中的韵随调转现象》,《华中师范大学学报(哲学社会科学版)》,1991年第1期。

曹志耘:《汉语方言声调演变的两种类型》,《语言研究》,1998年第1期。

曹志耘:《汉语方言中的韵尾分调现象》,《中国语文》,2004年第1期。

曹志耘:《汉语方言中的调值分韵现象》,《中国语文》,2009年第2期。

曹志耘、王莉宁:《汉语方言中的韵母分调现象》,《语言科学》,2009年第5期。

陈泽平:《福州方言研究》,福州:福建人民出版社,1998年。

陈泽平:《福安话韵母的历史音变及其共时分析方法》,《中国语文》,2012年第1期。

①李荣:《官话方言的分区》,《方言》,1985年第1期。

戴黎刚:《闽东福安话的变韵》,《中国语文》,2008 年第 3 期。
丁沾沾:《豫鄂陕交界区域汉语方言的调值分韵现象》,《汉江师范学院学报》,2019 年第 2 期。
侯兴泉:《西部粤语的调值分韵》,《语言科学》,2012 年第 3 期。
胡蓉、蒋于花:《沅陵"死客子"话的语音借贷和调值分韵——以效摄、蟹摄、流摄为例》,《怀化学院学报》,2016 年第 9 期。
黄拾全:《广东四会粤语蟹流摄的异调分韵与连读变韵》,《中国方言学报》,2016 第 6 期。
黄吐艳:《永兴县马田镇梓木话研究》,广西师范大学硕士学位论文,2017 年。
金有景:《襄垣方言效摄、蟹摄(一、二等韵)字的韵母读法》,《语文研究》,1985 年第 2 期。
李欢:《山西黎城方言的异调分韵》,《方言》,2019 年第 1 期。
李莉:《隰县方言语音研究》,天津师范大学硕士学位论文,2019 年。
李荣:《官话方言的分区》,《方言》,1985 年第 1 期。
李荣:《音韵存稿》,北京:商务印书馆,2014 年。
李如龙:《声调对声韵母的影响》,《语言教学与研究》,1990 年第 1 期。
李淑君:《新乡县方言语音研究》,西南大学硕士学位论文,2017 年。
李旭:《河北省中部南部方言语音研究》,山东大学博士学位论文,2008 年。
李云龙:《高邑方言音系及相关问题》,《天津大学学报(社会科学版)》,2000 年第 4 期。
刘勋宁:《隰县方言古咸山宕三摄舒声字的韵尾》,《方言》,1993 年第 1 期。
刘炎鑫、赖华平:《横县峦城镇平话的韵随调转现象》,《社科纵横(新理论版)》,2008 年第 4 期。
罗敏:《南宁市北湖村平话语音比较研究》,广西大学硕士学位论文,2014 年。
瞿建慧:《湘语辰溆片异调变韵现象》,《中国语文》,2009 年第 2 期。
孙建华:《洛川(甘杰村)方言的调值分韵》,《黔南民族师范学院学报》,2014 年第 3 期。
王莉宁:《汉语方言声调分化研究》,北京:语文出版社,2016 年。
王志勇:《河北中南部方言变音研究》,河北大学博士学位论文,2019 年。
吴继章、唐健雄、陈淑静主编:《河北省志》第 89 卷《方言志》,北京:方志出版社,2005 年。
吴建生、李改样:《永济方言咸山两摄韵母的分化》,《方言》,1989 年第 2 期。
吴宗济:《现代汉语语音概要》,北京:华语教学出版社,1992 年。
武松静:《河北高邑方言的异调分韵》,《方言》,2021 年第 1 期。
武松静:《河北高邑方言的异调分韵现象》,南京师范大学硕士学位论文,2021 年。
徐国莉、庄初升:《临桂县六塘土话的阳平分韵现象》,《广西师范大学学报(哲学社会科学版)》,2017 年第 3 期。
袁家骅:《汉语方言概要(第二版)》,北京:语文出版社,2001 年。
詹伯慧、张日昇:《粤西十县市粤方言调查报告》,广州:暨南大学出版社,1998 年。
张双庆、邢向东:《关中礼泉方言音系及声调对元音开口度的影响——兼论关中及西北方言调查中的音位处理原则》,《语文研究》,2011 年第 2 期。
郑莉:《河北中南部方言声调问题研究》,河北师范大学博士学位论文,2014 年。
支建刚:《豫北晋语中的异调分韵现象》,《中国语文》,2013 年第 3 期。

Geographical Distribution of Tone-Triggered Tinal Variation in Gaoyi Dialect

Wu Songjing
(Nanjing Normal University)

Abstract: Gaoyi dialect, located at the junction of Jin Dialect and Jilu Mandarin, is a transitional dialect, with the phenomenon of tone-triggered final variation. By investigating the vowels and tones of 81 dialects in Gaoyi County, this paper finds that there are the phenomenon of tone-triggered final variation in 47 areas. The area with the most involves 15 MC finals except those from *Yu* 遇 final groups, and the number of MC finals decreases from northwest to southeast. This geographical distribution is highly coincident with the distribution of entering tones. Based on the materials of tone-triggered final variation in other Chinese dialects, this paper holds that the distribution of tone-triggered final variation is related to the entering tone.

Keywords: Gaoyi Dialect; tone-triggered final variation; entering tone

江淮官话入声喉塞尾的声学表征及类型*

唐志强　宋益丹　李善鹏

（安徽大学文学院　南京师范大学文学院　南京理工大学外国语学院）

提要：本文通过对江淮官话入声喉塞尾在音节能量分布、功率谱、声波图及语图等声学表现进行考察，得出入声在声学上的线索不具有唯一性的结论。对比声学、生理数据，归纳出江淮官话入声喉塞尾具有典型喉塞尾、弱化喉塞尾和无喉塞尾三种类型。江淮官话入声在舒化进程中，时长和喉塞尾交错变化。从典型喉塞尾到弱化喉塞尾，喉塞尾开始弱化导致调长拉长；从弱化喉塞尾到无喉塞尾，调长长化导致喉塞尾脱落。

关键词：江淮官话入声；声学考察；典型喉塞尾；弱化喉塞尾；入声舒化

一、前言

1.1　汉语方言入声喉塞尾研究概述

喉塞尾是一个调音部位在喉部的塞音，且是声门的突然关闭的结果①。喉塞尾是汉语方言入声塞音韵尾演变的一个阶段，学界对塞音韵尾的演变过程多有讨论。目前对汉语方言入声喉塞尾进行声学分析的不是很多，主要集中在调音层面。侯兴泉（2005）通过

* 本文受国家社科基金青年项目“基于参数库的宣州吴语音变研究”（19CYY011）和安徽省优秀青年科研项目（社科）“安徽汉语方言语音参数三元实验研究（2022AH030006）等资助。

①孔江平：《现代语音学研究与历史语言学》，《北京大学学报》（哲学社会科学版），2006 年第 2 期。

比较前接元音的 F1 和 F2 的变化区别广州话中的[k]尾和[ʔ]尾，并指出[ʔ]尾前接元音的舌位基本不发生变化，这对于只有一个[ʔ]尾的方言音系来说，无法通过前接元音的舌位变化来进行判断是否存在喉塞尾①。宋益丹(2009)指出入声喉塞尾的声学特征为声波图上的峰状突起和宽带语图上的冲直条②，这对于判断弱化喉塞尾具有参考价值，但是并不是所有的喉塞尾都会有这样的声学表现。沈向荣(2010)则基于 EGG 信号，通过比较开相和闭相的比值来观察喉塞尾③。徐越、朱晓农(2011)进一步探讨了入声喉塞尾的舒化过程，即喉塞尾不断舒化而漏气不断增加④。对喉塞尾舒化过程探讨，则牵涉到入声的长化问题。唐志强等(2018、2019)⑤分别讨论江淮官话时长和喉塞尾对入声感知的贡献度以及入声喉塞尾的生理表征，开始对入声喉塞尾等问题作量化的实证探究。

入声具有“短”和“促”两个属性，入声舒化的过程表现在两个方面，一个是入声的长化，一个是入声喉塞尾的弱化、脱落。对于入声舒化的方式，学界存在两种观点。张玉来(1991)⑥、宋益丹(2009)⑦等认为入声的变化以韵尾的演变开始，然后带动声调的变化，入声韵尾完全脱落。赵宏(1997)⑧、杨信川(1997)⑨等认为声调先延长，之后塞音韵尾弱化、合并、脱落。本文基于江淮官话，从音节能量分布曲线、强频集中区、声波图及语图等表现综合考察入声喉塞尾的声学特征，并结合声学、生理实验数据，探讨江淮官话入声舒化的方式。

1.2 实验介绍

1.2.1 实验思路

唐志强(2019)⑩基于 EGG 原始信号，跨方言点探究了江淮官话入声喉塞尾的生理表

①侯兴泉：《关于广州话-k塞尾入声变化的调查实验》，《暨南学报》(哲学社会科学版)，2005 年第 2 期。

②宋益丹：《南京方言中的入声喉塞尾实验研究》，《南京师范大学文学院学报》，2009 年第 2 期。

③沈向荣：《喉塞音的声学表现》，《语言研究》，2010 年第 3 期。

④徐越、朱晓农：《喉塞尾入声是怎么舒化的——孝丰个案研究》，《中国语文》，2011 年第 3 期。

⑤唐志强、李善鹏：《扬州方言入声区别性特征的感知研究》，《方言》，2018 年第 4 期；唐志强：《入声喉塞尾生理表征的计量分析》，《中国语文》，2019 年第 6 期。

⑥张玉来：《近代汉语官话入声的消亡过程及相关的语音性质》，《山东师大学报》(社会科学版)，1999 年第 1 期。

⑦宋益丹：《南京方言中的入声喉塞尾实验研究》，《南京师范大学文学院学报》，2009 年第 2 期。

⑧赵宏：《浅谈汉语入声韵塞音尾消失的原因》，《贵州民族学院学报》(社会科学版)，1997 年第 2 期。

⑨杨信川：《试论入声的性质及其演变》，《广西大学学报》(哲学社会科学版)，1997 年第 1 期。

⑩唐志强：《入声喉塞尾生理表征的计量分析》，《中国语文》，2019 年第 6 期。

征，该文的研究思路是以无喉塞尾入声为参考，综合判断其他方言点入声。本文在此思路基础上，基于语音信号，进一步考察江淮官话入声喉塞尾的声学表现，最后将声学数据和生理数据进行比对，探讨江淮官话入声喉塞尾脱落和入声长化之间的关系。

1.2.2 样本采集

方言选点及发音人。本文选取江淮官话入声具有喉塞尾的扬州、东台、南京、芜湖，以及无喉塞尾的安庆，共计 5 个方言点。田野调查中发现，老年较青年入声喉塞尾保留得更好，因此本文在选择发音人时，只选择老年发音人。每个方言点各选 2 位发音人，1 男 1 女。调查材料分为两部分：(1)单字调调查表，每个调类 12 例字，5 方言点共计 12 * 5 * 2 * 4+12 * 6 * 2=624 样本。(2)40 常用入声字，5 方言点共计 40 * 2 * 5=400 样本。为了便于比较，苏州(吴语)、南昌(赣语)两个方言点各采录 1 位老年男性 40 常用入声字，共计 40 * 2=80 样本，总计 624+400+80=1104 个样本。

为了将影响比较的因素控制在最小范围内，文章选取的江淮官话 5 方言点入声均为平调。表 1 是江淮官话 5 方言点 10 人的入声基频值。

表 1：江淮官话 5 方言点入声基频值(Hz)

发音人	点 1	点 2	点 3	点 4	点 5	点 6	点 7	点 8	点 9	点 10
安庆老男	259	263	264	264	267	269	269	269	269	265
安庆老女	264	263	262	261	260	259	257	257	257	252
芜湖老男	197	198	200	200	201	201	201	199	196	190
芜湖老女	250	252	252	252	250	247	242	237	231	222
扬州老男	238	239	242	244	247	249	249	249	248	249
扬州老女	232	237	242	246	249	250	251	252	254	256
南京老男	200	205	209	213	217	219	221	223	224	223
南京老女	275	279	284	289	293	296	299	301	301	301
东台老男(T7)	158	159	158	156	152	150	148	146	143	135
东台老男(T8)	167	171	175	180	184	187	190	192	193	190
东台老女(T7)	221	219	215	212	209	207	206	203	200	193
东台老女(T8)	239	245	253	262	273	283	293	300	307	306

东台老男和老女的阴入终点略低，老男终点较起点低 23Hz，老女终点较起点低 28Hz，在听感上尾部略为缓降调。两位发音人的阳入起点略低，老男起点较终点低 23Hz，老女起点较终点低 57Hz，听感上为缓升调。

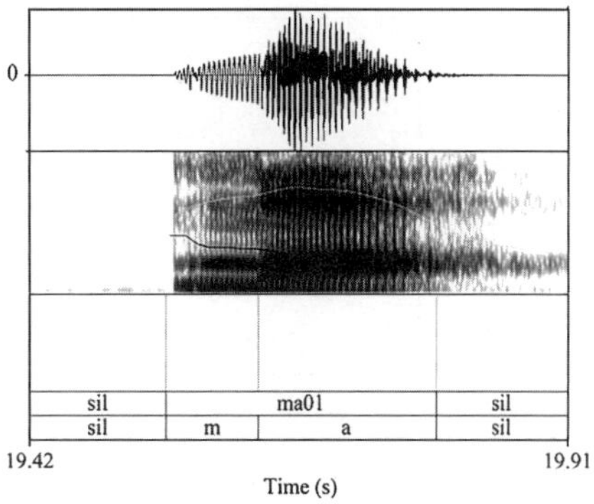

图 1:标注示例

同步采录语音信号和声门信号,录音软件为 Adobe Audition3.0,录音设备为 Creative 外置声卡、SONY 话筒、联想电脑、百灵达调音台以及 CSL—4300B 电子声门仪。录音采样率 44100Hz,采样精度为 16-bit,双声道。数据的提取在 Praat 中进行。在提取参数前,将同步录制的语音信号和声门信号剥离,根据语音信号提取能量、时长等相关声学参数。用 Praat 标注样本,标注二层,分别为音节层(YJ)和声韵层(SY),提取音节层能量数据,韵母段的时长数据。标注示例(扬州方言老男"妈"字)见图 1。

二、江淮官话入声喉塞尾的声学考察

2.1 音节的能量曲线

吴宗济(1992)指出在零声母的韵母前,声谱中如出现"冲直条"则说明有喉塞音[ʔ];对于脉冲显示很弱,很难测定时,可根据振幅起点比较垂直而非斜坡,同时窄带谐波开头是崭齐的特点来判断起始段存在喉塞音[ʔ]①。孔江平(2006)指出喉塞尾在声学上表现为能量的突然消失,但同时也指出喉塞音的性质有很大的区别。江淮官话入声有无喉塞尾,其能量曲线表现出明显的差异。喉塞尾是一个构音部位在喉部的塞音,且是声门的突然关闭。也即喉塞尾的存在客观上会造成该音节能量走势发生变化。如果入声尾部有喉塞尾,那么音节从元音过渡到辅音,并且音节突然停止,这势必会造成音节尾部能量发生变化。基于以上分析,喉塞尾在声学上一个重要的线索即为能量的变化。喉塞尾是江淮官话入声的一个重要属性,而入声则属于音系结构的声调层。在进一步考察喉塞尾的声学特征之前,首先需要观察同属声调层的其他调类各音节的能量分布曲线。图 2 为安庆和扬州两地单字调例字的能量分布图。

①吴宗济:《吴宗济语言学论文集》,北京:商务印书馆,2008 年,第 120 页。

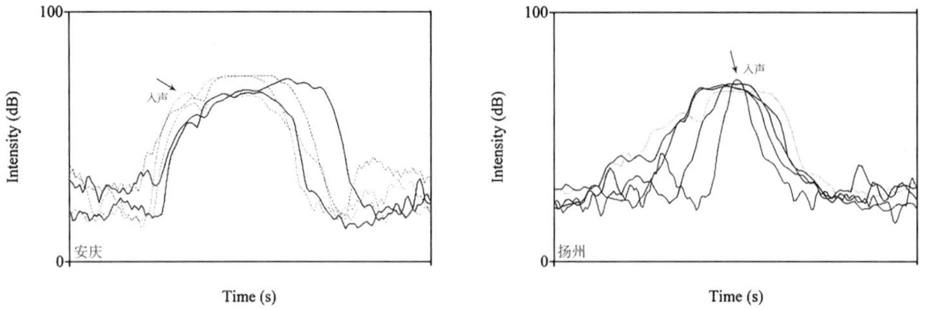

图 2:安庆、扬州单字调能量分布曲线

安庆方言和扬州方言单字调调类相同,各有阴平、阳平、上声、去声和入声。安庆方言入声已经完全舒化,没有喉塞尾;扬州方言入声存在喉塞尾。两地方言中各调类所选例字,遵循最小对立体原则,即声母、韵母(韵腹)相同,调类不同。如安庆方言:施[ʂʅ^{31}]—时[ʂʅ^{35}]—始[ʂʅ^{324}]—是[ʂʅ^{52}]—石[ʂʅ^{55}];扬州方言:加[tɕia^{41}]—茄[tɕʰia^{24}]—假[tɕia^{32}]—嫁[tɕia^{55}]—脚[tɕiaʔ^{5}]①。对照图 2,可以明显看出存在喉塞尾音节的能量分布曲线与没有喉塞尾音节能量分布的曲线不同。图 2 中扬州方言入声例字,其能量分布曲线呈现出“尖峰”,而没有喉塞尾的其他调类呈现出“梯度型”。无论扬州方言中入声以外的其余四个调类,还是安庆方言的五个调类,它们的能量分布曲线非常相似,能量的峰值会持续一段时间,表现出“平顶”,随着音节的结束,能量逐步衰减。而存在喉塞尾的音节,其能量达到峰值之后迅速衰减,直至音节结束。

2.1.1 单音节能量峰值的音节时长结构比

喉塞尾的有无,会影响整个音节的能量分布曲线。从图 2 可以看出,没有喉塞尾的音节,其能量峰值会持续一段时间,而有喉塞尾的音节,能量达到峰值之后会立即衰减。也就是说一个音节喉塞尾的有无,音节的能量峰值所占音节时长结构比不同。基于上文发现的声学线索,文章首先比较江淮官话 5 方言点 10 位发音人常用入声字的能量峰值的音节时长结构比。为了更好地说明塞尾对音节能量分布曲线的影响,另取苏州(吴语)、南昌(赣语)2 方言点入声进行比较分析。

①两地方言各例字的调值为实验调值,参见唐志强:《江淮官话入声声学—生理—感知实验研究》,南京师范大学博士学位论文,2017 年。扬州方言中[tɕia]没有阳平字,故选发音接近的“茄”[tɕʰia]。

表 2:入声音节的能量峰值时长结构比

发音人	能量峰值起点	能量峰值终点	能量峰值点数	能量峰值所占音节时长比
安庆老男	点 6	点 16	11	11/20=0.55
安庆老女	点 6	点 15	10	10/20=0.50
芜湖老男	点 10	点 14	5	5/20=0.25
芜湖老女	点 10	点 14	5	5/20=0.25
扬州老男	点 11	点 14	4	4/20=0.20
扬州老女	点 9	点 12	4	4/20=0.20
南京老男	点 9	点 12	4	4/20=0.20
南京老女	点 8	点 15	8	8/20=0.40
东台老男(T7)	点 9	点 12	4	4/20=0.20
东台老男(T8)	点 10	点 12	3	3/20=0.15
东台老女(T7)	点 8	点 12	5	5/20=0.25
东台老女(T8)	点 8	点 12	5	5/20=0.25
苏州老男	点 10	点 12	3	3/20=0.15
南昌老男(ʔ尾)	点 9	点 12	4	4/20=0.20
南昌老男(t尾)	点 10	点 12	3	3/20=0.15

安庆方言入声喉塞尾完全脱落,而芜湖、扬州、南京、东台、苏州 5 方言点入声还保留喉塞尾,南昌方言入声有[ʔ]尾和[t]尾。7 个方言点入声塞音韵尾处在不同的发展阶段,南昌是入声喉塞尾产生的早期阶段,安庆是入声喉塞尾完全消失的阶段,其他 5 方言点处在保留入声喉塞尾阶段。从表 2 中的能量峰值所占音节时长比的数据可知,没有喉塞尾的入声(安庆),其数值最大,老男为 0.55,老女为 0.50,占据整个音节的一半。这个数据结果与图 5 所表现的能量包络曲线吻合,因为喉塞尾的脱落,其能量峰值在整个音节中维持着相当长的一段时长,所以才会出现图 5 中的“平顶”。

处在入声喉塞尾早期阶段的南昌,其入声音节能量峰值所占音节时长比明显小于安庆。其中[t]尾的时长比为 0.15,[ʔ]尾时长比为 0.20。再看处在保留入声喉塞尾阶段的 5 个方言点,时长比数据则参差不齐,这表明入声喉塞尾处在动态变化中。苏州老男入声时长比为 0.15,与南昌[t]尾入声时长比一致,表明其入声喉塞尾应该处在相对稳定的阶段。再来看江淮官话芜湖、扬州、南京、东台 4 个方言点,除了南京老女入声时长比为 0.4 之外,其余 7 人的入声时长比均在 0.25(包括 0.25)以下。从前面分析可知,入声音节能量峰值之所以能够呈现出“尖峰”，是因为喉塞尾的存在，影响了音节的能量曲线分布。当能量峰值维持的时间越短，其“尖峰”越明显。

从本文选取的 5 个江淮官话方言代表点看，其入声喉塞尾处在动态的变化之中，其中南京老女入声喉塞尾的变化最大，其能量峰值时长比已经达到 0.4，直逼安庆方言入声。从数据上看，其喉塞尾很可能已经脱落。结合田野调查及听感判断，南京老女入声喉塞尾的确已经脱落。唐志强（2019）从 EGG 信号的喉头垂直运动值判断，南京老女入声喉塞尾已经脱落。本文从声学信号得出的结论与其一致，这表明入声音节的能量包络曲线有助于判断喉塞尾。从表 2 可以发现一个问题，入声音节的能量曲线“尖峰”似乎不是[ʔ]尾的独有标记，塞音尾（如[t]尾）也会存在这样的标记。那么入声音节能量曲线“尖峰”与喉塞尾之间存在什么关系？

2.1.2　能量分布曲线“尖峰”与喉塞尾关系

1. 塞音尾（[t]尾）能量曲线

入声音节的能量包络曲线呈现出“尖峰”，表明其能量峰值维持的时间不长，在达到能量峰值之后开始迅速衰减。但“尖峰”并不是喉塞尾的独有表征，其他塞音尾也有这样的特征。本文采录的南昌方言入声有[t]尾，图 3 为南昌方言“六”和“脱”两字的能量分布曲线图。

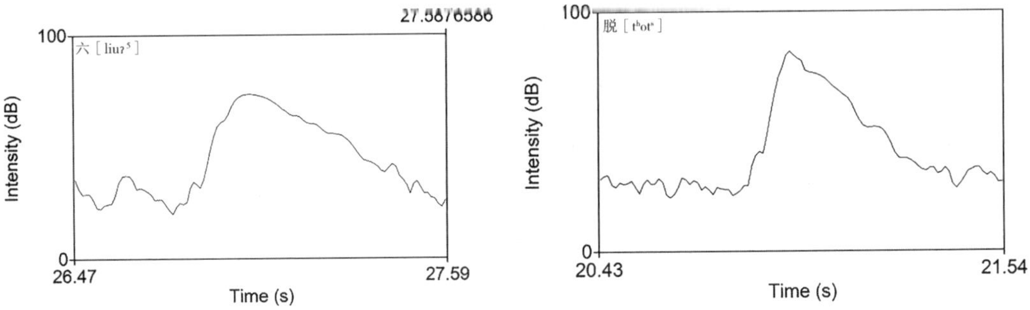

图 3：南昌方言“六”、“脱”能量分布曲线图

上图可知，从能量分布曲线的包络形状看，虽然[t]尾的能量尖峰比[ʔ]尾更“尖锐”些，但无法根据能量包络曲线直接区分[ʔ]尾和[t]尾。喉塞尾是指处在音节末尾的喉塞音，[t]尾是指处在音节末尾的舌尖塞音，从辅音的声学特性来看，不同发音部位的塞音，其能量共鸣点会不同，也就是说强频集中区会存在差异。从音节的能量分布曲线，虽然无法区分二者，但是可以对韵尾部分做进一步的频谱分析。

2. 非入声音节能量曲线的“尖峰”倾向

在采录音档中，发现部分方言点的非入声音节的能量分布曲线具有“尖峰”倾向，也就是能量峰值所占音节时长比相对较小,“平顶”较短,具有“尖峰”倾向,比如扬州方言阴平。

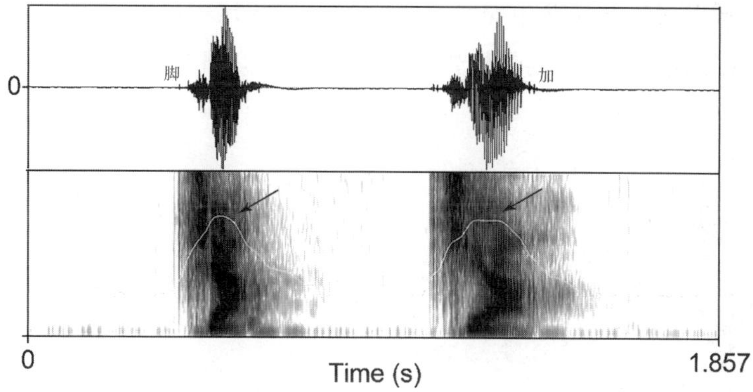

图4:扬州方言老男“脚”、“加”声波图及语图

图4中以扬州方言老男为列举示例,阴平和入声各选取一个例字。从图中可以看出,“加”的能量分布曲线相较于其阳平、上声、去声3个调类,能量曲线的“平顶”较短,具有“尖峰”倾向。但是相较于入声“脚”的能量分布曲线,还是能直观地看出两者的区别。

我们可以使用能量峰值所占音节时长比来量化地说明二者的差别。查询提取的二者能量数据,“加”的时长比为7/20=0.35,“脚”的时长比为4/20=0.20。可见喉塞尾的存在,两者的能量分布曲线会有明显差异。

综上所述,能量分布曲线的“尖峰”虽不是喉塞尾的独有标记,但是对于存在喉塞尾的方言音系来说,能量分布曲线可以作为一种有效的辅助判断的声学线索。即便在方言音系中,其他无喉塞尾音节的能量分布曲线有“尖峰”化倾向,我们可以借助时长比作进一步界定。

既然能量分布曲线的“尖峰”并不是喉塞尾存在的独有声学标记,对于存在多种塞音尾的方言来说,仅从能量分布曲线,无法辨别究竟是喉塞尾,还是其他塞音韵尾。或者说,在能量分布曲线“尖峰”的基础上,喉塞尾是否还有其他的声学表现?

2.2 喉塞尾其他声学表现

2.2.1 强频集中区表现

李杨等(2006)探讨了唇腭裂患者音首喉塞音和正常塞音在强频区的声学表现,指出音首喉塞音在强频区的中心频率下降,频率分布范围变宽,频率下限下降,低频成分增加和能量增强等①。南昌方言入声有[t]尾和[ʔ]尾,可以观察处在音尾的塞音是否具有李杨等(2006)观察到的声学表现。考虑到前接元音对韵尾的影响,本文选取韵腹为低元音[a]的入声音节,以南昌方言拔[$p^{h}at^{5}$]—白[$p^{h}aʔ^{5}$]作为比较对象,截取音节尾部 60ms 作功率谱分析,两个不同发音部位的塞音韵尾在强频区的表现见图 5。

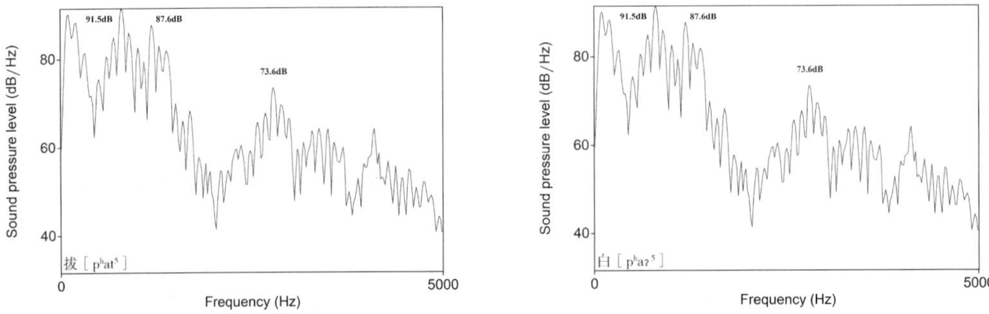

图 5:南昌方言[t]尾、[ʔ]尾功率谱图

从上图可以看出,[t]尾和[ʔ]尾随着频率的升高,强度是在逐渐降低的。但[ʔ]尾在 2000Hz 能量骤降,在 2800Hz 出现了强频区,但是强度值并没有高过 1100Hz 左右的强度值,在高频区能量下降。就南昌方言而言,处在音尾的塞音,在高频区的能量都是下降的,但是[ʔ]尾和[t]尾下降的模式并不一致,[ʔ]尾在中频区(2800Hz)有一个能量集中区。[ʔ]尾在中频区的声学表现与李杨等(2006)观察的结果相近。对于江淮官话来说,入声韵中的辅音韵尾主要是喉塞尾[ʔ],并没有其他的塞音韵尾,所以就无法比较两个不同塞音韵尾在强频区的表现。南昌方言中喉塞尾在中频区表现出来的能量加强,在江淮官话中是否有共性,文章作进一步验证。以扬州方言妈[ma^{41}]—幕[$maʔ^{5}$]为比较对象,截取音节尾部 60ms 作功率谱分析,二者功率谱如下。

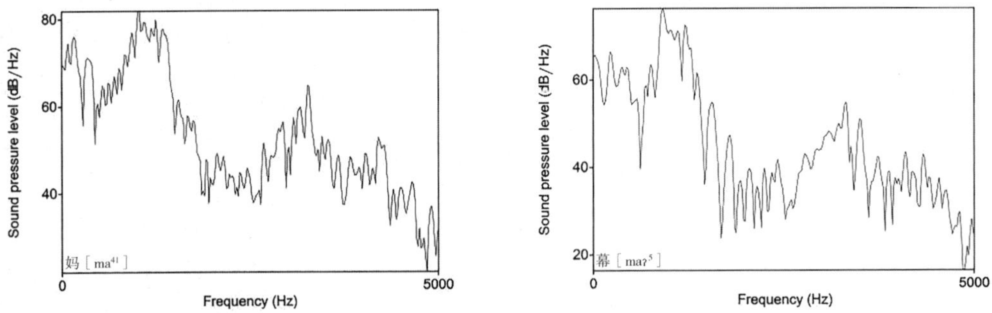

图 6:扬州方言[ma^{41}]、[$maʔ^{5}$]功率谱图

---

①李杨、石冰、尹恒、郑谦:《腭裂患者喉塞音的声学特征初探》,《实用口腔医学杂志》,2006 年第 6 期。

图 6 可知,[a]和[aʔ]音节尾部 60ms 的功率谱走势大致相同。两者在低频区(1200Hz)有强频集中区,在中频区能量骤降,在高频区 3300Hz 出现强频区。从功率谱看,扬州方言入声喉塞尾的强频分布模式和南昌方言喉塞尾具有相似性,尽管两者在中频区的表现不同。但是,扬州方言[a]韵尾部也有相同的强频模式,所以喉塞尾在强频区的表现并不具有唯一性。

2.2.2 声波图及语图表现

宋益丹(2009)考察南京方言入声喉塞尾时,指出入声喉塞尾的声学特征主要表现为声波图上的峰状突起和宽带语图上的冲直条,为行文方便,本文将其称为"F 特征",文后不赘述。在前文分析的基础上,查看 40 个入声调查例字,发现在扬州、芜湖、南京、东台等地中,存在宋益丹(2009)观察到的结果,图 7 分别南京方言老男"活[xoʔ⁵]"、东台老男"直[tsʰəʔ⁴⁵]"语图。

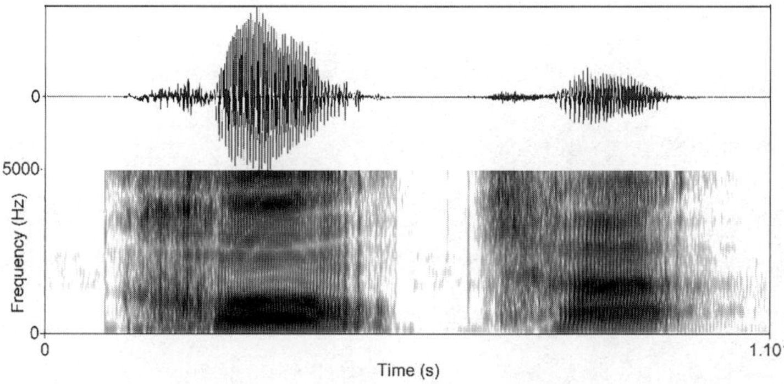

图 7:活[xoʔ⁵]、直[tsʰəʔ⁴⁵]两字语图

从上图可以看出,在音节尾部具有峰状突起和冲直条,东台的音节尾部的峰状突起要比南京小,并且冲直条的数目也要少于南京。但是在扬州、芜湖、南京、东台四地中,并不是所有的入声音节尾部都出现上述声学表现,表 3 对 4 方言点中出现峰状突起和冲直条的入声音节做了统计,结果如下:

表 3:江淮官话入声音节尾部峰状突起及冲直条比率

	老男(%)	老女(%)
扬州	5/40=12.5%	8/40=20%
南京	33/40=82.5%	11/40=27.5%
东台	5/40=12.5%	6/40=15%
芜湖	9/40=22.5%	1140=27.5%

表3的统计结果,让我们对将F特征作为入声喉塞尾的声学线索的判断有了进一步的探讨。为什么4个方言点中,无论是方言点内部还是不同方言点之间,入声喉塞尾保留的比率参差不齐?其次如果这是入声喉塞尾的存在的声学标记,扬州、芜湖、东台的入声喉塞尾的保留情况远不及南京,这与唐志强(2019)观察的结果不符。基于上述统计结果,我们首先要回答F特征是不是喉塞尾的独有标记。如果不是,那么与入声喉塞尾之间存在什么样的关系?从上文2.1节分析可知,南京方言中老女入声喉塞尾已经脱落。这给我们提供了一个回答上述问题的线索,也即南京方言入声喉塞尾的变化速度不同于其他方言点。也就是说,扬州、芜湖、南京、东台4个方言点入声喉塞尾可能处在不同的变化进程中,可能会呈现出不同的声学表现。

要确认不同方言点入声喉塞尾所表现出来的声学标记,还需要比较其他参数综合判断,本文2.3节讨论这个问题。F特征与入声喉塞尾之间的关系,文章3.2节作进一步探讨。

2.3 时长、喉头垂直运动值等参数

从前文观察到的结果看,单靠一个声学参数无法确定入声喉塞尾是否存在。江淮官话入声处在一个动态的变化过程之中,喉塞尾是入声塞音韵尾演变的最后一个阶段(宋益丹,2009)①。单从能量分布曲线、F特征,都无法直接判断入声喉塞尾是否存在。而强频区的能量分布情况,则需要和其他塞音尾进行比较。江淮官话入声喉塞尾在声学线索上表现出的多样性,表明作为入声音节韵母结构成分的喉塞尾,其本身也处在动态的变化之中。语音的形成是一个链状过程,因此我们在探讨入声喉塞尾的声学线索时,还需要考虑其生理表征。唐志强(2019)考察了江淮官话入声喉塞尾的生理表征,我们将两部分的数据进行比对,来综合判断江淮官话入声喉塞尾。表4为江淮官话入声V值和D值均值表。

表4:江淮官话入声V值和D值均值表②

	老男		老女	
	V值	D值	V值	D值
安庆	23	496	24.1	294

①宋益丹:《南京方言中的入声喉塞尾实验研究》,《南京师范大学文学院学报》,2009年第2期。

②本文的V值指的是喉头垂直运动值,D值指的是时长。本表摘自唐志强:《入声喉塞尾生理表征的计量分析》,《中国语文》,2019年第6期。

续表

	老男		老女	
	V 值	D 值	V 值	D 值
南京	79	185	35	310
东台阴入	65.1	130	67.1	183
东台阳入	63.2	199	51.5	206
芜湖	41.3	112	61.6	123
扬州	43.2	91	62.5	195

表 4 可以说明两个问题:一是入声 V 值和 D 值之间的关系,二是不同方言点之间 V 值和 D 值的不平衡性。

安庆方言入声已经完全舒化,安庆方言点入声 V 值最小,入声时长也最长,如安庆老男入声时长为 496ms。而其他方言点,V 值大,相应的入声时长短,如南京方言老男入声 V 值为 79,入声 D 值为 185ms。可见 V 值和 D 值负相关。江淮官话入声调长处在不同的发展阶段,并且各方言点的入声 V 值也不同。唐志强(2019)认为 V 值大于或等于 40.2,表明该方言点中,入声存在喉塞尾。从表 4 的统计结果看,南京方言老女以及安庆方言老男、老女入声喉塞尾已经脱落。但是对于 V 值大于 40.2 的入声音节来说,保留的喉塞尾是否处在同一个发展阶段?比如南京方言老男入声 V 值为 79,调长为 185ms。而扬州方言老男入声 V 值为 43.2,但是入声调长为 91ms。南京老男入声 V 值虽然大于扬州老男,但是入声调长却是扬州老男的 2 倍。这样的结果,该如何解释?也即基于生理表征得出入声保留的喉塞尾,虽然在性质上具有同一性,但可能处在不同的发展阶段,具有不同的类型。

三、江淮官话入声喉塞尾的类型

结合前文的分析,要判断入声音节存在喉塞尾,需要综合多个参数指标,在声学上具有能量分布曲线的"尖峰"、声波图上的峰状突起和语图上的冲直条、时长短等。生理特征表现为 V 值≥40.2。将南京、东台、扬州、芜湖 4 方言点入声喉塞尾的特征汇于下表:

表 5:江淮官话入声喉塞尾分类

类型	D 值	V 值(≥40.2)	能量分布尖峰	F 特征
A	↓	+↑	+	—
B	↑	+↑	+	+
	↑	40.2↓	+	—
C	↑	↓↓	—	—

说明:表中"+"表示具有该特征,"—"表示不具有该特征。"↓"表示该参数数值小,"↑"表示该参数数值大。"+↑"具有该特征且数值大,"↓↓"表示数值非常小。

从上表归纳的结果看,根据声学及生理特征判断存在的喉塞尾,它们在具体的声学和生理表现上并不完全一致。数据的参差性,表明江淮官话入声喉塞尾处在变化之中。从类型上看,4 方言点入声喉塞尾存在三种不同的类型。本文将 A 称为**典型喉塞尾**,将 B 称为**弱化喉塞尾**,C 为**无喉塞尾**。下文将基于具体的声学、生理参数,讨论江淮官话入声喉塞尾的类型。

3.1 典型喉塞尾

本文所说的典型喉塞尾,是指在江淮官话中入声喉塞尾,不涉及其他汉语方言。从表 5 中特征矩阵来看,江淮官话入声典型喉塞尾具有 D 值小,V 值大,入声音节的能量分布曲线呈现尖峰,无 F 特征。在江淮官话中,典型性喉塞尾在听感上十分明显,入声短促,喉头垂直运动的幅度很大。由于江淮官话入声喉塞尾正在发展变化中,典型的喉塞尾已经不多见。以扬州方言得[təʔ⁵]为例。

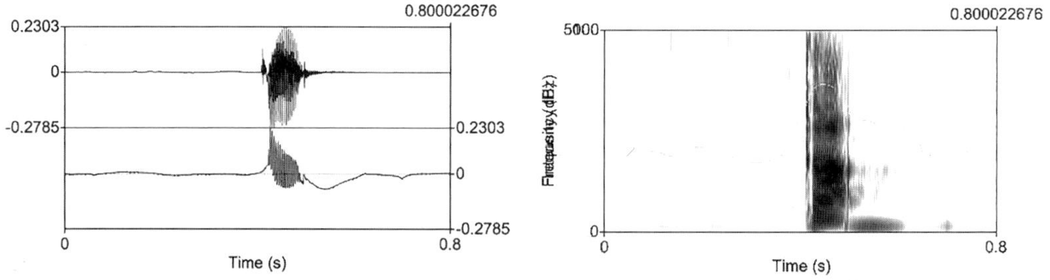

图 8:扬州方言得[təʔ⁵]声波信号、EGG 信号及语图

从图 8 可以看出,"得[təʔ⁵]"能量分布曲线为"尖峰",调出"得"的 V 值和 D 值,分别为 88.3 和 82.1ms。江淮官话中典型性喉塞尾已经不多见。根据表 5 的典型喉塞尾矩阵特征以及声学、生理参数,统计出 4 方言点入声典型性喉塞尾的数量,扬州 29 例,南京

3例,东台43例,芜湖35例,共计110例。这些入声占所调查入声的比例为110/400=27.5%。

江淮官话中典型性喉塞尾入声,其V值相对较大,高于40.2;其调长相对较短。结合其在能量上的表现,本文认为典型性喉塞尾至少同时具备以下三个方面的因素。在生理机制上,喉头的垂直运动幅度大;在语音上,在音节能量分布表现出“尖峰”;在时长上,处在调系中的末端。

3.2 弱化喉塞尾

江淮官话入声喉塞尾处在动态的变化过程中,相较于典型喉塞尾来说,其最主要的变化为弱化。弱化喉塞尾在5个方言点所占的比例要远高于典型喉塞尾。根据表5的分类可以看出,弱化喉塞尾存在两种不同的情况,本文分别称为B1和B2。B1:入声V值高于40.2,但时长已经开始变长,并且有F特征。B2:入声V值略低于40.2,但是远高于安庆入声V值最大值24.1,时长变长,无F特征。根据这两种情况,统计4方言点弱化喉塞尾数量,见表6。

表6:江淮官话弱化喉塞尾数量

方言点	老男		老女	
	B1	B2	B1	B2
扬州	5	16	8	8
南京	32	1	11	16
东台	11	4	6	7
芜湖	9	13	11	5

将表6中所有数据相加,得出江淮官话非典型喉塞尾入声的数量总数为163。这类入声占此次调查4方言点入声总量的比例为163/400=40.7%。就此次所调查的入声来看,4方言点入声大部分处在弱化喉塞尾阶段。在江淮官话中,不同的方言点弱化喉塞尾的类型并不完全一致,如南京老男弱化喉塞尾主要为B1型,而扬州老男弱化喉塞尾主要为B2型。甚至同一方言点内部,弱化喉塞尾的类型也不一致,如扬州老男的弱化喉塞尾存在B1和B2两种类型。

前文表3的结果可以作为表6统计结果的补充说明。为什么南京方言中,入声保留F特征的比率要远高于其他方言点。从上述的分析可知,F特征是喉塞尾弱化的一种表现。宋益丹(2009)指出“峰状突起和冲直条是喉部关闭作用的伴随特征,是发音器官被动的做出反应,而不是主动的运动”。也就是说,具有典型喉塞尾的入声音节尾部开始出现 F 特征时,这种特征并不具有音位区别的作用,它只是一种发音的伴随动作。但 F 特征的存在,会逐渐拉长音节的时长,而时长对于入声而言,是非常重要的区别性特征(唐志强等,2018)。

根据表 5 的分类,将 A、B、C 三类型的 D 值和 V 值作归一化处理,计算出 D 值和 V 值的相对值。计算方公式如下:

$$(1)\ D_N = \frac{DT}{DM} = \frac{DT}{\frac{1}{N}\sum DT}\ (\text{公式 }1);\ (2)\ V_N = \frac{VT}{VM} = \frac{VT}{\frac{1}{N}\sum VT}\ (\text{公式 }2)$$

上述公式中,D_N 和 V_N 分别表示 D 值和 V 值的相对值。公式 1 中 D_T 表示某类型的 D 值绝对值,D_M 表示某方言点所有类型的 D 值均值。同理,V_T 表示某类型的 V 值绝对值,V_M 表示某方言点所有类型的 V 值均值。基于上述两个公式,计算结果见表 7。

表 7:江淮官话不同喉塞尾入声的 D 值和 V 值

		A 型		B1 型		B2 型		C 型	
		D_N	V_N	D_N	V_N	D_N	V_N	D_N	V_N
安庆	老男	/	/	/	/	/	/	1.26	0.97
	老女	/	/	/	/	/	/	0.74	1.02
扬州	老男	0.57	1.07	0.76	1.02	0.81	0.58	1.10	0.38
	老女	1.23	1.81	1.44	1.54	1.49	0.58	1.99	0.33
南京	老男	0.67	2.51	0.75	1.38	0.83	0.54	1.08	0.48
	老女	/	/	1.17	0.93	1.23	0.57	1.34	0.48
东台	老男	0.67	1.29	1.01	0.85	1.32	0.59	1.84	0.47
	老女	0.94	1.35	1.08	0.81	1.18	0.58	1.47	0.44
芜湖	老男	0.82	1.23	0.98	0.90	1.07	0.64	1.20	0.33
	老女	0.97	1.40	1.09	1.01	1.24	0.63	/	/

相较于典型喉塞尾,两种弱化喉塞尾的 D_N 均要长于典型喉塞尾,同时 V_N 也在逐渐变小。A 型、B1 型和 B2 型三者在 D_N 和 V_N 两个方面均表现出梯度降低的形式。根据表 6 计算出 B1 型和 B2 型在弱化喉塞尾中各自所占的比例分别为 94/163 * 100 = 57.7%、69/163 * 100 = 42.3%。可见,在调查的 4 个方言点中,B1 型的弱化喉塞尾占据大多数。

其次,通过表 7 的统计数据可以看出,每一个方言点喉塞尾保留的情况不一致。安庆方言入声喉塞尾已经完全脱落;扬州、南京、东台、芜湖 4 方言点入声虽然保留喉塞尾,但是各自都有不同程度的弱化。B1 型的弱化手段是通过延长 D 值来实现的,V 值相较于 A 型来说虽有降低,但幅度不大。而 B2 型的弱化则表现为 D 值进一步拉长,V 值急剧减小。本文虽然将 B1 和 B2 都概括为弱化喉塞尾,但是从弱化程度而言,B2>B1。B2 的进一步弱化的结果即为喉塞尾的脱落,即为文中的 C 型。

计算 C 型(无喉塞尾)所占的比例为 127/400=31.8%,安庆方言入声喉塞尾完全脱落,除去安庆方言点 80 个样本,剩下 4 个方言点入声喉塞尾脱落的个数为 127—80=47。也就是说,对于存在喉塞尾的方言点来说,喉塞尾脱落的比例为 47/320=14.7%。

3.3 江淮官话入声舒化的方式

入声有“短”和“促”两种属性,“短”作为声调层属性,“促”作为韵母层属性。对于江淮官话而言,入声的促主要体现为喉塞尾的存在。随着入声的舒化,这两个属性究竟哪一个先启动,进而带动另一个属性发生变化?从音系结构看,两种属性都有先启动的可能。声调对韵母有影响,比如汉语方言中调值分韵现象。韵母对声调有影响,比如汉语方言中的韵尾分调现象。

从本文提取的 D 值和 V 值,可分别表征入声的“短”和“促”两个属性。下文对这两个参数进行分析,探究江淮官话入声舒化的方式。

江淮官话入声演变的最终结果是入声丢失喉塞尾,完成促声向舒声的转变,如黄孝片入声均保留独立的调位特征。在一个音系内部,归纳音位,无论是音段音位还是超音段音位,都是基于区别特征做出的归纳。对于江淮官话入声而言,“时长”和“喉塞尾”都可作为各自层面的区别特征。唐志强(2018)从感知实验证明,对于扬州方言,“时长”是区别性特征,而“喉塞尾”是羡余性特征。从理论上看,羡余特征区别音位的作用不及区别特征。音位对立的消失,最终是丢失区别特征。而区别特征要失去,首先是从不重要的羡余特征发生变化,进而导致区别特征失去作用,最终完成音位的合并。本文没有对扬州外的南京、芜湖、东台方言点入声作进一步的感知实验的验证,但是表 7 中的数据,也可表明,在江淮官话中首先是喉塞尾的弱化带动了时长的变化。为了更好地说明这个问题,将表 7 简化,计算出 A 型至 C 型 D_N 和 V_N 的均值,见表 8。

表 8:江淮官话入声 D_N 和 V_N 均值

A 型(1)		B1 型(2)		B2 型(3)		C 型(4)	
D_N	V_N	D_N	V_N	D_N	V_N	D_N	V_N
0.84	1.52	1.04	1.06	1.15	0.59	1.34	0.54

从典型喉塞尾发展到弱化喉塞尾,D_N 和 V_N 都相应地发生变化,D 值变长,V 值变小。D 值和 V 值都在变化,但两者的速度并不一致。计算 A→B1(阶段 1)、B1→B2(阶段 2)、B2→C(阶段 3)中 D 和 V 的变化速度,变化速度分别用 Ds 和 Vs 表示。为便于说明公式的计算,将 A 型称为 1,B1 型称为 2,B2 型称为 3,C 型称为 4。计算公式如下:

$$(1)\ Ds=\frac{D_n-D_{n-1}}{Dmax-Dmin}*100\%;(2)\ Vs=\frac{V_n-V_{n-1}}{Vmax-Vmin}*100\%$$

式中 max 和 min 分别是指在 A、B1、B2、C 四个类型中,D 和 V 的最大值和最小值。Dmax-Dmin 指在四个类型中,D_N 最大值和最小值之差。同理,Vmax-Vmin 是指四个类型中 V_N 最大值和最小值之差。Dn-Dn-1 表示前一个阶段到下一个阶段 D_N 的变化幅度。如 D2-D1 表示 A→B1 阶段 D_N 的变化幅度,V_S 以此类推。

江淮官话入声处在弱化甚至脱落的进程中,从典型喉塞尾到无喉塞尾,D 值和 V 值的最大值与最小值之差是喉塞尾从有到无的最大运动距离。而喉塞尾的弱化,就是不断缩短与其之间的距离,计算每一个阶段的 D 值和 V 值的变化幅度,再除以 D 值和 V 值的最大距离,即可得出每一个阶段 D 值和 V 值的变化速度。根据上述两个公式,3 个阶段 D_S 和 V_S 的计算结果见表 9。

表 9:江淮官话入声喉塞尾演变不同阶段的 Ds 和 Vs

喉塞尾演变阶段	D_S(%)	V_S(%)
阶段 1:A→B1	14.1	21.1
阶段 2:B1→B2	7.7	21.6
阶段 3:B2→C	13.3	2.3

比较 V_S 和 D_S 的数值,D 值和 V 值的变化速度是不一致的。变化速度越快,表明越不稳定,而越不稳定越容易发生变化。V 值是喉塞尾的生理表征,D 值可表征入声短调属性。下面具体看 3 个阶段 D 值和 V 值的变化速度。

在阶段 1 和阶段 2,V 值的变化速度明显快于 D 值,分别是 D 值的 1.5 倍和 2.8 倍。这表明在阶段 1,入声的变化首先是从喉塞尾的变化开始的,喉塞尾的弱化使得调长拉长。在阶段2,也就是喉塞尾进一步弱化的进程中,D值的变化速度依然低于V值。阶段1、阶段2是典型喉塞尾开始弱化和弱化加剧的过程,在这两个阶段,喉塞尾的变化速度要远快于时长。而阶段3,是入声从有喉塞尾到无喉塞尾的阶段,也就是喉塞尾脱落的阶段。D值的变化速度突然加快,远快于V值,是其5.8倍。这说明喉塞尾的脱落,是由时长的剧烈变化造成的。当入声长化后,入声"促"的属性便不再保留,导致喉塞尾脱落,最终入声完成舒化。

数据的比较结果表明,在江淮官话中,喉塞尾的不稳定导致其发生弱化,而喉塞尾的弱化会拉长调长,进而导致时长的长化。A→B1阶段,也即喉塞尾开始弱化阶段,时长的拉长通过F特征实现。在B1→B2阶段,也即喉塞尾弱化加剧阶段,时长会因为喉塞尾的弱化进一步拉长,造成喉塞尾在听感上不是很明显。在B2→C阶段,也即喉塞尾脱落阶段,入声调长拉长到一定程度后,量变引起质变,使其长化,而长化导致喉塞尾的完全脱落,入声最终完成舒化。

四、结语

实验数据可真实反映语音演变的细节和过程。通过对江淮官话入声喉塞尾的声学、生理数据的对比分析,江淮官话入声具有典型喉塞尾、弱化喉塞尾和无喉塞尾三种类型。喉塞尾的生理表征,可通过V值进行判断,具有唯一性。而喉塞尾的声学表现具有多样性,入声喉塞尾在音节能量分布的"尖峰"、F特征以及功率谱的表现都不具有唯一性,不同类型的喉塞尾具有多种参数不同组合的表现。实验数据和音系结构作用表明,入声喉塞尾的弱化会导致调长的拉长。当调长完全长化后,则最终会导致喉塞尾的脱落,至此入声完成舒化。在此次调查的江淮官话5个方言点中,入声在舒化进程中,时长和喉塞尾的变化是交错进行的。从典型喉塞尾到弱化喉塞尾,是喉塞尾的弱化导致调长的拉长;从弱化喉塞尾到喉塞尾的消失,是调长的长化导致喉塞尾的脱落。

参考文献:

曹志耘:《汉语方言中的调值分韵现象》,《中国语文》,2009年第2期。

曹志耘:《汉语方言中的韵尾分调现象》,《中国语文》,2004年第1期。

陈晓锦:《宝安沙井话入声舒化现象——对粤方言入声现状的再探讨》,《中国语文》,1993年第4期。

侯兴泉:《关于广州话-k塞尾入声变化的调查实验》,《暨南学报》(哲学社会科学版),

2005 年第 2 期。
孔江平:《现代语音学研究与历史语言学》,《北京大学学报》(哲学社会科学版),2006 年第 2 期。
李杨、石冰、尹恒、郑谦:《腭裂患者喉塞音的声学特征初探》,《实用口腔医学杂志》,2006 年第 6 期。
刘俐李:《汉语声调论》,南京:南京师范大学出版社,2004 年。
沈向荣:《喉塞音的声学表现》,《语言研究》,2010 年第 3 期。
石绍浪:《江淮官话入声研究》,北京:北京语言大学出版社,2016 年。
宋益丹:《南京方言中的入声喉塞尾实验研究》,《南京师范大学文学院学报》,2009 年第 2 期。
唐志强、李善鹏:《扬州方言入声区别性特征的感知研究》,《方言》,2018 年第 4 期。
唐志强:《入声喉塞尾生理表征的计量分析》,《中国语文》,2019 年第 6 期。
唐志强:《江淮官话入声声学—生理—感知实验研究》,南京师范大学博士学位论文,2017 年。
王莉宁:《汉语方言古入声的韵尾分调》,《汉语学报》,2016 年第 1 期。
温端政:《试论山西晋语的入声》,《中国语文》,1986 年第 2 期。
吴宗济:《吴宗济语言学论文集》,北京:商务印书馆,2008 年。
徐越、朱晓农:《喉塞尾入声是怎么舒化的——孝丰个案研究》,《中国语文》,2011 年第 3 期。
杨信川:《试论入声的性质及其演变》,《广西大学学报》(哲学社会科学版),1997 年第 1 期。
张玉来:《近代汉语官话入声的消亡过程及相关的语音性质》,《山东师大学报》(社会科学版),1991 年第 1 期。
周磊:《从非音节性词尾看入声韵尾[-ʔ]的脱落》,《中国语文》,2003 年第 5 期。
朱晓农、焦磊、严至诚、洪英:《入声演化三途》,《中国语文》,2008 年第 4 期。
赵宏:《浅谈汉语入声韵塞音尾消失的原因》,《贵州民族学院学报》(社会科学版),1997 年第 2 期。
J. C. Catford, *A Practical Introduction to Phonetics*. Oxford University Press. 2001.
Laura Redi & Stefanie Shattuck-Hufnagel , *Variation in the Realization of Glottalization in Normal Speakers*. Journal of Phonetics, 29, 407—429. 2001.
James M & Hillenbrand & Robert A. Houde, *Role of F0 and Amplitude in the Perception of Intervocalic Glottal Stops*. Journal of Speech and Hearing Research, *Volume* 39, 1182—1190. 1996.

附录:发音人信息

姓名	出生年月	性别	职业	地址	文化程度	方言点
周××	1949.09	男	退休	南京市秦淮区	小学	南京
陈××	1950.08	女	退休	南京市建邺区	初中	南京
刘××	1954.10	男	退休	扬州市广陵区	初中	扬州
郭××	1958.02	女	退休	扬州市广陵区	初中	扬州
程××	1954.01	男	退休	芜湖市镜湖区	中专	芜湖
张××	1957.04	女	退休	芜湖市镜湖区	小学	芜湖
陈××	1951.02	男	退休	东台市台城区	初中	东台
王××	1954.01	女	退休	东台市台城区	高中	东台
陈××	1952.11	男	个体商户	安庆市区	初中	安庆
夏×	1957.11	女	退休	安庆市区	本科	安庆
费××	1956.03	男	退休	苏州市姑苏区	小学	苏州
朱××	1951.03	男	工人	南昌市西湖区	初中	南昌

The Acoustic Characterization and Types of the Glottal Stop in Jianghuai Mandarin

Tang Zhiqiang Song Yidan Li Shanpeng

(Anhui University;Nanjing Normal University;Nanjing University of Science and Technology)

Abstract:In this paper, by investigating the acoustic performance of syllable energy distribution, power spectrum, sonogram and syllabary graph of the glottal stop in the Jianghuai mandarin dialect, it is concluded that the acoustic clues of the glottal stop in the Jianghuai dialect are not unique. Comparing acoustic and physiological data, it is concluded that there are three types of lglottal stop in Jianghuai mandarin dialects: classic glottal stop, weakened glottal stop and no glottal stop. In the process of Shuhua, the sound of Jianghuai mandarin dialect changes alternately with the length of the throat and the end of the throat. From the typical glottal stop to the weakened tglottal stop, the glottal stop begins to weaken, which leads to the lengthening and lengthening; from the weakened glottal stop to the no throat plug tail, the lengthening and lengthening lead to the loss of the glottal stop.

Keywords:Entering tone of Jianghuai mandarin; Acoustic investigation; Typical glottal stop; Weakening glottal stop;Shuhua of entering tone

乔中和《元韵谱》实际语音与明代河北内丘方音*

李 军

（南昌大学客赣方言与语言应用研究中心）

提要：《元韵谱》以十二佸四响四十八韵，归纳了一个既反映实际语音，又尽可能区分所列字音韵来源或音韵特征的语音系统。四响既对应于实际语音四呼，又人为区分了实际语音读音合流，而音韵来源或音韵特征有别的韵字。论文在对《元韵谱》人为区分音韵来源、音韵特征的方式进行辨析的基础上，参考韵谱列字所反映的语音特征，将人为区分的列字进行了合理归并，归纳了韵谱所反映的实际语音系统与语音特征。通过与现代内丘方言的比较，指出《元韵谱》实际语音比较全面地反映了明代内丘方言的语音特征，其中的差异反映了内丘方言四百年来语音演变的基本特征与规律。

关键词：《元韵谱》；四响；实际语音；内丘方音

《元韵谱》，明内丘乔中和撰，今存万历本与康熙梅墅石渠阁刻本。万历本只有叙目和韵谱；康熙三十年梅墅石渠阁刻本除万历本的内容外，另有五十四卷韵字谱，即乔氏自序所谓"集五声字各一卷"，是与韵谱相对应的韵书部分，为《元韵谱》全本。万历本韵谱将语音系统归纳为十二部，称之为十二佸。每佸柔、刚分图，柔为合，刚为开。每图上、下分栏列韵，上为律，下为吕，律为开，吕为合。柔律、柔吕，刚律、刚吕分别称为合之开、合之合，开之开、开之合，即所谓"四响"，与实际语音合口呼、撮口呼、开口呼、齐齿呼四呼相

*本文为国家社科基金重大项目"汉语等韵学著作集成、数据库建设及系列专题研究"（17ZDA302）的阶段性成果。

对应。《元韵谱》以刚柔、律吕四响理论将十二佸区分为四十八韵，声母同样根据与四响韵母拼合关系的不同，区分为四类。各韵图上、下栏各横列十九声母位，分别列相应的四响声母代表字，以达到韵图声母、韵母和谐相拼的效果；各声母位竖列阴、阳、上、去、入五声相承的代表字。《元韵谱》在结合实际语音特征，从系统性的角度对语音进行分析、分类等方面具有一定的理论创新价值。

汪银峰根据韵谱、韵字谱列字对《元韵谱》音系进行了比较全面的分析，并与《五方元音》等明清韵书韵图、河北内丘方言进行了对比。① 不过，《元韵谱》柔律、柔吕，刚律、刚吕四响之分，并不完全依据实际语音。韵谱、韵字谱四响列字有一定的人为因素，所反映的不完全是实际语音四呼韵母的对立，部分情况下是通过四响的对立反映韵图列字音韵来源或音韵特征的不同，具有非常鲜明的杂糅实际语音与传统音韵的特点。即韵图对语音系统四响的区分是立足现实语音的，但在韵图列字的过程中，又站在传统音韵与邵雍象数理论的角度，力图对实际语音读音相同而音韵特征不同的韵字，人为地以"四响"的方式加以区分。因此，分析归纳《元韵谱》十二佸四响四十八韵的实际语音特征，必须对乔中和区分十二佸四响的目的、方式有比较明确的认识，根据语音演变的一般规律进行综合考察，合理分析。如龙庄伟所言，对《元韵谱》强生分别之处，需要把它们和相应的小韵合并起来。② 这样才能对《元韵谱》韵谱、韵字谱反映实际语音的方式有比较明确的认识，从而准确归纳其实际语音特征，合理挖掘其语音史研究价值。汪银峰对《元韵谱》音系进行分析以后，也指出，《元韵谱》"在音系构建上主观设立一些虚假音类，以成就其'天地之完音'。这些主观设立的虚假音类不是当时语音的实际反映，必须格外关注。如排除这些虚假音类，《元韵谱》仍然是一份真实的活生生的反映明末内丘话的语音材料"。③

不过，以上研究并没有对《元韵谱》"虚假音类"现象进行实质性的深入探讨，在合理分析《元韵谱》等韵理论，归纳其实际语音特征，充分挖掘其语音史价值等方面还有待进一步完善。本文在对《元韵谱》十二佸四响四十八韵的列字特征，各佸四响列字人为对立的内在原因进行细致分析的基础上，着重对韵谱所反映的实际语音进行归纳，将所归纳的《元韵谱》实际语音与现代河北内丘方言进行比较，从而确定其语音性质、语音基础，为探讨明末以来内丘方言的演变规律提供可资参考的历史文献依据。

---

①汪银峰：《明末以来内丘尧山语音的演变研究》，沈阳：辽海出版社，2010年；《〈元韵谱〉与明清语音研究》，北京：中国社会科学出版社，2016年。

②龙庄伟：《〈五方元音〉与〈元韵谱〉——论〈五方元音〉音系的性质》，《河北师院学报（社会科学版）》，1996年第3期。

③汪银峰：《〈元韵谱〉与明清语音研究》，2016年，第132页。

一、《元韵谱》实际语音声母系统与语音特征

《元韵谱》各韵图十九声母位按发音部位唇、舌（含半舌）、齿（分上齿、下齿，另含半齿）、喉、牙五音的顺序横列，并与宫、徵（半徵商）、商（次商、半商徵）、羽、角五音相配。根据发音方法不同，将声母分为三类，称为“三籁”：不送气清声母为“清”；送气清声母为“清浊半”（简称“半”）；除喻母以外的古次浊声母，除晓匣母以外的擦音声母为“浊”。其中唇、舌、齿（上齿、下齿）、牙音三籁俱全；喉音只有“清”“半”两声母，古晓匣母为“半”，古影、喻母为“清”。各韵图柔律、柔吕、刚律、刚吕四响十九声母位，分别列相应的声母类。十九声母位所属五音、三籁及四响声母类代表字列表如下（“十九声母位”以对应的传统三十六字母名称表示）：

表 1:《元韵谱》十九声母五音、三籁及四响声母类代表字

十九声母位		帮	滂	明	端	透	泥	来	精	清	心	知	穿	审	日	影	晓	见	溪	疑
四响	柔律	帮	滂	门	端	退	农	雷	钻	存	损	中	揣	谁	戎	翁	怀	光	孔	外
	柔吕	帮	非	微	冬	彤	纫	伦	遵	从	雪	追	穿	顺	闰	喻	训	倦	群	元
	刚律	帮	滂	门	德	透	能	来	臧	仓	三	臻	产	沙	仍	恩	寒	庚	慨	咢
	刚吕	並	皮	明	定	剔	泥	林	精	清	心	知	彻	审	日	影	晓	见	奇	疑
大五音		宫			徵			半徵商	商			次商			半商徵	羽		角		
三籁		清	半	浊	清	半	浊	浊	清	半	浊	清	半	浊	浊	清	半	清	半	浊
小五音		唇			舌			半舌	下齿			上齿			半齿	喉		牙		

柔律、刚律、刚吕唇音对应于帮、滂、明母，而柔吕唇音对应的是帮母与来源于古非组的非、微母。其中刚律唇音以及柔吕唇音帮母位有音无字，即乔氏所谓“蒙音”。因此《元韵谱》实际上共列有二十一声母位。从韵图列字来看，《元韵谱》实际语音声母系统具有以下特征。

1.1 全浊声母清化，读塞音、塞擦音者平声读送气声母，仄声读不送气声母；浊擦音与清擦音读音合流

《元韵谱》除喉音“半”声母外，其他各组声母“半”声母阴平位列古送气清声母平声

字,阳平位列古浊声母平声字。上、去、入声“半”声母位则只列古送气清声母字,古全浊声母与不送气清声母字同列“清”声母位。而上齿、下齿“浊”声母位以及喉音“半”声母阳平、去声、入声位,同列古心邪母、审禅母以及晓匣母字。

1.2 牙喉音实际语音当因拼合关系不同,发音部位产生分化,但因为来源相同,拼合关系互补而没有分立,只是根据四响进行了分类

《元韵谱》横列十九声母位,各分四响,大部分情况下只是反映与韵母四呼拼合关系的分类,但实际语音牙喉音声母当根据拼合关系不同,发音部位产生分化。卷首“释目”之“七十二母释”指出:“旧以见而概角清,试呼之,止母刚吕耳;至刚律则不合,况柔响耶? ……兹于见字外别立光、倦、庚三母,而四响各用,如光奔为昆,倦奔为君,庚奔为根,见奔为巾。”即实际语音中,角音清“见”母,只适合作刚吕齐齿呼声母代表字,作刚律开口呼声母代表字就不合适,更不用说作柔律合口呼、柔吕撮口呼声母代表字。“不合”应当不仅仅是拼合关系的不合,还应当有发音部位不同,读音有别。这也是乔中和给每一个声母按四响分类的原因。实际语音中,牙喉音声母应当已经产生腭化现象,其中山、咸摄开口二等见系与开口三四等同列“般”佸刚吕图,说明实际语音读音合流。其他韵摄开口二等见系虽没有和三四等混列,但除梗摄开口二等见系列刚律,当读开口呼外,蟹摄与假摄开口二等见系都列刚吕,实际语音也当读齐齿呼。效摄开口二等见系列柔律、江摄开口二等见系列柔吕,则是韵图为了以四响区别音韵来源或声韵特征,而采取的人为处理方式(见下文讨论)。其中效摄二等见系与一、三四等见系均有别,江摄二等见系与宕摄开口一、三等见系均对立。实际语音效摄开口二等见系当与三四等见系读音合流,江摄开口二等见系当与宕摄开口三等见系读音合流。因为实际语音中牙喉音分化后的两组声母拼合关系互补,所以《元韵谱》没有根据实际语音另立声母位。乔中和对同样与洪、细音相拼的精组声母,没有与见系声母一样加以辨析,可见二者性质不同:见系洪、细音声母读音分化,而精组洪、细音声母并没有因为拼合关系不同读音分化。

1.3 非、敷、奉母读音合流,微母保留独立

非、敷、奉母字同列柔吕非母位,微母字列柔吕微母位,这是依据音韵来源采取的列字方式。因为非组字多来自古合口三等韵,故均列柔吕。不过,韵图中部分不读轻唇音的明母字亦列柔吕微母位。如“骈”括去声列“梦”,“探”佸阳平、去声列“谋、莓”,“卜”佸入声列“目”。不仅如此,部分非、微母位还列了开口三等帮组字,如“褒”佸柔吕非母

位列"飆、漉、镳、裱",微母位列"苗、藐、庙"。这种列字现象,反映了乔氏为贯彻其一佸分柔、刚,"柔具一律吕、刚具一律吕,所以象四象"的观点,一佸不具四响也强分四韵。由此亦可见,同佸四响列字,除反映了实际语音四呼之别外,也有利用四响对韵图列字音韵来源或音韵特征进行人为区分的目的。韵图保留微母位很大的可能也是出于区分音韵来源,反映传统音韵声母特征的需要。

1.4 知彻澄母与照组声母合流,泥、娘合流;上齿音与下齿音相对

知彻澄母与照组声母同列上齿音,与来源于精组声母的下齿音相对。传统韵图精、照组声母同列齿音栏,精组列一、四等,照组列二、三等。而乔氏将精组称为下齿,照(知)组称为上齿,当有语音描写的成分在内。精组声母为平舌音,故为下齿;照(知)组声母为翘舌音,故为上齿。古泥、娘母不分,同列舌音"浊"。

1.5 影、喻母读音合流,疑母保留独立

影、喻母除平声阴、阳对立外,仄声读音合流,同列喉音清声母位。韵图保留了疑母位,且列字与其他声母不混,例外的情况是疑母字"捱"列"百"佸刚吕影母位。

根据以上分析,《元韵谱》实际语音当包括二十四声母,各声母来源与拟音如下(其中疑母与见、溪母同属牙音,为讨论方便起见,不与其他牙喉音一起根据洪细区分为两声母):

表 2:《元韵谱》实际语音声母系统

声母	中古来源	声母	中古来源	声母	中古来源	声母	中古来源	声母	中古来源
帮 p	帮、並$_{\text{仄}}$	滂 p^h	滂、並$_{\text{平}}$	明 m	明	非 f	非敷奉	微 v	微
端 t	端、定$_{\text{仄}}$	透 t^h	透、定$_{\text{平}}$	泥 n	泥、娘			来 l	来
精 ts	精、从$_{\text{仄}}$	清 ts^h	清、从$_{\text{平}}$			心 s	心、邪		
知 tʂ	知、照、澄$_{\text{仄}}$、床$_{\text{仄}}$	昌 tʂ^h	彻、昌、澄$_{\text{平}}$、床$_{\text{平}}$			审 ʂ	审、禅	日 ʐ	日
见$_1$k	见$_{\text{洪}}$、群$_{\text{洪仄}}$	溪$_1$$k^h$	溪$_{\text{洪}}$、群$_{\text{洪平}}$			晓$_1$x	晓$_{\text{洪}}$、匣$_{\text{洪}}$	疑 ŋ	疑
见$_2$tɕ	见$_{\text{细}}$、群$_{\text{细仄}}$	溪$_2$tɕ^h	溪$_{\text{细}}$、群$_{\text{细平}}$			晓$_2$ɕ	晓$_{\text{细}}$、匣$_{\text{细}}$		
影 ø	影、喻								

二、《元韵谱》实际语音韵母系统与语音特征

2.1 韵谱十二佸四响列字来源

相对于声母系统,《元韵谱》韵图列字所反映的韵母系统特征比较复杂。前文指出,《元韵谱》除以四响区分实际语音韵母四呼特征之外,同时也通过四响对立,区分韵图列字音韵来源或音韵特征的不同。《元韵谱》所反映的实际语音韵母系统必须结合韵图列字,以及列字的音韵来源、音韵特征,参考韵图列字所反映的语音演变的基本规律进行归纳。为讨论方便,首先根据韵图列字,将十二佸四响四十八韵所列字的中古来源列表如下:

表3 《元韵谱》韵图十二佸四响四十八韵列字中古来源

佸	四响	中古来源	佸	四响	中古来源
骈	柔律	通合一东、合三$_{\text{知庄章}}$、曾梗一二$_{\text{帮}}$	掫	柔律	流开一$_{\text{帮}}$
	柔吕	通合一冬、合三、梗合四		柔吕	流开三尤$_{\text{知非}}$、幽$_{\text{见系}}$
	刚律	曾梗开一二、曾开三$_{\text{日}}$		刚律	流开一、开三$_{\text{庄}}$
	刚吕	曾梗开三四		刚吕	流开三尤$_{\text{-知非}}$、幽$_{\text{帮}}$
奔	柔律	臻合一、合三$_{\text{知}}$	般	柔律	山合一二、开二$_{\text{帮}}$
	柔吕	臻合三$_{\text{-知}}$		柔吕	山合三四
	刚律	臻开一、臻深开三$_{\text{庄}}$		刚律	山咸开一、开二$_{\text{-见系帮}}$
	刚吕	臻深开三$_{\text{-庄}}$		刚吕	山咸开二$_{\text{见系}}$、开三四
褒	柔律	效开一$_{\text{帮}}$、开二$_{\text{-庄}}$	帮	柔律	宕江$_{\text{帮}}$、江开二$_{\text{知庄}}$、宕合一、合三$_{\text{(况)}}$
	柔吕	效开三$_{\text{帮A精知、见系}}$		柔吕	宕合三、江开二$_{\text{知庄泥来}}$
	刚律	效开一$_{\text{-帮}}$、开二$_{\text{庄}}$		刚律	宕开一$_{\text{-帮}}$、开三$_{\text{庄}}$
	刚吕	效开三$_{\text{帮B精章日}}$、效开四		刚吕	江开二$_{\text{帮}}$、宕开三$_{\text{-庄}}$
博	柔律	果合一	北	柔律	蟹合一、止蟹合三四
		宕开一入$_{\text{帮}}$、江开二入$_{\text{庄}}$、宕合一入			曾开一入$_{\text{帮}}$、曾合一入、臻合三入$_{\text{知庄}}$,
	柔吕			柔吕	止蟹合三四$_{\text{-庄}}$
		宕合三入$_{\text{非,(矍)}}$、江开二入$_{\text{-帮庄}}$			臻合三入$_{\text{-庄}}$、深开三入$_{\text{日}}$
	刚律	果开一		刚律	止开三$_{\text{精庄知}}$、蟹开四$_{\text{见系}}$
		宕开一入$_{\text{-帮}}$、江开二入$_{\text{庄}}$、宕开三入$_{\text{彻}}$			曾开一入$_{\text{-帮}}$、臻曾开三入$_{\text{庄}}$

续表

佸	四响	中古来源	佸	四响	中古来源
	刚吕		北	刚吕	止开三$_{-\text{精庄章}}$、蟹开四$_{-\text{见系}}$
		江开二入$_{\text{帮}}$、宕开三入			曾梗臻开三四入$_{-\text{庄}}$
百	柔律	蟹开二$_{\text{帮}}$、合二、合一泰	八	柔律	假开二$_{\text{帮}}$、假合二
		梗开二入$_{\text{帮}}$、合二入			山开二入$_{\text{帮}}$、山合一入$_{-\text{帮}}$、合二入
	柔吕	蟹合三		柔吕	假合二$_{\text{知庄来}}$
		梗开三四入$_{\text{精泥来}}$、合三四入			咸三入$_{\text{非}}$、山开一入$_{\text{端}}$、咸开一$_{\text{来}}$、山开二入$_{\text{见系知日}}$
	刚律	蟹开一、开二$_{\text{庄}}$		刚律	假开二$_{\text{庄娘来}}$
		梗开二入			咸开一$_{\text{端精来}}$、山开一入$_{\text{见系}}$、山开入二$_{\text{知庄}}$
	刚吕	蟹开一$_{\text{帮}}$、开二$_{-\text{庄}}$		刚吕	假开二$_{-\text{庄娘}}$
		梗开三四入			山合一入$_{\text{帮}}$、山开一入$_{\text{端}}$、咸开二入$_{\text{知庄}}$、咸开二入$_{\text{见系}}$
孛	柔律		卜	柔律	遇合一、合三虞$_{\text{庄}}$
		臻合一入			通合一东入、合三东入$_{\text{章}}$
	柔吕	果合三		柔吕	遇合三虞$_{-\text{庄}}$
		山合三四入			通合三东入
	刚律			刚律	遇三鱼$_{\text{庄}}$
		咸开三四入			通合一冬入
	刚吕	假开三		刚吕	遇三鱼$_{-\text{庄}}$
		山开三四入			通合三钟入

从十二佸四响四十八韵的列字情况来看,同佸四响列字大部分情况下反映了韵母系统四呼的对立,但唇音声母位、上齿音声母位列字比较复杂。同韵摄或同音韵来源的帮组、知照组字既有合流的情况,也有分列不同四响韵母图的现象。对《元韵谱》帮非组、知照组声母的拼合关系进行准确判断,是研究其实际语音韵母系统的前提。

2.2 帮、非组声母的拼合关系

《元韵谱》帮组一二等字一般列柔律图,开口三四等字一般列刚吕图,非组字一般列

柔吕图,但列字并不整齐,四响混列现象较多。将十二佸唇音声母位列字情况列表如下:

表4:十二佸唇音声母位列字情况

佸	骈	掤	奔	般	褒	帮
柔律	通合一帮 曾梗开二帮	流开一帮	臻合一帮	山合一帮 山开二帮	效一二帮	宕开一帮
柔吕	通合三非、明	流开三(尤)非、明	臻合三非	山咸非 山合三微	效开三$_B$帮	宕合三非
刚吕	曾梗开三四	流开三(幽)帮	臻开三帮	山咸开三四帮	效开三$_A$帮	江开二帮、(騳)
佸	博	北	百	八	孛	卜
柔律	果合一帮 宕开一入帮	蟹合一帮 止开三帮部分 曾开一入帮	蟹开二帮 庚开二入帮	假开二帮 山开二入帮	臻合一入	遇合一帮 通合一入帮
柔吕	宕合三入非	止蟹合三非 臻合入三非	蟹合三非	咸开三入非	山合三入非	遇合三非 通合三入非、明
刚吕	江开二入帮	止蟹开三四帮 臻开三入帮	蟹合一帮 梗开三四入帮	山合一入帮	假开三明 山开三四入帮	通合一入沃明

从十二佸四响唇音声母位所列帮、非组字的特点来看,四响列字在一定程度上反映了实际语音特征,但四响并不与四呼一一对应。如柔律对应于合口呼,但所列字来自古合口一等的只有"奔""孛""卜"三佸,而"褒""帮""百""八"括所列字均来自开口一二等帮组,其他各佸列字则同来自开、合口一二等帮组。柔吕非、微母位多依据音韵来源列古合口三等非组字,但并不对应于撮口呼,如"褒"佸就列了效摄开口三等帮组字。刚吕对应于齐齿呼,大部分列开口三四等帮组字,但部分列了一二等帮组字,如"帮""博"佸分别列了江摄二等帮组字,"百"佸列了蟹摄一等帮组字,"八"佸列了山摄合口一等入声帮组字。列字现象反映,韵谱很大程度上是利用四响区分实际语音读音相同而音韵来源或音韵特征不同的韵字。如"帮""博"佸刚吕列江摄二等帮组字,就是为了和柔律所列宕摄一等帮字进行区分;"八"佸刚吕列山摄合口一等入声帮组字,是为了和柔律所列山摄二等帮组字进行区分;效摄三等帮组重纽B类字与A类字分别列"褒"佸柔吕与刚吕,则明显是受到传统韵图列字的影响。

因此,以上各佸四响唇音声母位列字的韵母性质,并不能直接和四呼相对应,必须根据韵谱所反映的语音合流特征与语音演变的基本规律进行确定。列字来源于开口韵的,当读开口呼或齐齿呼,如"褒""帮""百""八"括柔律所列帮组字来源于古开口一二等,实际语音当读开口呼;开、合口韵混列的一二等帮组字实际语音也当读开口呼,如"般"佸柔律列山摄合口一等、开口二等帮组字，实际语音当读开口呼。以上除“卜”佸柔律所列遇摄一等、通摄合口一等入声读合口呼外，其他一二等帮组字当都读开口呼。柔吕所列三等非组字，除“卜”佸外，也当读开口呼；所列帮组字当读齐齿呼。刚吕所列一二等帮组字亦当读开口呼，三四等字当读齐齿呼。

2.3 知照组日母的拼合关系

《元韵谱》古知照组字列上齿音，日母字列半齿音，从列字特点来看，四响均有列字，有不同来源字互补现象，也有同音韵来源字重出现象。将上齿、半齿音四响声母位列字情况对比如下：

表 5:《元韵谱》上齿、半齿音四响声母位列字

佸	骈	掭	奔	般	褒	帮
柔律	通合三东知庄章、日、冢钟		臻合三知章日	山合二庄	效开二知	江开二知庄
柔吕	通合三钟知章日	流开三知	臻合三知章日	山合三知章日	效开三知	江开二知庄
刚律	庚开二庄 曾开三日	流开三庄	臻深开三庄	山咸开二庄	效开二庄	宕开三庄
刚吕	曾梗开三知章 曾开三日	流开三章日	臻深开二知章日	山咸开二知章日	效开三知章日	宕开二知章日
佸	**博**	**北**	**百**	**八**	**孛**	**卜**
柔律	江开二入庄	止合三知庄章 臻合三入知章庄	蟹合二庄 梗合二入庄	假合二知庄 山合二入知庄		遇三虞庄知章 通三入屋章、日(辱去声)
柔吕	江开二入知	止合三知庄章日 臻合三入知章、深开三入日	蟹合二知、合三去知章日 梗合三入章(蕞)	假合二知庄、止合三日(稜) 山开二入知、日(髾)	假开三日 山开三入章日	遇三虞知章日 通三入屋知章日
刚律	宕开三入庄(斮)章(婥)	止开三庄章 臻曾开三入庄	蟹开二庄、开一昌 庚开二入庄	假开二庄 山开二入庄	咸开三入章、日	遇三鱼庄
刚吕	宕开三入知章日	止开三知章 臻曾开三入知章日	蟹开二知庄、开一章 梗开三入章	假开二知庄 咸开二入知庄	假开三章、日 山开三入知章日	遇三鱼知章日 通三入烛知章日

从以上十二佸四响上齿、半齿音声母位列字的中古来源可以发现，四响列字更多的是区分音韵来源或音韵特征的不同，并不完全依据实际语音特征。如“帮”佸四响分别列江摄庄组字、江摄知组字、宕摄庄组字、宕摄知章组日母字；“褒”佸四响分别列效摄开口二等知组字、开口三等知组字、开口二等庄组字、开口三等知章组日母字；“卜”佸柔吕与刚吕分别列遇摄三等虞韵、通摄三等入声屋韵字，遇摄三等鱼韵、通摄三等入声烛韵字。从韵图同韵摄同等呼的知庄章组字混列，以及同韵摄不同等的知章庄组字混列的情况来看，实际语音同佸知庄章组字当读音合流。

2.3.1 韵母来源相同的知庄组二等字实际语音读音合流

韵母来源相同的二等知、庄组字，韵图有列同佸不同四响的现象，如效摄二等知组字列“褒”佸柔律，二等庄组字列刚律；江摄开口二等入声庄组字列“博”佸柔律，知组字列柔吕；蟹摄开口二等知组字列“百”佸刚律，庄组字列刚吕。这种列字方式应当是区分声母来源的不同，而不是实际语音有别。实际语音中，韵母来源相同的二等知、庄组字当读音合流。如“八”佸，假摄合口二等知庄组字、山摄合口二等入声知庄组字同列柔律，假摄合口二等知庄组字同列柔吕；假摄开口二等庄组字与山摄开口二等入声庄组字同列刚律，假摄开口二等知庄组字与咸摄二等入声知庄组字同列刚吕。“帮”佸，江摄二等知、庄组字同列柔律、柔吕等。

2.3.2 韵母来源相同的知三、章组字实际语音当读音合流

大部分情况下，韵母来源相同的知三、章组字列同四响的上齿音声母位，如曾梗摄开口三等知章组字同列“骈”摄刚吕，通摄合口三等知章组字同列“骈”佸柔吕，山咸摄开口三等知章组字同列“般”佸刚吕，山摄合口三等知章组字同列“般”佸柔吕，山咸摄三等知章组字同列“般”佸刚吕，臻摄合口三等知章组字同列“奔”佸柔律与柔吕。韵母来源相同的知三、章组字也有分列不同四响的情况，如流摄开口三等知、章组字分别列“捊”佸柔吕与刚吕；效摄开口三等知组部分列“褒”佸柔吕，部分与章组字列刚吕。以上韵母来源相同的知三、章组字分列不同四响韵，同样是为了人为区分声母来源的不同，实际语音当读音合流。

2.3.3 韵母来源相同的知三、章组字与庄组三等字实际语音当读音合流

韵母来源相同的庄组三等字与知三、章组字有分列同佸不同四响的现象，如流摄开口三等庄组列“捊”佸刚律，知三、章组字分别列柔吕与刚吕；臻深摄开口三等庄组字列“奔”佸刚律，知三章组字列刚吕。不过韵母来源相同的知三、章组字与庄组三等字也有列同佸同四响的现象，如通摄合口三等知章组与庄组字同列“骈”佸柔律；止摄合口三等知章组字与庄组字同列“北”佸柔律，开口三等章组字与庄组字同列刚律；遇摄三等虞韵

知章组与庄组字同列“卜”佸柔律；宕摄开口三等入声庄、章组字同列“博”佸刚律。这反映了韵母来源相同的知三、章组字与庄组三等字分列同佸不同四响的现象，也是为了区分声母来源的不同，并无实际语音的区别。开口三等庄组字多列刚律，实际语音当读开口呼；知三、章组字实际语音也当读洪音韵母。

2.3.4 实际读音中，同佸不同四响的知庄组二等字当与知章组三等字读音相同

韵母来源相同的二等知、庄组字与三等知、章组字往往分别列同佸不同四响韵，如效摄二等知组字列“褒”摄柔律，三等知组字列柔吕；二等庄组字列刚律、三等知章组字列刚吕。山摄合口二等庄组字列“般”佸柔律，合口三等知章组字列柔吕；山咸摄开口二等庄组字列刚律，开口三等知章组字列刚吕。但部分韵图列字反映，知庄组二等字实际语音当与知三、章组字读音无别，如蟹摄合口二等知组字与合口三等去声知章组日母字同列“百”佸柔吕。

韵图一佸四响，是乔中和将邵雍“律吕四象”理论与实际语音四呼特征相比附，而乔中和同时又借用了四响的概念，对韵母来源相同而声母或四等有别的知庄章组字人为进行了区分。同佸同开、合的二等知庄组字与三等知章庄组字虽然分列四响韵，但实际语音当读音合流。如山摄合口二等庄组字列“般”佸柔律，实际语音当读合口呼；合口三等知章组日母字列柔吕，实际语音同样当读合口呼。效摄开口二等知组字列“褒”佸柔律、三等知组字列柔吕；二等庄组字列刚律，三等知章组字列刚吕，实际语音当同读开口呼。也就是说，韵谱所列二、三等知庄章组字，实际语音当都读开口呼或合口呼。

日母字一般情况下与知三、章组字列同四响韵，但也有同韵母来源的日母字分别列不同四响的现象。如通摄合口三等日母字分别列“骈”佸柔律与柔吕，曾摄开口三等日母字分别列“骈”佸刚律与刚吕。日母字的实际语音当与知庄章组字一样读相应的合口呼或开口呼韵母。

2.4 十二括四响韵母的来源和语音特征

从上文对帮组、知庄章组日母拼合关系的分析来看，十二佸四响的实际语音性质不能根据韵谱列字简单判断，而应该在区分同佸不同四响列字音韵来源的基础上，辨别列字反映的是实际语音的不同，还是反映音韵来源、音韵特征的人为区分。最直接的方式是，分列不同四响的字，音韵来源相同，只有音韵特征的区别，但韵图有反映读音合流的证据，实际语音当读音合流。各佸四响所列帮非组、知庄章组日母字的实际语音韵母特征见上文分析，以下十二佸四响韵母来源和语音特征，着重讨论来源于其他声母的字。韵谱列

字不能完整反映各韵母来源的情况下，根据梅墅石渠阁本《元韵谱》韵字谱列字进行补充。

2.4.1 “骈”佸

前六佸中“揫”“褒”两佸为阴声韵，其他四佸为阳声韵，均仅列舒声韵字；后六佸均为阴声韵，都列有相承的入声韵字。

“骈”佸列通摄与曾梗摄字。其中柔律合口呼“翁”韵母①列通摄合口一等东韵（举平以赅上去，下同），合口三等东韵知庄章组日母、梗摄合口二等，曾梗摄一、二等帮组；柔吕撮口呼“雍”韵母列通摄合口一等冬韵、合口三等钟韵以及合口三等东韵见系、梗摄合口三等见系。柔吕所列通摄三等知章组，一等冬韵端组当与柔律读音相同。柔吕下齿音声母位所列精组字中有钟韵字，也有冬韵字“宋”，说明通摄三等精组实际语音也当读柔律。柔律所列“农、齈”，柔吕所列“脓、癑”，均为冬韵一等字，说明通摄泥娘母一、三等实际语音当合流，同读合口呼。通摄一、三等来母分别列柔律与柔吕，根据通摄舌齿音一、三等读音合流的特征，来母一、三等亦当合流读合口呼。

“骈”佸柔律和柔吕真正对立的只有古见系字，通摄一等、梗摄合口二等见系列柔律，通摄三等见系列柔吕。

曾梗摄开口一二、三四等分别列刚律开口呼“罂”韵母与刚吕齐齿呼“英”韵母。除三等知章组日母实际语音读刚律开口呼之外，其他三四等当读齐齿呼。其中日母字“仍”在刚律、刚吕重出。

根据上文分析，柔律所列通摄合口一等帮组、柔吕所列三等非组明母也当读刚律开口呼“罂”韵母。

“骈”佸列字反映了实际语音通摄与曾梗摄读音合流的特点，曾梗摄合口韵与通摄合流，分别读合口呼“翁”韵母与撮口呼“雍”韵母；曾梗摄开口韵读音合流，分别读开口呼“罂”韵母与齐齿呼“英”韵母。韵谱除“矿”之外，未见列其他曾摄合口一等字，但韵字谱明确反映了曾梗摄合口一二等、梗摄合口三四等与通摄合流的特征，分别列柔律、柔吕。

2.4.2 “揫”佸

“揫”佸列流摄字。流摄三韵是开口独韵，分列四响。其中一等帮组列柔律，其他一等与三等庄组列刚律开口呼“讴”韵母；流摄三等幽韵见系与尤韵知组、非组列柔吕，除知庄非组外的其他流摄三等列刚吕。柔吕与刚吕是为了从音韵来源上区分尤、幽两韵，实际读音无别。根据上文分析，流摄三等知庄章组日母、非组与流摄一等帮组当读开口呼

---

①韵母代表字以四响所列影母平声字为代表，无则选用其他字。

“讴”韵母;其他流摄三等读齐齿呼“忧”韵母。

2.4.3 “奔”佸

“奔”佸列臻、深摄字。臻摄合口一等列柔律合口呼“温”韵母;合口三等列柔吕撮口呼“煴”韵母,其中臻摄合口三等知章组日母在柔律、柔吕重出,实际语音读柔律合口呼“温”韵母。除知章组日母非组外,其他臻摄合口三等当读撮口呼“煴”韵母。臻摄开口一等与臻深摄开口三等庄组列刚律开口呼“恩”韵母,其他臻深摄开口三等列刚吕齐齿呼“殷”韵母。其中臻深摄开口三等知章组日母当读开口呼“恩”韵母,同读开口呼的当还有臻摄合口一等帮组及合口三等非组;除知庄章组日母外,其他臻深摄开口三等当读齐齿呼“殷”韵母。

2.4.4 “般”佸

“般”佸列山咸摄字。其中山摄合口一二等及开口二等帮组列柔律合口呼“弯”韵母,合口三四等及咸摄非组列柔吕撮口呼“渊”韵母;山咸摄开口一等与二等舌齿音列刚律开口呼“安”韵母,山咸摄开口二等见系、三四等列刚吕齐齿呼“烟”韵母。据上文分析,柔吕所列山咸摄非组、柔律所列山摄一二等帮组当读刚律开口呼“安”韵母。柔吕所列山摄合口三等知章组日母当读柔律合口呼“弯”韵母。除合口三等知章组日母与非组外,其他山摄合口三四等当读撮口呼“渊”韵母。山咸摄开口三等知章组日母当读刚律开口呼“安”韵母;除知章组日母外,其他山咸摄开口三四等与山咸摄开口二等见系当读齐齿呼“烟”韵母。

2.4.5 “褒”佸

效摄四韵字列“褒”佸。除庄组外,效摄二等与一等帮组、部分来母列柔律;二等庄组与其他一等列刚律。效摄三四等重列柔吕与刚吕,其中三等知组列柔吕,章组日母列刚吕。“褒”佸与“掫”佸一样,具有非常鲜明的以四响区分音韵来源的特征。根据上文分析,结合其他韵图的特点,效摄开口一等与二等唇舌齿音、三等知章组日母读音当合流,读开口呼“爊”韵母;开口二等牙喉音与其他开口三四等读音合流,读齐齿呼“要”韵母。

2.4.6 “帮”佸

“帮”佸列宕江摄字。宕摄一等帮组与江摄帮组字“胖”、江摄二等知庄组、宕摄合口一等及合口三等字“况”列柔律合口呼“汪”韵母;宕摄合口三等(含非组),江摄二等知庄组见系、泥来母列柔吕;宕摄开口一等、三等庄组列刚律开口呼“佒”韵母,除庄组声母以外的宕摄开口三等、江摄二等帮组列刚吕齐齿呼“央”韵母。

其中宕摄合口三等见系、江摄知庄组在柔律、柔吕重出,实际语音当读柔律合口呼

“汪”韵母；柔律、柔吕、刚吕所列宕江摄帮非组，刚吕所列宕摄开口三等知章组日母当读刚律开口呼“帙”韵母。柔吕所列江摄见系当与宕摄三等精组见系韵母读音合流，读齐齿呼“央”韵母。宕摄三等庄组实际语音当读柔律合口呼“汪”韵母，列刚律是为了从音韵来源上与柔律江摄二等知庄组进行区分。

2.4.7 “博”佸

“博”佸以下各韵图均列阴声韵字及相承的入声韵字，下文阴声韵与入声韵分开讨论。

“博”佸列果摄一等。其中果摄合口一等列柔律合口呼“倭”韵母，开口一等列刚律“阿”韵母。

入声位列宕江摄入声。其中宕摄开口一等入声帮组、合口一等入声与江摄入声庄组列柔律合口呼“握”韵母；宕摄合口三等入声非组、其他江摄开口二等入声及宕摄合口三等入声字“矍”列柔吕“矍”韵母；宕摄开口一等入声、宕摄开口三等入声章庄组列刚律开口呼“恶”韵母；江摄二等入声帮组，宕摄开口三等入声及江摄二等入声彻母字“踔”列刚吕齐齿呼“药”韵母。

根据上文分析，宕江摄入声帮非组当读开口呼“恶”韵母；根据江摄二等入声知庄组与宕摄三等入声知庄章组四响重出的特征，以及江摄入声庄组与宕摄合口一等入声同列柔律的特征，宕江摄入声知庄章组日母当读合口呼“握”韵母。

根据开口二等见系与开口三四等读音合流的规律，柔吕所列江摄开口二等入声见系当与刚吕所列宕摄开口三等入声读音合流，江摄二等入声泥来母当与宕摄三等知章组日母读音合流。不过韵图中，江摄二等入声见系与宕摄合口三等入声字“矍”列柔吕，宕摄开口三等入声列刚吕，虽有区别音韵来源的目的，也可能说明实际语音中，宕摄合口三等入声与江摄开口二等入声见系读音合流，同读撮口呼“矍”韵母。宕摄开口三等入声则多读齐齿呼“药”韵母。

2.4.8 “北”佸

“北”佸列止蟹摄合口一三四等字与止蟹摄开口三四等字。其中蟹摄合口一等列柔律合口呼“煨”韵母；除非组外，止蟹摄合口三四等在柔律与柔吕重出，实际语音当读柔律合口呼“煨”韵母。柔律所列止蟹摄合口帮非组当读相应的开口呼“栢”韵母。

刚律列止摄开口三等精庄章组、蟹摄开口三四等见系及止摄开口三等字“劓”，其他止蟹摄开口三四等列刚吕。其中止摄开口三等生母列刚律，止蟹摄开口三等审禅母列刚吕。

根据上文的分析，刚吕所列止摄开口三等知组、审禅日母，蟹摄开口三等知章组，当与刚律所列止摄开口三等庄章组读音相同。其他韵图中，同佸的开口三、四等精组一般不加区分,“北”佸止摄开口三等精组与庄章组同列刚律,与刚吕所列蟹摄开口三四等精组读音有别,当读舌尖元音开口呼“赀”韵母。蟹摄开口三四等见系与止摄开口三等见系分别列刚律、刚吕,但列字有相混的情况,如止摄字“劓”列刚律,蟹摄字“畦”列刚吕。说明这种区分只是人为辨析音韵来源,实际语音无别,当同读齐齿呼“依”韵母。

“北”佸入声位列曾、臻摄入声。其中曾摄开口一等入声帮组与合口一等入声、臻摄合口三等入声庄章组列柔律合口呼“或”韵母,臻摄合口三等入声、深摄开口三等入声日母字“入”列柔吕撮口呼“鬱”韵母。曾摄开口一等入声、臻曾摄开口三等入声庄组列刚律开口呼“餕”韵母,其他臻曾梗摄开口三四等入声列刚吕齐齿呼“一”韵母。曾摄开口一等入声帮组当读刚律开口呼“餕”韵母。臻摄合口三等知章组当同读柔律合口呼“或”韵母。臻曾梗摄开口三等入声知章组,实际语音当与相承的止蟹摄开口三等韵母读音相同,读开口呼“质”韵母,与刚律所列止摄开口三等精庄章组同读舌尖元音。根据韵字谱列字,深摄三等入声根据声母条件分别与臻曾梗摄开口三四等入声读音合流,即庄组读刚律开口呼“餕”韵母,知章组读“质”韵母,其他读刚吕齐齿呼“一”韵母。

2.4.9 “百”佸

“百”佸列蟹摄开口一等咍韵,合口一等泰韵,开合口二等及部分合口三等韵字。其中柔律列蟹摄二等帮组、合口一等泰韵,除知组以外的蟹摄合口二等;柔吕列蟹摄合口二等知组,合口三等废韵、祭韵。柔吕所列蟹摄合口二等知组当读柔律合口呼“歪”韵母;蟹摄合口三等非组当与“北”佸止摄合口三等非组读音合流,其中柔吕微母位“味”就是止摄合口三等字;其他蟹摄合口三等当与“北”佸所列止蟹摄合口三四等读音合流,其中“秽、刿、犪”就在“北”佸柔吕重出。

刚律列蟹摄开口一等、开口二等庄组及开口一等章组字“茝”;刚吕列蟹摄合口一等帮组,泰韵开口一等来母,蟹摄开口二等。刚吕所列蟹摄开口一等,二等唇舌齿音当与刚律所列蟹摄开口一等读音合流,读开口呼“哀”韵母;蟹摄合口一等帮组当与“北”佸柔律所列蟹摄合口一等帮组同读开口呼“栝”韵母;蟹摄开口二等牙喉音读齐齿呼“挨”韵母。

入声位列梗摄入声。其中柔律合口呼“擭”韵母列梗摄开口二等入声帮组、合口二等入声,柔吕列梗摄开口三四等入声精组泥来疑母及合口三四等入声见系。刚律开口呼“戹“韵母列梗摄开口二等入声,刚吕列梗摄开口三四等入声。

“百”佸柔吕所列梗摄开口三四等入声精组泥来疑母,当与刚吕所列梗摄开口三四等入声读音无别,与“北”佸刚吕所列臻深曾梗摄开口三四等入声读音合流,同读齐齿呼“一”韵母;柔吕所列梗摄合口三四等入声见系,当与“北”佸柔吕臻摄合口三等入声见系读音合流,读撮口呼“鬱”韵母。

2.4.10 “八”佸

“八”佸列假摄二等。其中柔律合口呼“窊”韵母列假摄开口二等帮组及合口二等，柔吕同列假摄合口二等。刚律开口呼“拏”韵母列假摄开口二等知庄组娘母，刚吕齐齿呼“鸦”韵母列假摄开口二等知庄组见系。其中柔律假摄二等帮组、刚吕假摄开口二等知庄组当与刚律读音合流，同读开口呼“拏”韵母；柔律和柔吕所列假摄合口二等当同读合口呼“窊”韵母。

入声位列山咸摄一二等入声。柔律合口呼“斡”韵母列山摄合口一二等入声、山摄开口二等入声帮组；柔吕列咸摄三等入声非组、山摄开口二等入声、山摄开口一等入声端组、咸摄开口一等入声来母。除刚吕列了山摄合口一等入声帮组外，刚律、刚吕均列山咸摄开口一二等入声。刚律、刚吕所列山咸摄开口一二等入声只有牙喉音对立，其中开口一等入声见系列刚律、开口二等入声见系列刚吕。柔吕所列咸摄三等入声非组、山咸摄一等入声、山摄开口二等入声舌齿音，当与刚律、刚吕所列舌齿音读音合流，读开口呼“遏”韵母；柔吕与刚吕所列山咸摄开口二等入声见系读音当合流，同读齐齿呼“鸭”韵母。

2.4.11 “孛”佸

“孛”佸列果摄开合口三等、假摄开口三等。果摄合口三等列柔吕撮口呼“肥”韵母，假摄开口三等与果摄开口三等列刚吕齐齿呼“耶”韵母。其中刚吕假摄开口三等知章组实际语音当读开口呼“遮”韵母。

入声位列臻摄合口一等入声，山摄开合口三四等入声。其中柔律合口呼“膃”韵母列臻摄合口一等入声，柔吕撮口呼“越”韵母列山摄合口三四等入声。刚律列咸摄开口三四等入声，刚吕列山摄开口三四等入声及部分咸摄开口三四等入声。柔吕所列山摄合口三等入声知章组日母当读相应的合口呼“膃”韵母，非组当读“八”佸开口呼“遏”韵母。刚律与刚吕读音无别，除山咸摄开口三等知章组日母当读相应的开口呼“哲”韵母之外，其他声母当读齐齿呼“叶”韵母。

2.4.12 “卜”佸

“卜”佸列遇摄字。遇摄一等与三等虞韵庄组列柔律，庄组以外的遇摄三等虞韵列柔吕；三等鱼韵庄组列刚律，其他鱼韵列刚吕。除三等鱼虞韵知庄章组日母、非组当与一等韵读音合流，读合口呼“乌”韵母之外，其他三等鱼虞韵读音当合流，读撮口呼“迂”韵母。

入声位列通摄入声。其中通摄合口一等入声屋韵与三等入声屋韵章组列柔律，含部分章组在内的屋韵三等入声列柔吕。合口一等入声沃韵及屋韵字“槭”列刚律，合口三等入声烛韵列刚吕。与相承的遇摄一样，入声所列通摄一等入声，三等入声知庄章组日母、非组,实际语音当读合口呼“屋”韵母;其他声母当读撮口呼“郁”韵母。

三、《元韵谱》实际语音与现代河北内丘方言的比较

《元韵谱》韵谱的最大特征,是对实际语音读音相同,而传统音韵来源或音韵特征有别的韵字,以四响的方式进行了区分。上文在对这种列字现象进行分析的基础上,对《元韵谱》所反映的实际语音进行了研究,归纳了其声母、韵母系统及语音特征。其声调系统则在韵谱上反映得比较明显,共分为阴、阳、上、去、入五个声调。这也是乔中和与其邑人崔数仞共同的学术观点,是对传统四声的大胆突破。除保留入声调外,声调系统特征与现代汉语一致,即平分阴阳、全浊上归去。《元韵谱》以入声字作为后六佸阴声韵的韵部名称,反映了实际语音入声韵当已与阴声韵读音合流,但入声调是否还保留则存疑。入声韵与阴声韵读音合流,反映的是实际语音,独立为入声调则带有比较明显的保守特征,这也是明代等韵学文献比较常见的对入声韵的处理方式。因此入声韵反映实际语音的程度,只能从读音分化、合流的角度与现代方言进行比较。

那么上文归纳的《元韵谱》实际语音声母、韵母系统多大程度上反映了实际语音?与现代河北内丘方言有多大程度的一致性?反映了四百年来内丘方言的哪些演变特征?这必须结合与现代内丘方言的历史比较进行确定,从而揭示明代等韵学文献反映实际语音的方式、程度,验证上文分析归纳《元韵谱》实际语音方法的准确性,也为其他等韵文献的实际语音研究提供借鉴。

内丘方言今属于冀鲁官话区石济片邢衡小片,参照现代内丘方言的调查研究成果,将《元韵谱》实际语音与现代内丘方言比较如下。现代内丘方言主要参考《内丘县志》第二十编第五章“方言”部分(孟蓬生撰写)①以及和立贞的调查研究成果。②

3.1 《元韵谱》实际语音声母系统与现代内丘方言的比较

3.1.1 《元韵谱》实际语音声母系统与现代内丘方言的共同特性

1. 声母数量基本一致。现代内丘方言共有二十三声母(含零声母),从声母数量上看,除不再保留“微”母外,与上文归纳的《元韵谱》实际语音声母系统一致。

2. 声母系统语音特征具有很大程度的一致性。《元韵谱》实际语音声母系统语音特

①河北省内丘县地方志编纂委员会编:《内丘县志》,北京:方志出版社,2006 年。
②和立贞:《内丘方言语音研究》,浙江师范大学硕士学位论文,2013 年。

征与现代内丘方言的一致性表现在:(1)浊音清化规律一致。(2)知庄章组声母读音合流,与洪音相拼的特征一致。(3)非敷奉母读音合流的特征一致。(4)《元韵谱》反映了实际语音见系细音腭化,与精组声母不混的特征;现代内丘方言见系细音腭化读舌面音,与精组细音声母保留尖团对立。

不过,对《元韵谱》见系细音声母是否腭化的问题,学术界有一定的争议,如赵荫棠将牙喉音分为两组,细音读舌面音;永岛荣一郎、耿振生等则认为见系声母没有分化。[①] 王力先生认为"《五方元音》以'京坚根干'同隶见母,显然见系在清代前期还没有分化为[k,k',x]、[tɕ,tɕ',ɕ]两套"。[②] 汪银峰以此为依据,认为《元韵谱》见组声母腭化现象也不可能产生。[③] 上文指出,除乔中和对见母的辨析之外,韵谱、韵字谱中,山咸摄开口二等见系字与开口三四等字同列刚吕,说明见系细音当已腭化。知庄章组声母合流读上齿音,即舌尖后音,也为舌面音的产生提供了条件。《五方元音》没有将见系声母区分为两组不同的声母,恰恰是因为见系洪、细音声母拼合关系互补,并且与精组声母对立,所以明清韵书、韵图往往从声母来源的角度,保留见系声母的完整独立性。如清代末年裕恩《音韵逢源》见系声母同列喉音声母栏,与开齐合撮四呼相拼,但同时将见系细音作为知章组声母栏齐齿呼、撮口呼的反切上字,明确反映了实际语音见系细音声母腭化的特征。

《元韵谱》保留疑母,古疑母字除个别字,如"捱"列百佸刚吕影母外,与其他声母不混。现代内丘方言疑母与影喻微母读音合流,其中影、疑母开口洪音读舌根鼻音 ŋ,其他读零声母。疑母开口洪音保留读舌根鼻音的特征,也许是《元韵谱》完整保留疑母的原因。而"捱"列影母位则透露了内丘方言疑、影母合流的特征由来已久。

3.1.2 《元韵谱》实际语音声母系统与现代内丘方言的差异与原因

《元韵谱》实际语音声母特征与现代内丘方言的最大区别,表现在微母与日母的读音方面。日母在现代内丘方言中有三种读音,其中"止摄日母字今读零声母,遇摄合口三等日母字今读 l 声母,其余日母字的今声母白读为零声母,文读为 ʐ"。[④] 日母读 l 与零声母的现象在道光《内丘县志》中就有记载:"如呼作虏,日呼作异。"[⑤]这些特征在《元韵谱》中

①赵荫棠:《等韵源流》,北京:商务印书馆,2017 年,第 239—240 页;永岛荣一郎:《近世支那语特に北方语系统に於ける音韵史研究资料に就いて》,《言语研究》,1941 年第 8、9 号,第 28 页;耿振生:《明清等韵学通论》,北京:语文出版社,1992 年,第 180 页。

②王力:《汉语语音史》,北京:中国社会科学出版社,1985 年,第 394 页。

③汪银峰:《〈元韵谱〉声母系统的若干问题》,《佳木斯大学社会科学学报》,2008 年第 6 期。

④河北省内丘县地方志编纂委员会编:《内丘县志》,2006 年,第 1142 页。

⑤韩晓云:《明清河北方言语音研究》,华中师范大学博士学位论文,2015 年,第 42 页。

并没有反映，这和该书的编撰宗旨有关。《元韵谱》既比较全面地反映了实际语音的基本音系特征，同时又尽量反映传统音韵来源的区分，不注重对方俗语音的记录。这也是明代等韵文献比较普遍的特征之一，文献所反映的实际语音不完全等同于口头方俗语音，并且口头方俗语音也是作者尽量避免的。

除疑母、微母以及日母有保留传统音韵特征的可能性之外，《元韵谱》实际语音声母系统、声母特征与现代内丘方言是基本上一致的。

3.2　《元韵谱》实际语音韵母系统与现代内丘方言的比较

3.2.1　《元韵谱》实际语音韵母系统中古来源及其与河北内丘方言读音的比较

《元韵谱》虽然在十二佸四响列字方面，具有比较鲜明的人为区分所列字音韵来源的特征，但十二佸四响的韵母系统是建立在实际语音基础上的，反映了北方官话实际语音韵母系统的基本特征，《五方元音》十二韵部与《元韵谱》十二佸是一脉相承的。上文我们根据韵谱区分四响的特点、韵图列字所反映的语音演变基本规律，将实际语音读音合流，但人为分列不同四响或韵佸的韵字，进行了合并，并归纳了其实际语音韵母系统及语音特征。根据上文分析，按十二佸实际语音四呼的方式，将各韵母中古来源及其在现代内丘方言中的读音归纳对比如下。《元韵谱》实际语音同韵母字在现代内丘方言中读音有别的，根据其音韵条件分别列出方言读音，相同的则直接列韵母读音：①

表 6:《元韵谱》实际语音韵母系统中古来源及其与河北内丘方言读音比较

佸	四呼	韵母	中古来源及现代内丘方言读音	佸	四响	韵母	中古来源及现代内丘方言读音
骈	合口	翁	通合一-帮、合三-见系非组，曾梗合一二 uəŋ	般	合口	弯	山合一二-帮、山合三知章日 uæ
	撮口	雍	通合三见系，梗合三四 yŋ		撮口	渊	山合三四-知章日非 yæ
	开口	罂	曾梗开一二、曾梗知庄章日，通合一帮、合三非 əŋ		开口	安	山咸开一、开二-见系、开三知章日，山合一帮、合三非 æ
	齐齿	英	曾梗开三四-知章日 iŋ		齐齿	烟	山咸开二见系、开三四-知章日 iæ

①和立贞：《内丘方言语音研究》，浙江师范大学硕士学位论文，2013 年，第 19—35 页“内丘方言同音字汇”，第 51—55 页“表 5.2 内丘方言古今韵母对照表”。河北省内丘县地方志编纂委员会编：《内丘县志》，2006 年，第 1141—1169 页“第五章方言”。文白异读主要参考《内丘县志》，下表“/”前为文读，后为白读。

续表

佸	四呼	韵母	中古来源及现代内丘方言读音
奔	合口	温	臻合一-帮、合三知章日 uən
	撮口	煴	臻合三-知章日非 yn
	开口	恩	臻开一、臻深开三庄知章日，臻合一帮、合三非 ən
	齐齿	殷	臻深开三-庄知章日 in
褒	开口	爊	效开一、开二-见系、开三知章日 ɔ
	齐齿	要	效开二见系、开三四-知章日 iɔ
博	合口	倭	果合一 uɤ、ɤ(帮组)
		握	宕合一入、开三入知章日，江开二入知庄 uɤ
	撮口	矆	宕合三入见系 yɛ，江开二入见系 yɛ/iɔ
	开口	阿	果开一 ɤ(见系)、uɤ(其他)
		恶	宕开一入 ɤ$_{\text{帮(见)}}$，ɔ/uɤ$_{\text{其他}}$、开三入知庄章日 uɤ，江开二入帮泥来 ɤ，宕合三入非 ɤ
	齐齿	药	宕开三入-庄章日 iɔ/yɛ
百	合口	歪	蟹合二、蟹合一去(泰)uɛ
		擭	梗合二入 uɤ
	开口	哀	蟹开一、开二唇舌齿 ɛ
		戹	梗开二入 ɤ/ɛ
	齐齿	挨	蟹开二牙喉 iɛ

佸	四响	韵母	中古来源及现代内丘方言读音
帮	合口	汪	宕合一、合三见系，宕开三庄，江开二知庄 uã
	开口	佒	宕开一、开三知章日、合三非，江开二-知庄见系 ã
	齐齿	央	宕开三-知章日庄，江开二见系 iã
掫	开口	讴	流开一，开三知庄章日、非$_{\text{部分}}$ əu
	齐齿	忧	流开三-知庄章日非 iəu、
北	合口	煨	止蟹合口一三四-帮非 uei
		或	曾合一入 uɤ，臻合三入庄章、深开三入日 u
	撮口	鬱	臻合三入-庄章，梗合三四入 y
	开口	栢	蟹合一帮、止蟹合三非 ei
		赀	止开三精 ɿ 庄章日、蟹开三知章 ʅ
		餕	曾开一入 ɤ/ei、曾臻深开三入庄 ɛ
		质	曾梗臻深开三入知章日 ʅ
	齐齿	依	止开三-精庄章日、蟹开三四-知章 i
		一	曾梗臻深开三入-知章日 i
八	合口	窊	假合二 uɑ
		斡	山合一入 uɤ、山合二入 uɑ
	开口	拏	假开二唇舌齿 ɑ
		遏	山咸开一入、开二入-牙喉，山咸三入非，山合一入帮 ɤ$_{\text{山咸开一入见系，山合一入帮}}$、ɑ$_{\text{其他}}$
	齐齿	鸦	假开二牙喉 iɑ

续表

佸	四呼	韵母	中古来源及现代内丘方言读音	佸	四响	韵母	中古来源及现代内丘方言读音
孛	合口	腽	臻合一入 u，山合三入知章日 uɤ			鸭	山咸开二入牙喉 iɑ
	撮口	肥	果合三 yɛ	卜	合口	乌	遇合一、遇三知庄章日非 u
		越	山合三四入-知章日非 yɛ			屋	通合一入、合三入-见系 u
	开口	遮	假开三知章日 ɤ		撮口	迂	遇三-知庄章日非 y
		哲	山咸开三四入知章日 ɤ			郁	通合三入见系 y
	齐齿	耶	果假开三-知章日 iɛ				
		叶	山咸开三四入-知章日 iɛ				

3.2.2 《元韵谱》实际语音韵母系统与河北内丘方言的差异与原因

《元韵谱》实际语音共计阳声韵母十五个，阴声韵母二十一个，入声韵母二十个。从上表所反映的比较结果来看，《元韵谱》实际语音韵母系统与河北内丘方言的异同主要表现在三方面：(1)《元韵谱》实际语音阳声韵韵母与现代内丘方言对应关系非常整齐，韵母特征一致；(2)阴声韵“博”佸、“百”佸、“孛”佸韵母，在现代内丘方言开始读音混同；其他阴声韵韵母的来源、语音特征与现代内丘方言基本一致。(3)《元韵谱》实际语音入声韵母与现代内丘方言有一定程度的差异。

下文主要从入声韵的差异与原因方面，对《元韵谱》实际语音韵母系统与河北内丘方言的关系进行讨论。

1.《元韵谱》实际语音入声韵与河北内丘方言的差异

现代内丘方言入声韵与阴声韵的合流关系，与《元韵谱》实际语音所反映的入声韵与阴声韵的相承关系是一脉相承的。如《元韵谱》宕江摄入声与果摄同列“博”佸，梗摄二等入声与蟹摄开口一等、开合口二等同列“百”佸，山咸摄三四等入声与果假摄三等同列“孛”佸，曾梗摄三四等入声与止蟹摄三四等、蟹摄合口一等同列“北”佸，通摄入声与遇摄同列“卜”佸，山咸摄二等入声与假摄二等同列“八”佸。这些韵佸所列阴声韵与入声韵，在现代内丘方言中多读音合流。

唯一不同的是，《元韵谱》“八”佸所列山摄合口一等入声、山咸摄开口一等入声见系，与其他山咸摄一二等入声、假摄二等韵母主元音差异较大，前者为 ɤ，后者为 ɑ。这种不同不是古今差异或语音演变的结果，而是因为乔氏没有根据音韵特征的不同，对韵母读音有别的山咸摄一二等入声进行离析。《元韵谱》在根据实际语音区分十二佸四响四十八韵的过程中，一定程度上是以《诗韵》韵为单位进行合并、分类的。其中山咸摄开口一二等入声合流，三四等入声合流，分别与不同阴声韵佸相承。实际语音山摄合口一等入声、山咸摄开口一等入声见系韵母主元音相同，当与山咸摄开口一等入声舌齿音、开合口二等入声主元音有别；山咸摄开口一等入声舌齿音、开合口二等入声主元音与假摄二等相同。乔氏据后者将山咸摄一二等入声一起与假摄二等同列“八”佸。现代内丘方言中，山摄合口一等入声、山咸摄开口一等入声见系读 uɤ、ɤ 韵母，与“博”佸所列果摄与宕江摄入声读音相同。

除“八”佸是因为没有对同音韵来源的入声韵进行离析，而产生古今读音差异之外，《元韵谱》入声韵的读音与现代内丘方言还有一定程度的不同。这种不同，主要表现在现代内丘方言入声韵合流范围进一步扩大，读音开始大量简化。如：

(1)《元韵谱》宕江摄开口入声舌齿音、曾摄合口一等入声、梗摄合口二等入声、山摄合口三等入声知章组、山摄合口一等入声不混，分别列“博”佸、“北”佸、“百”佸、“孛”佸与“八”佸，以上入声韵现代内丘方言同读合口洪音 uɤ。

(2)《元韵谱》宕摄合口三等入声见系、江摄开口二等入声见系列“博”佸柔吕，宕摄开口三等入声精组见系列“博”佸刚吕；山摄合口三四等入声精组见系列“孛”佸柔律，现代内丘方言读音合流，均读 yɛ。

(3)宕摄一等入声帮组、江摄二等入声帮组列“博”佸，梗摄开口一等入声列“北”佸，梗摄二等入声列“百”佸，山摄开口三等入声知章组日母列“孛”佸，山摄合口一等入声帮组列“八”佸，现代内丘方言同读 ɤ。

(4)臻摄合口三等入声庄章组、深摄开口三等入声日母读“北”佸合口呼，臻摄合口一等入声读“孛”佸合口呼，通摄合口一等入声、合口三等唇舌齿音入声读“卜”佸合口呼，现在内丘方言同读合口呼 u 韵母。

(5)臻摄合口三等入声精组见系与通摄合口三等入声见系分别读“北”佸、“卜”佸撮口呼，现代内丘方言同读撮口呼 y 韵母。

2.《元韵谱》实际语音与河北内丘方言入声韵差异的原因

以上入声韵读音的不同，反映的是《元韵谱》实际语音与现代内丘方言的古今差异，是历时演变的结果。表现在两个方面：

(1)入声韵读音合流的现象，和相承阴声韵读音合流现象是同步的。《元韵谱》实际语音与现代内丘方言的差异，除表现在入声韵读音合流外，同时表现在部分不同佸的阴声韵也产生了读音合流现象，并和入声韵的读音合流趋势一致。如《元韵谱》“百”佸列蟹摄开口一等、开合口一二等，“孛”佸列假果摄三四等；“百”佸入声列梗摄二三等入声庄章组，“孛”佸入声列山咸摄三等入声知章组。现代内丘方言中，“百”佸、“孛”佸所列阴声韵、入声韵主元音同为 ɛ。

（2）现代内丘方言入声韵的文白异读现象反映，这种以合流为特征的阴、入声韵读音的差异，是四百年来语音不断发展演变的结果。如《元韵谱》曾摄开合口一等入声列“北”佸，梗摄开合口二等入声列“百”佸。现代内丘方言文读合流，同读 uɤ、ɤ；白读有别，曾摄合口一等入声白读 uei、①开口一等入声白读 ei，梗摄开口二等入声白读 ɛ（梗摄合口二等入声白读不详），读音不混。

从《元韵谱》入声韵及相关阴声韵的语音特征与同时期的《等韵图经》的比较来看，除曾梗摄开口一、二等入声《元韵谱》不同括，《等韵图经》同列拙摄外，二者是大体一致的。《等韵图经》“拙”“果”摄对立，《元韵谱》“孛”“博”佸对立；现代北京话“拙”“果”摄合流，现代内丘话“孛”“博”佸洪音同样合流，反映了二者共同的历史语音特征和共同的演变趋势。

《元韵谱》入声韵与阴声韵的共同演变趋势，也反映了明代内丘方言入声韵与阴声韵当已合流，不再保留入声调，韵谱保留入声调是一种音韵观念的区分。乔中和与崔数仞能在传统四声格局的基础上，根据实际语音平分阴阳的特点，将四声区分为五声，已是一大进步，但出于对传统音韵四声的遵从，还是不能根据实际语音进一步取消入声的独立地位。这是明代知识分子普遍存在的对传统音韵观念的尊崇。

《元韵谱》立足现实语音，以十二佸四响四十八韵归纳了一个既反映实际语音，又尽可能地区分所列字音韵来源或音韵特征的语音系统。四响既对应于实际语音四呼，又人为区分了实际语音读音合流，而音韵来源或音韵特征有别的韵字。研究《元韵谱》实际语音的前提，是辨析其人为区分传统音韵来源或音韵特征的方式，以韵谱所反映的实际语音特征为线索，将人为区分的列字进行合理归并。这样才能准确归纳韵谱所反映的实际语音，从而合理挖掘、充分利用其语音史研究价值。

参考文献：

耿振生：《明清等韵学通论》，北京：语文出版社，1992 年。
河北省内丘县地方志编纂委会员编：《内丘县志》，北京：方志出版社，2006 年。

---

①刘淑学：《中古入声字在河北方言中的读音研究》，保定：河北大学出版社，2000 年，第 187 页。

韩晓云:《明清河北方言语音研究》,华中师范大学博士学位论文,2015 年。
和立贞:《内丘方言语音研究》,浙江师范大学硕士学位论文,2013 年。
刘淑学:《中古入声字在河北方言中的读音研究》,保定:河北大学出版社,2000 年。
龙庄伟:《〈五方元音〉与〈元韵谱〉——论〈五方元音〉音系的性质》,《河北师院学报(社会科学版)》,1996 第 3 期。
汪银峰:《〈元韵谱〉声母系统的若干问题》,《佳木斯大学社会科学学报》,2008 年第 6 期。
汪银峰:《明末以来内丘尧山语音的演变研究》,沈阳:辽海出版社,2010 年。
汪银峰:《四百年来河北内丘地区的声母演变》,《楚雄师范学院学报》,2010 年第 2 期。
汪银峰:《〈元韵谱〉与明清语音研究》,北京:中国社会科学出版社,2016 年。
王力:《汉语语音史》,北京:中国社会科学出版社,1985 年。
永岛荣一郎:《近世支那语特に北方语系统に於ける音韵史研究资料に就いて》,《言语研究》,1941 年第 8、9 号。
赵荫棠:《等韵源流》,北京:商务印书馆,2017 年。

The Actual Pronunciation of *Yuanyun Pu* (元韵谱) by Qiao Zhonghe and the Neiqiu Dialect of Hebei in the Ming Dynasty

Li Jun
(Nanchang University)

Abstract: *Yuanyun pu* (元韵谱) summarizes a phonetic system that not only reflects the actual pronunciation, but also distinguishes the traditional phonological source and characteristics of the listed words as far as possible. *sixiang* (四响) not only correspond to the actual voice *sih*u (四呼), but also artificially distinguish the characters listed in the tables that have actualiy merged in pronunciation, but with different traditional phonological sources and phonological features. Based on the discrimination of the way of artificially distinguishing the traditional phonological sources and phonological features in *yuanyun pu* (元韵谱), this paper reasonably combines the artificially distinguished characters based on the actual phonological features reflected in the rhyme tables, and summarizes the actual phonological system and phonological features reflected in the rhyme tables. Through the comparison with modern Neiqiu dialect, it is pointed out that the actual pronunciation in *yuanyun pu* (元韵谱) comprehensively reflects the phonological characteristics of Neiqiu dialect in the Ming Dynasty, and the differences reflect the basic laws and characteristics of the phonetic evolution of Neiqiu dialect in the past 400 years.

Keywords: *Yuanyun pu*(元韵谱); *sixiang*(四响); actual pronunciation; Neiqiu dialect

◎语法研究

副词“相继”的语义提取与论元分配*

陈泽群

（暨南大学文学院）

提要：本文以语义语法为理论指导，根据副词“相继”同现的各种句法成分，提取并验证其“短时邻位”的语义功能。首先，在分析谓词和论元语义类型的基础上，指出谓词结构的［+事件性，+单一性］和论元成分的［+复数性，+实体性］特征是限制“相继”句法分布的必要条件；其次，借助量化标记说明和验证［+邻位性，+短时性］特征分别是“相继”量化语义的具体参数和认知动因；最后，结合句法语义以及认知规律，归纳和总结影响“相继”句解读的多项论元分配原则：整体分配、对应分配和累积分配。

关键词：“相继”；副词；复数事件；论元分配

一、引言

现代汉语中，“相继”是一个较为常用的副词。如：

*本项研究得到 2017 年度国家社科基金一般项目“汉语情态副词的语义提取与分类验证研究”（17BYY026）、2022 年度国家社科基金一般项目“现代汉语方式副词的句法语义与分类排序研究”（22BYY135）、中央高校基本科研业务费专项资金（暨南领航计划 19JNLH04）、广东省高等学校珠江学者岗位计划资助项目（2019）、国家社科基金重大项目（16ZDA209）的资助。

(1) a. 城区一批主干道相继建成。(《人民日报》1995 年)
b. 她相继超过王元平和王颜春。(新华社新闻报道 2001—11)
c. 竞拍活动相继在 13 个国家展开。(《作家文摘》1995 年)
d. 美联储去年相继 7 次调高贷款利率。(《人民日报》1995 年)

《现代汉语词典》自试用本(1973:1119)起一直将"相继"释义为"一个跟着一个"。侯学超(1998:596)和朱景松(2007:453)的解释与之大致相当:"表示不同主体一个接着一个进行或发生"、"一个接着一个地(行动或出现某情况)"。但是他们只考虑到语义指向复数性主语的情况(1a 基本上可同义置换为"城区一批主干道一个跟着一个建成"),显然不适用于主语单数的情况(1b—d 不可置换)。王自强(1998:227)和张斌(2001:573)关注到动作的连续性,即"表示动作行为前后没有中断或者相隔不远"。但"动作行为前后没有中断"意味着动作持续(durative),与语言事实不符(1a/b 的谓词具有[—持续性]特征)。

对此,陆俭明、马真(1999:115)相对全面地概括了"相继"的语义功能:表示两个以上的行为动作或情况在不长的时间里紧接发生、完成或出现。一方面关注到动作行为或情况的复数性,而非仅仅是主体复数;另一方面明确了多个动作行为或情况的短时性。不过仍存在两个问题:一是没有考虑复数性动作或情况是否为同一类型,比如例(2a/b)同样涉及复数动作或情况,但句子不合法;二是无法解释为何有些动作行为不能受"相继"修饰,如例(2c/d)。

(2) a. *我相继读了剧本,看了演出。
b. *他相继交验选民证,领取选票。
c. *屋内相继响起一阵阵掌声。
d. *我相继敲了三下房门。

总的来说,上述辞书针对副词"相继"的语义功能在概念表述上缺乏准确性和完整性,并且没有显示出"相继"与其他近义副词(如"接连、先后、陆续"等)在释义上的显著区别①,归根结底在于对语言事实的描写和分析不够细致和深入,难以满足词典编纂和汉语教学的实用性需求。

---

①中国社会科学院语言研究所词典编辑室(2016:662,1416,848)将"接连、先后、陆续"依次释义为"一次跟着一次地,一个跟着一个地"、"前后相继"、"前后相继,时断时续"。陆俭明、马真(1999:115)将"先后"和"相继"统一释义。

本文以语义语法理论为指导,试图通过副词“相继”关涉的谓词结构、论元成分和量化标记来提取和验证颗粒度精细的语义功能,并结合句法语义以及认知因素,归纳和总结影响“相继”句解读的论元分配原则。以下语料都来自 CCL 语料库,个别语料略有删改。

二、副词“相继”的分布限制

每个副词都有其独特的句法分布规律,因而“副词语法意义的提取离不开其分布的句子”(赵春利,2022:306)。基于大规模的语料调查,我们发现副词“相继”并非可以自由分布于任意句子,其能否入句受到句中谓词结构和论元成分的双重限制。

2.1 单一事件谓词

语料显示,副词“相继”选择的谓词结构通常是动词性成分,或核心动词单一,或表现为整体性的兼语/连动结构。如:

(3)a. 各项工程已相继【展开】。(《人民日报》2000 年)
b. 梅兰芳、程砚秋相继【请他合作】。(《人民日报》1993 年)
c. 中国很多拳师相继【到海外教武术】。(新华社新闻报道 2002—09)

少数为语义相近(11a/b)或具有先后顺序(11c)的联合式 VP,排斥语义不相关且无顺序性的联合式 VP(11d)。其中,语义相近的联合式 VP 可视为单一动词,具有先后顺序的联合式 VP 可理解为连动结构。因此可以说,“相继”选择的 VP 具有[+单一性]。

(4)a. 北航相继【开通和恢复了】多个国际航线。(新华社新闻报道 2001—04)
b. 他的一些朋友相继【失踪和去世】。(《读书》)
c. 一串烟花弹相继【升空和绽放】。(《人民日报》1995 年)
d. * 总统和副总统相继【题词和致欢迎信】。

不过,并不是任何 VP 都能与“相继”组配,“相继”必须选择终结性(telic)VP。

从动词层面来看,表示过程起止或结果实现的变化动词具有内在终结点,在句法上一般可以搭配完成体标记“了$_1$”,相对排斥持续标记“着”。如“问世、诞生、开工、开业、投产、竣工、退役、去世、落网、发现、取消、破获、通过、获得、发表、提出、辞职、失利、失守”等。

(5)a. 一批服务性设施相继【开业】。(《人民日报》1994 年)

b. 他的父亲和兄长相继【去世】。(《报刊精选》1994 年)

c. 我国相继【发现】了许多大型盐矿。(《中国儿童百科全书》)

d. 很多企业相继【获得】进出口权。(《报刊精选》1994 年)

与之相对的是表示属性关系或认知情感的状态动词,不具有内在终结点,句法上一般排斥带“了$_1$”和“(正)在”。如“是、属于、等于、包含、具有、存在、处于、好像、喜欢、羡慕、思念、坚持、遵循、铭记、认为、相信、知道、重视”等。

(6)a. * 两个理论的比较和融合相继【是】人们感兴趣的话题。

b. * 中国在这些领域相继【具有】较强的竞争实力。

c. * 他们相继【喜欢】看电视、上网、打电脑游戏。

d. * 我们相继【知道】罗纳尔迪尼奥想来巴塞罗那。

从 VP 层面来看,表示过程进展的活动动词能同时搭配完成体标记“了$_1$”和持续/进行体标记“着”或“(正)在”,其终结性由 VP 内的量化题元(quantized theme)提供。根据能否带动量以及动量类型可分为动态活动、单次活动(semelfactives)(Smith,1991:29)以及静态活动①,“相继”一般选择能够带专用动量词的动态活动动词,如“进行、开展、开发、举办、召开、实施、参加、访问、担任、采取”等。

(7)a. 市政府相继【进行】了专项治理。(《报刊精选》1994 年)

b. 各地相继【召开】了政协工作会议。(《人民日报》1996 年)

c. 这里相继【举办】过四届全国皮毛交易会。(《人民日报》2000 年)

d. 党中央、国务院相继【采取】了一系列政策和措施。(《报刊精选》1994 年)

当然,无界化的持续/进行体标记“着”和“(正)在”②(8a)、状态或可能补语(8b)以及否定副词(8c)也会使得动态活动动词无法受“相继”修饰。如:

①动态和静态活动动词类似于马庆株(1992:3—7)的弱/强持续性动词。

②“正(在)”可以作为外部时间参照位于“相继”之前,但不能毗邻动词。

(8)a. ＊一批林业重点工程相继【在启动/启动着】。

b. ＊一批重大工程相继【完成得很好/不了】。

c. ＊各地相继【不/没有进行】机构改革。

相应地，“相继”总体上不选择单次活动动词（如“咳嗽、摆手、点头、眨眼、鞠躬、跳、踢”等）和静态活动动词（如“流传、居住、陪伴、从事、笼罩、困扰、休息、睡、想”等）。前者即瞬间动作动词，“其持续性是多个瞬间行为相连组合而成的”（戴耀晶，1997：115），能够带借用动量词（如“几下/声/脚）”等；后者基本排斥动量，以搭配时量为主要的表现形式。语料中只有少部分通过附加趋向/结果补语（11a/b）或与终结性动词构成连动结构（11c/d）等方式获得终结性的用例。

(9)a. ＊潘信诚相继【咳嗽】了两声。

b. ＊他们相继【点】了点头。

c. ＊王海波相继向前【跳】了几步。

d. ＊他相继【踢】了比姆两脚。

(10)a. ＊灾民们相继【居住】在那里。

b. ＊印度相继【从事】核武器和导弹的研发。

c. ＊寂寞和孤独相继【困扰】他多年。

d. ＊中午孩子们相继【睡】了午觉。

(11)a. 两艘货轮相继【撞在】支撑航标灯的大浮鼓上。（《报刊精选》1994 年）

b. 广大发展中国家相继【站起来】了。（《人民日报》1996 年）

c. 姚明和大郅相继【下场休息】。（新华社新闻报道 2001—07）

d. 从远处来的人们相继【坐电梯下来】了。（《生为女人》）

综上，根据副词“相继”选择和排斥的 VP 类型（如下表所示），我们认为“相继”语义关联的必须是终结性的事件①，至于为何排斥部分类型的事件则与下面要讨论的论元有关。

①本文对“事件”取狭义理解，与无界的状态相对。

表 1:副词"相继"选择和排斥的 VP 类型

动词	语义类型	百分比	典型例词	语义特征
选择	变化动词	70.4	开工、问世、投产、发表、发现、获得	[+终结性]
	动态活动	29.5	进行、实施、召开、开展、采取、访问	
排斥	单次活动	0	咳嗽、点头、撞、敲、抛、踢、跳	
	静态活动	0.1	流传、居住、困扰、陪伴、睡、等、想	
	状态动词	0	是、处于、喜欢、思念、认为、知道	[—终结性]

2.2 复数实体论元

根据调查,"相继"句中必然出现复数性论元,包括潜在指称整个事件论元的专用动量短语(12a)和出现于主语、宾语或状语位置的名词性成分。后者在句法语义上大多表现为联合 NP(12b),少数情况也可以是数量(12c)、集合(12d/e)或类指 NP(12f)。①

(12)a. 去年以来相继召开了【几次】会议。(《报刊精选》1994 年)
b.【德国和比利时】相继建立殖民统治。(《人民日报》1994 年)
c. 公司相继在【五个城市】设立了子公司。(《报刊精选》1994 年)
d.【媒体们】相继开始炮轰巨人系列广告。(《史玉柱传奇》)
e.【起义军】在战斗中相继失利。(新华社新闻报道 2001—06)
f.【发达国家】相继建立"信息高速公路"计划。(《报刊精选》1994 年)

如果将动量短语或联合/数量/集合/类指 NP 改为单数,那么句子无法成立,如例(13)。从这个意义上说,"相继"属于复数性事件算子(pluractional operator),利用现实世界中同一事件的不同主客体以及时空,以 VP 为核心对这些论元进行合取式或累积式操作②,将其整合归并而成。

(13)a. *去年以来相继召开了【一次】会议。
b. *【德国】相继建立殖民统治。

①联合和集合 NP 也可以分别与数量 NP 构成同位关系,如"北京、重庆、上海三个城市""我们四个人"等;三者亦可作为修饰语出现在定语位置,如"上海石化等另外 5 家国企的股票""他们的部分诗歌、小说"等。

②联合和同位形式论元涉及合取性操作,集合和数量形式论元涉及累积性操作。

c. ＊公司相继在【一个城市】设立了子公司。

d. ＊【某个媒体】相继开始炮轰巨人系列广告。

e. ＊【那支起义军】在战斗中相继失利。

f. ＊【美国】相继建立“信息高速公路”计划。

需要注意的是，数量 NP 不能指称时间量（14a/b），即“相继”选择的必须是实体性论元，联合形式的时间 NP 其实也是隐喻机制作用下的实体量（14c/d）。

（14）a. ＊无锡县利益染织厂相继亏损了【4 年】。

b. ＊文化部的春节晚会已经相继举办了【四年】。

c. 新价格将相继从今年【6 月 1 日、9 月 1 日和 10 月 1 日】生效。（《人民日报》1994 年）

d. 诸宸相继在【1992 年、1994 年和 1996 年】获得全国女子个人赛冠军。（新华社新闻报道 2001—12）

正是由于“相继”排斥借用动量短语和时量 NP，因而与之高频共现的单次活动和静态活动动词才难以受“相继”修饰。那么为什么“相继”有这样的分布特征呢？我们认为这与其量化语义参数有关。

三、副词“相继”的量化语义

事件在时间层面的起止点与事物（objects）在空间层面的边界点本质上是一致的。因此，基于对事物的感知和认识方式，人们通常倾向于从性质和模态角度来解读单一事件，也会从数量、关系和模态角度来量化多个事件。

3.1 相邻位次

从关系角度来看，副词“相继”所关联的复数事件在时间序列上具有［+位次性］。张谊生（2000：64）、邹海清（2006：39）和王红斌（2008：59）所分别概括的“表序”、“顺序义”、“有序”是这一位次量化语义的同义表述。句法上“相继”可以与名量短语重叠形式“一AA”或“一 A 一 A”同现，排斥相应的时量重叠式，说明“相继”凸显的是事件的个体独立性，而非事件的阶段变化性。

(15)a.【一个个】工程相继实施。(《人民日报》1998 年)

b. 公司职员【一个一个】相继辞职。(《哈佛管理培训系列全集》)

c. * 难题【一天天】相继得到破解。

d. * 舅舅姨姨们【一天一天】相继长大。

上文提到“相继”排斥单次/静态活动动词、借用动量/时量 NP,原因就在于这些相同动作/时段之间的次序在认知上并不显著,均质性①导致位次量化的非必要性,因而“相继”倾向于选择能够直接表现内部元素异质性的联合 NP。可以说,动词的终结/事件性和论元的复数实体性是形成“相继”位次性语义的必要前提。

在此基础之上,“相继”还强调复数事件的相邻位次量差,可概括为[+邻位性]。这可以与“先后”进行对比:

(16)a. 他的作品先后入选【第六、八届】全国美展。(《人民日报》1998 年)

b. 该校女排先后取得了【第五届、第七届】全国中学生运动会的第三名。(新华社新闻报道 2001—07)

c. 贝泽罗琴科和迪亚里尼相继以【第一和第二】的身份到达终点。(新华社新闻报道 2001—07)

d. 首府银川相继举办了【第二届、第二届、第四届】民运会。(新华社新闻报道 2002—08)

例(18)a/b 句“先后”只要求论元定语内部成分有序,而 c/d 句“相继”则强制要求定语内部成分在次序上相邻,所以 a/b 句中“先后”如果替换为“相继”,则句子不合法。对于大多数未标记内部成分次序的论元而言,“相继”凸显了这些论元内部的邻位性。

值得注意的是,在某些周期性事件中(如“评选、获奖、召开、举办、担任、参加”等),事件发生的时点和次序通常是对应匹配的,所以间隔不等的时点意味着不相邻的次序,“相继”无法进入该语境(17a/b)。语料中的例(17c)不太符合语感,宜替换为“先后”(17d)。

(17)a. * 这两部作品相继被评为【1977 年和 1987 年】的最佳小说。

b. * 他相继于【1988 年、1989 年和 1992 年】成为金球奖得主。

①可参看王媛(2012:439—441)对于“片段重复”与“事态重复”的区分,二者的主要差异即内部的均质性。

c. ?? 墨西哥相继在【1970 年和 1986 年】主办过世界杯足球赛。(新华社新闻报道 2001—06)

d. 墨西哥先后在【1970 年和 1986 年】主办过世界杯足球赛。

3.2 短时跨度

从模态角度来看,副词“相继”所关联的复数事件在时间跨度上具有[+短时性]。语料显示,“相继”同现的时间状语论元或在语义上表示低量,如“不久、突然”等(18a/b);或在句法上带有低量义标记,如“仅隔、不到、短短”等(18c/d)。若改为相对的高量义成分或标记,如“很久、隔了好几/很多天、整整/长达(+时量)”等,则句子不合法,如例(19)。

(18)a.【不久】后,这 3 人相继死亡。(新华社新闻报道 2004—05)

b. 两个女儿【仅隔一天】,相继离开了人世。(《人民日报》1994 年)

c.【短短 10 余年】,3 个儿子相继去世。(《作家文摘》1995 年)

d. 两位亲人【在不到 20 天的时间内】相继病逝。(《人民日报》1996 年)

(19)a. *过了【很久】,这 3 人相继死亡。

b. *两个女儿【隔了好几天】,相继离开了人世。

c. *【整整 10 余年】,3 个儿子相继去世。

d. *两位亲人【在长达 20 天的时间内】相继病逝。

即使很多时间状语在语义或句法上不表现出明显的低量性,但是它们都可以与“就/便”组配(20a/b)而排斥“才”(20c),因而仍然蕴涵低量义。例(20d)为语料中出现的个例,语感上将“相继”替换为“陆续/逐一”可能接受程度更高。

(20)a. 她的父母在几天之内【就】相继死去。(《读者(合订本)》)

b. 两位主任医师刚退休一年【便】相继去世。(《人民日报》2000 年)

c. *直到深夜,我们【才】相继回到了住地。

d. ?? 在“听证于民”之后,有关政策【才】相继出台。(新华社新闻报道 2001—04)

那么为什么“相继”的量化语义涉及短时性呢?我们认为,它和上文谓词结构的[+单一性]特征共同构成量化复数事件的动因,因为短时间内发生的同类事件更容易引发整合归并的认知操作。由此我们可以将“相继”的语义功能概括为:用于标记短时间内相邻发生的同类复数事件,即“短时邻位”。如果将“相继”所修饰的动词结构及其相关的单数论元理解为对复数论元施加的对应法则 f,将复数论元视为一个包含多个元素的集合 A,并设定复数事件发生时间 $T_{f(A)}$ 以及主观时间参照 R,那么“相继”的量化意义可用严格全序关系和相邻关系表示:$\forall x,y\in A[x\langle y\rightarrow f(x)\langle f(y)]\&\neg\ \exists z\in A[x\langle z,z\langle y]\&\forall f(x),f(y)\in f(A)[0\langle T_{f(X)}\langle T_{f(Y)}\langle R]$。也就是说,对于任意两个相邻论元 x 和 y 而言,若 x 先于 y 出现,则其构成的事件 f(x)必然先于 f(y)发生,且事件 f(x)和 f(y)所处的时点都必须早于言者主观参照时间。

四、“相继”句的论元分配

既然副词“相继”将同一类型的复数事件整合编码,那么听者或读者在解码和还原具体事件时,会将句中复数论元内部的成分(主客体/时空)逐一分配于谓词结构和单数论元。但是对于出现多个复数论元的情况,我们还需要结合句法语义和认知规律来分析复数论元之间的分配问题(这里不考虑上下文语境的影响)。

4.1 整体分配

整体分配是指某一复数论元由于句法形式的限制而倾向于整体打包分配给谓词结构以及另一复数论元。如下图所示:

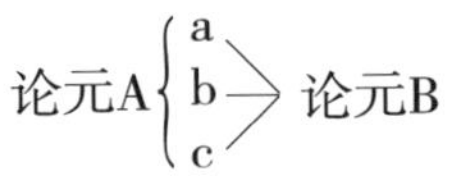

图 1:整体分配

具体可分为以下两种情况:

(i)谓词结构或论元中带有协同标记“联合”时,主语论元作整体性理解(25a/b),除非其他论元不具有明显的复数性(25c);存在区别副词“分别”,且其后指的复数论元为数量 NP 时,该论元也进行整体分配(25d)。

(25)a.【中美】相继发表了【三个联合公报】。(《人民日报》1998 年)

b.【总政治部、总后勤部】相继联合印发【《中国人民解放军文化装备管理暂行规定》和《军队基层文化建设暂行规定》】。(《中国政府白皮书》)

c.【国家出入境检验检疫局、财政部、海关总署等】相继联合发布了【有关加强外商投资财产鉴定的规定】。(新华社新闻报道 2001—01)

d.【不少省、市财政】相继分别拨出了【数百万元】。(《报刊精选》1994 年)

(ii)主语论元形式上表现为集合 NP 或带有领属性定语成分时,进行整体分配。如:

(26)a.【他们】相继建立了【4 个子公司】。(《报刊精选》1994 年)

b.【勘探者】相继发现了【玛札塔格、克拉苏和伊其克里克三个储气田】。(《人民日报》1998 年)

c.【蒋介石指挥的白崇禧部和何应钦部】相继占领【上海和南京】。(《宋氏家族全传》)

d.【王平的青铜雕、铁雕、版画等】相继在【北京、深圳、台湾和法国、美国】展出。(《人民日报》1996 年)

根据显著性原则(古川裕,2001:265),无标记光杆形式的集合 NP 更容易解读为单数论元,例(26a/b)宾语论元的个体性更强;例(26c/d)领属性定语“蒋介石指挥的”和“王平的”在语义上增强了联合 NP 的整体性。上例中副词“相继”后指宾语论元为句子的优势理解。

4.2 对应分配

对应分配是指不同论元内部成分依次对应,并与谓词结构进行组配。它一般要求不同论元所包含成分的数量一致,针对的是多个联合或同位形式的复数论元。如下图所示:

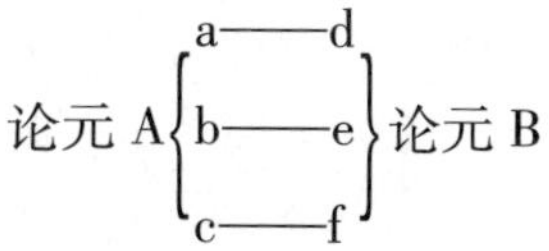

图 2:对应分配

具体可分为以下三种情况:

(i)出现区别副词“分别”,强制标记论元对应性。如:

(27)a.【全区国民生产总值与财政收入】相继分别超过【1000 亿元与 100 亿元】。(《人民日报》2000 年)

b.【达沃机场和港口】分别于【3 月和 4 月】相继发生爆炸事件。(新华社新闻报道 2003—07)

(ii)多个复数论元在词汇语义上具有对应关系或涉及复数性时间状语论元。

(28)a. 李铁映在【成都、重庆】相继听取了【成都省和重庆市有关部门的汇报】。(《报刊精选》1994 年)

b. 国家在【西藏、内蒙古、新疆等地】相继成立了【藏医、蒙医、维吾尔医高等院校】。(《中国政府白皮书》)

c.【歼八Ⅰ型、歼八Ⅱ型飞机】【1981 年和 1984 年】相继翱翔在祖国的蓝天。(《报刊精选》1994 年)

d.【其余 4 台机组】相继在【1999 年 3 月、6 月、9 月和 12 月】投入运行。(网络语料)

例(28)a 句主语和宾语论元在语义上存在明显对应关系;b 句状语论元虽不定量,但语义上的强关联性使其与宾语论元倾向于对应组配;c 句不倾向于理解为"歼八Ⅰ型、歼八Ⅱ型飞机先在 1981 年翱翔蓝天,后在 1984 年翱翔蓝天",因为指称同一主体在多个时间节点重复出现同一动作行为时,"相继"句一般会出现动量补语,即"歼八Ⅰ型、歼八Ⅱ型飞机 1981 年和 1984 年相继两次翱翔在祖国的蓝天";d 句论元成分数量的增加无疑凸显了多项对应的优势理解。

(iii)动词语义、论元类型以及内部成分数量在一定程度上也会影响事态的理解。如:

(29)a.【樊国学、牛书云】相继在【南阳市南召县和开封市通许县】落网。(新华社新闻报道 2003—07)

b.【美国和英国】相继用【无线电广播和电视】传播新闻。(《中国儿童百科全书》)

c.【火药和火药武器】相继由【陆路和海路】传到【阿拉伯和欧洲】。(《中国古代文化史》)

d. 在【华中、山东和东北】,他相继参与创办了【卫生学校、战地医院和医务训练班】。(《人民日报》1993 年)

例(29)a 句中动词"落网"在单一主体和时间的情况下不能关联复数性地点状语论元,句子只能理解为“樊国学和牛书云先后分别在南阳市南召县和开封市通许县落网”，这类动词主要是起止义瞬成动词，如“开业、退休、去世、诞生”等；b 句中复数性方式状语论元容易歧解：既可以将其整体分配给主语论元，另外也可理解为对应匹配；c 句和 d 句分别涉及三种论元和多量论元的分配问题，句子更加倾向于多项对应分配。

4.3 累积分配

累积分配是指不同论元各自按照一定数量潜在地分配给对方以及谓词结构，不显示具体的分配方式，最终只呈现参与分配的成分总量（即句法形式所标记的数量）。如下图所示：

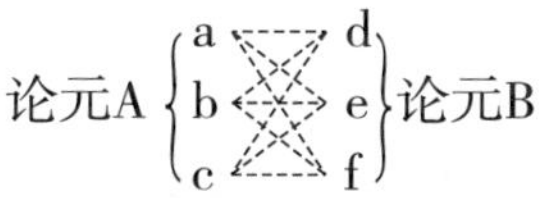

图 3：累积分配

具体包括以下三种情况：

（i）有一个复数论元带有分配标记“各”时，进行累积分配（30a）；若复数论元都带有“各”，则进行对应分配（30b）。

（30）a. 这时【一些新式学堂】相继在【各地】出现。（《中国古代文化史》）

b.【各国来宾】相继跳起了【各国民族舞蹈】。（《中国儿童百科全书》）

（ii）复数论元中存在虚量论元。相较于实量论元具有明确的数量界限或范围，虚量论元因语义模糊性而无法进行量化（“实量”和“虚量”参看夏军，2015：11—17），因而只能参与累积分配（31a）。若其中还存在实量论元（31b/c/d），则句子可能歧解：c 句主语和 b、d 句宾语论元或整体分配，或累积分配。

（31）a.【李贵珍等人】相继发生【头痛、眼痛、呕吐等症状】。（新华社新闻报道 2003—10）

b.【江西、河北、陕西等地】相继发生【多起安全事故】。（新华社新闻报道 2001—04）

c.【一批专卖店】相继在【中东、南美、非洲和欧洲】开业。（《人民日报》2000 年）

d.【47 名战士】相继取得了【会计、厨师等各类等级证书】。（《人民日报》

1998 年)

(iii)多个实量论元同现时,若论元成分数量有明显差异,则倾向于累积分配(32a/b)。若数量差异不明显(32c),则句子可能歧解:宾语论元或整体分配,或累积分配;总括副词“共”标记论元累积性时,句子自然消歧(31d)。

(32)a.【美苏两国】相继成功地发射了【几十艘载人飞船】。(《中国儿童百科全书》)

b.【4 个少数民族聚居地区】相继办起【16 个民族医院或门诊部】。(《报刊精选》1994 年)

c.【他兄弟四个】相继开了【三个经营古董买卖的古玩店】。(新华社新闻报道 2004—05)

d. 第二、三、四批共【64 个试点】,相继在【全国 56 个城市】投建。(《人民日报》1995 年)

数量一致的情况下,论元成分数量的增加在一定程度上增强了对应分配的倾向性。对比下面两个句子,显然例(33b)的宾语论元更倾向于累积分配。

(33)a.【纳哈利亚和内坦亚】相继发生【两起自杀性爆炸事件】。(新华社新闻报道 2001—09)

b.【甘肃、安徽、广西、辽宁、浙江】相继发生【5 起特大交通事故】。(新华社新闻报道 2003—01)

五、结语

定位副词“相继”分布规律是提取和验证其语义功能的逻辑前提和形式手段。作为依附于动词并受制于论元的功能性句法成分,副词“相继”句法分布的定位和语义功能的提取必须同时依靠后续动词语义类型以及论元句法形式,在此基础上同现的量化标记是精细刻画“相继”分布规律、准确反映其语义功能的重要手段。本文依据这一思路,通过分析和验证“相继”的分布特征及其之间的关系,将其语义功能概括为“邻事排位”(如下表所示)。

表 2　副词“相继”的分布特征与语义功能

<table>
<tr><td>项目</td><td colspan="3">概念特征及其关系</td><td>语义功能</td></tr>
<tr><td>逻辑范畴</td><td>谓词结构</td><td>论元形式</td><td>量化标记</td><td rowspan="5">相邻排列短时间内发生的同类复数事件(“邻事排位”)</td></tr>
<tr><td>性质</td><td colspan="3" rowspan="4">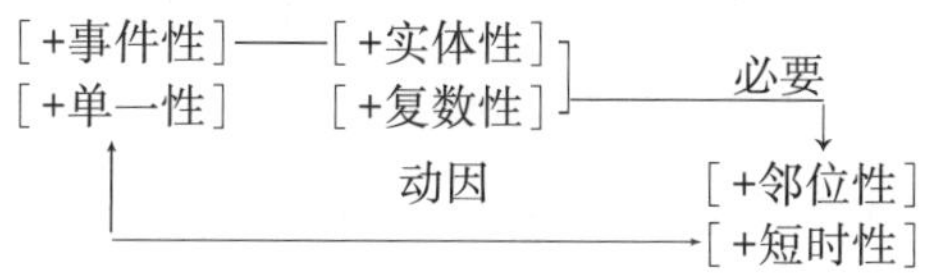</td></tr>
<tr><td>数量</td></tr>
<tr><td>关系</td></tr>
<tr><td>模态</td></tr>
</table>

语义语法理论(赵春利,2014:5)认为,语法意义决定语法形式。“邻事排位”的语义功能决定副词“相继”分布于具有[+事件性,+单一性]谓词结构、[+复数性,+实体性]论元成分以及[+短时性,+邻位性]量化标记的句子中。反过来,语法形式制约语法意义。对于“相继”句所呈现事态的解码过程受诸多方面的影响,如动词语义、论元的句法形式和成分数量等。

参考文献:

戴耀晶:《现代汉语时体系统研究》,杭州:浙江教育出版社,1997 年。

古川裕:《外界事物的“显著性”与句中名词的“有标性”——“出现、存在、消失”与“有界、无界”》,《当代语言学》,2001 年第 4 期。

侯学超:《现代汉语虚词词典》,北京:北京大学出版社,1998 年。

陆俭明、马真:《现代汉语虚词散论》,北京:语文出版社,1999 年。

马庆株:《汉语动词和动词性结构》,北京:北京语言学院出版社,1992 年。

夏军:《论虚量和实量——兼论其与约量、确量的关系》,《语文研究》,2015 年第 1 期。

王红斌:《“相继”和“交替”的语法语义特征》,《鲁东大学学报(哲学社会科学版)》,2008 年第 4 期。

王自强:《现代汉语虚词词典》,上海:上海辞书出版社,1998 年。

王媛:《复数化事件及其进行体》,《世界汉语教学》,2012 年第 4 期。

赵春利:《关于语义语法的逻辑界定》,《外国语》,2014 年第 2 期。

赵春利:《溯因副词“毕竟”的话语关联与语义提取》,《中国语文》,2022 年第 3 期。

中国社会科学院语言研究所词典编辑室:《现代汉语词典(试用本)》,北京:商务印书馆 1973 年。

中国社会科学院语言研究所词典编辑室:《现代汉语词典(第 7 版)》,北京:商务印书馆

2016 年。
张谊生:《现代汉语虚词》,上海:华东师范大学出版社,2000 年。
张斌:《现代汉语虚词词典》,北京:商务印书馆,2001 年。
邹海清:《频率副词的范围和类别》,《世界汉语教学》,2006 年第 3 期。
朱景松:《现代汉语虚词词典》,北京:语文出版社,2007 年。
Smith, Carlota 1991 *The Parameter of Aspect*. Dordrecht: Kluwer.

On the Semantic Extraction of the Adverb *Xiangji* and its Distribution of Arguments

Chen Zequn
(Jinan University)

Abstract: Based on the theory of semantic grammar, this paper attempts to extract and verify the semantic function of the adverb *xiangji*(相继), which is "to mark several same-type events which occur in succession within a short time", according to its different co-occurrences. First, based on the analysis of the semantic types of predicates and arguments, this paper points out that [+telic, +single] predicates and [+plural, +substantial] arguments are the two requirements which restrict *xiangji*'s syntactic distribution. Second, by means of quantitative components, this paper illustrates and verifies that [+successive, +short-time] are respectively the concrete parameter and cognitive motivation of *xiangji*'s semantic meaning. Last, combining syntactic, semantic and cognitive factors, this paper concludes the principles of multi-argument distribution: integral distribution, matching distribution and cumulative distribution, which will influence the interpretations of the sentence.

Keywords: *xiangji*(相继); adverb; plural events; distribution of arguments

复杂形容词谓语句的形成机制及其句法语义限制的认知阐释*

陈晓燕　刘辰诞

（河南大学国际商学院　河南大学外语学院）

提要：复杂形容词谓语句在形式上带有宾语，语义类型较为复杂，是一种极其特殊的形容词谓语句。借助认知语言学中的重要理论工具——行为链和转喻，本文将语义上貌似毫不相关的复杂形容词谓语句置于同一理论框架之下，为其形成机制及句法语义限制提供统一且较为合理的解释。从行为链和转喻视角探讨复杂形容词谓语句是基于人类基本经验和普遍认知能力的，可较为直观解决复杂形容词谓语句的形成机制问题，对复杂形容词谓语句句法语义限制进行认知阐释的同时，检验了本文分析模式的解释力。

关键词：复杂形容词谓语句；形成机制；行为链；转喻

一、引言

形容词谓语句是形容词充当谓语的主谓句。从句法形式上看，形容词谓语句分为不带宾语的形容词谓语句和带宾语的形容词谓语句，我们将这两种形容词谓语句分别称为

* 本文为 2021 年度河南省哲学社会科学规划项目“现代汉语动态形容词谓语句的句法语义接口研究”（2021BYY004）和第 70 批中国博士后科学基金面上资助项目“汉语动态形容词谓语句句法语义接口的认知语法研究”（2021M701084）及重庆市社会科学规划项目“基于语料库的汉语数量关系构式的历时构式语法研究”（2022NDYB146）的阶段性成果。

“简单形容词谓语句”和“复杂形容词谓语句”①。两类形容词谓语句分别如例句(1)、(3)、(5)及(7)和例句(2)、(4)、(6)及(8)所示：

(1)他的鞋子湿了。

(2)露水湿了他的鞋子。

(3)她很快乐。

(4)她快乐孩子们的快乐。

(5)仓库里的许多梨子烂了。

(6)仓库里烂了许多梨子。

(7)她的一只耳朵聋了。

(8)她聋了一只耳朵。

鉴于简单形容词谓语句已被广泛讨论,本文将重点讨论复杂形容词谓语句。复杂形容词谓语句的基本句法结构可以表示为“NP1+A+(X)+NP2”,其中,X 为动态助词“了”“着”或“过”。张建理、徐银(2011:13)认为例(2)和(4)均表示致使义,前者表示在主语的作用下宾语发生了变化,后者表示受宾语的影响主语的情感发生了变化,故将两种例句分别命名为“致使结果及物构式”和“致使情感及物构式”。例(6)和(8)分别属于存现句和领主属宾句,与前两例不同,其宾语只是以自主②的方式发生了变化。综上,本文将以上四类复杂形容词谓语句的语义类型分别称为“致使结果义”“致使情感义”“自主存现义”和“自主领属义”。

复杂形容词谓语句是汉语中一种独特的语言现象,形式语言学与认知语言学都从各自的研究范式对其进行了有益的探讨。形式语言学的轻动词观认为,复杂形容词谓语句深层结构中蕴含一个没有语音形式的轻动词。如“活跃气氛”蕴含轻动词“使”,“轻贱自己的性命”蕴含轻动词“认为”及“小心那个国民党”蕴含轻动词“对待”等,轻动词吸引下层的核心词向上移动与其合并,生成表层结构(宋晓红 2013:67)。轻动词观并未阐明为何复杂形容词谓语句蕴含着不同的轻动词,对生成过程的分析缺乏理论支撑,有削足适履之嫌。张建理、徐银(2011:14)从构式语法角度阐述了复杂形容词谓语句的语义形成过程:及物构式将参与的形容词在形式上压制成动词;承继句中的组分原义按照语义框

①相关研究中,复杂形容词谓语句大多被称为“形宾结构”。由于形宾结构主要的句法功能是作谓语,且出于方便与简单形容词谓语句对比的目的,本文将采用“复杂形容词谓语句”这一名称。

②与马庆株(1988:157)提出的自主性不同,本文中的自主性是认知语法中的概念,即人们无须明确唤起某个施事或能量源,即可对所侧显的情况以自主的方式加以把握。

架相互选择、和谐共现;构式义与参与组分原义冲突,构式为原形容词组分添加致使过程。构式语法观的阐释比起轻动词观更有说服力,但分析过程比较复杂,缺乏直观性。张媛、刘振前(2014:39)从认知语法视角解释复杂形容词谓语句结构生成的概念本质,他们根据对能量转移的语义层级分析,划分出典型成员与非典型成员。两位的分析论述非常有见地和启发意义,为复杂形容词谓语句的形成提供了概念上的理据性,但物理能量和抽象能量之分过于简单且标准较为模糊,这就直接影响了复杂形容词谓语句语义分析的可靠性。以上关于复杂形容词谓语句的可及文献从不同的角度分析复杂形容词谓语句各有洞天,但也都存在一定的局限性,并且只是单纯研究该特殊结构的形成理据,未达到通过对该结构的句法语义限制进行认知阐释以检验分析过程可靠性的效果。

本文在前人研究的基础上,反思其不足,从概念层面澄清复杂形容词谓语句的形成机制,并尝试对该句式的句法语义限制问题做出阐释。这两个任务之间是递进的关系,形成机制为阐释句法语义限制提供理论基础,句法语义限制的阐释是对形成机制的实践和运用。在分析过程中,运用行为链和转喻这两种基于普遍认知能力和人类基本经验的认知方式,尝试明确复杂形容词谓语句的概念化,为该特殊形容词谓语句的句法语义限制提供认知阐释以检验本文分析模式的解释力,达到认知运作经验成本低、解释途径直观的效果。

二、复杂形容词谓语句的形成机制

复杂形容词谓语句的形成是行为链和转喻共同作用的结果:行为链是复杂形容词谓语句形成的认知基础,它为形容词谓语句分为简单形容词谓语句和复杂形容词谓语句及明确区分复杂形容词谓语句的语义类型提供了概念基础;转喻为形容词能像动词一样加宾语提供了理论依据,促使复杂形容词谓语句最终得以形成,是复杂形容词谓语句形成的认知动因。

2.1 复杂形容词谓语句形成的认知基础:行为链

人类生活经验的每时每刻都存在着各种各样的力,没有力就没有世界的存在。基于这一普遍经验,Tamly(1988:49)最先提出力动态(force dynamics)是指实体之间力与力的相互作用,包括力的施加、对施加力的抗拒等等;并认识到力动态对于语言结构具有重大意义:力与力相互作用的概念系统根植于语言结构之中,语言系统中关于力相互作用的表现与概念系统中力互动的表现一致。Tamly(2000,2016)将力动态用于“致使”语义范畴、连词和介词等封闭类语法范畴及开放类词汇范畴、情态范畴等,并通过隐喻引申将力动态扩大到心理世界和社会领域,进而大大扩展了力动态的适用范围。依据力动态这一富有原创性的思想,Langacker(1991:283)提出“行为链”原型概念以探索典型的小句结构。

Langacker(1991,2008,2018)指出,小句结构根植于人类的基本经验中,行为链概念原型为小句编码提供了概念依据;行为链是当一实体与另一实体发生强有力的物理接触,能量就会发生传递。通常情况下,小句体现两种类型的行为链:涉及链首和链尾两个参与者的最小行为链(minimal action chain)和只涉及一个参与者行为的降级行为链(degenerate action chain);基于这两种行为链,语言编码有两种基本策略:施事导向(agent orientation)和主题导向(theme orientation)。在主题导向为默认联结的语言中,最典型的小句以降级行为链为基础,侧显含一个参与者的主题过程,人们无须明确唤起某个施事或能量源,即可对所侧显的情况以自主的方式加以把握。以下小句均以最小行为链为概念依据,体现了施事导向的语言编码策略,表征了不同的力动事件:

(9)The boy/baseball broke the glass.

(10)The bribery investigation compelled the mayor to resign.

(11)I saw/liked/remembered/imagined the painting.

(12)The envelop contained her will.

(13) South Africa resembles Australia. (Langacker 2008:367)

Langacker(2008:368)认为,以上例句均可被囊括在“行为链”概念中,其共同之处在于主语与宾语通过某种方式建立一个包含“源点—路径—目标”的行为链,但主语对宾语的能量传递状况并不相同。例(9)中的主语不管是否具有感知能力的主体,它们对宾语施加的均是物理力;例(10)中主语对宾语施加的力是隐喻意义上具有力动性的影响力;例(11)中的主语通过与宾语建立某种心理接触(mental contact)以实现对其把握;例(12)中的主语只是承载了宾语,邵健(2012:206)认为存现句中的主语对宾语施加一种抽象的容纳力。例(13)中的主语和宾语之间不存在任何形式的能量传递,宾语只是充当了主语的参照物①。金江、魏在江(2022:151)指出,力动强弱变化对力动构式的语义产生影响,

①形容词谓语句“他大我三岁”中的“他”和“我”也不存在任何形式的力传递,“他”只是“我”的参照物,是行为链的边缘成员。与其他复杂形容词谓语句不同,“他大我三岁”表征的只是一个简单事件,即比较事件。本文将不对其做详细讨论。

使相关构式产生多种语义。因此,以上例句中主语对宾语的能量传递在偏离物理力的程度上存在差异,从而两个参与者之间的互动状况各不相同,小句从而表征具有不同语义类型的力动事件。

简单形容词谓语句与复杂形容词谓语句分别体现了以降级行为链和最小行为链为基础的编码策略。以降级行为链为概念基础的简单形容词谓语句(1)、(3)、(5)及(7)均只涉及单个参与者,该参与者以自主的方式被加以构想。这并不是说,诸如力、能量等概念全然不存在,而是概念化主体无须明确唤起某个施事或者能量源,即可对以上小句表征的事件加以把握。因此,简单形容词谓语句表征的是简单事件。而以最小行为链为概念基础的复杂形容词谓语句(2)、(4)、(6)和(8)均涉及两个参与者,每对参与者之间都存在着能量的发出、传递及接收过程,各个小句表征的是包含若干子事件的复杂力动事件。Talmy(2000,2016)和张翼(2014:84)均指出,致使关系表征的是两个事件之间的关系。同样地,以上小句涉及的不单是两个参与者之间的关联,更是事件之间的关联。两个参与者之间互动状况各不相同,形成包含不同子事件的复杂事件,这正是复杂形容词谓语句具有不同语义类型的依据所在。例(2)涉及两个子事件:“露水”作为能量发出者对能量接收者“他的鞋子”以不言自明的方式施力事件及“他的鞋子”发生性状改变的变化事件,我们将其称之为“致使结果义复杂形容词谓语句”。与例(11)①类似,例(4)并不涉及典型意义上力的转移,“她”与“孩子们的快乐”之间是心理接触,这种心理接触不会使“孩子们的快乐”发生任何变化,而是“孩子们的快乐”以某种隐性的方式影响“她”,继而“她”产生“快乐”的情绪,我们将其命名为“致使情感义复杂形容词谓语句”。因此,例(4)表征的复杂事件包含:“她”与“孩子们的快乐”之间的互动事件(互动事件涉及两个事件,即“她”对“孩子们的快乐”发生心理接触继而“孩子们的快乐”以某种潜在的方式影响“她”)以及“她”产生“快乐”情绪这一变化事件。例(6)中,“仓库里”对“许多梨子”既不存在物理上力的转移、心理或社会领域影响力等致使力的施加,也并非心理接触,而是一种抽象的容纳力。与“露水湿了鞋子”所涉及的致使力不同,该容纳力并不导致“许多梨子”的性状发生变化,与“她快乐孩子们的快乐”中的心理接触不同,施加容纳力的主语“仓库里”本身并不发生明显变化。“仓库里”只是承载了“许多梨子烂了”这一自主变化事件,我们将其称之为“自主存现义复杂形容词谓语句”,该类复杂形容词谓语句表征

①Langacker(2018:9)在对比分析动词“like”和“please”异同时指出,两者均涉及包含感事(experiencer)和因事(stimulus)的概念基底:感事对因事进行感知或理解,因事以潜在某种方式影响感事,继而感事产生一种情感上的反应(affective reaction)。射体对界标的心理接触并不会使界标本身发生任何变化,界标作为刺激物促使射体在情感上产生了反应。

的复杂事件包含宾语发生自主变化事件以及主语承载自主变化的事件。例(8)被称为“自主领属义复杂形容词谓语句”,“她聋了一只耳朵”中“她”和“一只耳朵”是整体和部分的关系。该句表示“她的一只耳朵”发生了自主的变化,这种变化对作为整体的“她”产生了影响。根据百科知识,耳朵作为身体的一个重要组成部分,“一只耳朵聋了”事件,必然会对整体“她”产生影响是不言自明的①。也就是说,例(6)和例(8)的相同之处在于两者都涉及宾语发生自主变化事件,不同之处在于前者突显主语对宾语自主变化事件的承载,而后者则突显宾语自主变化事件对主语的反作用力②。以上复杂形容词谓语句表征了不同的复杂事件,每个复杂事件都包含施动性不同的施力事件和变化事件。从能量传递的视角看,这四种类型的复杂形容词谓语句形成一个连续统,从致使结果义到致使情感义,再到自主存现义和自主领属义,主语对宾语的施动性依次减弱,致使情感义和自主领属义还体现了宾语对主语的反作用力。

行为链理论是复杂形容词谓语句形成的认知基础,为简单形容词谓语句和复杂形容词谓语句之分及复杂形容词谓语句的语义类型提供了概念基础:两者的本质区别就在于概念化主体是选择以降级行为链还是选择以最小行为链为概念基础对事件加以把握;复杂形容词谓语句所涉及的能量传递状况各不相同,体现了一个连续统,NP1 对 NP2 或施加某种致使其发生变化的力、或一种心理接触、或仅仅是一种抽象而微弱的容纳力,NP2 对 NP1 也有不同形式和不同程度的反作用力,两个 NP 之间不同的互动关系决定了各个 NP 担任着不同的语义角色,从而形式上统一的复杂形容词谓语句在语义上呈现出较大的差异性。

2.2 复杂形容词谓语句形成的认知动因:转喻

行为链概念原型是形容词谓语句分为简单形容词谓语句和复杂形容词谓语句的认知基础,为复杂形容词谓语句形成提供了前提。问题是,形容词为何能像动词一样加宾

---

①自主领属义形容词谓语句中,NP2 变化事件对作为整体的 NP1 产生的影响程度各不相同。通常来说,当 NP1 为有生体,NP2 为其器官,并且 NP2 的性状变化越剧烈,其对 NP1 造成的影响就越明显,NP2 对 NP1 的反作用力就越强烈。比如“他坏了一条腿”中“他的一条腿坏了”这一事件对“他”施加的力就要比“锅驼机坏了一个零件”中“一个零件坏了”对“锅驼机”施加的力强烈;“他瞎了眼睛”中“他的眼睛瞎了”这一事件对“他”施加的影响要比“他红了眼睛”中“他的眼睛红了”这一事件对“他”施加的影响明显。

②杨玲(2015:46)认为以“王冕死了父亲”为代表的领主属宾句具有“得失义”正是宾语发生变化事件对主语起作用的结果。

语呢？我们认为，复杂形容词谓语句最终得以形成是转喻起作用的结果。转喻是一种普遍的认知方式，是一个概念实体为另一概念实体提供心理路径的认知过程，两个概念实体属于同一认知域或者理想认知模型，其中显著性更强的部分指代显著性较弱的整体是一种常见的表现形式（Kövecses&Radden 1998；Denroche 2015）。以最小行为链为基础的复杂形容词谓语句涉及的施力事件是一种不言自明的方式，施力事件不被聚焦，因此概念化主体倾向以更显著的变化事件指代包含着施力事件和变化事件的整个复杂事件。

致使结果义复杂形容词谓语句“露水湿了他的鞋子”涉及“露水”对“他的鞋子”的施力事件和“他的鞋子”性状发生变化的变化事件，“露水”对“他的鞋子”的施力是一种不言自明的方式，性状变化事件相对更为突显，因此概念化主体以更为突显的变化事件指代包含着施力事件和变化事件的整个事件。而非形容词谓语句，如“露水打湿了他的鞋子”同样也包含施力事件和变化事件，但两个事件被赋予了同等程度的突显度，不存在用部分指代整体的概念化环节。致使情感义复杂形容词谓语句“她快乐孩子们的快乐”与非形容词谓语句“孩子们的快乐使她快乐”的差异还在于前者涉及“她”与“孩子们的快乐”之间的互动事件及“她”的情感发生变化事件，而后者只涉及“孩子们的快乐”对“她”施力事件和“她”的情感发生变化事件。同样地，“她快乐孩子们的快乐”以更加突显的变化事件指代包含了互动事件和变化事件的整个复杂事件，而“孩子们的快乐使她快乐”不存在用部分指代整体的概念化环节。自主存现义复杂形容词谓语句与自主领属义复杂形容词谓语句共同的语义是宾语 NP2 的某种性状自主地发生了变化，这种变化并非 NP1 造成的，NP1 与 NP2 之间既不存在物理、心理或社会领域影响力的施加，NP1 对 NP2 是一种更加抽象的容纳力。就自主存现义复杂形容词谓语句“仓库里烂了许多梨子”而言，“仓库里”作为自主事件发生的处所，只是承载着事件的参与者“许多梨子”，并不与其发生明显的互动，处所“仓库里”对宾语“许多梨子”是一种抽象的容纳力。相对而言，概念化主体将更多的注意力转向“许多梨子”的性状发生变化这一变化事件，而非“仓库里”对变化事件施加的容纳力。在这种情况下，概念化主体以更显著的变化事件指代包含了施力事件和变化事件的整个复杂事件。而自主领属义复杂形容词谓语句“她聋了一只耳朵”表征三个事件：“她”对“一只耳朵”的容纳事件、基于降级行为链的“她的一只耳朵聋了”这一自主事件以及“她的一只耳朵聋了”这一自主事件对作为整体的“她”的反作用事件①。相对而言，“她的一只耳朵聋了”这一自主事件更为突显，概念化主体以更显著的自主事件指代包含了施力事件和自主事件的整个复杂事件。

①和致使情感义复杂形容词谓语句相同，后两个事件合称“她”与“一只耳朵”之间的互相施力事件。

综上所述,复杂形容词谓语句的形成是行为链和转喻共同作用的结果①:最小行为链为复杂形容词谓语句提供了认知基础,体现了施事导向的语言编码策略;转喻是复杂形容词谓语句形成的认知动因,复杂形容词谓语句表征含有施力事件和变化事件的复杂事件,由于施力事件通常不言自明,性状变化事件相对更为突显,因此概念化主体以更为突显的变化事件转喻包含着施力事件和变化事件的整个事件。

三、复杂形容词谓语句句法语义限制的认知阐释

复杂形容词谓语句虽然有形式上的宾语,但是均无法转化成相应的被动结构;复杂形容词谓语句和主动宾结构在句法形式上有着相似的表现,但复杂形容词谓语句的语义类型远远没有主动宾结构的语义类型复杂。探索句法语义接口问题是语法研究的主要任务(林忠 2020:26),复杂形容词谓语句的形成机制可为其句法语义限制提供认知理据,该特殊结构的句法语义接口问题由此可得到进一步解决。

3.1　复杂形容词谓语句句法限制的认知阐释

Langacker(2008:388)指出,在施事导向型语言中,小句通常包含两个名词短语,在形式上呈现为及物小句,但小句形式本身并不足以使其称为真正的及物小句;及物性与被动化能力呈正相关,拒斥被动化即意味着小句本身缺乏足够的及物性。致使结果义复杂形容词谓语句是复杂形容词谓语句中及物性最高的,即便如此,致使结果义复杂形容词谓语句通常拒斥被动化。根据上文对致使结果义复杂形容谓语句形成机制的相关分析,以最小行为链为概念基础的"露水湿了他的鞋子"为例,"露水"对"他的鞋子"以一种不言自明的方式施力,概念化主体并不倾向对施力事件进行聚焦,而将更多的注意力转向"他的鞋子"性状发生了变化这一事件,性状变化事件用以指代包含着施力事件和变化事件的整个复杂事件。正如牛保义(2003:41)所指出,状态的变化通常是因"受到某种动作处置的结果或某种动作带来的影响"所产生的,故状态变化"一般依附于某一动作"。而致使结果义复杂形容词谓语句涉及的施力事件并未在形式上得以表征,状态变化事件未能依附于某一具体施力事件。因此,诸如"露水湿了他的鞋子"之类的复杂形容词谓语句

①值得一提的是,复杂形容词谓语句,尤其是致使结果义复杂形容词谓语句的运用深受语体因素限制,广告文体及诗歌和散文等文体中该语言现象尤为频繁。至于究竟哪些形容词可以进入该句式,何种情况下运用该句式并非本文要解决的问题,将另文探讨。

无法直接转化为“他的鞋子被露水湿了”，而只能借助于某一具体动词，如“打”来实现被动化。也就是说，“他的鞋子被露水打湿了”才是合格的被动句。

值得一提的是，不仅本文中的复杂形容词谓语句的被动形式难以实现，就连诸如“端正”“方便”“繁荣”等被视为典型的兼类词带上宾语也无法转化为被动结构，比如“他的态度被端正了”“居民的生活被方便了”“国家的经济被繁荣了”等表达都是不合格的。这就证明，诸如“端正”这类起源于形容词的兼类词并非典型意义上的动词，它们与本文中致使结果义复杂形容词谓语句中的形容词并无本质上的差别，二者加上宾语的结构具有相同的概念依据，能否加宾语并不能作为区分动词和形容词的唯一标准。

3.2 复杂形容词谓语句语义限制的认知阐释

学界对主动宾语义的研究大多从宾语的语义角色入手，将宾语分为受事、结果、工具、目的、处所等达十多种语义类型（马庆株 1987；李临定 1990；孟琮等 1999）。相对而言，形宾结构的语义类型显得更加简单。在对大量语料观察和概念化分析的基础上，本文中我们将复杂形容词谓语句的语义类型概括为致使结果义、致使情感义、自主存现义和自主领属义。那么，是什么原因造成复杂形容词谓语句的语义类型相对简单呢？

Langacker(1987,2008)认为，动词表征复杂的过程性关系，即射体—界标(trajector-landmark)组织寓于关系表达式的意义中，其复杂性体现在时间进程被置于焦点位置。我们认为，动词所表征的过程性关系的复杂性还在于，过程性关系本身就蕴含着与过程相关的方式、工具、处所、时间、原因、目的等一系列的相关要素。概念化主体具有的识解能力使主语与宾语的选择具有很大的灵活性，过程性关系中不同的特定成分被赋予焦点。比如对同一物理行为，我们可以有不同的表达，如 tie my shoe，tie my shoelace 或 tie a bow in my shoelace(Langacker 2008;2018)。综上所述，表征复杂过程性关系的动词本身涉及众多相关要素，而且识解能力使概念化主体聚焦于过程性关系中不同的成分上。因此，主动宾结构具有相对复杂的语义类型是必然的。

而形容词表征简单的非过程性关系，该关系不具有时间属性，而且由一个单一的构型组成。形容词如“大”将射体在某一认知域中的特定区域中加以定位，表明该射体在多大程度上表现出“大”这种属性。陈晓燕(2021,2022)提出形容词谓语句中体标记共同体现了时间化功能，体标记的时间化功能赋予表达非过程性关系的形容词以时间属性，带上体标记的形容词表征具有时间属性的过程性关系。张谊生(2010:136)指出，“惊奇”“难过”“快乐”等形容词后的附缀“于”字脱落使这些形容词后直接加宾语，形容词对论元的支配能力增强,从而形容词的及物化得以实现。李泉(2014:118)指出"形容词带宾语是及物性增强的结果,及物性的增强就意味着'动性'的增强"。因此,复杂形容词谓语句中的形容词表征具有时间属性的过程性关系。然而,根据上文对复杂形容词谓语句形成机制的分析,在行为链和转喻共同作用下,概念化主体以更为突显的变化事件指代包含着施力事件和变化事件的整个复杂事件,复杂形容词谓语句所涉及的过程性关系主要是指表示事物某种性状发生变化的过程性关系,施力事件只是以一种抽象的方式存在,这与动词表征的过程性关系有着根本的差别。最小行为链和降级行为链作用下,事物某种性状发生的变化可能是一种致使变化,也可能是一种自主变化,另外事物某种性状发生变化可能还会涉及变化发生的处所①,涉及其他语义元素的可能性就微乎其微了。因此,这种过程性关系的参与者角色在很大程度上受到限制,复杂形容词谓语句在语义类型上远远不如主动宾结构复杂就不难理解了。

四、结语

当前学界视"秋雨泥泞了小路"这样的复杂形容词谓语句为一种修辞性的语用现象,不对其做语法研究。借助认知语言学中的重要理论工具——行为链和转喻,本文将"秋雨泥泞了小路""她伤心丈夫的态度""树上红了一些苹果"及"他坏了嗓子"这些貌似毫不相关的句式置于同一理论框架之下,为其概念化及句法语义限制提供统一且较为合理的解释。我们认为:第一,复杂形容词谓语句的形成是行为链和转喻共同作用的结果,最小行为链为复杂形容词谓语句的句法形成提供了认知基础,转喻是复杂形容词谓语句形成的认知动因;第二,各种复杂形容词谓语句虽然有形式上的宾语,但是无法转化成相应的被动结构的原因在于复杂形容词谓语句涉及的施力事件并未在形式上得以表征,变化事件未能依附于某一具体施力事件,相对于主动宾结构,复杂形容词谓语句语义类型显得尤其简单的原因则在于带上宾语的形容词所侧显的过程性关系比动词所侧显的过程性关系简单。

从行为链和转喻视角探讨复杂形容词谓语句是基于人类基本经验和普遍认知能力的,可较为直观解决复杂形容词谓语句的形成机制问题,为复杂形容词谓语句句法语义限制提供认知阐释的同时,检验了本文分析模式的解释力。

①学界普遍认为领主属宾句是存现句的承继和引申,前者是非典型的存现构式,后者是典型的存现构式,因此,领主属宾句中的NP1是广义上的"处所"。

参考文献：

陈晓燕:《动态形容词谓语句中体标记的认知功能研究》,《外语研究》,2021 年第 4 期。
陈晓燕:《形容词谓语句句法语义接口的认知语法研究》,《外国语文》,2022 年第 5 期。
金江、魏在江:《极性动结式“一 V 一量名”的构式义及其理据》,《现代外语》,2022 年第 2 期。
李泉:《单音形容词原型特征模式研究》,北京:商务印书馆,2014 年。
李临定:《现代汉语动词》,北京:中国社会科学出版社,1990 年。
林忠:《介词结构漂移的句法语义接口研究》,上海:学林出版社,2020 年。
马庆株:《名词性宾语的类别》,《汉语学习》,1987 年第 2 期。
马庆株:《自主动词和非自主动词》,《中国语言学报》,1988 年第 3 期。
孟琮、郑怀德、孟庆海、蔡文兰:《汉语动词用法词典》,北京:商务印书馆,1999 年。
牛保义:《“被”字的语义数量特征和被动句——汉语被动句的认知语义基础研究》,《暨南大学华文学院学报》,2003 年第 2 期。
邵健:《现代汉语主动宾句的认知研究》,浙江大学博士学位论文,2012 年。
宋晓红:《现代汉语形宾结构多维探究》,山东大学博士学位论文,2013 年。
杨玲:《状态变化事件、句式和动词行为类型——领主属宾句的认知语义学研究》,《外语教学》,2015 年第 5 期。
张建理、徐银:《构式语法对汉语“形容词+宾语”结构的研讨》,《外国语》,2011 年第 6 期。
张翼:《致使语义的概念化和句法表征》,《外国语》,2014 年第 4 期。
张谊生:《从错配到脱落:附缀“于”的零形化后果与形容词、动词的及物化》,《中国语文》,2010 年第 2 期。
张媛、刘振前:《现代汉语形宾构式的认知语法视角解析》,《外国语》,2014 年第 5 期。
Denroche, C. *Metonymy and Language*: *A New Theory of Linguistic processing*. New York/London: Routledge, Taylor & Francis Group, 2015.
Kövecses, Z. & G. Radden. Metonymy: Developing a Cognitive Linguistic View. *Cognitive Linguistics*, Volume 9, 1998.
Langacker, Ronald. W. *Foundations of Cognitive Grammar*: *Theoretical Prerequisites*. Stanford: Stanford University Press, 1987.
Langacker, Ronald. W. *Foundations of Cognitive Grammar*: *Descriptive Application*. Stanford: Stanford University Press, 1991.
Langacker, Ronald. W. *Cognitive Grammar*: *A Basic Introduction*. Oxford: Oxford University

Press, 2008.

Langacker, Ronald. W. *Investigations in Cognitive Grammar*. Shanghai: Shanghai Foreign Language Education Press,2018.

Talmy, L. Force dynamics in language and cognition. *Cognitive Science*, Volume 12,1988.

Talmy, L. *Toward a Cognitive Semantics(Volume II) : Typology and Process in Concept*. Cambridge,MA: MIT Press, 2000.

Talmy, L. Properties of main verbs. *Cognitive semantics*, Volume 2, 2016.

The formation mechanism of complex adjectival predicate construction and cognitive explanation of its syntactic and semantic restrictions

Chen Xiaoyan　Liu Chendan

(Henan University)

Abstract: Complex adjectival predicate construction is a special type of adjectival predicate construction in that its predicate has an object followed and its semantic meanings are relatively complicated. By means of action chain and metonymy, the analytical tools in cognitive linguistics, the paper attempts to put the construction with seemingly irrelevant meanings in the same theoretical frame, so that a unified and plausible explanation for its motivation, syntactic and semantic restrictions can be provided. Based on basic human experiences and universal cognitive abilities, the perspective of action chain and metonymy can address the problem of its formation mechanism in an intuitively obvious way. In this way, the cognitive explanation of its syntactic and semantic restrictions can be directly presented and the credibility of the analytical model can be tested.

Keywords: complex adjectival predicate construction; formation mechanism; action chain; metonymy

试论晚清白话翻译与现代汉语的关系

——以“N 的 V”为例*

马永草

（山东师范大学文学院、山东师范大学国家语言文字推广基地）

提要：官话译本《天路历程》被认为是早期欧化白话文本的典型代表之一。文章以译本中的“N 的 V”为例，从部分和整体两个角度对现代汉语与该译本进行了对比。结果显示，二者在 N 和 V 的构成与特征、语义关系以及“N 的 V”的句法功能和使用环境上都呈现高度的一致性。通过与传统白话和英语原文进行对比，发现该结构具有十分明显的欧化色彩，这为欧化白话的起点可以而且应该追溯到晚清白话翻译提供了有力的证据。文章指出，梳理晚清白话翻译中的欧化事实有助于对一些问题形成更为准确的认识；将晚清白话翻译作为研究对象，可以拓展欧化的研究范围，为构建汉语欧化史作铺垫。文章的考察结果以及其他客观事实说明，晚清白话翻译在现代汉语的形成中起了相当重要甚至是决定性的作用。

关键词：晚清白话翻译；欧化；“N 的 V”；现代汉语

一、引言

关于现代汉语的组成要素，人们从多个角度进行了较为充分的讨论。相关研究一是立足于现代汉语书面语，如胡明扬指出，其组成要素既有以北京话为基础的口语成分，又

*本文为作者主持的山东省社会科学规划研究项目“晚清中西语言接触对现代汉语形成的影响研究”（21DYYJ03）的阶段性成果。文章写作过程中得到刁晏斌师的悉心指导，谨致谢忱，文责自负！

有欧化的书面语成分,既有传统和仿古的文言成分,又有各种方言成分;①徐时仪②、刁晏斌③等也有相同的认识。二是着眼于现代汉语的某一个要素,如齐沪扬认为,现代汉语语法是由文言、方言以及欧化等不同质的成分组成的混合系统;④词汇方面也是如此,葛本仪等对此有相关讨论。⑤ 三是立足于百年汉语发展史,如刁晏斌指出,在现代汉语形成和发展过程中,欧化的思想与实践作为一个最重要的影响因素,在相当程度上决定了百年现代汉语的基本面貌、精神和走向;⑥戴昭明⑦、何九盈⑧等也有相关表述。此外,翻译学界的研究也涉及这一问题。如欧化是现代汉语最显著的特点之一,是在翻译文学影响下产生的新表达方式和句式的总称;⑨张彤⑩、邵莉和王克非⑪等均有相关讨论。语言学界以外,文学界也有相关讨论。如现代汉语是"中西结婚"生产的混血儿,成分复杂,欧化的血缘是难免的;⑫武春野⑬、李春阳⑭等也有同样的认识。

以上认识说明,人们比较一致地认为欧化在现代汉语的形成中发挥了重要作用。正是基于欧化本身丰富的内涵及其重要性,学界才将其作为一个独立的专题进行了比较充分的研究。以王力⑮为起点,先后有不少学者从不同的角度对汉语欧化问题进行了讨论,

①胡明扬:《语体和语法》,《汉语学习》,1993 年第 2 期。

②徐时仪:《略论现代汉语的渊源和形成》,《南开语言学刊》,2008 年第 1 期;徐时仪:《略论文言与白话的特色》,《苏州科技学院学报》,2009 年第 1 期。

③刁晏斌:《现代汉民族共同语的多元观》,《云南师范大学学报》,2016 年第 5 期。

④孙德金:《现代书面汉语中的文言语法成分研究》,北京:商务印书馆,2012 年,序。

⑤葛本仪:《现代汉语词汇学(第 3 版)》,北京:商务印书馆,2014 年,第 6—14 页。

⑥刁晏斌:《汉语的欧化与欧化的汉语——百年汉语历史回顾之一》,《云南师范大学学报》,2019 年第 1 期。

⑦戴昭明:《规范语言学探索》,上海:上海三联书店,1998 年,第 88 页。

⑧何九盈:《汉语三论》,北京:语文出版社,2007 年,第 67—68 页。

⑨朱一凡:《翻译与现代汉语的变迁(1905—1936)》,华东师范大学博士学位论文,2009 年。

⑩张彤:《欧化汉语研究的热点和趋势——聚焦近代以来欧化汉语研究的两次高潮》,《江汉学术》,2017 年第 3 期。

⑪邵莉、王克非:《鲁迅白话小说译作中句法欧化现象的历时变化——基于语料库的研究方法》,《外语与外语教学》,2018 年第 6 期。

⑫曹而云:《白话文体与现代性——以胡适的白话文理论为个案》,上海:上海三联书店,2006 年,第 113 页。

⑬武春野:《"北京官话"与书面语的近代转变》,复旦大学博士学位论文,2011 年。

⑭李春阳:《汉语欧化的百年功过》,《社会科学论坛》,2014 年第 12 期。

⑮王力:《中国现代语法》,上海:商务印书馆,1943—1944 年。

如 Kubler①、谢耀基②、贺阳③、李颖玉④、崔山佳⑤、马春华⑥、刁晏斌⑦等。

人们过去在讨论与现代汉语形成关系极为密切的欧化时,往往以五四为起点。贺阳的认识极具代表性:现代汉语书面语在五四到40年代已基本形成,对现代汉语欧化语法的研究来说,五四前后及以后的一二十年无疑是最重要的时期。⑧ 随着研究的深入,人们对这一问题形成了如下认识:汉语的欧化早在五四前既已开始,如徐时仪就明确指出,欧化白话的形成可以溯至近代西方来华传教士翻译的传教读本。⑨ 一些文学领域的学者也认为欧化白话的起点要早于五四,如袁进指出,五四新文学问世之前,运用类似现代汉语的欧化白话创作的文学作品已经存在,在西方传教士的支持下,有的作品在欧化程度上甚至超过了早期新文学作品;⑩李艳霞⑪、宋莉华⑫等也有类似的看法。翻译学领域的有些学者同样认为欧化白话的起点应当前移,如陈历明指出,通过梳理传教士16世纪以来在中国传教时留下的各类历史文本,发现欧化白话并非起源于清末民初,而是明末清初。⑬

相较于上述宏观层面的"理论"探讨,微观层面的"实证"研究还十分薄弱,只有少量学位和期刊论文,如邢梅以《圣经》官话和合本为对象,讨论了该译本中介词、连词等的欧化表现。⑭ 再如高路考察了官话译本《天路历程》中第三人称代词和"被"字句的欧化事

①Kubler. Cornelius C:*A Study of Europeanized Grammar in Modern Written Chinese*,Taipei:Student Book Co. Ltd,1985.

②谢耀基:《现代汉语欧化语法概论》,香港:光明图书公司,1990年。

③贺阳:《现代汉语欧化语法现象研究》,北京:商务印书馆,2008年。

④李颖玉:《基于语料库的欧化翻译研究》,上海:复旦大学出版社,2012年。

⑤崔山佳:《汉语欧化语法现象专题研究》,成都:巴蜀书社,2013年。

⑥马春华:《汉语欧化结构的立体考察》,郑州:中州古籍出版社,2016年。

⑦刁晏斌:《汉语的欧化与欧化的汉语——百年汉语历史回顾之一》,《云南师范大学学报》,2019年第1期;刁晏斌:《欧化及其研究的新思考:写在汉语欧化研究百年之际》,《北华大学学报》,2021年第3期;刁晏斌:《论"汉语欧化史"》,《辽宁师范大学学报》,2021年第5期。

⑧贺阳:《现代汉语欧化语法现象研究》,第23页。

⑨徐时仪:《略论现代汉语的渊源和形成》,《南开语言学刊》,2008年第1期。

⑩袁进:《重新审视欧化白话文的起源——试论近代西方传教士对中国文学的影响》,《文学评论》,2007年第1期。

⑪李艳霞:《宾威廉的〈天路历程〉官话翻译》,卢龙光、王立新主编:《〈圣经〉文学与文化:纪念朱维之教授百年诞辰论集》,天津:南开大学出版社,2007年。

⑫宋莉华:《宾为霖与〈天路历程〉的汉译》,《上海师范大学学报》,2009年第5期。

⑬陈历明:《欧化白话与传教士的事功》,《学术月刊》,2013年第12期。

⑭邢梅:《〈圣经〉官话和合本句法研究》,复旦大学博士学位论文,2012年。

实;①谭妮、刘超文以举例的方式对该译本中的部分欧化现象进行了说明。② 这些开拓性的研究值得充分肯定,但同时还存在一定的缺憾,至少表现在以下两个方面:一是很多内涵丰富的欧化事实尚未涉及,二是没有探讨晚清白话翻译在现代汉语形成中所起的重要作用。本文打算从以上两个尤其是后一方面做一些努力。

英国传教士宾为霖(William Chalmers Burns)于 19 世纪 60 年代翻译的《天路历程官话》和《续天路历程官话》被认为是早期欧化白话文本的典型代表之一,③黎子鹏对此有明确的表述:"这部作品(按指官话译本)不仅体现了译者汉语的融会贯通,更能清楚反映以英语为母语的译者使汉语欧化的痕迹,着实是研究晚清官话、汉语的演变,以及二十世纪白话文学源头的极佳范本。"④袁进更是直接指出,官话译本是中国最早的新文学形态的小说雏形,里面有不少欧化语法现象。⑤

本文以官话译本中的"N 的 V"为例,探讨晚清白话翻译与现代汉语的关系。

二、现代汉语与官话译本"N 的 V"的对比

为了叙述的方便,下文把官话译本中以动词和形容词性成分为中心语的形式分别记作"N 的 $V_{动}$"和"N 的 $V_{形}$"。文中讨论的动词或形容词一方面考虑译本所在时代的用法,$V_{动}$以可以重叠、受"不"或"没(有)"修饰等为主要标准,$V_{形}$以可以受"不"修饰、前能加程度副词等为主要标准;另一方面结合今天的实际,以《现代汉语词典》(第 7 版)的词性标注为参考标准。

官话译本中,"N 的 V"共 177 例,每万字约 14 例,其中"N 的 $V_{动}$"83 例,"N 的 $V_{形}$"93 例。以下各举一例:

①高路:《官话译本〈天路历程〉欧化语法研究》,北京师范大学硕士学位论文,2017 年。

②谭妮、刘超文:《宾为霖官话版〈天路历程〉的汉语欧化现象研究》,《吉林广播电视大学学报》,2018 年第 3 期。

③在不影响表义的情况下,本文统一称为官话译本。通过对国家图书馆收藏的《天路历程官话》和《续天路历程官话》进行转写、校对和整理,前者有 70413 字(包含天路历程原叙和天路历程官话自序,二者共 879 字),后者有 59930 字,总计 130343 字。为了节省篇幅,列举用例出处时,以《官》代指《天路历程官话》,以《续》代指《续天路历程官话》。

④黎子鹏:《经典的转生——晚清〈天路历程〉汉译研究》,香港:基督教中国宗教文化研究社,2012 年,第 188 页。

⑤袁进:《新文学形态的小说雏形——试论晚清西方传教士翻译的〈天路历程〉白话译本的现代意义》,《社会科学》,2013 年第 10 期。

(1)我路上,虽然遇着好些苦难,靠主的扶持,还忍耐得下去。(《续》卷六)

(2)那光耀的人来了,等着他们,叫他们的忧愁,变做安乐。(同上)

此外,还有1个比较特殊的用例:

(3)这居谦狠僻静,可以避众人的吵闹喧哗,可以免世俗的奔波劳碌。(《续》卷三)①

此例有两处"N的V","吵闹喧哗"是动词性联合短语,属于$V_{动}$;"奔波劳碌"是动词"奔波"和形容词"劳碌"构成的谓词性联合结构。

"N的V"在局部(N和V)和整体上均有一定的特点,以下从这两个方面进行讨论。

2.1 现代汉语与官话译本N和V的对比

2.1.1 N的对比

官话译本"N的V"的N中,名词有99例,人称代词有57例,体词性短语有22例。"N的$V_{动}$"中,指人的N最多,共70例,数量最多的是人称代词,有22例,如"他的吩咐"。非指人的有13例,指事物的有7例,指时间的有4例,指处所的有2例,分别如"罪恶的报应""一时的诱惑""路上的阻挡"。"N的$V_{形}$"中,指人的和非指人的N基本上各占一半,前者共46例,数量最多的也是人称代词,有34例,如"他们的诚实";后者共47例,指处所的N数量最多,共20例,如"心中的忧愁"。

现代汉语的"N的V"中,N通常由名词、人称代词和体词性短语充当,数词、量词、数量短语等一般没有这样的功能。② 可见,这与官话译本具有明显的一致性。不止如此,从N的语法意义上看,二者的一致性也很强,像"他的指导、这本书的出版、李平的聪明"等在现代汉语中十分常见。以下例句中的"一时"和"心中"分别表示时间和处所,就连V也与官话译本中的完全相同:

(4)因为一时的诱惑 年底将在牢房过(《今日永嘉》2017.1.16)

(5)生活中的酸甜苦辣使许多人喜欢上无所不包的漫画,以排解心中的忧愁。(《文汇报》2000.1.1)

①"狠"相当于现代汉语中的"很",为了与原文保持一致,我们未做改动。后文中的例句也均未改动。

②赵惜微:《试论"N的V"词组》,《北方论丛》,1987年第5期;陈庆汉:《"N的V"短语的句法、语义、语用研究综述》,《华中师范大学学报》,1996年第2期。

可见,现代汉语与官话译本在N的类型和语法意义上都具有较强的一致性。

2.1.2 V的对比

官话译本的“N的$V_{动}$”中,$V_{动}$是词组的只有1例,其余82例全部是词,双音节的有79例,占绝对优势。将$V_{动}$全部列举如下:①

吩咐(11)、感化(10)、报应(7)、儆戒(4)、诱惑(4)、扶持(3)、劝(3)、安慰(2)、保佑(2)、开导(2)、恼怒(2)、欺骗(2)、收录(2)、爱惜、吵闹喧哗、耻笑、宠爱、传授、祷告、悔改、交派、教调、解劝、解说、迷惑、祈求、轻慢、审判、使用、顺从、说话、袒庇、疼爱、违逆、忤逆、喜欢、遗留、照应、指教、咒诅、阻挡、做人

詹卫东依据动词的概念义,将动词内部的意义类型分为三种:一是“动作性”很强、“事件性”很弱,这类词对应着现实世界中比较具体的动作图式,如“打、跑、跳”等;二是“动作性”较弱、“事件性”较强,这类词没有具体的动作图式,一般只能表示抽象的行为活动,如“笑、爱护、安慰”等;三是“动作性”和“事件性”都很弱,这类词既非具体动作,也非行为活动,而是表示事物之间的关联或用来描摹事物的情态,如“是、姓、包括”等。②官话译本的$V_{动}$基本上都属于詹文所说的第二类,事实上,这是“N的V”的指称性决定的。

$V_{形}$是词组的只有1例,其余92例全部是词,双音节的共83例,单音节的有9例。以下是全部的$V_{形}$:

快乐(10)、苦(8)、荣耀(8)、忧愁(6)、繁华(5)、万幸(5)、奥妙(4)、肮脏(3)、愁苦(3)、尊贵(3)、可怕(2)、苦楚(2)、能干(2)、喜乐(2)、愚蒙(2)、安乐、安逸、诚实、聪明、丰富、高兴、黑暗、快活、困乏、劳苦、利害、灵巧、明亮、平安、勤谨、仁爱、荣光、荣华、软弱、深、实在、体面、弯曲、详细、辛苦、虚假、壮勇、自在快活

除“自在快活”外,其余92例的共性相当明显,均为性质形容词。

可见,官话译本中的V既可以是动作性比较弱、事件性比较强的动词,也可以是性质形容词。二者基本上都是光杆形式,且双音节占绝对优势,这是因为双音节动词和形容

①词语后括号中的数字表示该词出现的次数,没有标注的说明只出现了1次。词语按出现次数从高到低排列,次数相同的按音序排列。

②詹卫东:《关于“NP+的+VP”偏正结构》,《汉语学习》,1998年第2期。

词的名词性要强于单音节形式的名词性,①更容易进入"N 的 V"中。

关于现代汉语中 $V_{动}$ 的构成情况,王冬梅指出,越是具有高及物性特征的词,动词性越强,越不容易充当 $V_{动}$;②梁银峰也有同样的认识。③ 据陈宁萍考察,$V_{动}$ 绝大多数是双音节的,单音节的只有 1 例。④ 詹卫东的调查结果基本也是如此:在 1987 年版《动词用法词典》收录的 1316 个单音节动词中,只有"爱、哭、死、笑"可以进入"NP+的+VP";801 个双音节动词中,能进入这种结构的多达 519 个。⑤ 就我们目力所及,虽然尚未见到专门对 $V_{形}$ 的性质进行讨论的,但根据相关论著中的用例以及语料库中的检索结果,$V_{形}$ 基本上都是性质形容词。比如贺阳讨论的"男子的聪敏、车的优美"等;⑥CCL 中的用例如"他们的富裕、自己的痛苦"等。音节上,方绪军等指出,虽然有一些 $V_{形}$ 是单音节的,但总量有限,而且有不少"N 的 $V_{形(单)}$"的使用频率比较低,对语境和句法环境有较强的依赖性。⑦

贺阳将现代汉语"N 的 V"中 V 的结构特征概括如下:是光杆动词或形容词,偶尔也可以是状中结构;述宾式、述补式、连动式、兼语式等复杂的动词性结构不宜充当;通常不能带"着""了""过"等动态成分。⑧

前文例(4)的"诱惑"和例(5)的"忧愁"能够很好地说明现代汉语"N 的 V"中 V 的特征,以下再举一例:

(6)那一刻,她想到于大哥的宠爱、高大哥的怜惜、文大哥的逗弄和秋姊姊的温柔。(寄秋《寻鼠莽夫情》)

总之,在 V 的性质、音节和结构上,现代汉语与官话译本都具有明显的一致性。

2.2 现代汉语与官话译本"N 的 V"的对比

官话译本的"N 的 $V_{动}$"以做宾语为主,83 例中有 76 例;"N 的 $V_{形}$"也是如此,93 例中

①张伯江:《双音化的名词性效应》,《中国语文》,2012 年第 4 期。
②王冬梅:《"N 的 V"结构中 V 的性质》,《语言教学与研究》,2002 年第 4 期。
③梁银峰:《汉语史主从句和从属句的产生及其演变》,上海:上海人民出版社,2016 年,第 135—136 页。
④陈宁萍:《现代汉语名词类的扩大——现代汉语动词和名词分界线的考察》,《中国语文》,1987 年第 5 期。
⑤詹卫东:《关于"NP+的+VP"偏正结构》,《汉语学习》,1998 年第 2 期。
⑥贺阳:《现代汉语欧化语法现象研究》,第 46 页。
⑦方绪军、刘德贝、魏邵川:《"NP 的 $A_{单}$"的构成及与相关结构的关系》,《汉语学习》,2018 年第 4 期。
⑧贺阳:《现代汉语欧化语法现象研究》,第 48—49 页。

有 72 例。以下各举一例：

(7)二徒就谢他的爱惜，留神往前去。(《官》卷五)

(8)要得天堂的荣耀，小小的苦难，算得甚什。(《官》卷一)

除了做宾语外，它们都可以做主语。例如：

(9)后来的报应，必定是死亡。(《官》卷二)

(10)他的忧愁是明摆出来的，我的忧愁，是深藏在心里的。(《续》卷四)

此外，还有 1 例"N 的 $V_{动}$"充当了递进复句的一个分句：

(11)我这些话，他们尚且当不住，何况上帝的咒诅？(《官》卷四)

就 N 和 $V_{动}$的语义关系而言，前者是后者施事的最为常见，例(7)和(11)皆是如此。再如：

(12)原来主的仆役，遵这些监督的吩咐，在这里做事。(《官》卷一)

译本中没有 N 是 $V_{动}$受事的用例，有一小部分是非施事非受事的，例(9)中的"后来"即是如此。再如：

(13)我们都是没有劲儿的人，路上的阻挡也多，你和我们同去才好。(《续》卷二)

陈宁萍通过调查发现，现代汉语中，"N 的 V"倾向于作宾语。① 关于 N 和 V 的语义关系，张伯江指出，多数情况下 N 是 V 的施事，也有一些是受事和非施事非受事的。② 此外，贺阳对该结构的语体倾向进行了比较充分的讨论：它是现代汉语书面语中广泛使用的一种句法结构，报刊上和书籍里经常可以见到，论述性的文章和书卷气较重的文学作品中尤为常见。书面的文学作品如果比较口语化，也很少使用这种结构。③ 官话译本虽然包含较多的对话，但整体上口语色彩并不强，而且"N 的 V"基本上都出现在陈述性较

①陈宁萍：《现代汉语名词类的扩大——现代汉语动词和名词分界线的考察》，《中国语文》，1987 年第 5 期。

②张伯江：《"N 的 V"结构的构成》，《中国语文》，1993 年第 4 期。

③贺阳：《现代汉语欧化语法现象研究》，第 49 页。

强的语境中。

可见,现代汉语与官话译本在"N 的 V"的句法功能、N 和 V 的语义关系以及该结构使用环境上的一致性也十分明显。

总之,不论是就部分来说,还是就整体而言,现代汉语与官话译本在"N 的 V"上都呈现高度的一致性。

三、对上述现象的认识

在认识上述现象之前,有必要先解决以下两个问题:一是"N 的 V"的来源,二是它在发展过程中经历了怎样的变化。

关于"N 的 V"的来源,目前有三种认识:一是先秦汉语的"N 之 V",持这一观点的学者最多,如吕叔湘①、王力②、朱德熙③等。二是两个来源说,梁银峰认为现代汉语的"NP+的+VP"包含两个历史层次:一个来自古代汉语的"定语(施事)+之+中心语",另一个是五四以来受西方语言影响而产生的"NP(受事)+的+VP"。④ 三是"N 底 V",徐正考、成嘉露认为,"的"由"底"发展而来,"N 底 V"最早出现于宋代,并且也仅出现在宋代,它的使用频率非常低,上千万字的语料中只有十几例;从元代开始,"N 的 V"取代了"N 底 V"。⑤

以上认识具有明显的共性,都认为"N 的 V"是汉语固有的形式;同时,三者也存在一定的差异,即对其具体来源认识不一,而这与该结构本身的复杂性有直接关系。

王力指出,上古汉语"N 之 V"中的 V 近似一种行为名词,中古以后,口语中逐渐消失,只有古文作家模仿该结构写成书面语。⑥ 王洪君通过考察"N 之 sV"("s"为表自指的名词化标记)在一些本土和佛教文献中的使用情况,得出了与王书基本相同的结论。⑦ 贺阳指出,与"N 之 V"对应的"N 的 V"在唐宋以来的白话中十分罕见,这种在先秦汉语中十分活跃的定中结构在传统白话中长期处于休眠状态。在《水浒全传》等共 40 万字的样

---

①吕叔湘:《中国文法要略》,北京:商务印书馆,2014 年,第 114—115 页。

②王力:《汉语史稿》,北京:中华书局,2015 年,第 385 页。

③朱德熙:《自指和转指——汉语名词化标记"的、者、所、之"的语法功能和语义功能》,《方言》,1983 年第 1 期。

④梁银峰:《汉语史主从句和从属句的产生及其演变》,第 137、159 页。

⑤徐正考、成嘉露:《清末民初白话译文"N 的 V"结构研究》,《华夏文化论坛》,2017 年第 2 期。关于"N 底 V"的来源,文中未做说明。

⑥王力:《汉语史稿》,第 385 页。

⑦王洪君:《汉语表自指的名词化标记"之"的消失》,《语言学论丛》,1984 年第 14 辑。

本语料中,“N 的 V”只有 7 例。① 徐正考、成嘉露对“N 的 V”自元代至今的使用情况进行了抽样调查,②下表是具体结果:

表 1:“N 的 V”在元代至今部分语料中的使用情况③

语料时代	样本数量(万字)	“N 的 V”(例)	例/万字
元	166	10	0.06
明	120	39	0.33
清前中期	36	37	1.03
清末民初其他作品	44	28	0.64
清末民初白话译文	58	446	7.69
现代	26	210	8.08
当代	24	212	8.83
总计/平均	474	982	2.07

上表显示,“N 的 V”在元到清末民初其他作品中的使用频率非常低,到了清末民初白话译文中,④使用频率有了大幅提高,是同期其他作品的 12 倍多,且与现代和当代的使用频率基本一致。徐正考、成嘉露对这一现象的认识是:从来源上说,这种结构是汉语本身固有的;从使用上说,英语等印欧语言对它的大量出现有较大推动作用。⑤

“N 的 V”是现代汉语中使用频率非常高的一种结构,据贺阳调查,现当代汉语书面语样本中,平均每万字高达 33.1 例。⑥ 一般认为,该结构五四以来才在汉语中得以复苏。不少人都不同程度地肯定了外部因素对该结构复苏的影响,说法比较绝对的如吕叔湘、朱德熙,书中认为该结构“与其说是古代格式的复活,毋宁说是外国语法的输入”。⑦ 其他表述基本都是立足或着眼于使用和来源两个角度,比如王力指出:“五四以后,汉语受

①贺阳:《现代汉语欧化语法现象研究》,第 39—40、44 页。

②徐正考、成嘉露:《清末民初白话译文“N 的 V”结构研究》,《华夏文化论坛》,2017 年第 2 期。

③表名是我们添加的。由文中的例句可知,表格中的结果包括“定语(施事)+之+中心语”。

④“清末民初白话译文”包括中国译者译文和外国译者译文两类,前者涵盖《黑奴传》等 11 篇作品,后者指《圣经》官话和合本中的《新约》部分。

⑤徐正考、成嘉露:《清末民初白话译文“N 的 V”结构研究》,《华夏文化论坛》,2017 年第 2 期。

⑥贺阳:《现代汉语欧化语法现象研究》,第 47 页。

⑦吕叔湘、朱德熙:《语法修辞讲话》,北京:商务印书馆,2013 年,第 194 页。

西洋语法的影响，重新采用了这一个古老的形式。”①

如前所述，官话译本每万字中“N 的 V”约有 14 例，这比表 1 清末民初白话译文、现代和当代的使用频率还要高。如果认为“N 的 V”确系汉语古老形式的复苏，那么这一时间恐怕应该至少追溯到官话译本翻译出版的年代。

为了更好地认识官话译本中的具体情况，以下通过两组对比来进行讨论与说明。

3.1 通过与传统白话的对比看官话译本中的“N 的 V”

潘允中指出，《红楼梦》和《儿女英雄传》可以代表 18 世纪中叶到 19 世纪中叶的北京话，是近代汉语的典范，是汉语文学语言已经达到成熟地步的标志。② 下文把它们作为传统白话的代表，将官话译本与二者进行对比。下表是比较结果：③

表 2：官话译本与传统白话“N 的 V”使用情况的对比

项目		语料	红楼梦		儿女英雄传		官话译本	
		项目	N 的 $V_{动}$	N 的 $V_{形}$	N 的 $V_{动}$	N 的 $V_{形}$	N 的 $V_{动}$	N 的 $V_{形}$
N 的构成	[+指人]	名词性成分	0	1/33.3%	7/41.2%	3/37.5%	48/57.8%	12/12.9%
		人称代词	0	2/66.7%	6/35.3%	2/25%	22/26.5%	34/36.6%
	[-指人]	[+指事物]	0	0	2/11.8%	0	7/8.4%	18/19.4%
		人称代词	0	0	0	0	0	1/1.1%
		[+指时间]	2/66.7%	0	2/11.8%	2/25%	4/4.8%	8/8.6%
		[+指处所]	1/33.3%	0	0	1/12.5%	2/2.4%	20/21.5%
V 的构成	按结构	词	3/100%	3/100%	15/88.2%	6/75%	82/98.8%	92/98.9%
		词组	0	0	2/11.8%	2/25%	1/1.2%	1/1.1%
	按音节	单音节	0	1/33.3%	0	0	3/3.6%	9/9.7%
		双音节	3/100%	2/66.7%	15/88.2%	6/75%	79/95.2%	83/89.2%
		多音节	0	0	2/11.8%	2/25%	1/1.2%	1/1.1%

①王力：《汉语史稿》，第 385 页。

②潘允中：《汉语语法史概要》，郑州：中州书画社，1982 年，第 6 页。

③为了确保结论的可靠性，在保证文本内容相对连贯的基础上，我们从《红楼梦》和《儿女英雄传》中分别抽取了字数大致相同的样本。前者为第十五至第三十二回，共 133502 字（约 13.4 万），后者为第十四至第二十三回，共 137963 字（约 13.8 万）。

续表

项目	语料	红楼梦		儿女英雄传		官话译本	
	项目	N 的 $V_{动}$	N 的 $V_{形}$	N 的 $V_{动}$	N 的 $V_{形}$	N 的 $V_{动}$	N 的 $V_{形}$
“N 的 V”的句法功能	主语	0	1/33.3%	0	3/37.5%	6/7.2%	21/22.6%
	动词的宾语	3/100%	2/66.7%	17/100%	4/50%	72/86.7%	66/71%
	介词的宾语	0	0	0	1/12.5%	4/4.8%	6/6.5%
	定语	0	0	0	0	0	0
	构成分句	0	0	0	0	1/1.2%	0
总计		6		25		176	
例/万字		0.45		1.8		13.5	

上表显示,官话译本与传统白话最显著的差异在于“N 的 V”使用频率不同。从《红楼梦》到《儿女英雄传》,虽然该结构的使用频率有了一定的提高,但幅度很小。到了与《儿女英雄传》基本处于同时代的官话译本,该结构的使用频率有了大幅提高。

3.2 通过与原文的对比看官话译本中的“N 的 V”

对于导致上述结果的具体原因,我们与前引徐正考、成嘉露①的认识基本一致,认为外部因素起了决定作用。贺阳比较详细地讨论了英语等对“N 的 V”在现代汉语中的流行所产生的影响:印欧语拥有较为丰富的使动词和形容词转化为自指性名词的词法手段,而汉语缺少这样的手段,翻译时,只能在不改变词的外部形式的条件下,用动词和形容词对译这些自指性名词,导致汉语的动词和形容词越来越频繁地出现在以往通常只能由名词性词语占据的句法位置上。②

通过考察官话译本中“N 的 V”与原文的对应情况,我们发现,上述影响已经十分明显。具体情况如下:

其一,用 $V_{动}$ 对译行为名词(动词+名词后缀)。

英语等印欧语言中,许多动词加上“-tion、-ation、-ment”等名词后缀可以派生出行为名词,对译这类名词时,往往需要使用相应的动词形式。例如:

(14) True, there are, by the direction of the Lawgiver, certain good and substantial

①徐正考、成嘉露:《清末民初白话译文“N 的 V”结构研究》,《华夏文化论坛》,2017 年第 2 期。
②贺阳:《现代汉语欧化语法现象研究》,第 41 页。

steps, placed even through the very midst of this slough. ——按著主的交派,实在有石磴在泥里搁著,又稳当又结实。(《官》卷一)

其二,用 $V_{\text{动}}$ 或 $V_{\text{形}}$ 对译行为名词(动词和名词词形一致)。

除了派生构词外,英语中还有一些动词与名词同形,后者是直接从前者转化来的。以下是用 $V_{\text{动}}$ 对译原文中的行为名词的:

(15) I have brought thee a scheme of all those things that thou hast seen at our house, …, and call those things again to remembrance for thy edification and comfort. ——你们在美宫,所见过的古迹,……,可以做你们的儆戒,可以做你们的安慰。(《续》卷四)

comfort 意为"安慰、抚慰、宽慰",它的名词形式也是 comfort,常常译为"舒服、安逸、舒适"或"安慰、慰藉、宽慰"等,①"安慰"与 comfort 的对应关系十分明显。

此外,也有用与行为名词意义相近的词来对译的。例如:

(16) Alas, poor man, is the celestial glory of so small esteem with him, that he counteth it not worth running the hazards of a few difficulties to obtain it? ——可怜那易迁,要得天堂的荣耀,小小的苦难,算得甚什。(《官》卷一)

glory 有"光荣、壮丽、辉煌、灿烂"等多个义项,②译文用了"荣耀"来与之对应。

其三,用 $V_{\text{动}}$ 或 $V_{\text{形}}$ 对译由形容词派生的名词(形容词+名词后缀)。

英语中,通过添加"-ness、-ity"等名词性后缀,一些形容词也可以派生出表示自指的名词。对译这些名词时,形容词用得最多。例如:

(17) Come, let us pray for light to Him that can lighten our darkness, and that can rebuke not only these, but all the Satans in hell. ——请大家一齐来祷告,主能够把我的黑暗,变做光明,赶开一切的魔鬼。(《续》卷四)

用动词来对译的比较少,例如:

(18) So they thanked him for all his kindness, and went softly along the right

①霍恩比:《牛津高阶英汉双解词典(第 7 版:大字本)》,王玉章等译,北京:商务印书馆,2010 年,第 389 页。

②霍恩比:《牛津高阶英汉双解词典(第 7 版:大字本)》,第 866—867 页。

way.——二徒就谢他的爱惜,留神往前去。(《官》卷五)

kindness 的构词方式与 darkness 相同,与之对应的汉译形式既有形容词,如“仁慈、善良”,也有动词,如“宽容、体贴、关怀”,①译文选用了与“关怀”等相近的“爱惜”。

以上是相对比较集中的三种类型,此外,还有用动词或形容词来对译动名词的。例如:

(19) Pilgrims should watch, …, often-times their rejoicing ends in tears, and their sunshine in a cloud.——走这路的,……,该当警醒小心,不然他的光亮变做黑暗,他的喜乐变做忧愁。(《续》卷三)

rejoicing 由 rejoice 去掉“e”加“ing”而来,只有“喜庆、欢庆”一个义项。②“喜乐”与该词有明显的对应关系,只不过译文将该词的修饰语改译成了单数形式。

总之,原文中的行为名词、由形容词派生的名词以及一些动名词经常出现在“the+名词+of+修饰语”“形容词性物主代词+名词”“名词所有格+名词”等结构中,这些都强制性地“规定”必须用定中关系来翻译。由于英汉两种语言在动词和形容词名词化的手段上存在显著差异,对译上述结构中的名词时,往往需要使用汉语中的动词或形容词,这是导致官话译本“N 的 V”使用频率大幅度提高最直接同时也是最根本的原因。

四、小结及余论

上文以官话译本中的“N 的 V”为例,考察了现代汉语与官话译本在该结构部分和整体上的关系,得出前者与后者具有高度的一致性。该结构是汉语中固有的,只不过长期以来处于近乎“休眠”的状态,到了包含官话译本在内的晚清白话译文中,它的使用频率有了大幅提高。这是直接对译原文“the+名词+of+修饰语”等结构中的行为名词、由形容词派生的名词和一些动名词的结果。这一事实可以为引言部分提到的语言学界和文学界“理论”层面的认识提供有力的支撑,即欧化白话的起点可以而且应该追溯到晚清西方传教士的白话翻译。

根据本文讨论的事实,我们对晚清白话翻译与现代汉语的关系产生了以下一些初步

①霍恩比:《牛津高阶英汉双解词典(第 7 版:大字本)》,第 1114 页。
②霍恩比:《牛津高阶英汉双解词典(第 7 版:大字本)》,第 1676 页。

的认识与思考：

首先，通过梳理晚清白话翻译中的欧化事实，可以对一些问题形成更为准确的看法。这不仅体现在宏观认识方面，也体现在微观事实方面。前者如前文提到的欧化白话起点问题，后者指的是，除了本文讨论的“N的V”结构外，还有不少过去认为的五四以来才产生的欧化现象在官话译本中就已出现，比如“在+处所词语”用于存在句句首等，有的甚至发展得相当成熟。① 不止官话译本，同时期其他翻译作品中的欧化现象也有不少。有人已经进行了一定的研究，比如徐正考、成嘉露指出，清末民初白话译文中，“当X的时候”的欧化程度已经非常明显。②

其次，可以拓展欧化的研究范围，为构建汉语欧化史作铺垫。如果把晚清西方传教士的白话翻译当作欧化白话的起点，那么过去的欧化研究就是“半程”而非“全程”的。补上从起点到五四这一段，欧化的研究范围自然就得到了拓展。这样一来，不仅可以追溯很多欧化形式具体准确的来源，而且也可以还原它们的发展过程。刁晏斌提出了汉语欧化史的概念，③后来另文对其进行了详细论证，其中就包括“起始时”研究，即对某一欧化形式或用法起始阶段的状况进行调查、描写、分析与呈现，并认为这是欧化史研究的一项重要内容。④ 早期欧化白话研究是汉语欧化史研究的一个重要专题，做好前者自然能够为做好后者打下良好的基础。

最后，根据前文的讨论，现代汉语与官话译本在“N的V”上具有高度的一致性。鉴于这种关系，结合该结构在汉语历史发展中的具体情况，我们很大程度上可以认为，没有官话译本的“肇始”和“铺垫”，该结构是很难从长期以来近乎“休眠”的状态突然在现代汉语中“觉醒”并迅速流行开来的。这种现象并不是孤例，官话译本中的同类现象还有很多，比如据我们粗略统计，其“被”字句平均每万字有11.6例；在贺阳调查的现当代作品中，该句式的使用频率与此完全相同。⑤不止官话译本，同属晚清白话翻译作品的《圣经》中也有同样的表现。邢梅的调查结果显示，该译本中指物第三人称代词的使用频率只比现代汉语低了1个百分点左右，句首时间词前加介词“当”的频率与鲁迅的作品不相上

①马永草：《汉语欧化的历时考察——以〈天路历程〉跨越一个多世纪的两个译本为例》，《辽宁师范大学学报》，2021年第5期。

②徐正考、成嘉露：《清末民初白话译文“当X的时候”结构研究》，《中国语言文学研究》，2018年第2期。

③刁晏斌：《欧化及其研究的新思考：写在汉语欧化研究百年之际》，《北华大学学报》，2021年第3期。

④刁晏斌：《论“汉语欧化史”》，《辽宁师范大学学报》，2021年第5期。

⑤贺阳：《现代汉语欧化语法现象研究》，第242页。

下,“被”字句和“在+处所词语”用于存在句首的使用频率要远远超过现代汉语。①现代汉语与晚清白话译本在这些事实上具有高度的一致性,据此,我们大致可以得出如下认识,后者在前者的形成中起了相当重要甚至是决定性的作用。当然,本文基本上是“就事论事”,要想进一步验证这一结论,需要结合更多的材料,从更多的角度进行充分而详细的考察与研究。

On the Relationship between Vernacular Translation in Late Qing Dynasty and Modern Chinese

——Take the “N de V” as an example

MA Yongcao

(Shandong Normal University)

Abstract: *The Pilgrim's Progress* in Mandarin is regarded as one of the typical examples of the early Europeanized vernacular texts. Taking “N de V” in the translation as an example, this paper makes a comparison between modern Chinese and the translation from the perspectives of part and whole. The results show that they are highly consistent in terms of the composition and characteristics of N and V, syntactic function, usage environment and the semantic relationship between N and V. By comparing the translation with the traditional vernacular and the original English text, it is found that the structure has obvious Europeanization color, which provides strong evidence that the origin of Europeanization vernacular can and should be traced back to the late Qing vernacular translation. The paper holds that the Europeanization of vernacular translation in the late Qing Dynasty is helpful to form a more accurate understanding of some problems. Taking the late Qing vernacular translation as the research object can expand the research scope of Europeanization and pave the way for the construction of the history of Europeanization of Chinese. The results of the article's investigation and other facts show that the late Qing vernacular translation played a very important and even decisive role in the formation of modern Chinese.

Keywords: Vernacular Translation in Late Qing Dynasty; Europeanization; “N de V”; Modern Chinese

①邢梅:《〈圣经〉官话和合本句法研究》,复旦大学博士学位论文,2012年。

《励耘语言学刊》征稿启事

《励耘语言学刊》是北京师范大学文学院主办的学术集刊，一年两辑，主要刊发汉语言文字学领域的研究成果。创刊于2005年，2017年起由中华书局出版。

本刊的宗旨是：继承、弘扬中国传统语言文字学的理论、方法和求实的学风，积极吸取现代语言学的最新成果，关注新兴学科的发展和语言文字的社会应用，追求学术真理，提倡探索创新。

本刊常设栏目主要有：特稿、文字学研究、音韵学研究、训诂学研究、汉语史研究、《说文》学研究、章黄学术研究、现代汉语研究、语法研究、词汇语义学研究、语言学理论研究、方言调查与研究、学术动态等。

本刊一贯秉持学术的公正性，采用匿名审稿制度，在语言文字学界享有良好的声誉。自2015年起，入选《中文社会科学引文索引(CSSCI)》来源集刊。2022年入选中国人文社会科学学术集刊AMI综合评价核心集刊。

本刊现已被"中国知网"(CNKI)、"万方数据""维普网"等文献数据库收录，如作者不同意收录，请在来稿中注明，否则均视为同意。被收录文章的著作权使用费已包含在刊物稿酬中。

《励耘语言学刊》诚邀海内外同仁赐稿。稿件相关事项如下：

(一)刊物实行匿名审稿制度，采用、修改或退稿的意见或通知，由编辑部转达作者。审稿时间一般为四个月。审稿期间，请勿一稿多投。四个月内未收到用稿通知，可另投他刊。除特别转载的文章，本刊只发表第一次发表的稿件。

(二)稿件字数以10000字以内为宜，就重要或复杂理论问题的探讨，不受字数限制。刊物使用简化字，文中的古文字，请扫描成像。

(三)来稿请附300—400字的中文提要，以及3—5个关键词，并译成英文。提要请指出本文的主要结论、观点和方法，主要创新点。在正文导语中说明本文研究课题的前人研究情况，本课题研究的必要性。基金项目等请在标题下以“ * ”注释形式标注。另页附作者简介及联系方式（工作单位、通信地址、电子邮箱、手机号码）。

（四）正文、标题一概使用宋体五号字，引文用仿宋体，左侧缩进 2 字符。请规范、准确使用标点符号。文章内所分各节，小标题序数大写（一、二……）；各节内若再分小节，用阿拉伯数字（1. 1、1. 2……）；注释采用页下注，每页重新编号。常用古籍可不注，其他注释及参考文献格式请参考以下格式，同一篇内再次引用可省去出版社及出版年：

［清］戴震：《书〈广韵〉四江后》，《戴震文集》，北京：中华书局，1980 年，第 84 页。

吕叔湘：《疑问 · 否定 · 肯定》，《中国语文》，1985 年第 4 期。

中国社会科学院语言研究所词典编辑室编：《现代汉语词典》（第 7 版），北京：商务印书馆，2016 年。

Fangkui Li，*Languages and Dialects of China*. *Chinese Linguistics*，Volume 1，1973.

Chomsky&Halle，*The Sound Pattern of English*. New York：Harper and Row，1968.

引文用仿宋体，左侧缩进 2 字符，引文出处请于句后注明。如：

（1）牧获羌。（《合集》39490）

（2）游文于六经之中，留意于仁义之际。（《汉书 · 艺文志》）

（3）黯然销魂者，惟别而已矣。（《文选 · 别赋》）

（五）来稿从网上提交电子文本，请同时以 word 格式和 pdf 两种格式附件发送至编辑部电子邮件地址：liyunyuyan@ 126. com。如有特殊情况，也可提交纸质稿件。纸质稿件请寄：北京新街口外大街 19 号北京师范大学文学院《励耘语言学刊》编辑部，邮编：100875。